IT 2014

HAYMON taschenbuch 28

W0325864

HAYMON tb **28**

Ungekürzte Taschenbuchausgabe
Haymon Taschenbuch, Innsbruck-Wien 2010
www.haymonverlag.at/haymontb

© 1980 Residenz Verlag
im Niederösterreichischen Pressehaus
Druck- und Verlagsgesellschaft mbH
St. Pölten-Salzburg

Alle Rechte vorbehalten. Kein Teil des Werkes darf in irgendeiner Form (Druck, Fotokopie, Mikrofilm oder in einem anderen Verfahren) ohne schriftliche Genehmigung des Verlages reproduziert oder unter Verwendung elektronischer Systeme verarbeitet, vervielfältigt oder verbreitet werden.

ISBN 978-3-85218-828-7

Umschlag- und Buchgestaltung:
Kurt Höretzeder – Büro für Grafische Gestaltung, Scheffau/Tirol,
Mitarbeit: Ines Graus
Coverfoto: Michael Roots (Wikimedia Commons)
Autorenfoto: Lukas Beck/RV

Gedruckt auf umweltfreundlichem,
chlor- und säurefrei gebleichtem Papier.

Alois Brandstetter
Die Mühle

Roman

Alois Brandstetter

Die Mühle

Mysterium aquae, göttliches Geheimnis des Wassers. Vom Wasser kommt der Bäume Saft, befruchtend gibt das Wasser Kraft aller Kreatur der Welt. Vom Wasser wird das Aug erhellt, Wasser wäscht die Seele rein, daß kein Engel kann heller sein! Und so besprengen auch wir, indem wir uns an dieses große Wort Wolframs, des bedeutenden Dichters aus einem kleinen Weiler am oberfränkischen Eschenbach erinnern, diesen Sarg, der enthält, was an unserem Mitbruder sterblich war, mit dem heiligen, in der Osternacht geweihten Wasser. Ein Mensch, der selbst von der elementaren Unruhe des Wassers gewesen ist, hat zuletzt seine Ruhe und seinen Frieden gefunden. Wenn aber einer unter uns ist, der meint, er habe mit dem Heimgegangenen noch eine offene Rechnung, so möge er es angesichts der Majestät des Todes und des dunklen Ernstes dieses offenen Grabes um Gottes Willen gut sein lassen. Er möge dem Verstorbenen vergeben und verzeihen, so wie wir hoffen, daß Gott der Allmächtige uns nachsieht und erläßt, was wir dem Toten an Verständnis schuldig geblieben sind ...

So, lieber Neffe, sprach meiner Erinnerung nach der Geistliche beim Begräbnis meines lieben Onkels, deines Großonkels. Ich aber mußte damals zurückdenken und denke auch heute zurück an den Anfang, im besonderen an jene unglückliche Begutachtung und Kollaudierung, bei welcher der Herr Onkel dem Leiter der Wasserrechtsabteilung der Bezirkshauptmannschaft und den übrigen Anwesenden einen wirklich denkwürdigen Vortrag über die Lebensferne des Wasserrechtes der Republik hielt. Der Herr Onkel stand damals in seinen Mehlkleidern vor den Beamten der Kommission, wohl deshalb, um zu zeigen, daß ihm die Herren der Behörde mit ihrer Kollaudierung nicht wert und wichtig genug waren, sich umzuziehen, und zitierte ihnen, teilweise, ja zum Großteil auswendig, zum geringeren Teil in seinem Exemplar des Österreichischen Wasserrechtes lesend, ihm besonders widersprüchlich oder überhaupt unsinnig scheinende Paragraphen des Gesetzbuches.

Ich habe dieses Buch in der Mühlstube selbst oft in die Hand genommen und darin geblättert. Vor allem haben mich die vom Herrn Onkel an den Rand geschriebenen Bemerkungen, Rufzeichen und Notizen belustigt. Im Laufe der Benützung des Rechtsbuches hatte der Herr Onkel in Marginalien und Randglossen, aber auch interlinear und zwischen den Zeilen einen in Stichwörtern, im besonderen Schimpf- und Scheltwörtern gehaltenen Kommentar in sein Exemplar geschrieben. Ich erinnere mich an Wörter wie Dummheit, Gemeinheit, Unsinn, lächerlich, lachhaft, aber auch an längere, spöttische Sätze. Das Buch wurde so zu einem Dokument des Widerstandes des Onkels gegen die Staatsgewalt. Wie sich ja aber nun leider gezeigt hat, hatte der Herr Onkel seine Siege letztlich nur auf diesem Papier erfochten, im Umgang mit dem wehrlosen Buch hat er die Oberhand behalten, während er in Wirklichkeit dem Gesetz gänzlich unterworfen war. Die Obrigkeit hat natürlich auch jene Passus und Passagen des Gesetzes, die der Herr Onkel mit seinem dicken Zimmermannsblei ausgestrichen hatte, durchaus auf ihn und seine Anlagen angewendet.

So gab er damals einzelne Sätze, von denen er überzeugt war, daß sie für sich (und das hieß zugleich gegen sich) sprachen, vor den an der Begehung Beteiligten, den Beamten, dem Protokollanten, den Herren vom Gemeinderat und den geladenen Anrainern (vor allem Bauern aus der Umgebung), mehr oder weniger kommentarlos zum besten und dem Spotte preis. Dabei wandte er sich jeweils an eine der schön beisammenstehenden Gruppen, vor allem an die Bauern, von denen er annahm, daß sie, unverbildet, seine Ansicht und seine Einschätzung der juristischen Materie und der akademischen Sprache teilen würden, er verfuhr also in seiner Parteirede unbewußt nach dem altrömischen Grundsatz des divide et impera. Entzweie deine Gegner und Kontrahenten und ziehe einen Teil von ihnen zu dir herüber. Gelungen ist es ihm nicht.

Vor allem zitierte er den Absatz 1 des Paragraphen 2, wo es bekanntlich heißt: „Die fließende Welle entzieht sich natürlicher Weise an und für sich der Gewalt des Eigentümers, sofern er nicht Vorkehrungen zu deren Ergreifung getroffen hat." Der Herr Onkel sprach diesen Satz sehr betont, wiederholte ihn auch öfters, um dann einzelne Satzteile herauszugreifen und gesondert zu wiederholen: „Die fließende Welle", „die *fließende* Welle", „die Welle *an und für sich*", „Vorkehrungen zu deren *Ergreifung*", „*Vorkehrungen* zu deren Ergreifung". Dann blickte er in die Runde, wie um zu fragen: Nun, was sagt man dazu?

Nachdem sich alle versammelt hatten, die vom Gemeindeamt eingeladen worden waren, und nachdem der Gemeindesekretär und Schriftführer die Namen der Eingeladenen verlesen hatte und die Anrainer mit Hier, Ja oder Jawohl geantwortet hatten, verlas der Leiter der Wasserrechtsbehörde den Artikel 38, von dem er sagte, daß er hier und im vorstehenden Fall in Anwendung zu bringen sei und die Rechtsgrundlage abgebe, da es sich bei dem zu begehenden und zu kollaudierenden Gegenstand eindeutig um eine besondere bauliche Herstellung zur Abwehr und Pflege der Gewässer handle: „Zur Errichtung und Abänderung von Brücken, Stegen und von Bauten an Ufern, dann von anderen Anlagen innerhalb der Grenzen des Hochwasserabflusses fließender Gewässer sowie von Unterführungen von Wasserläufen, schließlich von Einbauten in stehende öffentliche Gewässer ist nebst der sonst etwa erforderlichen Genehmigung auch die wasserrechtliche Bewilligung einzuholen, die auch zeitlich beschränkt oder auf Widerruf erteilt werden kann."

Die Kommissionierung wurde gegen den Willen des Onkels angesetzt. Er hatte seinen Umbau am Wehr dem Amt gegenüber als geringfügig bezeichnet und damit argumentiert, daß gemäß Absatz 5 des Paragraphen 38 nach der ständigen Rechtsprechung des Verwaltungsgerichtshofes unter einem „Bau (Bauwerk, Bauanlage, Baulichkeit)" jede Anlage zu verstehen sei, „zu deren Herstellung ein wesentliches Maß bautechnischer Kenntnisse erforderlich ist, die mit dem Boden in eine gewisse Verbindung gebracht und wegen ihrer Beschaffenheit die öffentlichen Interessen zu berühren geeignet ist". Der Onkel sagte demgegenüber, daß es sich bei seiner Maßnahme allenfalls um einen Um- oder Zubau, aber um keinen Bau, kein Bauwerk, keine Bauanlage oder Baulichkeit im Sinne des Absatz 5 handle, daß zu seiner Herstellung kein wesentliches Maß bautechnischer Kenntnisse, sondern nur der gesunde Hausverstand und ein wenig Erfahrung im Umgang mit Wasser, ein durchschnittlicher Wasserverstand, wie er sich ausdrückte, nötig und erforderlich sei und daß schließlich sein Um- oder Zubau (den man wie gesagt mit keiner besonderen Baulichkeit zur Abwehr oder Pflege der Gewässer des Paragraphen 38 verwechseln dürfe) infolge seiner Beschaffenheit die öffentlichen Interessen zu berühren durchaus ungeeignet sei. Der Paragraph 38 spreche ausdrücklich von Brücken und Stegen und Bauten an Ufern, was sinngemäß als Neubauten gelesen werden müsse. Außerdem verändere sein Um- oder Zubau nicht die Hochwassersituation, sei also auch nicht unter dem allgemeinen Begriff „andere Anlagen innerhalb der Grenzen des Hochwasserabflusses fließender Gewässer“ zu subsumieren. Der Herr Onkel sagte, daß nicht nur im Paragraphen 38, sondern auch in vielen anderen Paragraphen des Wasserrechtes ein wahrer Überfluß an verschwommenen und verwaschenen Begriffen herrsche.

Schon lange vor der wider seinen Willen und ohne seine Zustimmung verordneten Begehung war ihm der Absatz 19 des Paragraphen 38 ein Dorn im Auge und ein ständiger Anlaß des Rechtsspottes und der Schelte. An diesem Absatz 19, sagte der Onkel, könne man seine helle Freude haben: „Das Aufstellen eines nicht fahrbereiten Autobusses im Hochwasserabflußbereich eines fließenden Gewässers ist als eine Anlage im Sinne des Paragraphen 38 zu qualifizieren, weil dadurch im Falle eines Hochwassers eine sonst nicht gegebene Beeinträchtigung bewirkt werden kann und der Sinn und Zweck der Regelung des Paragraphen 38 darin gelegen ist, auch solche Umstände der Kontrolle der Wasserrechtsbehörde zu unterwerfen.“

Dieser Absatz, sagte der Onkel, beruhe auf einem Erkenntnis des Verfassungsgerichtshofes und habe die Zahl 2863/76.

Wenn man solche Erkenntnisse lese, könne man verstehen, daß es in der Sprache der Juristen *das* Erkenntnis und nicht *die* Erkenntnis heiße, sagte der Onkel, mit Erkenntnis und Erleuchtung hätten solche Erkenntnisse nämlich nichts zu tun. An diesem Erkenntnis aber könne man erkennen, daß die Wasserrechtsbehörde wirklich und buchstäblich alles ihrer Kontrolle unterwerfen wolle, da sie offenbar sogar tonnenschwere Autobusse unterjochen möchte. Die Grenzen des Hochwasserabflußbereiches seien aber fließend und nicht definiert, das Menschengedenken, das die Leute an den Bächen, Flüssen und Strömen zur Richtschnur und als Maßstab nehmen, sei nämlich keine juristische Kategorie. Das Gesetz aber verfahre in allem probabilistisch und der Möglichkeit nach. So gesehen, liege allerdings auch die Spitze des Dachsteins im Hochwasserbereich der Donau ... Der Gesetzgeber habe immer die Sintflut im Auge und orientiere sich am Äußersten. Nach den Vorstellungen des Gesetzgebers verändere jeder, der irgendwo im Tal einen Pflock in die Erde treibt, die Wasser- und Hochwassersituation, weil er ja damit Wasser verdrängt. Wenn es aber der Sinn und Zweck des Paragraphen 38 sei, alle nur denkbaren Umstände der Kontrolle der Wasserrechtsbehörde zu unterwerfen, alle nur denkbaren „Umstände“, wie es wohlgemerkt laute, dann sei evident, daß es sinn- und zwecklos sei, mit dieser Wasserrechtsbehörde zu rechten.

Nun sei es also derart, sagte der Herr Onkel, daß das Gesetz einen nicht fahrbereiten Autobus im Hochwasserabflußbereich als eine Anlage qualifiziere, einen nicht fahrbereiten Autobus! Sehe man irgendwo im Hochwasserabflußbereich einen Autobus stehen, so könne man sich nur durch Starten desselben darüber Gewißheit verschaffen, ob es sich bei diesem Autobus um eine „Anlage“ handle oder ob diesem Autobus die Qualität der „Anlage“ nicht zukomme. Eine „Anlage“ ist ein nicht fahrbereiter Autobus deshalb, weil er im Falle eines Hochwassers „eine sonst nicht gegebene Beeinträchtigung“ bewirkt. Wer also einen solchen als „Anlage“ qualifizierten Autobus unterwegs im Abundationsgebiet antrifft, ist als rechtlich (wasserrechtlich) denkender Staatsbürger nicht nur berechtigt, sondern verpflichtet, seinen Fund der Behörde zu melden, damit dieser der Kontrolle unterworfen werden kann. Der Herr Onkel sagte aber, daß man den betreffenden Absatz 19 des Paragraphen zusammen mit dem Absatz 8 desselben Paragraphen lesen müsse, wo es bekanntlich heiße: „Von dem Einbau in ein öffentliches Gewässer kann nur dann gesprochen werden, wenn ein technisches Gebilde mit dem Gewässerbett in eine derartige Verbindung gebracht wird, daß es eine Bewegungsfreiheit in horizontaler und vertikaler Richtung nicht mehr besitzt." Somit sei also ein Autobus, der ein Hochwassergebiet durchquert, also ein fahrbereiter Autobus, gewissermaßen zur Hälfte auch schon eine Anlage, weil ihm ja die vertikale Bewegungsfreiheit, worunter die Fähigkeit zum Fliegen zu verstehen sei, abgehe und er jedenfalls nicht die Qualität der Bewegungsfreiheit in toto und im Sinne des Gesetzes besitze. Eine Anlage aber sei gerade derjenige Autobus, der auf Dauer angelegt und geankert habe. Nur ein Autobus, der fliegt, sei wirklich unverdächtig. Und so fort.

Mir waren also ähnliche Reden, wie sie der Herr Onkel dem Vorsteher der Wasserrechtsbehörde bei jener verhängnisvollen Kollaudierung hielt und wie ich sie dir oben in ihrer ungefähren Gestalt mitgeteilt habe, damit du dir vom Wesen und der Eigenart des Onkels ein Bild machen kannst, die weniger in einem besonderen Aussehen oder auch aufsehenerregenden Taten, sondern zuvor und vor allem in seiner Rede lagen, mir waren also ähnliche Reden, wie sie der Herr Onkel damals hielt und über die sich der Vorsteher der Wasserrechtsbehörde offensichtlich sehr wundern mußte, weil er wohl nicht damit gerechnet hatte, weit draußen auf dem Lande einen Müller anzutreffen, der ihm aus dem Wasserrecht vorlas und rezitierte, durchaus geläufig und vertraut. Der Herr Onkel hatte oft und von klein auf, als ich noch kaum die Schule besuchte, mit mir in der Mühlstube über das Wasser und auch sein Recht gesprochen und mich auf die verschiedensten Stellen im Gesetzeswerk hingewiesen.

Wie klar, sagte er oft, sei das Wasser oder könnte das Wasser sein, wenn es die Menschen nicht verschmutzten, wie trüb und unklar aber sei in jedem Falle das von Juristen gemachte Wasserrechtsgesetz. Es herrsche im Gesetz nicht einmal darüber Einhelligkeit und Gewißheit, ob ein Wasser hell oder trüb, ob als stehend oder fließend anzusprechen sei, ein Wasser, das sich im Kreise drehe, also einen Wirbel bilde, sei stehend und fließend zugleich, aber im Gesetz nicht vorgesehen, somit gesetzwidrig und rechtlos. Das sei aber nicht die einzige Lücke in diesem sonst so paragraphen- und absatzreichen Gesetz. Onkels überschäumende Reden über das Wasser und das Wasserrecht beklagten und monierten dabei weniger die Löchrigkeit und Lückenhaftigkeit des Wasserrechts als vielmehr im Gegenteil die Überfülle an Bestimmungen, sie liefen auf eine Schelte des Rechtsstaates und des Rechts, auf eine Denunziation des Etatismus und einen Lobpreis der Anarchie und Gesetzlosigkeit hinaus, einer Anarchie und Gesetzlosigkeit („Freiheit“, wie er sagte), für die ihm das Wasser, das keine Balken habe, ein Sinnbild sei. Er hatte noch die herrlichen Zeiten einer gewissen Gesetzesfreiheit erlebt, die heute immer als Rechtsunsicherheit mißverstanden werden, er hatte noch jenes goldene Zeitalter der Wasserwirtschaft erfahren, da auch auf dem Gebiet des Wassers das Faustrecht galt, die Frei- und Großzügigkeit der Land- und Wassernahmezeit, und konnte sich darum nicht mit dem regel- und paragraphenreichen Recht, das sich die Republik gegeben hatte, abfinden und zufriedengeben. Heute müsse man ja bereits bei der Wasserrechtsbehörde nachkommen und ein Gesuch einreichen, sagte er voll des bitteren Spotts, wenn man sein Wasser abschlagen wolle. Auch das Wasser, aus dem der Mensch zu über 95 Prozent bestehe, werde bald, wenn die republikanische Gesetzgebungs- und Normierungsflut anhalte, als öffentliches Gewässer und bewilligungspflichtig gelten.

Dem Onkel hatten es vor allem jene Stellen im Gesetzbuch angetan, wo mit einer gewissen Umständlichkeit die Gegenstände des Rechts, das Wasser selbst und sein Nutzen, erklärt und definiert werden. Er zitierte mir etwa den Absatz 1 des Paragraphen 2 und fragte mich, ob ich ihn verstanden hätte. Ich sagte nein, das hätte ich nicht verstanden. Siehst du, sagte er, das hast du nicht verstanden. Das sei aber weiter keine Schande, das sei nämlich ein Satz, den nicht nur kein Kind, sondern auch kein erwachsener natürlicher Mensch verstehen könne, diesen Satz hätten sich nämlich die Juristen ausgedacht. Aus solchen Sätzen, sagte der Herr Onkel, sei alle Natur gründlich hinausgetrieben. Er habe den Eindruck, daß diejenigen, die sich solche Sätze einfallen ließen, blind und taub, ja überhaupt sinnenlos sein müßten, sie könnten noch nie ein lebendiges und frisches Wasser gesehen, gehört, gerochen und geschmeckt haben. Solche Sätze verrieten nämlich nicht nur kein natürliches Rechtsempfinden, weil ja immer wieder vom Widerruf und davon die Rede sei, daß sich der Staat beliebig am Eigentum seiner Bürger beteiligen könne, daß alles, was der einzelne erworben hat und besitzt, weiter nichts als staatliches Lehen, Pacht und Gnade, vorübergehend lizenziert und bis auf weiteres überlassen und gewährt, aber jederzeit an- und einforderbar, rückgängig zu machen sei, sondern auch kein gesundes Naturempfinden. Solche Sätze flössen nicht wie das Wasser, von dem sie zu reden vorgäben, sie stockten vielmehr wie Jauche. Das Leben sei in solchen Sätzen gänzlich erstorben, die Sprache der Juristen sei biologisch tot, die faulen Sickergase der Jurisprudenz hätten alles gründlich erstickt.

In 144 Paragraphen mit hunderten Absätzen und tausenden Unterabsätzen habe man versucht, das Wasser juristisch zu bändigen. Das Wasser selbst aber bewege sich nach einem einfachen und ewigen Gesetz seit Jahrmillionen, es sprudle munter aus den Quellen, fließe und ströme, rausche und brause dem Meer zu, verdunste und steige auf, bilde Wolken und regne wieder herab. Nach alten, von Ewigkeit her in die Natur gelegten, von unseren Vorvätern „ehern" genannten Gesetzen bewege sich das Wasser, das österreichische Wasserrecht aber sei eine Ansammlung von Sonderregelungen und Ausnahmebestimmungen, von befristeten Bewilligungen und vorübergehenden Genehmigungen.

Im Rechtsbuch sei alles eingeschränkt und eingeengt und an Bedingungen geknüpft, das Rechtsbuch sei randvoll und überfüllt von „wenn“ und „aber“ und „sofern“. Die Gesetzgeber des Wasserrechts hätten sich wahrhaftig nicht am Wasser orientiert und am Wasser das Beispiel genommen. Vom Wasser haben sie es nicht gelernt, sagte der Onkel. Ihm komme das ganze Wasserrecht, namentlich auch das Wasserbuch, das von den Bezirksämtern geführt wird und die Angaben über die Besitzstände und Eigentumsverhältnisse am Wasser enthält, mehr als verschwommen vor. So wie sich der Wasserstand ändere, ändere sich auch ständig der Besitzstand. Das neue Wasserrecht sei voll von versteckten Androhungen der Enteignung und der Befristung und des Widerrufs einstens und vormals feststehender und dauerhafter Rechte. Das Wort „unverbrüchlich“, das noch im alten kurzgefaßten Wasserrecht der Monarchie vorgekommen sei, des öfteren vorgekommen sei, wie der Herr Onkel des öfteren sagte, suche man im neuen Wasserrecht vergeblich. Der gesamte elementare und fundamentale Wortschatz an Wasserwörtern sei versiegt und versickert und durch neue und republikanische, pseudodemokratische Schwindelwörter ersetzt worden. Das Wasserrecht der Monarchie sei auch kein Kunstwerk gewesen, sagte der Onkel, aber verglichen mit jenem der Republik habe es eine geradezu biblische Würde besessen. Das Wasserrecht der Monarchie habe in seiner kurzangebundenen Knappheit, Durchsichtig- und Übersichtlichkeit dem Wasser selbst geglichen. Wer sich seinerzeit ein Recht verschafft hatte, hatte recht und war im Recht.

Bei der Lektüre des neuen republikanischen Wasserrechts könne man nicht mehr erkennen, daß es sich beim Wasser um etwas Heiliges handle. Dem Gesetzgeber ist heute nichts mehr heilig, jedenfalls nicht das Wasser, das doch in allen Religionen ge-, ja verehrt werde. Moses, der mit dem Volk Israel nicht nur eine und die Wüste Sin durchquert habe, habe die wahren und rechten Wasserwörter verwendet. Auch der Koran des Islam rede hoch und heilig vom Wasser. Man müsse, um einen Begriff von der geistlichen Tiefe des Wassers zu bekommen, in den heiligen Büchern der Wüstenreligionen nachlesen.

Der Herr Onkel nahm einmal die Bibel vom Regal der Mühlstube, blätterte darin und las mir jene Stellen aus den Büchern Mose vor, wo vom Zug der Israeliten vom Schilfmeer durch die Wüste Sur und dem Flecken Mara die Rede ist, wo das durstende Volk murrt, und des weiteren von der sogenannten Wasserspende bei Massa und Meriba, wie Moses mit jenem Stab, mit dem er in den Nil geschlagen hatte, auf den Felsen am Horeb schlägt und Wasser hervorsprudelt. Dabei betonte er die einzelnen Wasserwörter, die ihm wichtig waren, mit besonderem Nachdruck, etwa das Wort „bitter", nach dem die Ortschaft Mara heißt, die Wörter „Durst", „lechzen" und „trinken". Und jetzt, sagte der Onkel, suche er diese Wörter im neuen Wasserrecht, und er legte das Alte Testament wieder auf den Tisch und nahm abermals das Gesetzbuch zur Hand und blätterte und blätterte und sagte, er könne suchen und suchen, er finde diese Wörter nicht und finde sie nicht.

In 144 Paragraphen komme nicht einmal das Wort „Durst" vor, vom Wort „lechzen" ganz zu schweigen. Und der Herr Onkel zeigte mir im Wortregister des Wasserrechtsbuches jene Stelle nach den Wörtern „Donaukraftwerke" und „Drahtüberspannung", wo das fehlende Wort „Durst" hätte stehen müssen. Dasselbe tat er mit anderen Wörtern. Hier müßte „lechzen" stehen, sagte er, aber hier stehe nichts, jedenfalls nicht „lechzen". Und der Herr Onkel richtete sich auf und sprach: Wie der Hirsch nach dem Wasserquell lechzt, so sehnt sich meine Seele nach Dir, o Gott. Er aber sage mir, sagte er, wie der Hirsch nach dem Wasserquell lechze, so sehne er sich nach den biblischen Wasserwörtern im österreichischen Recht. Aber er werde und werde nicht fündig. Da helfe auch keine Wünschelrute, die Suche sei völlig sinnlos und vergeblich.

Oft sagte der Herr Onkel auch andere biblische Sätze und Sprüche und kontrastierte sie mit dem Wasserrecht. Das stehe bei Jeremias, sagte er: „Gesegnet der Mann, der auf den Herrn vertraut, dessen Zuversicht der Herr ist. Er ist wie ein Baum, am Wasser gepflanzt, der seine Wurzeln zum Bache streckt. Er hat nichts zu fürchten, wenn Hitze kommt. Sein Laub bleibt grün, im trockenen Jahr hat er keine Not." Der Herr Onkel sagte, Jeremias hätte ein anderes Klagelied angestimmt, wenn er unsere verschmutzten Flüsse und die verunreinigte Sprache unserer Juristen über ihre Sanierung gesehen und gekannt hätte. Und Onkel zitierte etwa: „Der Plan der Verbesserung der Gewässerbeschaffenheit im Verbandsbereich hat in den wesentlichen Grundzügen Schwerpunkt, Reihenfolge und Art der zu treffenden Sanierungsmaßnahmen sowie einen Zeitplan für deren Ausführung derart festzulegen, daß unter Bedachtnahme auf die Leistungsfähigkeit des Verbandes eine Verringerung und wirksame Reinigung der Abwässer und dadurch in angemessener Frist die Reinhaltung der Gewässer im Verbandsbereich erzielt wird." Einen Baum, der an einem solchen „Gewässer" steht, und einen Menschen, der in einem Staat leben muß, der eine solche Sprache spricht, hätte Jeremias sicher nicht glücklich gepriesen. Und der Herr Onkel bediente sich des biblischen Satzes und wendete ihn in den Gegensatz: Unglücklich der Mann, der auf den Staat vertraut, er verdorrt wie ein Baum in der Wüste. Ein Staat aber, der seine Sprache nicht reinhalten könne, sagte der Onkel, werde seiner verschmutzten Flüsse auch nicht Herr werden. Man müsse die großen Unweltverschmutzer und ihre Fäkalien sehen und dann den Gesetzgeber sein umständliches Beamtendeutsch sprechen hören, dann kenne man den Unterschied, und man wisse, daß dieser Gegner für die Beamten einfach zu groß sei.

Der Herr Onkel war Monarchist geblieben. Er sagte, das neue republikanische Wasserrecht sei in seinen mißlungenen Teilen neu, in seinen guten aber aus der Monarchie ererbt. Dort, wo man das alte Wasserrecht durch das aufgedunsene Flickwerk hindurch noch vernehme, höre man plötzlich einen betroffen machenden, geradezu poetischen Ton. Plötzlich spüre man Kraft und Würde.

Im Jahre 1860 habe der Herr Kaiser sein Wasserrecht erlassen und im Reichsgesetzblatt veröffentlicht. Dieses Wasserrecht sei wie aus einem Guß gewesen, übersichtlich und einfach im Ausdruck, jedermann, nicht nur dem Fachmann verständlich. Die Republik aber habe dieses übersichtliche und im Ausdruck einfache Wasserrecht innerhalb kürzester Zeit durch eine große Anzahl von Veränderungen, Korrekturen, Zusätzen und Novellen verschlechtert und verdorben. Aber so wie man dadurch, daß man in ein einmal verdorbenes Wasser immer neue Zusätze und Beigaben schüttet, kein natürliches und reines Wasser mehr erhält, so sei durch die vielen Novellierungen auch kein eindrucksvolles Gesetzeswerk, sondern im Gegenteil ein Monstrum entstanden. Nach all den Novellierungen bedürfe es jetzt endlich einer Nivellierung, einer Niveauanhebung nämlich. Das alte Wasserrecht gleiche einem einstmals stattlichen Bauwerk, seinetwegen einem gotischen Dom, den man durch vielerlei An- und Zubauten so sehr verändert und verschandelt habe, daß die seinerzeit geniale, lapidare, das heißt steingewordene Bauidee kaum noch zu erkennen sei. Etwas Vollkommenes lasse sich nicht verbessern. Wenn ein Wasser durch kräftige Beimengungen von Salz einmal versalzen sei, werde es durch nachträgliche Zuckergaben bestimmt nicht mehr zu neutralisieren oder gar schmackhaft zu machen sein. Der Herr Kaiser möchte sich traurig im Grab umdrehen, wenn er sehen müßte, was man innerhalb weniger Jahrzehnte aus seinem majestätischen Gesetzes- und Wasserwerk gemacht habe. Der Unterschied sei aber nicht bloß ein sprachlicher und formaler, er sei vor allem auch ein inhaltlicher. So habe der einfachen Sprache des Kaisers ein unmißverständliches Recht und zweifelsfreie Autorität entsprochen. Wenigen Worten hätten große Freiheiten (allerdings auch eindeutige Pflichten!) korrespondiert. Den vielen Wörtern des neuen Wasserrechtes aber stünden viele Einschränkungen und Zwänge gegenüber, wenn sie auch verklausuliert und verkrampft ausgedrückt seien. Es herrsche eine unheimliche Leisetreterei, sagte der Onkel, der Gesetzgeber sei ein wenig geniert, wenn man aber genau hinsehe, erkenne man unschwer die wahren Absichten. Er selbst habe keine Zweifel in bezug auf die wahren Absichten des Gesetzgebers, der Onkel höre die Nachtigall schon trapsen.

Den Zwang des Rechtes bekam der Herr Onkel bei jener Kollaudierung hart und unmißverständlich zu spüren. Es hatte vor einiger Zeit eines der vielen, an der unregulierten Endach üblichen und gewöhnlichen Hochwässer gegeben, ein stärkeres freilich als die durchschnittlichen, und Onkels Wehr hatte dabei beträchtlichen Schaden genommen. Da die Behörde nach Onkels Reparatur und Wiederinstandsetzung durch einen Hinweis oder sogar eine Anzeige durch einen Anrainer auf angebliche Veränderungen und daraus resultierende Verschlimmerungen der Hochwassersituation im Endachtal aufmerksam gemacht worden war und sich ein gewisser Verdacht durch eine formlose Besichtigung durch einen kleinen Wasserbeamten der Bezirkshauptmannschaft als gegeben und berechtigt, ja als gravierend erwiesen hatte, kam es schließlich auf Anordnung der Behörde zu jenem unseligen Termin.

Es handelte sich bei Onkels Wehr um eine hölzerne Vorrichtung, eine Anlage, die im wesentlichen aus zwei eineinhalb Meter voneinander entfernten, in den Grund des Flußbettes getriebenen Spundwänden aus drei Zoll dicken Eichenbohlen bestand. Der Zwischenraum zwischen den beiden schräg zum Ufer stehenden Spundwänden war mit festgestampftem Lehm und Erdreich ausgefüllt. Onkels Wehr entsprach hierin wie auch sonst ganz dem handwerklichen Brauch und der herkömmlichen Machart kleinerer Wasserwehren. An den Uferseiten befanden sich wiederum zwei mit dem Ufer gehende, somit links in einem spitzen, rechts in einem stumpfen Winkel zum Bachbett stehende Seitenwände. Die beiden Spundwände und die beiden uferseitigen Abschluß- und Anschlußwände wurden durch etliche Schließen, also lange Metallstangen, die durch Löcher in die Bohlen gesteckt wurden und mit großen beilagscheibenähnlichen Platten sowie Schrauben – Vätern und Muttern – bewehrt waren, zugleich aneinander- und auseinandergehalten. Neben dem Wehr aber zweigte der Mühlbach ab, dessen Wasserstand durch ein einfaches, mit Hebeschrauben und einem Göpel versehenes Fluder abgesperrt oder geöffnet, somit nach Belieben und entsprechend den Notwendigkeiten des Betriebes reguliert werden konnte. Vor diesem Brett sammelte sich immer eine Menge Unrat, im Herbst vor allem viel Laub, das ganze Jahr über aber Treibholz und wertlose Gegenstände, die die anwohnenden Bauern und Häusler nach alter Unart und altem Vätermißbrauch in den Bach warfen. (Auch viele Tierkadaver, namentlich tote Hühner, aber auch größere Tiere wie Ferkel und Schafe kamen die Endach heruntergeschwommen und hielten sich vorübergehend im Stauraum des Wehrs und vor dem Fluder auf, bis sie der Mühlenknecht oder der Onkel selbst bei höherem Wasserstand mit einem Rechen über die Krone der Stauwand zerrten und so in den Sog des Altbaches bugsierten.) Meist rotierten diese Trümmer noch Stunden in den Wirbeln und Strudeln des sogenannten Tosbeckens unter dem Wehr, jener flußabwärts durch einen dicken Pfosten, aufwärts durch die Stauwand selbst gebildeten und begrenzten natürlichen Wanne, die den Aufprall der vom Wehr und der Stauwand stürzenden Wasser auffing und milderte, bis eine günstige Welle sie, diese Gegenstände des Abfalls und Unrats, über den Kamm der Abschlußwand des Tosbeckens hinauswarf, sodaß sich die zügige Strömung des fortfließenden Altbaches ihrer bemächtigte und annahm.

Oft stand ich selbst schon als Kind am Ufer, sah in das Tosbecken hinunter und beobachtete den ausdauernden Kampf des Wassers mit diesen Objekten. Es war mir, als würden sich die festen Gegenstände durch ihren Veitstanz gegen das Abschwimmen wehren, als möchten sie sich im Tosbecken festsetzen. Ich stellte mir oft vor, ich sei einer dieser Gegenstände, dachte mich in ihre Lage hinein und konzentrierte mich auf die Aufgabe, alle Untergriffe und Würfe, Stöße und Schneller, Taucher und Tümpfler des Wassers abzuwehren und im Tosbecken zu verbleiben. Plötzlich aber war wieder etwas verschwunden und abgetrieben, und ich führte es darauf zurück, daß meine Identifikation und Konzentration nachgelassen und mich das Wasser in einem unkontrollierten und verträumten Augenblick überrascht und überrumpelt hatte. Dann suchte ich mir ein anderes Holz und begann das Spiel von vorne, diesen Sisyphoskampf, den zuletzt immer das Wasser gewann.

Oft hatte auch ein Brett die stillste Stelle in diesem sonst so nervös brodelnden und wogenden Geviert erreicht und sich für einige Zeit beruhigt. Drehte sich aber das Holz ein wenig und schwamm es mit einem Ende gegen den Wasserfall an der Stauwand, dann wurde es von der Wucht der stürzenden Wasser in die Tiefe gestoßen und in die Wirbel und Strudel zurückgeschleudert. Wie Speere schossen solche in die Tiefe getunkten und getauchten Treibhölzer schließlich in die Luft und nicht selten über das Tosbecken hinaus. Die Gegenstände kämpften nicht nur mit dem Wasser, sondern auch gegeneinander, Holz gegen Holz, Flasche gegen Flasche, sie stießen sich an und drängten sich ab, es war mir wie ein gnadenloser Kampf aller gegen alle.

Viele Fische hielten sich unter dem Wehr auf. Ständig schlugen sie aus dem Wasser, sie hüpften auch gern das Wehr hoch, manchmal bis zur Höhe der halben Stauwand. Sie schienen sich im sauerstoffangereicherten und schäumenden Wasser des Tosbeckens besonders wohl zu fühlen, die Fische empfanden die Gischt und das Perlen des Sturzbaches als angenehm.

Manchmal warf ich auch selbst einen kleinen Klotz ins Wasser des Beckens, durch dessen Form und Gestalt ich mir erwartete, daß er dem Wasser einen besonderen Widerstand und einen interessanten und hartnäckigen Kampf liefern würde. Das erwies sich aber oft als eine Täuschung. Die Gegenstände, die sich im Wasser besonders gut hielten, wurden durch das Wasser ausgewählt, ihre Tüchtigkeit und Tauglichkeit, die ihre Widerstandskraft ausmachten, wurden vom Wasser selbst erprobt und geprüft. Der Herr Onkel sah es übrigens nicht gern, wenn man etwas ins Wasser warf. Wenn er einen Buben antraf, der Steine nach Fischen schleuderte, konnte er sehr ärgerlich und böse werden. Die Nachbarskinder fürchteten auch alle Onkels Zorn und trieben in der Nähe des Wehrs und der Mühle nur selten ihre Späße. Mich aber sah der Onkel gern am Bach stehen und ins Wasser blicken. Er sagte nämlich, daß die Beobachtung des Wassers einen tiefen Sinn habe und zur Ausbildung eines natürlichen Wasserverstandes führe. Ins Wasser zu sehen und den Fluß zu betrachten, sei zudem gesund und heilsam, gesünder und heilsamer als viele von den Ärzten verschriebene und von Apothekern um teures Geld verkaufte Medikamente. Er nannte die Wasserbeobachtung ein großes, unschuldiges Vergnügen. Der Herr Onkel sagte, es wundere ihn, daß die Ärzte nicht längst die Wasserbeobachtung auch als Heilmittel verschrieben und verordneten. Aber es mangle den meisten Ärzten an Wasserverstand. Ein Pfarrer aber, Sebastian Kneipp, ein Mann der Kirche und des Weihwassers, mußte kommen, um die Ärzte an das Wasser und seine heilenden Kräfte zu erinnern. Oft erzählte mir der Herr Onkel Geschichten aus dem Leben des Wörishofener Pfarrers, wie er wahre Wunder mit seinen Güssen vollbracht, aber einen schweren Kampf mit den Schulmedizinern auszufechten gehabt hätte. Von der Wasserbeobachtung könne man jedenfalls eine Menge lernen, sie könne einem Lebensmut und Heiterkeit geben, sie verleihe Zufriedenheit und versöhne einen mit der Schöpfung. Und sie sei außerdem sehr kurzweilig. Der Herr Onkel sagte oft, die Wasserbeobachtung sei nicht nur eine die Seele erhebende Andacht, sie sei auch kurzweilig, kurzweiliger und spannender als irgendein Film. Lieber setze er sich am Sonntag ans Ufer der Endach (von der Traun oder anderen größeren Flüssen ganz zu schweigen) und sehe dem Wasser und den Fischen zu, als daß er in der stickigen Luft eines Eferdinger Kinos auf eine Leinwand starre und irgendwelches sinnlose Flimmerzeug angaffe und anglotze. Lieber beobachte er, wie eine Forelle unter einem Weidenstock ihre Eier ablege, als daß er einem amerikanischen Ganoven bei seinen Liebschaften zusehe. Wer ins Wasser blicke, sei kein Voyeur. Liebe, sagte der Onkel, gebe es in der Natur genug, die Pflanzen- und Tierwelt sei von Liebe geradezu durchwärmt, nur bei den Menschen gebe es die Gleichgültigkeit und den Haß. Noch immer sei das wirklich Wertvolle und Schöne auf der Welt kostenlos und gratis zu haben, etwa an einem schönen Frühlingstag in die Sonne zu blinzeln oder in den Bergen einem stürzenden Wasserfall beim Fallen zuzuschauen.

So entwickelte ich mich neben dem Onkel selbst zu einem Wassermystiker. Noch heute kann ich viele der bedeutenden Wassergedichte und Lieder, die ich zum Teil schon vom Onkel gehört hatte, auswendig. Ich halte neben Goethe Gottfried Arnold für denjenigen Dichter, der der deutschen Dichtung mit seinen geistlichen Liedern die reinsten und tiefsten Wassergedichte geschenkt hat. Die geistlichen Lieder sind wahrlich, um im Bilde zu bleiben, ein unerschöpflicher Quell oder Born für den über das Wasser meditierenden Menschen. Keiner ist wie Arnold in dieses Thema ein- und hinabgetaucht. Wie oft hörte ich den Onkel rezitieren: „Hier seh ich starke Ströme fließen, die Ströme deiner Lieblichkeit, die mir zur Labung sind bereit. Und was für Quellen sich ergießen aus jenem Meer der Ewigkeiten, die schießen alle niederwärts.“ Und wie oft denke ich selbst diesen Text durch: „Brich endlich hervor, du gehemmte Flut, der Weisheit und Liebe aufgehaltene Flüsse, die müssen nach sanfte gestillter Wuth des finsteren Reiches sich völlig ergießen. Mein durstiges Eden sucht Wasser des Lebens.“ Oder auch dies: „Der güldene Mund der Weisheit rinnt so schön, ihr Strom ist süß und krystallin-helle: Sie trägt uns sanft, und bringt uns aus der Zeit selbst in das Meer der großen Ewigkeit.“ Weniger religiös im kirchlichen Sinn, aber nicht minder „weltfromm“ empfand ich immer den berauschendsten Wasserhymnus, „Gesang der Geister über den Wassern“ von Johann Wolfgang von Goethe: „Des Menschen Seele gleicht dem Wasser: Vom Himmel kommt es, zum Himmel steigt es, und wieder nieder zur Erde muß es, ewig wechselnd ..."

Meine Bildung, lieber Neffe, war dergestalt aus zwei Quellen gespeist, die eine Quelle war der Herr Onkel mit seinen eindrucksvollen Reden, die andere Quelle war die Natur. Hätte ich einen „Bildungs-" oder „Erziehungsroman" zu schreiben, so müßte ich natürlich schon um der Vollständigkeit willen meine Schulen und die Lehrer an diesen Schulen erwähnen, sie bedeuteten aber, gemessen am Einfluß, den der Herr Onkel auf mich ausübte, eigentlich wenig.

Die Natur im Umkreis der Mühle kannst du dir, ausgehend vom heutigen Zustand, der durch eine nahezu totale Verplanung und Verbauung bestimmt ist, kaum noch in ihrer Natürlichkeit (Anmut und Lieblichkeit) vorstellen und ausmalen. Man spricht gerne vom Gegensatz zwischen Natur- und Kulturlandschaft, damals dominierte die Naturlandschaft, und es war für die Menschen schwer und schwierig, sich in ihr zu halten und bemerkbar zu machen. Mir kommt es heute vor, als habe unsere Mühle immer gedroht, sie könnte unter den Bäumen und Sträuchern einer urwaldähnlich wuchernden Vegetation und vor allem im Grund der überall hervorbrechenden Quellen geradezu untergehen und versinken. Onkels Mühle war ein Schiff, sozusagen eine „Schiffsmühle", eine Arche ... Brach ein Unwetter los, dann glich der Herr Onkel, wie er durch die Mühle lief, Fenster schloß, dies und jenes für die drohende Drangsal richtete oder anordnete und seinem Mühlenknecht auftrug, einem Kapitän, der mit seinem Schiff in Seenot geraten ist. Der Herr Onkel und sein Knecht vertäuten und verankerten die Mühle. Kam ein Unwetter des Nachts, so war es seinerzeit selbstverständlich, daß wir alle aus den Betten stiegen und aufstanden, um gerüstet zu sein. Wachet und betet, denn ihr wisset weder den Tag noch die Stunde ... Wie strahlend aber brach gerade oft nach solchen „reinigenden" Gewittern in Sommernächten der Morgen an! Dafür Worte finden! Wie sie etwa Joseph Freiherr von Eichendorff in seiner romantischen Müllernovelle „Aus dem Leben eines Taugenichts" gefunden hat: „Die Sonne war eben prächtig aufgegangen ..." Prächtig gesagt, Herr von Eichendorff!

Schon als Kind war ich ein Frühaufsteher. Vielleicht lag es ganz einfach daran, daß damals die Natur und die Sonne „natürlich" das Leben der Menschen (auch der Kinder) ordneten. Noch heute aber ist mir ein Mensch, der nachts wacht und tags schläft, wenn er dazu nicht (wie etwa ein Müller oder anderer Nachtarbeiter) gezwungen ist, ein unverständlicher Mensch.

Damals war es keine Seltenheit, daß die Bauern schon um sieben Uhr morgens zur Mühle kamen. Und sie hatten meistens schon eine längere Fahrt hinter sich. Fuhrwerk um Fuhrwerk reihte sich oft an der Mühle auf. Die Bauern und Knechte, die auf die Abfertigung durch den Onkel und dessen Knecht warteten, standen häufig in Gruppen beisammen und unterhielten sich über die Landwirtschaft. Von Zeit zu Zeit gingen sie zu ihren Pferden, beruhigten sie, wenn sie unruhig geworden waren, oder rückten mit ihrem Fuhrwerk nach. Hatte ein Bauer ein neues Pferd, so erzählte er den anderen alle Einzelheiten über seinen Kauf und dessen Zustand. Die anderen aber beobachteten und musterten das neue Tier, lobten die Anschaffung oder tadelten sie auch, wenn sie Fehler zu entdecken glaubten oder wenn ihnen der Kaufschilling zu hoch vorkam. Dabei wurde den Pferden ins Maul geschaut, auch die Füße mußten sie heben, um die Hufe herzuzeigen. Vor der Mühle und während des Wartens wurde selbst mancher Handel ausgemacht. Einer bat den anderen um dies oder jenes, es wurden Termine abgesprochen.

Oft wurde aber auch politisiert. Selbst dort, wo von der sogenannten hohen Politik die Rede war, war in der Art der kleinen, etwa der Agrarpolitik, von dieser „hohen" Politik die Rede. Die Bauern betrachteten die einzelnen europäischen Staaten und Länder offenbar als Höfe mit Grundbesitz. Sie sprachen nicht etwa vom russischen, polnischen oder französischen Volk, sondern nur „vom Russen", „vom Polen" oder „vom Franzosen“. So reduzierten sich ganze Nationen gewissermaßen zu Individuen und die Völkerpsychologie zur Individualpsychologie. Hatte es Krieg gegeben, so hieß das in dieser Ausdrucksweise, der eine, meinetwegen „der Franzose“, habe dem anderen, meinetwegen „dem Engländer“, „eine heruntergehauen“. Sehr viel war von der Agrarpolitik selbst die Rede. Immer sprachen sie von Ungarn als der „Kornkammer Europas“. Einmal sagte einer: Wenn der Magyar mit seiner Bakonyasau wieder auf den Markt kommt, kann sich der Deutsche mit seinem Edelschwein heimgeigen lassen. Wunder wurden über den landwirtschaftlichen Reichtum mancher Länder gemeldet. Der Franzose schwimmt im Champagner, sagte einer. Vom Deutschen aber hieß es immer, er habe „die beste Maschine“. Der Russe müßte nur den Schlagbaum heben und den Deutschen mit seiner Krupp über die Ukraine lassen! Da immer wieder von „der deutschen Maschine“ die Rede war, erschien mir, dem danebenstehenden und gespannt zuhörenden Kind, Deutschland lange Zeit als eine Art Maschinenring. Die Kolonien der Engländer waren in dieser Betrachtungsweise ein abseits der engeren Gemarkung liegender, besonders wertvoller Pachtgrund, wo unerhörte Dinge wie etwa der Kaffee oder der Pfeffer wuchsen. Von Österreich selbst sprachen die Bauern damals, nach dem Ende der Monarchie, wie von einem abgewirtschafteten und unbedeutend gewordenen Bauerngut. Der Österreicher war ein Kleinhäusler geworden. Öster*reich* sei nicht mehr *reich*, sagte einer, es müßte eigentlich Öster*arm* lauten. So müßte es jetzt eigentlich heißen. Ich merkte freilich sehr bald, daß manches von dem, was Onkels Kunden erzählten, nicht ganz ernst zu nehmen und auch nicht mit jenem zu vergleichen war, was der Onkel selbst vorbrachte. Vor allem war die Rede manches Bauern von häßlichen Vor- und Pauschalurteilen entstellt, gewisse Völker, wie etwa „der Italiener“ kamen darin sehr schlecht weg. „Der Italiener“ sei feig, hieß es, und er laufe im Ernstfall „weiter, als er heim hat“. Auch „am Slawen“ hatten die Bauern oft etwas auszusetzen. Darauf darfst du nicht hören, sagte später die Tante zu mir.

Dabeizustehen und zuzuhören, wenn ältere Menschen miteinander sprachen, hatte aber für mich als Kind eine eigenartige Faszination. Lieber, als mit Gleichaltrigen zu spielen, war mir das Zusehen bei den „Spielen“ und den Arbeiten der Erwachsenen. Darum entging mir etwa auch keine der Übungen der Feuerwehr, und war es möglich und von der Tante erlaubt worden, so begab ich mich auch zu den Einsätzen in Brand- oder sonstigen Ernstfällen und beobachtete die Männer bei ihrer Arbeit. (Was sich durchaus mit meiner späteren Kritik an den Landfeuerwehren verträgt, von der noch zu berichten sein wird.)

An einen denkwürdigen Einsatz unserer Feuerwehr, den ich als Kind miterlebte, erinnere ich mich ganz besonders. Es handelte sich um das Fällen der alten Friedhofslinde an unserer Pfarrkirche, das notwendig geworden war, da der Baum mit seinen Wurzeln nicht nur das fundamentale Mauerwerk des Kirchengebäudes beschädigte und durch das ungezügelte Wachstum der Krone den Turm und das Dach beeinträchtigte, sondern auch den Verkehr auf dem Friedhof durch herabstürzende Äste gefährdete. Dem Pfarrer, hieß es, habe das Herz geblutet und er hätte für die Linde, diesen alten Kirchenangehörigen, am liebsten ein Requiem gelesen, er habe aber schließlich nicht umhingekonnt, den Feuerwehrhauptmann zu bitten, den alten Baum umzuschneiden. Er bat um möglichst schonendes Vorgehen, auch im Hinblick auf den Baum, den „jahrhundertealten Schattenspender“, vor allem aber deshalb, damit dabei weder die Kirche und die Friedhofsmauer noch die nahegelegenen Gräber Schaden litten. Ich bitte euch, macht es christlich, sagte der Pfarrer.

Ich mußte damals erleben, wie bei aufsehenerregenden Aktionen dieser Art verständige und besonnene Männer, nachdem sie im vorhinein einen genauen Plan entworfen und mit aller Bedachtnahme und unter Einbeziehung mancher möglichen unvorhersehbaren Risiken, Gefahrenmomente und Eventualitäten zu Werke gehen, schließlich, wenn sie zur eigentlichen Tat schreiten, alsbald doch in eine gewisse Hektik geraten, vorübergehend den Überblick und die Beherrschung verlieren, spontane Leistungen und Fehlleistungen erbringen, individuelle Extras, die den vorher ausgemachten, kollektiven Plan stören und durcheinanderbringen, heikle Situationen und kleinere Unfälle heraufbeschwören und zuletzt der Eigengesetzlichkeit alles Bewegten einen nicht geringen Tribut zollen. Die Sache begann damit, daß einer der als Steiger vorgesehenen Burschen, die mit dem Absägen der oberen Äste beginnen sollten, zu schnell hinaufwollte und darum herunter-, unsanft auf dem Boden auf- und so für die weitere Arbeit ausfiel ...

Dann erwiesen sich die abgesägten Äste in einzelnen Fällen doch als länger als vermutet und geschätzt und schlugen weiter ins Friedhofsgelände hinaus, als das Bodenpersonal, das mit dem Abdecken der Gräber und dem weiteren Zerkleinern und Abtransportieren beschäftigt war, angenommen hatte. Einige der starken, selbst wie Bäume wirkenden Äste brachen und lösten sich früher vom Stamm als prognostiziert, verfingen sich beim Absturz in tieferstehenden Ästen und hielten darum nicht die Richtung ein, die ihnen zugedacht war.

Der Hauptmann, der den für unsere Feuerwehr doch ungewöhnlichen Einsatz leitete, rief seinen Männern von unten verschiedene Kommandos zu, um die Tätigkeiten der drei Burschen im Baum zu koordinieren und auch mit den Positionen der Ebenerdigen abzustimmen, nicht immer aber nahm sich der Gemeinte des Kommandos des Einsatzleiters an, sodaß Korrekturen, Einschränkungen und Zusätze notwendig wurden. Hin und wieder wurde auch der Kommandant von seinen Steigern über die Verhältnisse in der Krone belehrt und um neue, nach Meinung der Steiger den Verhältnissen höhernorts und dort oben angemessenere Anweisungen ersucht. So begleiteten muntere Reden das Geschehen, dabei wurde die Linde selbst immer schmaler, niedriger und kleiner. Zum Schluß stand der Stamm, ein mächtiger, aber häßlich amputierter Strunk, allein da. Die Männer hatten noch ein Seil an seinem oberen Ende befestigt und sich dann hinuntergehangelt. Nachdem die Reste der Äste verarbeitet, verfrachtet und weggebracht waren, gingen die Feuerwehrleute an das Umsägen. Einer hackte mit einer großen Axt eine tiefe Kerbe in jene Seite des Stammes, wohin der Baum fallen sollte, zwei andere begannen von der anderen Seite zu sägen. Ein Teil der Männer aber zog am langen Seil in die Fallrichtung. Der Kommandant schlug einen Keil in den Schnitt und trieb diesen Zwickel von Zeit zu Zeit nach, damit die Säge nicht klemmte und der Baum auch nicht im Zweifel und unklaren über die gewünschte und vorgesehene Richtung seines Sturzes gelassen würde. Schließlich fiel der Baum. Er sauste unter Getöse zu Boden, er krachte auf die Erde, kleinere Ästchen spritzten in die Luft. Der Baum schien sich dann noch einmal erheben zu wollen und legte sich zuletzt endgültig, als hätte er die bequemste Ruhelage gefunden, fast vorsichtig hin.

Die Männer machten eine Pause. Sie setzten sich auf den Baum oder standen um ihn herum, ganz wie Großwildjäger sich neben ihrer stattlichen Beute zeigen. Einer brachte eine Kiste Bier, einige rauchten Zigaretten. Der Pfarrer sagte, daß er Rauchen und Trinken auf dem Friedhof nicht gerne sehe, daß er es aber diesmal ausnahmsweise durchgehen lassen wolle. Er zahlte den Männern sogar selbst das Getränk, bat sie aber, nicht auf „die Weihe des Gottesackers" zu vergessen. Die wackeren Männer hielten eine ausführliche Manöverkritik. Zug um Zug gingen sie die abgeschlossene Aktion noch einmal durch. Der Hauptmann erinnerte an verschiedene Vorschläge, die er bereits bei der Planung gemacht hatte, die er aber unter dem Eindruck von Gegeneinwänden anderer zurückgestellt hatte, und er fand, daß der eine oder andere seiner ursprünglichen Vorschläge sich im nachhinein als der tunlichere und günstigere erwiesen hätte. Wohl sei der Baum ja nun gefällt, und der Schaden an Gräbern halte sich in Grenzen, doch hätte die eine oder andere Verzögerung und Schwierigkeit bei der Arbeit auf diese oder jene Weise umgangen oder doch vermindert werden können. Der Hauptmann wandte sich vor allem an seine jungen Männer, von denen er sagte, daß sie noch zu lernen hätten. Die Jugend handle oft wie der erste Steiger, der vom Baum gefallen war, zu unbedacht und zu hitzig. Er und andere ältere Wehrmänner erzählten denn auch beispielsweise und zur Beleuchtung und Demonstration der Vor- und Nachteile bei der diesmaligen Vorgangsweise von früheren schwierigen Aufgaben vergleichbarer Art, wie sie im Jahre Sowieso mit den vielen schweren Windbrüchen befaßt gewesen seien, aber auch von schweren Feuersbrünsten und Hochwassereinsätzen. Und man war sich einig, daß eine Friedhoflinde umzulegen auch angesichts der erschwerenden Umstände durch den Platzmangel und die Nähe des Kirchturmes gleichwohl eine Kleinigkeit darstelle im Vergleich mit diesem oder jenem Einsatz damals und damals. Auch vom Material und von den Geräten war die Rede und was in nächster Zeit angeschafft werden sollte, um diesem oder jenem besser begegnen zu können und für diesen oder jenen Ernstfall besser gewappnet zu sein. Der Hauptmann fragte den abgestürzten jungen Steiger, wie er sich fühle, und als dieser sagte, daß es weiter nicht schlimm sei und es sich bloß um eine gröbere Prellung handle, meinte der Hauptmann, daß dem Jüngling auch dies eine Lehre für seine Zukunft bei der Feuerwehr sein könne. Und zwar könne man daraus lernen, daß der Bedacht immer noch schneller zum Ziel führe als das Ungestüm.

Nachdem der Baumann des Pfarrers das anfallende Ästewerk und das Holz verladen und weggebracht hatte, forderte auch der Hauptmann seine Leute auf, auszutrinken und ans Zersägen des Stammes zu schreiten, damit der Einsatz zu seinem gewünschten Ende und Abschluß gebracht werden könne.

Ein andermal beobachtete ich, wie ein neuer Pächter der Endach sein Fischwasser elektrisch leerfischte, eigentlich leerfischen wollte, der Versuch mißlang nämlich einigermaßen. Man versuchte es anfangs mit einem Boot, in das man das Aggregat gestellt hatte. Dabei machte man aber die Erfahrung, die man auch aus einer Spezialladkarte hätte ablesen können, nämlich, daß die Endach nicht schiffbar war.

Die Schwierigkeiten, das Boot in der Fahrrinne zu halten oder nach dem Auflaufen auf Sandbänken oder Abgetriebenwerden in uferseitige Ausbuchtungen mit stehendem Wasser wieder dorthin zu lotsen, waren zu groß. So entschloß man sich, vom Ufer aus zu fischen, das Elektrogerät, diesen unmenschlichen Elektrisierapparat, am Ufer von Stelle zu Stelle zu tragen und einen stiefelbewehrten Mann mit der tödlichen Kathode, die sich in einer harmlos aussehenden Reuse verbarg, ins Wasser zu schicken, während man die Anode, den anderen Pol, vom Ufer ins Wasser hängte. Die größeren Fische, die, durch den Induktionsstromstoß betäubt, bäuchlings an die Oberfläche kamen, wurden von einem der Männer mit einem Netz eingesammelt und später erschlagen, die kleineren wurden nicht beachtet und schwammen, wenn die Bewußtlosigkeit und Benommenheit vorüber war, wieder ihres Weges. Da es unmöglich war, das Boot im Bachbett zu führen, dann aber wegen der Umständlichkeit des Transportes von Generator und Aggregat am Ufer, brach man schließlich den elektrischen Versuch vorzeitig ab. Es kam erschwerend hinzu, daß der Onkel durch Absenken des Wasserspiegels die Unternehmung nicht gerade unterstützte. Der Pächter des Fischwassers hatte verabsäumt, sich mit dem Herrn Onkel ins Einvernehmen zu setzen. Der Onkel selbst aber hielt wohl mehr zu den Fischen als zum Pächter, einem Bauunternehmer aus Ried im Innkreis. Der Herr Onkel sagte, die Jäger und Fischer machten es sich heute zu leicht. So wie er Jahre später einmal die amerikanischen Besatzungssoldaten wegen ihres übertechnisierten Fischereigerätes kritisierte (wovon noch zu handeln sein wird), so sagte er auch damals, daß sich die Chancengleichheit zwischen Jäger und Wild (Fischer und Fisch) durch die Verwendung vieler technischer Hilfsmittel wie Gewehren mit Zielfernrohr oder dieser Elektrogeräte sehr zu Ungunsten des Wildes (und der Fische) verschoben hätte. Eigentlich habe das Wild heute keine Chance. Der Herr Onkel wollte überhaupt nur die Falknerei als eine anständige und menschenwürdige Jägerei gelten lassen. Nur die Beize sei eine gute

Sache, das Zähmen und Anlernen von Falken, nicht aber die heutige Hatz und Treibjagd. Waidwerk und Jagd, sagte der Onkel, würden oft als „königlich“ und als eine „hehre Kunst“ bezeichnet. Seiner Meinung nach gelte das aber nur für die alte Jagd, nicht für die heutige mit den vielen Prothesen. Ars venandi, ars venandi ..., sagte der Onkel. Ja, sagte er, sicherlich *ars* venandi, Jagd*kunst*, aber ars venandi cum avibus! Cum avibus! Die Jagd mit Vögeln sei eine Kunst!

Gern zitierte der Herr Onkel so das Jagdbuch des Hohenstaufers Friedrichs II. „De arte venandi cum avibus“. Das sei unter dem edlen Waidwerk und der königlichen Jagd zu verstehen, jenes Jagen mit abgerichteten Falken, wie es die wahren Könige betrieben hätten, angefangen von Heinrich I. über Friedrich Barbarossa und Friedrich II. bis zu Maximilian I., dem „letzten Ritter“. Und gerade so hätten die Päpste Pius II. und Leo X. gejagt. Mir ist später, aufmerksam gemacht durch die Reden des Herrn Onkels, Friedrichs II. Buch über die Falknerei zu einem Lieblingsbuch geworden. Ich habe es auch heute bei mir hier in der „Bruderliebe“, lese oft darin und bewundere die Scharfsichtigkeit der Naturbeobachtung des Kaisers und die Majestät seiner Gedanken. Man kann von ihm im wahrsten Sinne des Wortes „Hoheit“ lernen und sich bei seiner Lektüre aus den Niederungen all der Flachheiten und Plattheiten, die einen überall, auch hier in der „Bruderliebe“, umgeben, erheben, erheben wie das edle Tier des Falken. So wie den Falken Zucht, so wird auch dem Leser dieses „herrlichen“ Buches Adel und Edelsinn beigebracht, wenn es etwa heißt: „Daß vor allem Adelige diese Kunst erlernen und gerne ausüben, nicht aber unedel Geborene, liegt vermutlich daran, daß diese Kunst feiner ist als andere. Es ist auch offensichtlich, daß diese Kunst des Jagens mit Vögeln wirklich und wahrhaftig eine *Kunst* ist, ehrlicher und würdiger als andere Jagdarten, auch schwieriger, und daher vorzuziehen.“

Der Onkel aber sah damals zum Fenster seiner Mühlstube hinaus und spottete über den Bauunternehmer und seine elektrischen Fischer, als sie sich immer wieder in den

Weiden und im Gestrüpp des Ufers verfingen und mit ihren Batterien, Akkumulatoren und Aggregaten kaum an den Bach herankamen. Was er hier am Bach sehe, sagte er, seien keine Fischer, sondern Anästhesisten und Narkotiseure, letztlich aber Mörder. Hier handle es sich um keine Jünger Petri, sondern um Jünger der Elektrizitätswirtschaft, die statt mit einer Angel mit einer Elektrisiermaschine daherkämen. Petri Heil!, sagte der Herr Onkel lachend und öffnete das Fluder an seiner Turbine, das vom Inneren des Mühlenhauses zu bedienen war, noch ein wenig, sodaß der Wasserspiegel weiter abgesenkt wurde. Die Männer des Fischwasserpächters sahen aber verzweifelt auf diesen ... Hier im Seichten konnten sie nicht weiter fischen!

Was das würdige Fischen betreffe, sagte der Onkel, so habe er wie vor den Falknern eigentlich nur vor jenen Fischern Respekt, die die Fische mit der bloßen Hand fingen, ähnlich wie die beiden Müller von Fraham, die weitum wegen ihrer Fischdressur gerühmt wurden. Eindrucksvoll, sagte der Onkel, müsse auch das sogenannte „Drachenfischen“ sein, wie es in Melanesien, Mikronesien und Indonesien geübt werde, eine Fischereiart, bei welcher ein Drachen, den der Fischer am Gürtel befestigt halte, eine Schnur mit einer Angel durch das Wasser ziehe. Beiße aber ein Fisch an, dann hole der Fischer den Drachen und die Beute ein. Der Onkel lobte diese „Ars venandi cum draconibus“, wie er sagte. Diese drakonische Fischjagd besitze seiner Einschätzung nach dieselbe Würde wie die Beize mit Jagdfalken.

Nicht nur einmal besuchten wir damals die Benediktinerabtei in Kremsmünster und insbesondere die Fischbehälter. Ich kenne noch heute nichts, was einen Natur- und Kunstfreund ähnlich herzlich erfreuen und begeistern könnte wie diese von Carlo Carlone und Jakob Prandtauer errichteten Fischbecken mit den überdachten Arkadengängen zwischen ihnen und entlang der Außenwände und den Brunnen und Brunnenfiguren. Klares, kaltes, quellfrisches Wasser aus allen Brunnen in allen Behältern, überwölbt und rundum begrenzt von schönstem klassischen Barock. Es ist ein heiteres, offenes Gebäude, das den Himmel wie in ein Atrium hereinsehen läßt, es besitzt gerade jene Heiterkeit, die entsteht, wenn sich der nötige sittliche Ernst zur kreatürlichen und natürlichen Lust gesellt. Schon als Kind hatte ich, in einem der überdachten Gänge stehend und ins Wasser eines Behälters blickend, das Fallen des Wassers aus den Brunnen im Ohr, eine Intuition von Frieden und „Heil", einen „Schimmer" und Glanz (den ich gar nicht als „Abglanz" bezeichnen und entwerten möchte) des Himmlischen. Schrecklich aber schlug es mir gerade dort manchmal urplötzlich in die Seele, daß wir, um endgültig in das Paradies zu gelangen, von dem uns dieser „heilige" Ort, dieser „locus amoenus", eine Ahnung und Analogie schenkt, durch den Tod müssen, die Menschen geradeso wie die Forellen in Carlones Becken, die, entsprechend der Bestimmung des Gebäudes, dort für die Fastenzeit, insbesondere die Karwoche, gehalten wurden ... Mir hat auch die Sehnsucht, angesichts von etwas überragend Schönem sterben zu wollen, oder die Furcht, durch den Anblick des Schönen selbst sterben zu müssen, immer „eingeleuchtet". „Wer die Schönheit angeschaut mit Augen, ist dem Tode schon anheimgegeben ..." Nirgends sonst kann einem auch das eigene Elend und Unglück so sehr bewußt werden wie an einem solchen Platz. Die umgebende Schönheit nimmt einen entweder mit und hebt einen empor oder läßt einen manchmal auch entsetzlich allein und noch tiefer ins eigene Elend zurückfallen. Dort, wo die Exaltation ist, das himmelhohe Jauchzen und der Jubel, dort ist auch die Depression, die tödliche Trauer nicht weit. Der weitgehende Indifferentismus unserer Zeit, die geistig und geistlich höchst bedenkliche weltanschauliche Gleichgültigkeit, resultiert meines Erachtens auch zu einem Gutteil daher, daß wir von „Nichtssagendem" und „Unbedeutendem" umgeben sind, was von der Architektur bis zu den übrigen Künsten reicht, daher kommt unsere „Hoffnungslosigkeit" ... Es fehlt die Perspektive, lieber Neffe! Der Kremsmünsterer Fischbehälter hat diese Perspektive, auch der dem Fischbehälter benachbarte, von Jakob Prandtauer erbaute Kuhstall besitzt sie.

Die Abtei des Welterlösers in Kremsmünster widerlegt die an sich alte Regel: Die Benediktiner bauen auf dem Berg (Monte Cassino!), die Zisterzienser im Tal am Fluß. Wie ist die gesamte Klosteranlage von Wasser umspült, durch Brunnen geschmückt, von einem Bach und Kanälen durchzogen, von Teichen umgeben! In den Piscinarien aber erscheint das Wasser, und nicht nur in einer dünnen Wasserleitung, sondern in Fülle ins Hausinnere hereingenommen. Mancher hält sich heute einen Hund oder einen Kanarienvogel oder ein anderes bescheidenes Haustier als Untermieter, auch recht klein bemessene Aquarien trifft man in manchen Wohnungen. Verglichen mit barocken Vogel- oder Fischhäusern nimmt sich dies alles eher dürftig aus. Die Mönche scheinen ihre Vorliebe für Fischbecken von den Römern ererbt zu haben. Bei den Römern war es bekanntlich neben Crassus der auch heute noch sprichwörtlich berühmte Lucius Licinius Lucullus, der große Piscinarien als wahre Luxusbauten errichten ließ und die Römer (sicherlich nicht gerade die Sklaven ...) mit den beliebten Fischen belieferte, dem Acipenser (Stör), der Aurata (Goldbrasse), dem Lupus (Hecht), mit Mullus (Barbe), Muraena (Muräne), Rhombus (Butt) und wie die Fische alle heißen mögen und geheißen haben, von denen uns Horaz, Ausonius, Varro und wie die Autoren und Autoritäten alle heißen mögen und geheißen haben, so anschaulich und ausführlich berichten. Rein architektonisch erinnert der Kremsmünsterer Fischbehälter auch an die römischen Atriumhäuser, deren Dach geöffnet war, um Licht und Sonne, aber auch den Regen hereinzulassen, weshalb die Römer diesen Teil des Hauses wie erinnerlich nach „pluvium“, der Regen, das „impluvium“ nannten. Durch diese Oberlichte des Atriumhauses zog auch der Rauch des Herdes ab. Das gesamte Familienleben ereignete sich in diesem einen Raum unter dem geöffneten Dach, hier wurde gekocht, geopfert und gegessen. Unter dem Impluvium befand sich schließlich die Zisterne. Die Zisterzienser nennen sich nach der Ortschaft Citeaux in Frankreich, die ihrerseits ihren Namen vom lateinischen cisterna oder cistercium herleitet, womit die Römer den erwähnten unterirdischen Behälter zum Auffangen des Wassers bezeichneten. Nomen est Omen: Der zisterziensische Zweig des Benediktinerordens ist denn auch berühmt für seine „Hygrophilie". Die Zisterzienser sind „hygroskopisch". Durch ein rechtes Zisterzienserkloster muß man waten können ...

Ein Zisterzienserkloster ist ein christliches Quellenheiligtum, und Petrus der Fischer, der zum Menschenfischer wurde, ist sein Patron. Wer sich in einem solchen Klosterkomplex bewegt, muß oft übersetzen, über Gräben springen, Furten durchmessen oder Brücken überqueren. Selbst die Kirchen und die Altäre hat man mancherorts nur schwerlich trockenen Fußes erreicht. Der Priester stand in vielen Kirchen bei der Predigt auf einer sogenannten Fischerkanzel, unter einigen Altären gab es Zisternen mit Wasser, dem man Heilkraft nachsagte. Bleibt nur noch daran zu erinnern, daß der Priester bei feierlichen liturgischen Handlungen in das „Pluviale" gehüllt war, jenen schweren Umhang, der, wie der Name andeutet, einmal ein profaner Regenmantel gewesen war. Im Pluviale mag auch der „pater familias", der römische Hausvater, das Impluvium seines Atriumhauses betreten haben, wenn Neptun und sein Äolus, der für Wind und Wetter Zuständige, im Herbst oder Winter die Schleusen über dem italienischen Himmel öffneten. Nur die Friedhöfe der Zisterzienser waren außerhalb des Klosters, jedenfalls des Quellbereichs. Weil man ja weiß, daß der feuchte Boden konserviert, was für einen Gottesacker aber ein sehr unerwünschter Effekt wäre. Noch heute zieht man ja unversehrte Pfahlbaudörfer und nahezu unverweste Moorleichen aus dem Grund. Der Sarg soll keine Konserve sein, ein Friedhof kein Konservatorium.

Ich habe durch Onkels Reden selbst sehr früh eine tiefe Neigung nicht nur zur Natur, sondern auch zur griechischen Naturphilosophie gefaßt, ich war noch keine fünfzehn Jahre, als ich griechische Philosophen in deutscher Übersetzung zu lesen begann. Später habe ich mir durch Selbststudium und nach Kauf einer griechischen Grammatik und eines Vokabelbuches mindestens soviel Kenntnis der alten Sprache der Hellenen verschafft, daß ich Kern- und Leitwörter der Texte im Original identifizieren konnte. Und heute, da ich selbst mein Berufsleben, das Mahlen und den Schuldienst, abgeschlossen habe, weiß ich mir keine erfrischendere Lektüre als Thales von Milet oder Heraklit, dem das „panta rhei" (wohl fälschlich) zugeschrieben wird. Ich genieße die Lektüre der Naturphilosophen wie ein Bad in klaren Fluten. Und ich wünschte für dich, lieber Neffe, auch du fändest neben deiner schweren Arbeit Zeit und Muße, dich bei den Griechen oder Römern ein wenig umzusehen. In der Mühlstube müßten ja noch etliche Reclambändchen liegen, wenn du sie nicht, was ich nicht hoffen will, entfernt und beseitigt hast. Es wäre eine barbarische, wenn auch sehr beziehungsreiche Untat, wenn du den guten Thales, der das Wasser als das Urelement ansah, in den Mühlbach hinausgeworfen hättest.

Es können sicherlich noch einmal tausend und abermals tausend Jahre vergehen, es werden die Menschen, sofern sie sich nicht selbst vernichtet haben, mit Staunen und Bewunderung Heraklits Worte lesen: „In denselben Strom steigen wir hinab und steigen auch nicht hinab. Denn in denselben Strom vermag man nicht zweimal zu steigen, sondern immer zerstreut und sammelt er sich wieder, fließet zugleich zu und ab." Thales aber sagt: „Der Urgrund aller Dinge ist das Wasser (hygron). Aus Wasser ist alles und in Wasser kehrt alles zurück." Von Homer ganz zu schweigen, der dem Okeanos und der Thetis die Entstehung des Alls zugeschrieben hat ...

Leider zeige die Wasserbeobachtung heute mehr und mehr Hinweise auf menschlichen Unverstand, ja verbrecherischen Leichtsinn, sagte der Herr Onkel. So gesehen habe sich der Wasserbeobachter auch wieder über keinen Mangel an Spannung zu beklagen, und es werde sein detektivischer Spürsinn trainiert. Spätestens alle zwanzig Minuten wird der Beobachter irgendeines mitteleuropäischen Flusses daran erinnert, daß er sich nicht in der unberührten Natur befindet. Das Wort „unberührt", sagte der Onkel, klinge sehr keusch und erinnere an eingezogene Jungfrauen und höhere Töchter in Internaten des 19. Jahrhunderts. „Unberührte" Flüsse, sagte der Onkel, also „reine" Flüsse gebe es heute im europäischen Raum kaum noch. Die meisten Bäche seien heute „berührt", es sei wohl ähnlich wie mit den Menschen: Man müsse die Unschuld bei den Menschen unter Kindern suchen, bei immer kleineren und jüngeren Kindern. So müsse man bei den Bächen sehr weit zum Ursprung (ad fontes) und zur Quelle vordringen, um reines Wasser zu erleben. Der Onkel sagte, wenn er im Keuschheitsbild bleiben solle, dann machten die meisten österreichischen Bäche heute einen eher „berührten" und befleckten Eindruck. Die Reinheit sei geschwunden oder doch eingeschränkt. Sehe er etwa auf die Ager, dann erscheine sie ihm wie eine völlig abgelebte, ja todgeweihte Lebe- beziehungsweise „Todesdame". Vor Lenzing und seiner Zellulosefabrik sei die Ager zwar nicht mehr ganz jungfräulich und unberührt, aber doch noch halbwegs sauber und rechtschaffen anständig, nach Lenzing aber sei sie geschafft. Es sei empörend, was die Fabrikanten und Industriellen mit der Ager trieben, es sei ein Skandal, nach Lenzing habe die Ager Syphilis, Tripper und Schanker zugleich. Was da nach Lenzing fließe, sei nicht mehr ohne weiteres als Wasser zu erkennen. Wer an einem solchen Bach leben müsse, könne sich leicht anstecken, auch wenn er sich nicht auf ein „Bad in den Fluten" (dieser Brühe ...) einlasse oder gar das Wasser, wie man es noch vor dreißig Jahren ohne Gefahr für Leib und Leben gekonnt habe, trinke. Heute werde man krank vom Hinsehen, die Wasserbeobachtung führe zu Depressionen und tiefster Niedergeschlagenheit, es breche einem Wasser- und Naturfreund das Herz, wenn er einen solchen tausendmal vergewaltigten und einem Sexualattentat der Großindustrie und der Unzucht des Kapitals zum Opfer gefallenen Fluß in den giftigsten Farben daherblubbern sehe. Viele Flüsse führten heute Säuren oder Basen in ihren Betten. Früher habe man gesagt, Wasser sei chemisch gesehen H_2O plus Spurenelemente. Das sei das Wasser in seiner idealen Form, sein realer Chemismus sei heute aber anders ...

Die Mythologie der Griechen und Römer habe die Flüsse mit Nymphen, schönen, anziehenden weiblichen Wesen, in Verbindung gebracht. Sieht man einen klaren Gebirgsbach oder einen reinen See, so kann man tatsächlich auf diesen Gedanken kommen. Auf eine solche Idee käme aber heute keiner, der am Ufer der Ager oder eines anderen verschmutzten Wassers stehe. Soviel Phantasie und Glauben könne gar keiner haben, daß ihm beim Anblick des Rheins der Gedanke an eine schöne Frau käme, er glaube, auf eine solche Idee könne ein Düsseldorfer etwa heute kaum noch verfallen. Auch vom „Vater Rhein" zu sprechen, sei inzwischen unpassend, zu viele Vatermörder gebe es unter den chemischen und pharmazeutischen Fabriken an den Ufern. Der Herr Onkel sagte, Zynismus liege ihm durchaus fern, er glaube aber, daß sich auch der großartige Komponist und Musiker Robert Schumann in all seiner Traurigkeit, seiner Krankheit und seinem Elend einen Sprung von der Düsseldorfer Rheinbrücke dreimal überlegen würde. Wer heute in einen solchen Fluß springe, der ertrinke nicht nur, er vergifte sich vor allem, ein solcher Selbstmörder stirbt an der Chemie. Da könne er wirklich daheim bleiben und ein reguläres und anerkanntes Gift schlucken, es sei denn, er suche doppelte Sicherheit; suche jemand doppelte Sicherheit, so sei er freilich gut beraten, ins Wasser zu gehen. Der Herr Onkel sagte, nicht er sei zynisch, sondern die Verhältnisse seien zynisch. Es sei inzwischen fast makaber, an einem Bach, namentlich an einem Wehr zu siedeln. Zu viele seien es, die heute im Wasser (und auf alle anderen Arten) den Freitod suchten. Es gebe ihm sehr zu denken, daß man immer vom finsteren Mittelalter spreche, daß man aber gerade von dieser angeblich so finsteren Zeit wisse, daß es nahezu keine Selbstmorde gegeben habe. Erst mit der Renaissance und der neuzeitlichen Überheblichkeit beginne das Unheil. Es gelte als Zeichen der Souveränität und Selbstbestimmung des Menschen, daß er sich selbst richtet. Darin lägen der Fortschritt und das Glück des Menschen. Die Politiker hielten ständig die optimistischsten Reden, in den Reden aller

Politiker heiße es unisono, daß die Menschen noch nie in einem solchen Wohlstand gelebt hätten und ergo so glücklich gewesen wären wie in unserer Jetztzeit. Und während die Politiker in ihren Sonntagsreden, die sie aber nicht nur am Sonntag, sondern täglich halten, unablässig vom Wohlstand und vom Paradies reden, fischen die Müller und Elektrizitätskraftwerkswärter an ihren Wehren und Eisrechen die Selbstmörder aus dem Wasser. Es gebe an den großen Strömen Europas wie etwa in Albern an der Donau Selbstmörderfriedhöhe, die allgemach zu klein würden, aus aller Herren Länder Europas kämen sie angeschwommen, die wenigsten seien überhaupt noch zu identifizieren.

Der Herr Onkel sprach oft über dieses traurige Kapitel seines Lebens am Bach. Und er nannte viele Namen von Dienstboten von Bauernhöfen, die in seiner Zeit ins Wasser gegangen oder sich sonstwie mit Stricken, Messern oder Schußapparaten zu Tode gebracht hatten. Aber die Müller zögen beileibe nicht nur Dienstboten, arme Knechte, vor ihren Turbinen aus dem Wasser. Was er im Laufe seines langen Müllerlebens an seinem Wehr oder vor der Turbine an Menschen herausfischen habe müssen, sei vielmehr ein Querschnitt durch alle Bevölkerungsschichten, das Unglück sei weiß Gott nicht von den Armen gepachtet, wenn auch bestimmte Bevölkerungsgruppen unter den Unglücklichen, die er im Laufe seines Müllerlebens geborgen habe, überdurchschnittlich hoch vertreten gewesen seien. Eine dieser überdurchschnittlich hoch vertretenen Gruppen seien neben den Knechten etwa die Auszugbauern. Ins „Ausgedinge" gehen oder in den sogenannten „Auszug" gehen, sei in vielen Fällen schon gleichbedeutend gewesen mit „ins Wasser gehen". Der Herr Onkel sagte, daß er, wenn er „Auszug" und „Auszugbauer" höre, unter „Auszug" und „Auszugbauer" weniger „Auszug" und „Auszugbauer" im üblichen Sinne, sondern im Sinne von „Hinausgehen" und „Inswassergehen" verstehe und höre. „Auszug" und „in den Auszug gehen" sei in vielen Fällen gleichzusetzen mit „Exodus" und „Exitus". Die Wasser der Endach aber teilen sich nicht und weichen nicht zurück wie seinerzeit das Wasser des Roten Meeres. Das Leben vieler alter Menschen bei den Bauern, aber auch in anderen Bevölkerungsschichten sei so schwer und trostlos, daß diese Menschen regelrecht ins Wasser oder in eine andere Todesart getrieben würden. Der Herr Onkel sagte, es werde ihm manchmal von den Menschen als Zynismus, Unbarmherzigkeit oder auch als Frivolität ausgelegt, wenn er von den vielen Toten erzähle, die er im Laufe seines langen Müllerlebens aus der Endach gehoben habe, es habe aber damit gar nichts zu tun. Unbarmherzig seien vielmehr die Menschen und die von ihnen verantworteten Verhältnisse, die die Alten als unnötige Esser abtäten und nach allen Regeln der Unmenschlichkeit unglücklich machten. Es wundere ihn nicht, daß sich mancher denke, lieber Tod als Gnadenbrot.

Und geärgert hat sich der Onkel oft über die schönfärberischen Reden der Politiker, die nichts Hilfreiches tun, die nur Reden halten, statt die Dinge unerbittlich bei ihrem wahren Namen zu nennen und abzustellen. Oft bezeichnete der Onkel den Selbstmörderfriedhof in Albern als das unwiderlegliche Gegenargument gegen die schönfärberischen Sonntagsreden der Politiker. Es müsse einfach einmal gesagt werden, daß das sogenannte „Altenteil" in vielen Fällen der Tod und die Ermordung durch Lieblosigkeit, Kälte und Gleichgültigkeit sei, dies sei der Alten Teil in vielen Fällen. Um die meisten Toten werde auch nicht weiter Aufhebens gemacht. Sie werden aus dem Wasser gehoben ... Es müsse sich schon um einen bedeutenden Menschen handeln oder um einen, den die Menschen für bedeutend hielten, um einen, der irgendwie abginge, daß es Aufsehen und Aufhebens gebe. Das sei ihm, dem Herrn Onkel, nur einmal untergekommen, als nämlich der berühmte melancholische Dichter Vlöhrer eines Tages an seinem Wehr angeschwemmt worden sei. Damals sei er mit seiner Wasseranlage geradezu berühmt geworden. Noch lange danach seien Journalisten, Studenten der Universitäten, die Arbeiten über Vlöhrer schrieben, und andere Schauer an sein Wehr gepilgert und hätten ins Wasser hineingeschaut.

Immer wieder hätten Besucher auch an seine Mühlentür geklopft und nach den Umständen gefragt, wie und wann und wo genau er den unglücklichen Vlöhrer entdeckt und herausgezogen habe. Der Herr Onkel habe sich aber nicht von seiner Arbeit abhalten lassen, sondern immer nur darauf hingewiesen, daß die näheren Umstände des Unglücks und der ganze Hergang dieses Hinganges und Hinscheidens des unglücklichen Vlöhrer in zahllosen Publikationen beschrieben und auch bebildert sei. Der Herr Onkel sagte, hätte er sich durch die vielen Besucher von seiner Arbeit abbringen lassen und sich mit den Neugierigen und ihren sensationslüsternen Fragen abgegeben, so hätte er in den Führungen allein eine Vollbeschäftigung gehabt, mahlen hätte er dann nicht mehr brauchen.

Das alles war vor der Zeit, als ich zu Onkel und Tante kam. Zu meiner aktiven Zeit aber sind Vertreter und Abgeordnete des Vlöhrerbundes, der sich bald nach des Dichters Tod gebildet und zur Aufgabe gesetzt hatte, das Andenken an Vlöhrer zu pflegen, an mich herangetreten, doch zu erlauben, daß am Wehr eine Gedenktafel oder eine Art Marterl angebracht und errichtet werde. Ich habe mich aber widersetzt, weil ich (wie früher der Onkel) an der unwürdigen Neugier der Menschen keine Freude hatte und alledem durch ein Mahn- oder Denkmal nicht auch noch Vorschub leisten wollte. Nun wird der Pilgerstrom zu „Vlöhrers Wannsee", wie unser Mühlenteich in Anspielung an Heinrich Kleists Abschiedsort in einem Zeitungsaufsatz genannt wurde, sicherlich schwächer geworden sein? Er hat ja trotz der Bemühungen des Vlöhrerbundes alsbald doch sehr abgenommen. Es kam freilich noch zu meiner Zeit zu den lächerlichsten Auswüchsen des Vlöhrerkultes. Einmal sahen mein Knecht Franz und ich durch das Fenster des Turbinenhauses und beobachteten einen Bildreporter, der es ganz genau wissen wollte und jedes Detail des Rechens und der gesamten Anlage von allen Seiten photographierte. Dabei beugte sich der Photograph so weit über den Rand des Geländers an der Brücke über den Mühlbach vor, daß er plötzlich den

Halt verlor, Übergewicht bekam und mitsamt seinem photographischen Gerät ins Wasser fiel. Da hättest du den Franz lachen hören sollen.

Der Herr Onkel erzählte, daß er anfangs gar nicht gewußt habe, welch berühmten Selbstmörder er an jenem denkwürdigen 14. Mai aus dem Wasser der Endach gezogen hatte. Er hat nur gleich gesehen, daß es sich um keinen Menschen der näheren Umgebung handelte. Für einen Auszugbauern war der Ertrunkene dem Onkel zu jung, für einen Landarbeiter aber zu gut gekleidet. Insofern wußte er gleich, daß es sich um einen sogenannten „Besseren" handeln mußte. Dem Herrn Onkel ist nämlich sofort das ungewöhnlich edle Schuhwerk aufgefallen, auch der überaus noble Salonsteirer. Der Anzug entsprach in Stoff und Schnitt der Erneuerten Oberösterreichischen Landestracht. So sah der Onkel, daß es sich bei dem Unglücklichen um einen sogenannten „gefeierten" Menschen handelte, wie er sich ausdrückte. „Gefeiert" (auch „ausgefeiert") bedeutete in der alten Landesmundart aber nicht „gefeiert" in dem heutigen Sinn von „berühmt" (was für Vlöhrer freilich auch so gegolten hätte), sondern soviel wie „nicht manuell arbeitend", „einer unkörperlichen Arbeit nachgehend". Der Herr Onkel sagte, er habe die teuren Schuhe, das elegante Gewand des Toten und dann die feinen, schwielenlosen Hände gesehen und habe daraufhin bei sich selbst gesagt: Das ist ein gefeierter Mensch, das ist kein Bauernmensch, das ist kein Knecht, das ist ein „Ausgefeierter". Erst der Inspektor Bürger hat dann den Unbekannten aus der Endach identifiziert. Als der Inspektor dem Onkel den Namen Vlöhrer nannte, hatte der Onkel den Namen wohl schon gehört, aber natürlich keines von den berühmtberüchtigten pessimistischen Büchern des großen Schwarzsehers gelesen. Erst später hat der Onkel aus berechtigter Neugier in eins oder das andere dieser damals vielgepriesenen trostlosen Bücher hineingelesen. Und erst nachdem er in das eine oder andere der düsteren Bücher des unglücklichen Vlöhrer hineingesehen hatte, habe er sich über den Selbstmord des Vlöhrer auch weiter nicht mehr wundern müssen. Nicht rechnen aber habe man damit können, daß sich der unglückliche Vlöhrer ausgerechnet in die Endach stürzen würde. Es seien größere und bedeutendere Flüsse, wenn nicht überhaupt andere Selbstmordarten eher naheliegend und wahrscheinlich gewesen, sagte der Onkel. Tatsächlich soll Vlöhrer einmal einen mißlungenen Versuch im Tiber gemacht haben.

Es wurde ermittelt, daß Vlöhrer, der vermögend war und sich mit seinen pechschwarzen Büchern unter den Liebhabern der Dunkelheit und Finsternis in der Literatur einen Namen gemacht hatte, zwischen seinen zwei Besitztümern, einer Hube bei Andrichsfurt und einem Dreiseithof zwischen Niederthan und Altenschweng, unterwegs war, daß er ungefähr in der Mitte zwischen den beiden Ortschaften angehalten, sein Auto am Straßenrand abgestellt und dann an der Brücke unterhalb Elmischhub „zu Wasser gegangen" sei, wie es der Herr Onkel ausdrückte. Damit hatte zuletzt jener Teil der Vlöhrerkenner recht behalten, der von Anfang an der Meinung war, der Autor dieser schwerblütigen und schwermütigen Bücher werde einmal wie so viele seiner Romanfiguren und Helden durch Freitod enden, während andere Leser und Literaturfachleute manchmal den Verdacht geäußert hatten, der Autor sei im Gegenteil ein Mensch, der persönlich von den Greueln seiner Literatur gänzlich oder doch weitgehend unberührt und unbetroffen sei, daß die Düsternis also nur eine veranstaltete Aufführung darstelle, wie diese zweite Gruppe von Vlöhrerkennern (und Vlöhrergegnern) es für unverantwortlich und moralisch verwerflich hielt, daß mit dem Entsetzen Spaß getrieben werde und vor allem jugendliche Leser, die Vlöhrers Bücher wie in einer Sucht verschlangen und den sinistren Spaß für Ernst nahmen, in die Negativität und in einen tödlichen Nihilismus getrieben würden und aus dieser Stimmung heraus nicht selten Selbstmord verübten. Diese Kritiker hielten somit Vlöhrer für einen selbst immunen und von der dargestellten verheerenden Melancholie nicht affizierten Unternehmer, für einen selbst nicht süchtigen Drogenhändler.

Meine eigene Meinung, lieber Neffe, dürfte dir bekannt sein. Ich bin als ein Mensch, der sich sein Leben lang mit praktischen Dingen wie der Müllerei und der Technik beschäftigt hat, wenn aber mit Büchern, dann mit positiven und konstruktiven, in ihrer Wirkung als aufbauend und segensreich zu bezeichnenden, stets fassungs- und verständnislos vor der unheilvollen Faszination dieser Literatur gestanden. Ich gestehe auch gern, daß ich oft dasjenige, was meine Mitmenschen als literarischen Tiefsinn zu achten und anzustaunen bereit waren, für eher unsinnig, manchmal geradezu für den platten Schwachsinn hielt, wenn ich einmal wie der Herr Onkel solche deutlichen Worte gebrauchen darf, die sonst meinem Charakter nicht entsprechen. Dies zum Kapitel Vlöhrer, das ja nun längst abgeschlossen und ausgestanden ist. Ich habe aber gemeint, ich sollte es in meinem Lebensbericht doch wenigstens streifen. Der Onkel sagte, er sei durch die Vlöhrersache in die Literaturgeschichte gekommen wie Pontius ins Credo.

Bei jener Überschwemmung nun, die den erwähnten Umbau (oder wie es der Onkel nannte: die größere Reparatur) notwendig machte, die zur anonymen Anzeige und zum Lokalaugenschein und schließlich zur Kommissionierung zwecks Kollaudierung führte und so das Schicksal in Gang setzte, stand das Wehr so hoch unter Wasser, daß man dort, wo bei normalem Wasserstand der Wasserfall von der Krone der Stauwand stattfand, weiter nichts mehr sah als eine kleine Unebenheit in den Wassermassen, unter der man das Wehr vermuten konnte, das viele Wasser hatte die Anlage eingeebnet und das Niveau des Stauraumes mit jenem des Abzugs ausgeglichen. Nachdem aber die Straßen und Wiesen im Talgrund, die alle unter Wasser gestanden waren, mit dem Rückgang der Flut wieder zum Vorschein gekommen waren, zeigten sich am Wehr wie im umliegenden Gelände viele Spuren der Verheerung. Das Wasser hatte die Wehrseiten umspült und ausgewaschen, in den anschließenden Wiesengrund Trichter und Schlünde gerissen, es hatte sich auch einige unterirdische Umwege und Auswege gesucht. Der Bach selbst hatte der Mühle das Wasser abgegraben, der Stau war undicht geworden, weil das Wasser durch unsichtbare Kanäle und Gänge im Erdreich abfloß und das Gestautwerden umging und sich die Arbeit an der Turbine ersparte. Nach dem Prinzip kommunizierender Röhren hatten sich Stauraum und Abzug ausgeglichen. Ich sehe den Herrn Onkel noch vor mir, wie er nach diesem Hochwasser, von dem die Tante später stets nur als der „Süntflut" sprach, die Reste seiner Anlage in Augenschein nahm. Immer wieder schüttelte er den Kopf, das gehe nicht in seinen „Wasserkopf", sagte er, und das übersteige seinen Wasserverstand. Er sprach von seinem Wehr wie von einem Menschen, der ihn durch Untreue bitter enttäuscht hatte. Daraufhin aber machte er sich unverzüglich und ungesäumt an die Arbeit, seine Werke wieder instand zu setzen. Er karrte mit Scheibtruhen Erde und Lehm in die ausgerissenen Mulden und Kaulen und stampfte sie mit Holzmörsern, sogenannten Haiderern, schweren hackstockähnlichen Rundhölzern mit zwei seitwärts angebrachten Haltegriffen, zwei schräg in gebohrte Löcher gezwängten armdicken Weidenästen, unter Mithilfe des Mühlenknechtes fest in den Grund. Auch Holzteile am Wehr selbst, die dem andrängenden Wasser nicht standgehalten hatten, wurden ersetzt. Die Ufer wurden neu angeböscht und beschlagen, mit herangefahrenen Steinen (Mühlviertler Granit) ausgelegt und befestigt sowie im oberen Abschnitt mit schnellwüchsigen Boschen (Setzlingen von uferfreundlichen und hygrophilen Weiden) bepflanzt.

Der Onkel hatte im Laufe der Zeit gerade im Uferverbauen eine große Fertigkeit und Geschicklichkeit entwikkelt. Er lachte darum auch manchmal über die Arbeiter vom Straßenbau, wenn sie in der Nähe des Baches oder sonstwo im tiefen Gelände zu tun hatten und sich seiner Meinung nach völlig „wasserfremd" anstellten. Deine Leute, sagte er zum Straßenmeister, sind ausgesprochene Nichtschwimmer, der Onkel bestreite zwar nicht den guten Willen und den Fleiß der Straßenarbeiter, aber rein vom Wasserstandpunkt aus gesehen, hätten sie sich noch nicht freigeschwommen. Diese Leute, sagte der Onkel, die der Herr Straßenmeister geschickt habe, seien wasserscheu, und man solle sie lieber im Hochbau, nicht aber im Tiefbau und im Wasserbau verwenden, für Wasserführungs- und Drainageaufgaben, auch für Straßenbefestigungs- und Straßensicherungsaufgaben im wässerigen Gelände fehle es ihnen an Erfahrung und an Wasserinstinkt. Für das Wasser brauche man eine besondere Nase. Er brauche die Herren Straßenarbeiter nur aus der Ferne, etwa vom Fenster des Dachbodens seiner Mühle aus, einen ganzen Kilometer endachabwärts oder endachaufwärts an der Straße in der Nähe einer der Brücken hantieren zu sehen, und er bemerke mit freiem Auge, daß diese Herren im nassen Element nicht gerade in ihrem Element seien. Dazu brauche er kein Fernrohr und kein Mikroskop. Das Wasser sei wendig, und wer mit ihm zu tun habe, müsse ebenfalls wendig sein, sonst werde er weggespült, sagte der Onkel zum Straßenmeister. Der Herr Onkel sagte, es fehle den Straßenarbeitern, einschließlich des Poliers, nicht nur an Erfahrung, sondern auch am entsprechenden Gerät, ja bereits an der Kleidung und an wasserfestem Schuhwerk. Immer wieder sehe er einige Herren mit Schuhen, gar Halbschuhen, statt mit Gummistiefeln.

Die Wasserarbeit sei aber kein Spaziergang. Andere hätten zwar Gummistiefel, aber solche, die ihnen ganz offensichtlich um eine, wenn nicht um zwei Nummern zu groß seien. Einer trete in den weichen Wiesengrund und bleibe mit seinen um eine Nummer, wenn nicht um zwei Nummern zu großen Stiefeln stecken, der Fuß entziehe sich dem Stiefel. Die Stiefel eines anderen seien wieder zu klein, sodaß er nur barfuß hineinkomme, wo jeder halbwegs mit dem Tragen von Gummistiefeln Vertraute wisse, daß der Fuß, bevor er in einen Gummistiefel gesteckt wird, unbedingt mit Tüchern umwickelt werden muß. Der Onkel sagte, daß er außerdem die Feststellung gemacht habe, daß nicht die Stiefel aller dicht und wasserfest seien. Er habe erlebt, wie ein Polier seine Leute gefragt habe, wer heut die guten und dichten Stiefel trage, weil er einen durchs Wasser schicken müsse. Wo ist der Mann mit den wasserdichten Stiefeln?, habe der Polier gefragt. Das sei ein Trauerspiel, wenn nur noch der Vorarbeiter gute Stiefel habe. Das entspreche bereits der Redensart: Hahnemann, geh du voran, du hast die großen Stiefel an. Der Onkel sagte, er könne gar nicht hinsehen, wenn er diese armselige Brigade von Straßenarbeitern irgendwo entdecke. Dabei gebe er den Arbeitern selbst keine Schuld, die Schuld liege vielmehr eindeutig bei der Straßenmeisterei und den von der Straßenmeisterei beauftragten Firmen.

Heute versuchten sich immer wieder reine Hochbaufirmen im Tiefbau, sagte der Onkel. Die Baumeister dächten sich ganz offenbar, daß einer, der den Hochbau beherrsche, den Tiefbau noch allemal beherrsche. Wer sich oben auskenne, werde sich wohl unten auch noch auskennen. Das sei „nur" eine Tiefbauaufgabe, sagten die Hochbaumeister und meinten damit, das sei weiter kein oder nur ein inferiores Problem. Auf diese Weise hätten sich auch schon viele Hochbaufirmen bei Tiefbauarbeiten und Tiefbauvorhaben übernommen, weil sie sich von der Aufgabe ein völlig falsches Bild machten.

Eine Tiefbauarbeit, sagten die Hochbaumeister, eine Kleinigkeit! Da brauchen wir kein Gerüst, sagten sie. Immer sagten die Hochbaumeister, wenn sie über eine Tiefbauarbeit sprächen: Da brauchen wir ja nicht einmal ein Gerüst! So sei aber schon manche Hochbaufirma bei Tiefbauarbeiten baden gegangen. Ein Hochbaumeister lese etwa eine Ausschreibung für einen scheinbar kleinen Brückenneu- oder -umbau und stelle ein Angebot, das nur so von Unkenntnis der eigentlichen Tiefbaufragen und einer gefährlichen Unterschätzung der Schwere der Wasserbauprobleme strotze. So liege der Hochbauer weit unter dem Angebot der nächsten, von einem Tiefbaumeister erstellten Kalkulation. Und bekomme er zu seinem Unglück den Zuschlag, so fange er auch schon an, Lehrgeld zu zahlen. Zuerst wundere sich der Amateurtiefbauer darüber, wie schwer es sei, die alte Anlage, an deren Stelle das Neue entstehen soll, weg- und fortzuschaffen, so komme er von allem Anfang an mit den Terminen in Verzug, so werde aus Ostern Pfingsten und aus Pfingsten Allerheiligen und aus Allerheiligen Weihnachten. Jetzt kämen auch noch der Frost in die Obere und die anderen saisonbedingten Schwierigkeiten. Und es setze Konventionalstrafen, der Möchtegerntiefbauer beginne zu leiden und zu büßen. Aber zum Umkehren sei es zu spät. Und es finde sich natürlich auch kein anderer, der ihm die heillose Baustelle etwa abkaufe oder abnehme, vielmehr blicke die gesamte Konkurrenz schadenfroh in die Baugrube hinunter. Eine große Schwierigkeit liege für die Firmen im Personal, das der Aufgabe nicht gewachsen sei. Die Arbeiter hätten vielleicht schon Wolkenkratzer gebaut, im Hochbau das Höchste und Äußerste geleistet und ihre Hochbaukunst auf die Spitze getrieben, im Tiefbau aber versagten sie auf der Stelle und gründlich. So gebe es auch ständig Unfälle und durch die Unfälle Ausfälle, die Leute purzelten und plumpsten nur so in die tiefen Baugruben und ins Wasser. Immer wieder würden welche durch nachdrückendes Erdreich verschüttet. In seiner Lust an pointierter Rede und Übertreibungen sagte der Onkel, daß die Firmen auch schon oft vergessen oder verzichtet hätten, einen Verschütteten auszugraben. Wenn irgendein angehörigenloser Saisonarbeiter und Pendler, Fremd- oder Hilfsarbeiter ohne festen Wohnsitz und Anhang in irgendeiner Grube oder einer Künette verschüttet werde, dann habe er sich damit auch buchstäblich bereits das Grab geschaufelt. Wollen wir das Schicksal nicht korrigieren, sagen die Verantwortlichen. Es sei nicht erst einmal vorgekommen, daß man es dann dabei belassen habe. Oft merkten die Mitstreiter überhaupt erst in der Bauhütte beim Einsammeln der Beiträge zum Biergeld, daß einer fehle. Ein solcher Abhandengekommener wird auf Großbaustellen dann als „vermißt" geführt.

Manche der Arbeiter erkälteten sich und würden physisch krank, andere begännen durch das dauernde Vergeblichkeitsgefühl seelisch zu kränkeln. Der Herr Onkel sagte, es klinge unglaublich, aber er könne bezeugen, daß er schon viele Hochbauer, Poliere, Facharbeiter und Hilfsarbeiter bei Tiefbauarbeiten verzagen, ja weinen gesehen habe. Ein Polier führe etwa einen verzweifelten Kampf mit dem Schwemmsand, bekomme und bekomme für seine Fundamente keinen festen Grund zu fassen, und obwohl er sich in vielen Hochbauarbeiten als energischer und einfallsreicher Polier mit klaren und genauen Anweisungen hundertfach bewährt habe, beginne er angesichts dieser für ihn unlösbaren Tiefbauaufgabe zu verzweifeln. Und er resigniere. Und es zeige sich, daß dieser zu seinen Leuten und zu sich selbst sonst wirklich nicht zimperliche Mensch mit seinen Nerven am Ende sei und ganz nahe am Wasser gebaut habe. Der Onkel sagte, er habe Hochbauer schon wie ihre Brücken zusammenbrechen gesehen. Viele Baufirmen hätten den Konkurs anmelden müssen. Er habe schon manchen Hochbauer im wahrsten Sinne des Wortes im Tiefbau „zu Grunde“ gehen und am Boden zerstört gesehen. Zuerst würden die Hochbauer mit dem vielen Wasser in der Baugrube nicht fertig und dann mit ihrem Zahlungsverkehr und ihren Verpflichtungen. Anfangs hätten die Firmen in ihren Baugruben Liquiditätsprobleme, und am Schluß stehe die Insolvenz, so fließe eins ins andere. Er könne sich wesentlich einfacher vorstellen, sagte der Onkel, daß sich umgekehrt ein Tiefbauer im Hochbau bewährt, weil ja das Schwierigere das Leichtere noch immer einschließe. Einen Tiefbauer, der plötzlich Lust verspüre, ein Hochhaus zu bauen, könne er sich vorstellen, und auch dessen Erfolg könne er sich denken, und er sei eher geneigt, einen solchen Tiefbauer, der sich im Hochbau versuche, nicht für einen Hochstapler zu halten als umgekehrt einen Hochbauer, der sich aus Übermut plötzlich tiefschürfend gebe.

Der Herr Onkel sagte, er habe deshalb seinerzeit Herrn Ingenieur Seger, dem Inhaber der Firma Wolf, von einer Bewerbung um die Endacher Brücke bei Flußkilometer 37, wo durch die Neutrassierung der Bundesstraße 6 eine Teilregulierung der Endach und eine neue, breitere und dem stärkeren Verkehrsaufkommen Rechnung tragende Brücke notwendig geworden war, sowie um die übrigen Tiefbauarbeiten dringend abgeraten. Überlegen Sie sich das gut, sagte der Onkel zum Ingenieur Seger. Lieber Herr Seger, sagte er, es kann sein, daß Sie sich mit dieser Tiefbauarbeit das Grab schaufeln, und zwar ein Tiefgrab. Der Herr Onkel sagte, der Auftraggeber, bei solchen Vorhaben der Staat, das Land oder die Gemeinden, täte den Hochbaufirmen keinen guten Dienst, wenn er sie mit Tiefbauarbeiten betraue. Eigentlich müßte der Staat diese geschäftshungrigen Hochbauer warnen und vor sich selbst schützen. Viele Angebote seien in Anbetracht der schwierigen Verhältnisse einfach nicht seriös. Und der Leidtragende sei schließlich die Allgemeinheit. So stürzten, um nur etwas zu nennen, immer wieder Brücken ein. Andere Brücken würden ohne die nötige solide Verankerung und Pilotierung im Untergrund schließlich aus Ungeduld und um sich die Mühsal und die Qual mit dem immer ausweichenden Schwemm- oder Bachsand abzukürzen und zu ersparen, einfach auf diesen Sand gesetzt und gebaut, und sie schwämmen nun auch geradezu. Der Herr Onkel sagte, er kenne Brücken, die ihren Anschlußstraßen an den Ufern davongeschwommen seien, andere hätten sich nicht unmerklich quergestellt. Er kenne Brücken, vor deren Überquerung er immer ein Stoßgebet spreche, weil er schon an ihren Vibrationen und am Geräusch der leicht schwingenden und singenden Metallteile erkenne, daß sich im Untergrund etwas gelockert habe.

Einmal schenkte mir der Onkel ein kleines Bildchen, auf dem ein Kind abgebildet war, das von einem Schutzengel über eine Brücke geleitet wurde, während unter der Brücke ein hochgehender Fluß brauste. Das alles spielte sich in einer Schlucht ab und während eines Gewitters.

Die dargestellte Szenerie ist mir bis heute das Urbild einer unheimlichen Landschaft geblieben, sie zeigte alle Eigenschaften eines Furchtortes, eines „locus horridus", wie die Alten eine solche Gegend und Lokalität im Gegensatz zum „locus amoenus", dem Lustort, nannten, sie war prächtig und schaurig. Sie stand in direktem Gegensatz zu Bildern der

Lieblichkeit und Anmut, die mich auch von frühester Jugend an begleiteten. Was die letzteren betrifft, so handelte es sich vor allem um technisch meist sehr mangelhafte, mir aber über alles liebgewordene Wiedergaben von Bildern des großen Naturfreundes und Malers Hans Thoma. Wie halten diese Bilder die Zeit an (wie halten sie sie fest!), den stillen, unbewegten Mittag über dem Tal, aber auch den Frühlingsmorgen mit dem leichten Wind, der die Birken rührt, oder den Abend, oh den Abend am Fluß!

Der Herr Onkel hatte mit jenem Schutzengelbild freilich eine bestimmte Absicht, die mit seiner Klage über die schlechten Brücken der Hochbaumeister zusammenhing. Er deutete auf das Bild und sagte, das sei die Situation. Man könne nur beten, wenn man hierzulande eine Brücke zu betreten gezwungen sei. Er wies auch darauf hin, daß, unabhängig vom guten oder schlechten Zustand der Brücken, viele Menschen Hemmungen und seelische Schwierigkeiten hätten, eine Brücke zu überqueren. So mache schon die menschliche Natur darauf aufmerksam, daß es sich bei einer Brücke um etwas Besonderes handle. Der Onkel belehrte mich, daß die Medizin diese Hemmung und Ängstlichkeit eine „Phobie" nenne, was soviel wie Angst bedeutet, und da die Brücke bei den Griechen „gefyra" heiße, könne man diese besondere Angst vielleicht „Gefyraphobie" nennen, der Gefyraphobiker sei, genaugenommen, ein Mensch mit Platzangst, mit einer besonderen Platzangst, er möchte ihn einen Spezialisten unter den Platzängstlichen nennen. Der Herr Onkel fragte mich in diesem Zusammenhang einmal, ob mir schon aufgefallen sei, wie unser Hund die obere Endachbrücke überquere, er suche nämlich immer flott das andere Ufer und verweile auf der Brücke selbst nie länger, obwohl er sonst doch ständig am Schnuppern sei. Das sei der natürliche Instinkt von Tieren, die schließlich, wie sich herausgestellt habe, was die Chinesen schon lange gewußt hätten, auch ein Sensorium für bevorstehende Erdbeben und auch sonst eine dem Menschen leider abhandengekommene Witterung hätten.

Es wurde erzählt, daß der Herr Onkel, nachdem sich der Herr Ingenieur Seger, der Inhaber der Firma Wolf, nicht habe abhalten lassen, die Endacher Brücke bei Flußkilometer 37 zu übernehmen, einen langen Vortrag über die Brückenbaukunst gehalten habe, in dessen Verlauf er unter anderem auch aus dem „Gallischen Krieg" des Gaius Iulius Caesar vorgelesen haben soll, namentlich das 17. Kapitel des 4. Kommentars, wo der Römer schildert, wie er über den Rhein eine Brücke errichtete und seine Leute darüberführte. Er soll dem Ingenieur Seger sogar den lateinischen Text der ganzen Länge nach vorgelesen haben. Mein lieber Pontifex Maximus, habe der Herr Onkel zum Herrn Ingenieur Seger gesagt, jetzt setz dich schön hin und hör dir an, wie Caesar über den Rhein eine Brücke schlägt. Daraus nämlich, wie Caesar über den Rhein eine Brücke schlägt, könne der Herr Ingenieur Seger, der sich unseligerweise eine Brücke über die Endach vorgenommen habe, noch einiges lernen. Alea iacta est, die Firma Wolf hat den Zuschlag, und wenn du schon meinst, daß du dich auf dem dir fremden Gebiet des Tief- und Brückenbaues versuchen mußt, dann höre dir vor deinem Brückenabenteuer einmal diese Beschreibung an.

Mir erscheint dies durchaus glaubwürdig. Tante und ich haben ja selbst den Onkel (und nicht nur einmal) über Caesar und im besonderen sein Brückenbaukapitel sprechen gehört. Oft rühmte und lobte er Caesars Sprache! Er sagte: Hier in Caesars Bericht ist jeder Satz für sich wie eine gut gebaute und zugleich leicht und schwerelos wirkende Brücke. Caesars Bericht über den Brückenschlag ist in ähnlicher Weise fein konstruiert wie die anschaulich beschriebene, verblüffend einfache und zugleich stabile Brücke. Hier sind Brückenbau und Satzbau eine glückliche Ehe eingegangen. Der Onkel griff dann jenen Satz heraus, jene stolze römische Sentenz, wo es bei Caesar heißt, daß er es nicht nur für unsicher, sondern auch für unter der Würde des römischen Volkes liegend erachtet habe, den Strom etwa mit Schiffen zu überqueren. (Ich meine, im Gegensatz zum Herrn Onkel, wenn ich diesen einleitenden Satz lese, ein wenig auch den Angeber herauszuhören. Doch dies erwähne ich nur am Rande.)

Der Herr Onkel sagte, der Grundfehler vieler heute errichteter Brücken sei gar nicht ihre Fragilität, sondern ganz im Gegenteil ihre Stabilität, ihre unbiegsame Massivität. Es sei kurios, soll der Onkel dem Herrn Seger gegenüber geäußert haben, daß die Schwäche und Gebrechlichkeit vieler heutiger Brücken gerade in ihrer scheinbaren Stärke liege, während die Stärke vieler alter Brücken in ihrer scheinbaren Schwäche, nämlich in ihrer Geschmeidigkeit und Elastizität gelegen sei! Die fachfremden Hochbauer bauten in der Regel viel zu massiv und zu klobig (zu „unbeugsam"), es handle sich hier um ein klassisches Beispiel, wie Qualität durch Quantität ersetzt werde. Hierin zeige sich im Feld der Architektur ein Krebsübel des Ungeistes dieser Zeit, das geistlose Auftrumpfen mit den Tonnen. Eine Brücke aber müsse schwingen und sich rühren können. Der Herr Onkel forderte angeblich Herrn Ingenieur Seger auf, dafür Sorge zu tragen, daß die Maurer den Verband zwischen der eigentlichen Brücke und den Widerlagern am Ufer nicht starr, sondern locker gestalteten, damit die Brücke von den Pontons her schwingen könne. Nicht die Statik sei für den Brückenbauer die wichtigste Disziplin, sondern die Dynamik! Es sei nämlich ein Trauerspiel, daß heute keine Holzbrücken mehr hergestellt würden, sondern alle Brücken aus dem aggressivsten Beton und der massivsten Armierung sein müßten. Eine Brücke aber, die keinen Schwerverkehr zu ertragen habe, könne ohne Schaden, vielmehr mit viel praktischem und ästhetischem Nutzen und Gewinn und billig – das Wort billig soll er dabei oft wiederholt haben, offenbar der Meinung, daß gerade dieses Argument bei Herrn Ingenieur Seger Eindruck machen würde – aus Holz gezimmert und gefertigt werden, so wie Caesar seine großartige Rheinbrücke bei Bonn natürlich nicht aus Stahlbeton, sondern aus Holz, aus schweren Stämmen von Bäumen aus den damals noch unübersehbaren Wäldern der deutschen Mittelgebirge, hergestellt habe. Eine säkulare Brücke aus Holz!, soll der Onkel öfters ausgerufen haben. Und dies in einem Fluß von der Größe des Rheins, des Mittelrheins, und der größten Schwierigkeit („summa difficultas" betonte der Onkel, „summa difficultas!") des Brückenschlags wegen der Breite, der starken Strömung und der Tiefe des Wassers („propter latitudinem, rapididatem altitudinemque fluminis!").

Was aber sei gegen den Rhein die Endach?, fragte der Onkel. Überhaupt werde heute immer sofort und unverzüglich zum Brückenbau geschritten, statt sich auch die Alternativen zu einem Neubau oder Umbau der Brücke zu überlegen. Jahrhundertelang sei das Überqueren der Flüsse in Furten und Untiefen die Regel gewesen. Das Wort „Brücke", das herkunftsmäßig mit dem Wort „Prügel" zusammenhänge, habe aber ursprünglich gar nicht unsere Brücke bezeichnet, sondern bloß die Uferbefestigung, die Landebrücke und auch den Hafendamm, wie die Germanen überhaupt nur die Knüppelbrücke im sumpfigen und unwegsamen, grundlosen Gelände mit dem Wort gemeint hätten. Darum gebe es auch (wie etwa im oberösterreichischen Pichl) Gasthäuser „Zur Bruck" und „Brückenwirte", wo niemals eine Überwölbungsbrücke gewesen sein könne. Die eigentliche Schwierigkeit bestehe oft gar nicht im Durchqueren der Bachbette, sondern im Erklimmen der Ufer. Wie viele Ortsnamen beziehen sich auf Furten und Untiefen an Flüssen, von „Andrichsfurt" bis „Klagenfurt", von „Fürth" und „Förde" und „Fjord" ganz zu schweigen. Wenn es wahr ist, was Ingenieur Seger später bei der Zeugeneinvernahme vor dem Arzt zu Protokoll gegeben hat, dann hat der Onkel zu Segers Erstaunen sogar die Herkunft des Wortes „Euphrat", das aus dem Awestischen ins Deutsche übersetzt „gut zu überschreiten" bedeute, und die Verwandtschaft des Wortes „Furt" mit dem lateinischen „portus" und „angiportus", die ebenfalls eine Fluß- oder Meerenge und einen günstigen Uferanstieg bezeichnen, angezogen. Als der Herr Onkel auch noch von den Fähren und den Fährmännern, den Fergen und anderem zu sprechen begonnen habe und auch zu diesem Gegenstand viel Krauses, aber auch manches, was durchaus richtig sein mochte und nicht einer gewissen Vernunft entbehrte, vorzubringen wußte, sei er, Ingenieur Seger, richtiggehend erschrocken. Und da sich die übrigen vom Tisch leise nach und nach empfohlen hatten, weil sie nichts mehr wissen und hören wollten, sei ihm das alles recht unheimlich und unbehaglich geworden. Darum habe er sich dann auch bald empfohlen.

Unsere Familie unternahm damals manche kleinere Reise, wenn ich uns drei, Onkel, Tante und mich, eine „Familie" nennen darf (mir nämlich war es das). Wir fuhren entweder mit dem Steirerwagen, manchmal mit dem Landauer, oft auch mit Rädern, wobei ich in der Anfangszeit auf dem Gepäckstrager des Waffenrades des Herrn Onkel saß, später mit einem eigenen Rad fuhr. Größere Reisen wie etwa solche in die Schweiz und später unsere denkwürdige Rembrandtreise unternahmen wir per Bahn. Immer machte uns dabei der Onkel auch auf seinem Urteil nach besonders gelungene Brücken aufmerksam. Manchmal hielten wir an irgendeiner Stelle oder stiegen sogar aus dem Zug, nur um eine alte, denkwürdige Brücke zu betreten. So erinnere ich mich, daß wir die große überdachte Holzbrücke über die Sarine in Gümmenen in der Schweiz „benützten". Der Onkel sagte, diese alten Brücken zu betreten und zu begehen, sei mehr als nützlich, es sei ein Vergnügen. Und ich gebe ihm heute noch recht. Ich erinnere mich, daß wir lange auf der Gümmener Brücke standen, in einer der wie Fensternischen bildenden randseitigen Ausbuchtungen, und in den Fluß hinuntersahen, während über die Brücke ein munterer Verkehr von Pferdefuhrwerken ging, ich habe noch das grollende, zum Donner anschwellende Geräusch der heranrollenden Wagen und schließlich das abnehmende der sich entfernenden und zuletzt aus dem geschlossenen Raum der Brücke in die Anschlußstraße des Ufers hinausfahrenden im Ohr. Akustisch gesehen war eine solche Brücke ein eigentümlicher Klangraum. Der Onkel sagte auch, wir sollten die Brücke als ein Musikinstrument betrachten und die Geräusche der in diesen Resonanzraum eintauchenden, ihn passierenden und verlassenden Fuhrwerke als ein Musikstück nehmen. Er forderte uns auch auf, die Augen zu schließen. So „genossen" wir die Brücken nicht nur durch öfteres Überschreiten am linken und rechten Ufer, sondern auch durch andächtiges Lauschen auf das Rauschen des Flusses unter den Bohlen und die Phonetik des Fuhrverkehrs, ganz abgesehen davon, daß natürlich durch das Rütteln und Vibrieren auch der Tast- und Hautsinn angesprochen und wohltuend (mit einem kleinen Kitzel und Schuß von Gefahr, wie er zu aller Lust gehört) gereizt wurde.

Die Erziehung des Onkels ging, was mich betraf, ganz dahin, solche leicht zu erlangenden, unschuldigen und von vielen kaum wahrgenommenen oder verachteten Erlebnisse als Bereicherung zu empfinden, er sagte, die Sinne müßten empfindlich und empfänglich gemacht werden, sie würden durch gewagte Abenteuer, etwa durch Kraftakte des Reisens, nur abgestumpft und verdorben, er brachte mich durch seine Reden und Taten zu einer stillen „Sensationslust". „Sensation", sagte er, komme von „sensus", und das heiße Sinn, es gelte aber die Sinne für das wirklich Schöne, das im Kleinen, Sanften und Einfachen liege, zu sensibilisieren, nicht durch allzu viele Reize abzutöten. Er handle nach der Devise: Freude statt Sensation. Wer sich über das Einfache nicht freuen könne, sei soviel wie tot und gestorben, sagte er. Ich überlasse es dir, lieber Neffe, zu beurteilen, ob des Onkels Ansichten Logik und Vernunft hatten.

Meine eigene Freude am Altertum, namentlich am Lateinischen, die mich durch mein ganzes Berufsleben begleitet hat, leitet sich vom Onkel her. Was Ingenieur Seger aussagte, war auch insofern nicht unwahrscheinlich, als der Herr Onkel ja bei jener unheilvollen Begehung selbst vor dem obersten Wasserrechtsbeamten, dem Bürgermeister und den Anrainern viel vom Lateinischen sprach. Davon abgesehen, daß die Tante und ich wußten, daß unter den Büchern der Mühlstube die „Zehn Bücher über Architektur" des Marcus Vitruvius Pollio standen und der Onkel oft im 8. Buch studierte, wo Vitruv über das Wasser und das Anlegen von Wasserleitungen und Aquädukten handelt. Der Onkel sagte zum Wasserrechtsleiter, daß er die schwersten lateinischen Autoren leichter und einfacher lese und verständlicher finde als „das angeblich deutsch geschriebene Wasserrecht".

Oft wiederholte er die Wörter „angeblich deutsch", er sagte, das Wasserrecht der Republik Österreich sei nicht wirklich, sondern nur „angeblich" deutsch. Die Sprache der Alten, handle es sich um Caesar oder Vitruv, sei transparent wie das Wasser. Es komme nicht von ungefähr, daß die Lateiner die oberste Tugend des sprachlichen Ausdruckes und des Stiles in der sogenannten „perspicuitas" erblickten, was man mit „Durchsichtigkeit" ins Deutsche zu übersetzen habe. Auch das Wort „perspicuitas" wiederholte der Onkel, er sagte: „summa perspicuitas". Die Sprache und das Wasser seien damals durchsichtig, lauter und rein gewesen. Wahrscheinlich, sagte der Onkel zum Wasserrechtsbeamten, der immer ungeduldiger wurde und zum Abschluß und Aufbruch drängte, wahrscheinlich seien im Altertum die Kloaken sauberer gewesen als heute die Wasserbehälter und Wasserleitungen.

Ich erinnere mich daran, daß mir der Onkel manchmal aus der Gotengeschichte des Cassiodor, die er auch in seiner Mühlstube stehen hatte, vorlas, vor allem jene Passagen, wo Theoderichs Minister von Roms großartig angelegten Kloaken schwärmt, diesen wunderbaren Kanälen der Stadt, „die, gleichsam in gewölbten Bergen eingeschlossen, durch ungeheure Teiche abflossen". Und auch jene Stelle, wo Cassiodor ausruft: „Aus den Kloaken kann allein, o einziges Rom, begriffen werden, welcher Art deine Größe sei. Denn welche Stadt darf deine Gipfel zu erreichen wagen, wenn nicht einmal deine unterirdischen Tiefen ihresgleichen finden!" Auch bei jener Begehung sagte der Onkel mit Blick auf die Anrainer und die anwesenden Bauern, deren Abwässerbeseitigung mit Hilfe des sogenannten „Überlaufes" er oft angesprochen und getadelt hatte, daß die Römer auf dem Abort mehr Kultur und Zivilisation besessen hätten als wir heutigen Menschen bei Tisch. Von den eigentlichen Wasseranlagen des Altertums wolle er gar nicht sprechen. Ich erinnere mich an jene Stelle des Cassiodor, wo der begeisterte Autor von den Aquädukten schwärmt, die mir der Onkel manchmal als ein Beispiel eines übersichtlichen und „durchsichtigen“, das heißt durch „perspicuitas“ und Transparenz ausgezeichneten Berichtes von einer guten und überschaubaren Sache vorlas: „In den Wasserleitungen Roms ist sowohl der Bau bewunderungswürdig als auch die Güte des Wassers einmalig. Weil dorthin Flüsse wie auf gebauten Bergen geführt werden, möchte man die steinernen Kanäle für natürliche Flußbette halten, da sie doch die große Wassergewalt so vieler Jahrhunderte zu ertragen vermochten. Die ausgehöhlten Berge stürzen meistens ein, die Kanäle der Flüsse verfallen, doch diese Werke der Alten bestehen, wenn ihnen die Sorgfalt zu Hilfe kommt. Sehen wir doch, welchen Schmuck die Fülle des Wassers der Stadt Rom verleiht! Und außerdem, was wäre die Schönheit der Thermen ohne die Güte des Wassers? Es rauscht die Aqua Virgo rein und wonnig daher, und sie verdient ihren Namen durch ihre Unbeflecktheit. Denn während sich andere Aquädukte infolge des heftigen Regens manchmal mit Erde versetzen, scheint uns diese mit ihrer lauter fortfließenden Welle einen immer heiteren Himmel vorzuspiegeln. Wer kann sich ferner erklären, wie die Claudia durch einen ungeheuren Aquädukt so zur Stirn des Aventin geleitet wird, daß sie, von der Höhe herabfallend, den hohen Gipfel wie ein tiefes Tal zu bewässern scheint?“ Ich mochte ungefähr zehn Jahre alt gewesen sein, als mich der Onkel mit klassischen Wassertexten konfrontierte, forderte und überforderte! Er versprach mir damals, wir würden später einmal eine Reise nach Rom machen, um nachzusehen, was von der alten Herrlichkeit übriggeblieben sei. Eine solche Reise habe ich dann später allein unternommen.

Der Leiter der Wasserrechtsabteilung, von dem der Herr Onkel später auch verächtlich als dem „Poseidon“ sprach, schüttelte seinerseits verächtlich den Kopf, als sich der Herr Onkel selbst mit Cassiodor verglich, dem es auch nicht gelungen sei, den Landsleuten des Theoderich, den barbarischen

Goten, Respekt vor den Wasserbauleistungen Roms einzuflößen. Der Onkel sagte, er komme sich bei all seinen Bemühungen um eine saubere Endach und seinen Bestrebungen um eine tadellose Wasseranlage, unter welchem Zeichen seine letzten, die Situation absolut nicht verändernden, sondern nur die Baufälligkeit behebenden und den Schaden beseitigenden Arbeiten gestanden hätten, auf verlorenem Posten und bereits wie Don Quixote vor, es handle sich bei seinem Kampf auch um einen Kampf mit Windmühlen. Diese Kommission sei ja bloß ein Glied in einer langen Kette von Schwierigkeiten, um nicht zu sagen Schikanen, die ihm die Behörde und zum Teil auch die Anrainer bereiteten. Er lasse sich aber nicht beirren, sagte der Onkel, auch wenn ihn viele als einen unverbesserlichen Idealisten betrachteten und als solchen am liebsten ins Irrenhaus brächten. Es störe ihn auch nicht, wenn man seine Ansichten über die alte und die neue Wasserwirtschaft sowie das Wasserrecht als fixe Ideen bezeichne und abtue. Er könne nur lachen, wenn er immer wieder höre, daß die Leute sagten, der Müller leide an einem Wasserwahn. Wer wie er etwas Großes wie das Wasser im Sinne habe, müsse immer damit rechnen, daß er von unverständigen Menschen nicht ernst genommen und verlacht werde. Der oberste Wasserrechtsbeamte hat es dem Herrn Onkel freilich als Spott ausgelegt und übelgenommen, daß er, der Onkel, behauptete, er hätte bei seinen Ausbesserungen und Umbauten im Anschluß an das große Hochwasser, die nun Gegenstand der Verhandlung geworden waren, nicht nach einem Plan eines Baumeisters der Tief- und Wasserbaukunst gehandelt, sondern nach den einschlägigen Anweisungen des Vitruv und der Naturgeschichte des Älteren Plinius. Dagegen ist doch wohl behördlicherseits nichts einzuwenden?, fragte der Onkel treuherzig. Der Sachverständige blickte sich aber um, sah auf Onkels Wehr und sagte trocken, genauso und dementsprechend sehe es hier auch aus. Man fühle sich in die Zeit vor der Sintflut versetzt.

Hauptgegenstand jener Wasserrechtsverhandlung war die sogenannte „Verhaimung“, das heißt die Höhe des Staumaßes. Der Onkel sagte, daß er sich in dieser Hinsicht und was den Paragraphen 23 des Wasserrechtsgesetzes, der die Verhaimung regelt, betreffe, nichts vorzuwerfen habe, da er am Verhaimungspflock, der die zulässige Stauhöhe anzeigt, nichts verändert und manipuliert habe. Der Verhaimungspflock sei von den Reparaturarbeiten am Wehr, wie sie notwendig geworden waren, völlig unbetroffen und unbehelligt geblieben. Der im Grund des Mühlbaches steckende Pflock, der das Staumaß anzeige, tue dies schon seit Jahrhunderten oder wer weiß wie lange, die Stauhöhe stelle einen alten Besitzstand dar, und er sehe nicht ein, daß dieser Besitz, nachdem er Jahrhunderte unwidersprochen gegolten habe, nun plötzlich neu vermessen und neu markiert werden sollte, das sei durchaus nicht notwendig. Der Haimstock habe sich seit Menschengedenken gehalten und bewährt, und man sollte ihn ohne Zwang nicht verändern oder ersetzen. Der Haimstock wie überhaupt die gesamte Verhaimung entspreche genau den Bestimmungen des Paragraphen 23. Und der Onkel las den Paragraphen vor: „Bei allen Triebwerken und Stauanlagen ist der erlaubte höchste und, wenn es die Rücksicht auf den geregelten Ablauf des Wassers verlangt, auch der niedrigste zulässige Wasserstand durch Staumaße auf Kosten desjenigen zu bezeichnen, dem die Benutzung dieser Werke und Anlagen zusteht. Diese Bezeichnung ist bei neuen Triebwerken und Anlagen gleich bei ihrer Errichtung, bei bereits bestehenden solchen Werken aber, bei denen sie fehlt, nachträglich zu bewerkstelligen. Das Staumaß muß von dem Berechtigten an einer Stelle, an der es leicht beobachtet werden kann und für die Beteiligten zugänglich ist, in solcher Weise hergestellt und erhalten werden, daß es gegen absichtliche Einwirkung sowie gegen Zerstörung durch Zeit und Zufall möglichst gesichert ist.“ Das sei der Paragraph 23, sagte der Onkel, und sein Haimpflock entspreche ihm völlig. Sein Mahlpflock sei seit Jahrhunderten an einer Stelle, an der er leicht beobachtet werden könne und für alle Beteiligten zugänglich sei, und er sei auch, wie es das Gesetz vorsehe, gegen Zerstörung durch Zeit und Zufall möglichst gesichert. Zeit und Zufall hätten seinem Haimstock nichts anhaben können, das aber bringe nun vielleicht die beabsichtigte und absichtliche Einwirkung der Behörde zuwege. Generationen hätten sich an seinem Haimstock orientiert, seit Menschengedenken erinnerten sich die Bewohner des Tales an Wasserstände, Tief- und Hochwässer, anhand der Verhaimung an der Mühle. Sie sagten, das Hochwasser des Jahres 1912 sei einen halben Meter und das Hochwasser im Frühsommer 1924 sei 67 Zentimeter über den Haimstiedel der Mühle gestanden. Und nun plötzlich sollte es der alte Haimstiedel nicht mehr tun.

Die an der Begehung beteiligten Bauern blickten aber finster drein, es hatte gerade aus ihren Reihen einige Denunziationen bei der Behörde gegeben, was das Staumaß betraf. Vor allem hatte sich ein neuzugezogener Pächter eines Anwesens plötzlich eingebildet, die Mühle gehe über das zulässige Staumaß hinaus, und es habe sich an der Höhe der Verhaimung etwas geändert. Darum wandte sich der Onkel auch besonders an die Bauern. Er sagte etwa zu einem: Nun, mein lieber Berger, auf diesen Haimpflock hat schon dein Urgroßvater geschaut, an diesem Holz haben schon unsere Urahnen Maß genommen, das ist ein Baum der guten Nachbarschaft und des Vertrauens, der gemeinsamen Orientierung und des gemeinsam erlittenen Schicksals in guten und in schlechten Zeiten, dieses Holz hat alle Menschen im Tal ge- und verbunden. Dieses Holz war ein Richtscheit der guten Nachbarschaft. Alle wußten im Blick auf den Haim, woran sie waren. Jeder, der gebaut hat, wußte im Blick auf den Haim, wie er bauen mußte, wie tief er mit seinem Keller in die Erde hineindurfte und wie hoch er hinauskonnte. Die Leute brauchten in vielem keinen Richter, sie hatten ja das Richtmaß an der Mühle. Und jetzt, lieber Berger, will die Behörde Folgendes. Und der Onkel las die neu erlassenen Bestimmungen über die Verhaimung vor: „... ist die Einbetonierung des Ankers bis zur Höhe von zirka 550 mm unter dem zu bezeichnenden Wasserstande vorgeschritten, so wird die Staumaßhaube aufgeschraubt und mittels der Schraube genau in die Höhenlage des zu bezeichnenden Wasserstandes eingestellt. Die eingebogenen Enden der Pratzen werden mit Beton unterstampft, und wird die Betonierung bis auf eine Höhe von 300 mm unter dem zu bezeichnenden Wasserstand fortgesetzt. Der darüber emporragende Teil der Staumaßhaube wird eben mit den Pratzen zylindrisch einbetoniert, wobei die Einbringung des Betons durch eine in der erforderlichen Holzform zu belassende Öffnung zu erfolgen hat ..." Und der Onkel las noch weitere Durchführungsbestimmungen des neuen Wasserrechtes über die Verhaimung und die neuerdings geforderte Staumaßmarkierung vor, wo mit sehr eigenartigen technischen Ausdrücken, unserer Alltagssprache ungewohnten und fremden Wörtern das Staumaß geschildert und beschrieben wird. Und nachdem er geendet hatte, sagte er zu jenem Pächter, der sich zum Wortführer der Beschwerde gemacht hatte: Also, was ist das für ein Ding, mein Lieber, das die Behörde da gern errichtet hätte. Wenn du mir sagen kannst, worum es sich dabei handelt, will ich es gerne bauen. Aber ich fürchte, du wirst nicht genau verstanden haben und wissen, was der Behörde da neuerdings vorschwebt. Das scheint nämlich ein abstraktes Kunstwerk zu sein, was die Behörde da gern errichtet hätte, hier handelt es sich offenbar um einen sogenannten Odradek. Der Onkel sagte, früher hätten sich die Anrainer und Müller versammelt, sie hätten sich beraten und dann als Ergebnis der Beratung einen schweren Pflock in die Erde getrieben. Sie seien dabei mit der Wasserwaage und dem Augenmaß ausgekommen, sie hätten „dreingeschaut" und freihändig justiert. Ein starker Pflock, ein schwerer Hammer und gegenseitiges Vertrauen hätten ausgereicht, die Verhaimung zustande zu bringen. Seien aber etwa Schwierigkeiten aufgetaucht, daß der Wasserstand zu stark abgesunken oder auch zu sehr angestiegen sei, daß sich im Keller Grundwasser gezeigt habe, so sei man noch einmal zusammengetreten und habe aufgrund der neuen Erfahrungen die Verhaimung nachjustiert und nivelliert. Dann aber habe die Sache Bestand gehabt. Natürlich habe man über Hirn, über die Schnittfläche des Baumes ein Blech genagelt, Beton aber sei durchaus nicht notwendig gewesen. Im übrigen habe man um das Staumaß talauf und talab Bescheid gewußt. An den Brücken, an den vielen Waschbänken, an allen Weidenstöcken am Bach, an den Inseln im Gerinne haben die Menschen das Ausmaß der Stauhöhe und den Besitzstand des Müllers gekannt, die Einhaltung der Stauhöhe aber sei für den Müller eine Selbstverständlichkeit gewesen, wie sie es auch für ihn sei und bleibe.

Die Zusammenarbeit zwischen Müllern und Bauern habe früher klaglos funktioniert, sagte der Onkel. Die Bauern hätten dem Müller ihre besonderen Wünsche vorgetragen, wenn sie etwa an einem bestimmten Tag die Gräben räumen wollten und gern einen niedrigen Wasserstand gehabt hätten, so ließ der Müller auch einmal gegen sein persönliches Interesse den Spiegel des Wassers unter das für ihn günstige und ihm verbriefte Niveau sinken. Oder er staute ein anderesmal höher, wenn das einem Bauern aus diesem oder jenem Grund gerade angenehm gewesen wäre und ein Konsens unter den übrigen Anrainern erreicht worden war. Der Bach hat die Anrainer verbunden, sagte der Onkel, nicht entzweit, der Bach war die Lebensader und die Mitte des Zusammenlebens. Der Müller aber sei gerade das gewesen, was die Römer den „Curator aquarum“ nannten. Er, der Onkel, sei auch heute bereit, seiner Rolle als „Curator aquarum“ und Wasserbeauftragter für das ganze Tal gerecht zu werden, er biete an, seinen ganzen, durch lange Beobachtung erworbenen, teilweise schmerzlich am eigenen Leib erlittenen Erfahrungsschatz in den Dienst der Gemeinschaft zu stellen und der Cura aquarum, der Wassersorge und Wasserpflicht, mit allem Ernst nachzukommen. Unberechtigte Anzeigen und Denunziationen förderten aber nicht eben die Lust, sich als verantwortlicher Wassermann und Aquarius zu betätigen. Auch habe es keinen Sinn, den Müller für alles verantwortlich zu machen. Zwar sei der Besitz an Wasser ein besonderer, und es ergäben sich aus diesem Besitz besondere Pflichten (auch Rechte), an ausgesprochenen Naturkatastrophen aber trage der Müller keine Schuld. Wenn das Wasser steige und steige und das Land überschwemme, dann sei es vergeblich und witzlos, nach dem Müller zu rufen. Ein Hochwasser setze sich nämlich über jede Wasseranlage hinweg, der Müller sei machtlos und hilflos, ja er sei der erste und am schwersten Leidtragende bei Überwasser. Gott der Herr nämlich halte die eigentliche Cura aquarum, sagte der Onkel, der Herrgott kümmere sich aber nicht immer um die irdische Verhaimung und halte sich nicht an die Stauhöhe der Menschen, er messe mit eigenen Maßen. Manchmal gebe er gründlich und im Überfluß, wenn er gebe. Und wenn es ihm gefalle, schicke er eine Sintflut und mache so aus seinem Terrarium ein Aquarium. So seien Beschwerden an den Herrgott zu richten oder an Petrus, von dem der Volksglaube sage, daß er der eigentliche Wettermacher sei und die Aufsicht über die himmlischen Schleusen innehabe. Die Menschen aber, die immer ungläubiger würden, suchten in ihrem Unglauben und ihrem Unverstand einen irdischen Zuständigen und Verantwortlichen und machten die Müller zu Sündenböcken für alle Wasserunbill und Nöte mit Güssen. Immer seien die Müller schuld. Hätte der Müller, statt sein Wehr auszubessern, endlich eine Schleuse errichtet, dann könnte diese bei Hochwasser geöffnet werden, und wir wären von allem Überwasser verschont, sagten die Bauern. Wer aber so spreche, sagte der Onkel, gebe damit nur zu erkennen, daß ihm die einfachsten Gesetze der Wasserphysik, die Prinzipien der Strömungslehre und der Wasserwirtschaft nicht vertraut und geläufig seien. Denn natürlich könne man durch das Öffnen einer Schleuse die Hochwassersituation für einen Augenblick entschärfen und entlasten. So und auf diese Weise bringe man die Wassermassen dazu, schnell ab- und weiterzufließen. Der Onkel fragte aber, was denn mit diesem vielen abfließenden und abfahrenden überschüssigen Wasser geschehe, ob sich dieses Wasser vielleicht verflüchtige, verdünne und verflüssige? Oder richte es nicht vielmehr etwas weiter flußabwärts einen noch größeren Schaden an? Mit einer Schleuse statt eines Wehrs, sagte der

Onkel, könne er die Güsse und Hochwässer nicht beseitigen, er könne damit höchstens ein Hochwasser hervorrufen, er könne damit die Güsse und Hochwässer kurzfristig weiterreichen. Was aber wäre, fragte er, wenn die flußaufwärts liegenden Müller auch alle Schleusen statt Wehre errichteten und dann diese Schleusen öffneten, wie die Bauern meinten, daß er es halten sollte. Dann geschähe ihnen und ihm gerade das, was er, wenn er ihnen folgen würde, den unterhalb und flußabwärts situierten Müllern und Bauern antun würde. Onkel war ein erklärter Feind von Schleusen, er war ein dezidierter und leidenschaftlicher Anhänger des Wehrs, und ich habe ihn oft, auch später bei Innungsversammlungen und anderen Gelegenheiten, mit großer Leidenschaft die Wehrpartei ergreifen gesehen und gehört.

Viele Jahre später, als ich mich bereits für meinen Schuldienst an der Müllereifachschule systematisch mit „Molinarien", nämlich allen Gegenständen die Müllerei betreffend, zu beschäftigen begonnen hatte, nachdem der Onkel aber seinen Lebenskampf und den Kampf gegen die Behörden und die Nachbarn bereits resigniert aufgegeben und mir längst die Mühle übergeben hatte, machte ich ihm einmal die Freude und erzählte ihm von meinen Nachforschungen über die Wasserwerke des Altertums und des Mittelalters. Und es schien ihn trotz seines damals schon recht bedauerlichen Zustandes innerlich zu freuen, als ich ihm, dem Anhänger des Wehrs und dem Verächter der Schleuse, von der historischen Priorität des Wehrs sprach, und davon, daß man das lateinische Wort „sclusa" oder „exclusa", das die alten und mittelalterlichen Autoren wie Gregor von Tours oder die Autoren der Volks- und Stammesrechte verwenden, obwohl es natürlich rein etymologisch zu unserem Wort „Schleuse" führe, inhaltlich und realienkundlich doch nicht als Schleuse, sondern im Gegenteil nach allgemeiner neuerer Lesart und Meinung als „Wehr" oder „Werder" verstanden werden müsse. Es gehe bei der „sclusa" oder den „conclusiones aquarum", wie es in der „Lex Visigothorum" heißt, nicht um eine Schleuse als „Bauwerk, das zwei Gewässer unterschiedlichen Wasserspiegels zeitweise voneinander trennt, zeitweise durch Anwendung besonderer Vorrichtungen in Zusammenhang bringt“, wie die Definition der Schleuse lautet, sondern bloß um Dämme im Flußbett, die das Wasser in einen Seitenarm drängen, also um ein Wehr. Siehst du, sagte der Onkel, sogar die Schleuse war einmal ein Wehr, und die Alten hätten gewußt, was sie getan hätten. Ich erzählte dem Onkel, daß die Verzäunung des Dammes laut Eigils „Vita Sturmii“ durch Flechtwerk und Spreu verstärkt worden war. Ich las dem Onkel auch die lateinische Stelle vor: „defixis per flumen palis adgregatis lapidum magnorum acervis exclusas fecit atque aquam canale collegit, cuius impetu rotam fabricae in magna volubitate vertere fecit“. Als ich dem Onkel die Stelle übersetzen wollte, winkte er fast beleidigt ab. Laß das, sagte er, er sei noch nicht so verkalkt und vergreist, daß er etwa dieses einfache Mittellatein nicht mehr verstehen könne. Da ich aber nicht weiß, wie es mit deinen Lateinkenntnissen steht, lieber Neffe, will ich dir den geistlichen Autor vom Beginn des 9. Jahrhunderts und sein Mönchslatein ins Deutsche übersetzen: „Nachdem er (Sturmius) quer durch den Fluß Pfähle geschlagen und große Mengen Steine davor aufgehäuft hatte, bildete er ein Wehr und zwang das Wasser, in einen Kanal zu fließen, durch dessen Strömung er das Wasserrad des Werkes mit hoher Geschwindigkeit herumdrehen machte.“

Lieber Neffe, der Dichter muß erst gefunden werden, der den jahrhundertelangen Kampf der Müller mit dem Wasser schildert. Es ist dies ein Kampf ähnlich jenem, den Herakles mit der Hydra von Lerna, der neunköpfigen Schlange, ausgefochten hat. Auch der Vergleich mit Tantalos drängt sich auf, jenem Tantalos, den die Götter exemplarisch bestraft haben: Odysseus trifft ihn nach Homers Erzählung im 11. Gesang der Odyssee im Tartaros bis zum Hals im Wasser stehend und doch am Verdursten, weil das Wasser immer zurückweicht, wenn er sich bückt, es zu trinken. Tantalos hatte den Göttern bei einem Festmahl das Fleisch seines Sohnes vorgesetzt. Wofür aber werden die Müller bestraft? Wie viele

Müller habe ich in meinem Leben auch große Steine ans Wehr und an die Ufer wälzen sehen, somit drängt sich auch der Vergleich mit Sisyphos auf. Sisyphos bekam von Hades die Erlaubnis, aus der Unterwelt in die Oberwelt zurückzukehren, um seine Frau Merope zu veranlassen, ihn ordentlich zu begraben. Statt aber seine Frau für ihre Ruchlosigkeit, daß sie ihn unbestattet ließ, zu bestrafen, tut er sich wieder mit ihr zusammen, plaudert göttliche Geheimnisse aus, vergnügt sich irdisch und läßt die Unterwelt Unterwelt sein ... Dafür wird er bestraft. Wofür aber büßen die Müller? Es kann einen aber schon trösten, wenn man alte Berichte liest und gewissermaßen der Ehrwürdigkeit des Kampfes mit den Wassern ansichtig wird. Oft habe ich den Müllereischülern die anschauliche Beschreibung Crells in seiner „Grimmischen Chronica, darinnen viel vnnd mancherley alte geschichte von Anno Christi sieben biß Anno 1600, begriffen vnndt beschrieben werden" vorgetragen und sie mit diesem Text gewissermaßen im vorhinein für ihre Mühen getröstet: „Anno 1565, den 9. Dezember, ist wieder ein loch ins wehr gerissen bei 30 Ellen breit, und der Rath hat bei 14 Tagen daran bawen lassen, und seins 23 Pfähle gestoßen und die joch verfaßet worden. Auf den 8. Januarii seins 2 Körbe mit steinen zwischen die joche gesenket worden. Auf den 9. Januarii kam wieder ein wasser und riß alle Pfähle und Körbe mit hinweg. Vom 9. bis auf den 16. Januarii seins wieder 25 Pfähle gestoßen und die joch sambt dem Hauptholtz mit 5 großen eißernen nageln befestiget, auch seind wieder den 29. Januarii 3 Körbe mit Steinen gefüllet und viel ander Holz und stein auf die Körbe gesenket worden."

Als Kind sah ich Hochwässer nicht als das an, was sie waren, nämlich Unglücksfälle, sondern vielmehr als eine willkommene Abwechslung. Wie oft stand ich mit anderen, Kindern und Erwachsenen, zusammen am Rand des Wassers und sah zu, wie Fußgänger, Fahrradfahrer, Pferdefuhrwerke (und später wohl auch schon Traktoren, auch schon das eine oder andere „Luxusauto", wie wir die Personenkraftfahrzeuge nannten) das überflutete Stück der Straße passierten, bis sie das rettende Ufer und das Trockene wieder erreicht hatten. Manchem ist mitten im Wasser auch das Fahrzeug abgestorben, Fahrradfahrer konnten plötzlich nicht mehr durchtreten, mußten absitzen und ins Wasser steigen. Auch Pferdefuhrwerke kamen an die kritische Stelle an Onkels Mühle, und oft erlebten wir, daß ein Pferd trotz guten Zuredens keinen Fuß ins Wasser setzen wollte. Dann wieder trat ein Pferd beherzt an, stutzte und scheute aber plötzlich mitten im Wasser, als ob es der Mut mit einemmal verlassen hätte. So gab es dramatische Situationen, wenn etwa der Wagen in den Graben geriet, bis schließlich das Pferd wieder die Straße und Tritt faßte oder aber den Wagen zerriß und Reißaus nahm.

Es fehlte wie gesagt nicht an Publikum. Da, durch das Überwasser bedingt, die meiste Arbeit unmöglich geworden war und ruhte, standen an den erhobenen und trockenen Flecken und vor allem auf der Brücke Bauern und Knechte, arbeitslose Handwerker und Gewerbetreibende. Sie sprachen miteinander über den Regen, jeder stellte Prognosen, verglich dieses Hochwasser mit früheren, nannte Markierungen an seiner Hauswand, die diesmal erreicht, unter- oder überschritten wurden, und bezifferte Schäden. Einer hatte Nachrichten über Zustände in anderen Tälern, sein Bruder oder seine Schwägerin hatte ihn besucht, und so wußte er von der Trattnach, der Traun oder der Donau zu berichten, einer zitierte den Wetterbericht oder andere Meldungen über Unglücke im Zusammenhang mit dem Hochwasser. In Alkoven etwa soll das Hochwasser einen großen Bauernmisthaufen ausgehoben und zweihundert Meter weiter unten einem anderen Bauern haargenau vor die Haustür gesetzt haben. Es wurde gelacht. Man erzählte sich Wunder über die Kraft des Wassers. Mancher verglich auch das Wasser mit dem Feuer und kam zu dem überraschenden Schluß, daß ein Hochwasser schlimmer und gefährlicher sei als eine Feuersbrunst. Feuer nämlich könne man löschen, das Wasser aber nicht verbrennen. Viel Absonderliches wurde berichtet, so seien dort oder da Gegenstände geschwommen, die kein Mensch für schwimmfähig halte. Es heiße etwa in einem Paradox von einem Menschen, der nicht schwimmen könne, er schwimme „wie ein Wetzstein", nun habe man aber wirklich und in der Tat schon schwerere Gegenstände als Wetzsteine durch Wasser bewegt und versetzt gesehen. Zwischendurch besprachen und kommentierten die zur Untätigkeit gezwungenen Landleute alles das, was sich vor ihnen an eingeschränktem Verkehr auf der Straße und im Wasser abspielte. Sie riefen Leuten, die am anderen Ufer unschlüssig warteten und Mut zum Übersetzen schöpften, etwa Fuhrleuten, die vor dem großen Abenteuer einer Überquerung eine kleine Pause einlegten, Ratschläge hinüber, machten Anweisungen und Angaben über Fehler, die sie an einigen Vorgängern bei der Durchfahrt wahrgenommen hatten und die sie die nächsten Übersetzenden unbedingt zu vermeiden anwiesen. Auch wurde Mut zugesprochen. Wenn du dieses und jenes tust, kann dir das oder jenes, ja nichts passieren. Du darfst dich nur nicht so weit abtragen lassen wie vorhin der Soundso, nimm dir einfach diesen Pflock hier vor. Nur nicht ins Wasser blicken, wer ins Wasser blickt, zieht bald mit dem Wasser, gegen die Flußrichtung blicken. Rechts mußt du ziehen und links schleifen lassen. Immer schön hot und nur nicht hü und dann wüstaha ho. Passierte aber dann doch etwas, sagten alle erschrocken wie aus einem Munde: Oha!

Wenn sich der Fuhrmann vorgenommen hatte, das Wagnis anzugehen, und den Pferden das Kommando zum Aufbruch gab, hielten alle den Atem an. Kinder, die aus Unverstand an einer Stelle blieben, die beim Landen des Gefährtes am diesseitigen Ufer vielleicht eine Rolle spielen könnte, wurden geschimpft und weggeschafft. Kam der Durchfahrende aber sozusagen auf hoher See in Schwierigkeiten und Seenot, so riefen die Männer den Fuhrmann an, auch die Pferde, und übernahmen so von ihrer trockenen Warte aus das Kommando. Manches Pferd schüttelte den Kopf und wunderte sich über die Widersprüchlichkeit und Gegensätzlichkeit der Befehle. Oft ärgerte sich auch ein Knecht über das viele Dreinreden. Was schreit ihr denn so blödsinnig, mein Roß weiß selber, wie es gehen muß, mein Bräunl hat schon mehr Wasser gesoffen, als hier grad euren Boden bedeckt ...

Hochwässer waren für uns Kinder auch Hochzeiten der christlichen Seefahrt. Es ging hoch her! Sautröge, Zuber und Schaffel wurden hervorgeholt und ins Wasser gesetzt und bestiegen. Mit Brettern und Stangen wurde gerudert und gesteuert, losgestoßen und flottgemacht. Kentern war freilich an der Tagesordnung. Auch war es ständig notwendig, das Brackwasser am Boden der Tröge auszuschöpfen, da die Hochwässer ja immer zur Unzeit kamen, wo viele der Tröge außer Betrieb und nicht eingeweicht waren, was sie vor ihrer regulären Benützung zu ihrer eigentlichen Widmung sonst immer wurden. Schwer aber war es, in einem solchen Trog die Balance zu halten. Das Fehlen jeden Kieles oder Senkbleies machte das Fahrzeug sehr wankelmütig und labil. Und doch gab es kühne Schiffer, die aufrecht in ihren Trögen standen und allen Schwierigkeiten trotzten. Sie glichen Indianern, die man auf vielen Bildern aufrecht und stolz, STEHEND, in ihren Einbäumen und Kanus den Mississippi, den Amazonas und wie die großen Ströme sonst heißen mögen, hinabfahren sieht. Andere, kleinere erinnerten in ihrer Hilflosigkeit eher an den auf dem Nil ausgesetzten Moses, bevor ihn die Tochter des Pharao findet. Auch an Unfällen („Umfällen" oder „Umfallern") gab es keinen Mangel. Trocken kam wohl keiner von einer solchen Schiff- oder Schaffahrt zurück. Die Kinder waren freilich mit einem derartigen Feuereifer bei ihrer Wassersache, daß sie in der Hitze des Gefechtes dieser Wasserschlacht weder Nässe noch Kälte spürten, wieder ganz wie die abgehärteten, abgebrühten und schmerzunempfindlichen Indianer. Meist erst am darauffolgenden Tag zeigten sich die bösen Folgen, und manches Kind mußte jetzt das Bett hüten und konnte dem zurückgehenden Hochwasser und dem Verkehr nur noch vom Fenster des Krankenzimmers aus zusehen. Auch ich habe manchmal wehmütig aus dem Fenster zu den Kameraden hinausgesehen, wenn ich mir am Vortag eine Verkühlung geholt hatte und von der Frau Tante aus dem Hochwasserverkehr gezogen wurde. Doch sah man auch vom Fenster aus noch Interessantes. Es schwammen Gegenstände vorbei, und einiges von jenem Strandgut kannte ich sogar. Ungeschickten Bauern schwammen oft ganze Stöcke und Stöße Brennholz davon. Wenn die beständig anstoßenden Wasser erst einmal ein lockeres Ende hatten, leckten und leckten sie fort, bis sie zur entscheidenden Stelle vorstießen, alles wie ein Kartenhaus zusammenfallen ließen und flugs mitrissen und mitnahmen. Landauf, landab war die Feuerwehr mit dem Auspumpen von Kellern befaßt.

Gerne suchte ich an Hochwassertagen das oberste Stockwerk der Mühle, den sogenannten Sichterboden, auf und blickte abwechselnd zu den verschiedenen Fenstern aus der Höhe in das überschwemmte Land hinaus. Der Regen hatte alles blitzsauber gewaschen, auch die Luft war von einer geradezu greifbaren Reinheit und Klarheit. Ich sah hinaus auf den Bach, der nur noch durch das aus dem Wasser ragende Ufergesträuch markiert und zu erkennen war. Ich versuchte mir die durch das Wasser unsichtbar gewordenen Flecken und Plätze vorzustellen, die Wege und Straßen, Gräben und kleinen Brücken. Wenn ich steil nach unten blickte, in das unmittelbar an der Mauer vorbeifließende Wasser, so kam es mir vor, als würde ich mitsamt dem Gebäude gegen die Strömung schwimmen. Dieser Eindruck war so zwingend und stark, daß ich von Zeit zu Zeit auf Bäume oder andere feststehende Objekte blicken mußte, um mich von dieser Täuschung und dem zuletzt unangenehm gewordenen Gefühl der Haltlosigkeit und des Schwindels zu befreien. So sehr ich mich aber verstandesmäßig gegen die Täuschung wehrte, sobald ich wieder ins Wasser hinabblickte, fing die Mühle unweigerlich und unaufhaltsam an, mit mir gegen die Strömung zu fahren. Ich hatte diese Feststellung auch schon früher an der Brücke gemacht, wenn ich über das Geländer in den Bach hinuntersah und ich plötzlich mitsamt der Brücke stromaufwärts zu schwimmen begann. Als ich dem Onkel später von diesem Streich der Wahrnehmung erzählte, sagte er, daran könne man erkennen, daß der Verstand in seiner Wehrlosigkeit nicht das beste Stück des Menschen bilde. Blickte ich aus den Fenstern in den Himmel, so sah ich, wie der Wind tiefhängende Wolken mit einemmal fortriß und über das Tal trieb. Zwischen den Wolken machte manchmal der Himmel auf, und man sah wie durch ein Fenster oder Mauerloch ins Helle und Strahlende des Äthers hinaus, bis sich das Loch wieder schloß. Später leuchtete diese unwirkliche Helle an einer anderen Stelle heraus. Das Firmament glich dabei in seiner wilden Unruhe und seinen gleißenden urplötzlichen Aufbrüchen den dramatisch bewegten Deckengemälden in den Abteien und Stiften Wilhering und St. Florian. Zeitweise brach auch die Sonne durch. Das galt übrigens unter den Landleuten als ein schlechtes Vorzeichen und Omen für die Zukunft. Wenn die Sonne in die Güsse scheint, hieß es, dann kommt das Hochwasser innert kurzer Zeit zurück. Auch der unverwandte Blick zum Himmel und auf die dahinjagenden Wolken versetzte einen in einen Schwebezustand, der von jenem Taumel, der einen überkam, wenn man zu lange ins Wasser blickte, gar nicht sehr verschieden war. Oft habe ich solche Täuschungen und Irritationen gesucht, manchmal sah ich etwa mit hängendem Kopf durch die Beine, den Oberkörper mit den Händen am Boden oder über den Fußknöcheln abgestützt, und wunderte mich über die völlig veränderte und fremdgewordene Welt. Ich verharrte in dieser unnatürlichen Stellung, bis ich einen roten Kopf bekam und das Blut im Schädel toben hörte, erst dann befreite ich mich aus dieser Haltung. Der Reiz solcher Verrücktheiten und Verrenkungen lag neben der Erfahrung einer neuen und überraschenden Perspektive auch in der Aussicht auf deren Beendigung und die schließliche Rückkehr in die normale Welt. Es handelte sich somit auch um einen Schmerz, den abzustellen eine Art von Genuß und Erleichterung war ... Diese Rückkehr in die gewohnte, feste Welt war ähnlich wie der Morgen nach einer mit Fieber verbrachten und chaotisch durchträumten Nacht, wenn endlich wieder alles Verläßlichkeit und Kontur gewinnt.

Drehte ich mich von den Fenstern weg in den Raum hinein, so sah ich, statt des Wolkenkampfes draußen, drinnen die völlig beruhigte Welt des Sichterbodens. Wie war dieser Dachboden der Mühle mit dem zylindrischen Sichter, dem Aspirator, den hängenden Windbeuteln, der sogenannten Schnecke, wie war diese kleine technische Welt der Riemen und hölzernen Röhren übersichtlich und friedlich geordnet. Ich kannte mich hier heroben bei den sinnreichen Maschinen schon sehr früh ein wenig aus.

Einmal stand ich auch auf dem Dachboden, als der Onkel die Mühle nach einem längeren, vielleicht zwei Tage andauernden Stillstand wieder in Betrieb setzte. Das sogenannte „Dreinfahren“ war immer ein Problem, besonders schwierig aber war es natürlich nach einer längeren Pause. Es kam mir vor, als läge es daran, daß die Maschinen inzwischen entwöhnt waren und eine größere Unlust zu überwinden hatten, die mühevolle Arbeit wieder aufzunehmen. Die Maschinen stellten sich nach solchen Pausen und Ausfällen meist auch sehr widerspenstig an, und es gab gerade dann nicht selten Probleme. Ich erinnere mich daran, daß Onkel manchmal von den schlecht gewarteten Maschinen eines Konkurrenten oder auch den Landmaschinen eines Bauern sagte, daß sie in einem derartigen Zustand seien, daß man sie nur nicht mehr abstellen dürfe. Der kleine Tod des Ausschaltens und Abstellens wäre für diese oder jene Maschine das endgültige Aus. Wenn diese Maschine erst einmal steht, dann steht sie, und es bekommt sie kein Mensch mehr flott. Wer rastet, rostet, heißt ein Sprichwort, das in der Menschenwelt im übertragenen Sinne, in der Mechanik aber sehr oft im buchstäblichen und direkten Sinne gilt. Und auch das andere Wahrwort, das besagt, daß aller Anfang schwer ist, hat in der Welt der Maschinen eine gewisse Bedeutung. Wenn eine Maschine oder ein Fahrzeug erst einmal in Gang gesetzt ist und läuft, dann bleibt sie oder es auch nicht mehr ohne weiteres stehen. Jetzt kommen die Wucht, die Fliehkraft und der Schwung zur Wirkung und helfen über manches hinweg, auf diese Weise werden auch schwächere Teile im Ensemble mitgerissen. Und sie bewegt sich doch! Oft braucht es nur einen Anstoß. Ist aber der Start gelungen, so weiß sich die Maschine schon zu helfen. Ein „perpetuum mobile“ freilich, eine Maschine also oder ein Gerät, das ohne Antrieb und Neuzufuhr von Energie auskäme, gibt es nicht. Überall, wo sich etwas bewegt und dreht, gibt es Reibung und Widerstand, Wärme- und Energieverlust, und in der besten Maschine nistet die Endlichkeit, so wie es im menschlichen Körper, auch im gesündesten und jüngsten, immer bereits ein schwächstes Organ gibt und damit diesem Organismus, diesem Ensemble von Organen, bereits von Geburt an der erste Defekt wie der schließliche Tod einprogrammiert ist.

Als Kind sah ich Onkels Maschinen sehr menschlich, „anthropomorph“ könnte man es vielleicht nennen. Natürlich hatten dieses animierte Maschinenverständnis und dieser beseelte Zugang zum Mechanischen auch damit zu tun, daß ich sowohl den Onkel als auch, ja noch mehr, seinen Mühlenknecht oft mit den Maschinen wie mit Menschen reden, vor allem schimpfen und fluchen gehört habe. Es fielen da oft auch sehr häßliche Worte, sodaß die Tante, wenn ich später eins dieser Worte im Haus wiederholte, mich böse ansah und sagte, das wolle sie nicht gehört haben und auch fernerhin nicht mehr hören. (Oft sagte der Knecht: „Der Trieur ist eine Hur.“ Oder Franz sagte zur Putzmaschine: „Du Zauk!“)

Die größte Schwierigkeit bestand freilich nach Gießbächen und Hochwässern für den Onkel und seinen Knecht immer darin, mit den Schäden am Wasserwerk fertig zu werden und möglichst rasch wieder Wasser auf die Mühle zu bekommen. Es war also keineswegs das erste Mal, daß Onkel an seinem Wehr größere Ausbesserungsarbeiten vornehmen ließ und selbst vornahm. Nur war das bis dahin niemandem weiter aufgefallen, und es gab keinen Verdacht, daß dabei etwas nicht rechtens zugehe, wie es ihn aber nach jener Reparatur gab, die die Amtshandlung einleitete und dem Onkel soviel Verdruß brachte und recht eigentlich auch den Anfang von seinem Ende als Müller bedeutete. So entschloß sich einmal, wie ich mich erinnere, der Onkel, um weiteren

Beschädigungen seines Wehrs ein für allemal vorzubeugen, auch die seitlichen Uferwände um einige Bohlen zu verlängern, damit das Wasser vor und auch hinter dem Wehr eine längere Führung habe und vor allem ober dem Wehr nicht ausreißen könne, wörtlich und im übertragenen Sinne verstanden. Das war nun eine Arbeit, die er nicht allein oder nur mit seinem Mühlenknecht verrichten konnte. So bat er einige kräftige Bauernburschen um Robot und Hilfsdienste, die er durch Mahlen oder andere Gegenleistungen zu ersetzen versprach. Der Onkel baute nun mit seinen Hilfskräften entlang der zu errichtenden beziehungsweise zu verlängernden Wand im Bachbett eine Bühne, auf der zwei der Helfer stehen und den „Haiderer" führen konnten, während der dritte Mann am Rammbock ohne Gerüst auskam und am Ufer stand. Während die drei nun die Bohlen mit ihrem schweren Haiderer in die Erde rammten, sangen sie, um im Takt zu bleiben und sich im Rhythmus aufeinander abzustimmen und so mit dem bestmöglichen Effekt arbeiten zu können, ein rhythmisches Lied, einen zweitaktigen Arbeitsgesang, der den Wechsel von Hochheben und Niedersausenlassen skandierte: „Hoch auf und oans drauf und oans dazua, is no net gnua. Er muaß hinein, durch Sond und Stain, durch Stain und Sond ins herte Lond ..." Sie sangen auf eine Melodie viele Strophen, die sie teilweise aus dem Stegreif erfanden. Die Strophen dieses Singsangs, die ich als Kind in ihrem Sinn (Unsinn?) gar nicht richtig verstehen konnte, bezogen sich meist auf einzelne Personen, entweder auf Mitarbeitende oder aber auf Leute, die von der Brücke aus auf die arbeitende Gruppe hinuntersahen. Vor allem bezogen sie sich auf Mädchen unter den Zusehern. So sangen die Burschen der Reihe nach statt „ins herte Land" „ins Hanni-Land", „ins Resi-Land", „Kathi-Land" oder wie eben die Namen der Mädchen lauteten. Immer zog dann die eben Angesprochene (oder Angesungene) den Kopf ein, errötete verschämt, während sie von den aufgeregt gestikulierenden und übermütig lachenden Freundinnen und Kameradinnen angestoßen und umtrippelt wurde. Dann beruhigten sich die Mädchen wieder, lehnten sich erneut gegen das Geländer, sahen zu den Burschen hinunter und erwarteten eine neue Strophe, um dann wieder genau wie vorher zu reagieren. Diese Gänse, sagte der Herr Onkel, schau sie dir an, wie sie schnattern.

So war das Leben am Bach für mich stets abwechslungsreich und kurzweilig. Denke ich heute an meine Kindheit zurück, so erscheint sie mir bestimmt und angefüllt mit den verschiedensten Wassererlebnissen, die Mehrzahl dieser Bacherlebnisse aber sind in meiner Erinnerung hell und freundlich. Allein der Tod eines Jungen an der aufgelassenen Sägemühle überschattet und verdunkelt diese Wasserzeit meiner Kindheit und frühen Jugend.

Wie oft bin ich Fischern gefolgt und habe ihnen bei ihrer Hantierung zugesehen. Und obwohl ich mein ganzes Leben lang nie den Drang verspürt habe, selbst zu jagen oder zu fischen, so sah ich doch, auch später noch, beim einen wie beim anderen gern zu. Es ist die Unbedingtheit des Interesses und der Hingabe, die Selbstvergessenheit derer, die dem Jagen und dem Fischen nachgehen, die mich anziehen. Mein ganzes Leben lang interessierte mich der interessierte Mensch. Gelangweilte Menschen aber langweilten mich. Und obwohl ich immer, und auch schon als Kind, nach der Art der Interessen fragte und manches, wofür sich die Menschen erwärmten, für des Menschen und seiner Aufmerksamkeit unwürdig hielt (vieles als gelehriger Schüler des Onkels auch für schädlich), hatten das Fischefangen und das Jagen in meinen Augen doch die nötige Würde, wenn eine gewisse Naturverbundenheit und Naturkenntnis, botanische und zoologische Erfahrungen und nicht bloß ein häßlicher Drang zum Töten, eine sinnlose Schießwut oder abscheuliche Schlächtergesinnung dahinterstanden. Grausamkeit in jeglicher Form hat mich abgestoßen und widert mich an.

Mit der Zeit hatte ich mir selbst umfangreiche Kenntnisse über die Fische und übrigen Wasserbewohner angeeignet. Durch tagelanges Bachwaten im Sommer bis in den Herbst hinein wurde ich gewissermaßen selbst zu einem solchen Wasserbewohner. Ich wußte genau, wo sich im Wasser was befand und aufhielt, mit einigen der Krebse und Fische hatte ich fast schon so etwas wie Freundschaft geschlossen. Beobachtete ich einen ungeschickten Fischer, so freute ich mich manchmal für einen bestimmten Fisch. Diese Forelle kriegst du nie, dachte ich bei mir.

Einen starken Eindruck machten mir unter diesen Umständen natürlich jene beiden landauf, landab bekannten, ja über die Grenzen unserer Heimat hinaus berühmten Müller von Fraham, die nebenbei einen sogenannten Fischzirkus betrieben und eine eigene Technik zur Dressur von Fischen, die bis dahin nicht nur für stumm, sondern auch sonst für ganz und gar nicht lernfähig galten, ausgebildet und entwickelt hatten, sodaß sie, die Fische in ihrem Mühlbach, auf Namen hörten und auf Kommando durch Reifen sprangen (die ihnen die zwei Impresarios von einer Waschbank aus über das Wasser hielten) und andere Kunststücke vollführten. Einige sonst faule Karpfen führten sich gegen ihre Natur wie Delphine auf, denen man die größte Intelligenz unter den Fischen nachrühmt. Heute erscheint mir der Ehrgeiz der beiden Brüder ein wenig kurios, sie waren ja wohl auch Käuze, wenngleich die Verhaltensforschung aus ihren Zucht- und Dressurergebnissen einigen wissenschaftlichen Nutzen und Erkenntnisse schöpfte. Einer der Besucher des Fischzirkus brachte später beim Essen in einem benachbarten Gasthaus dem Onkel gegenüber die Sonderbarkeit des Ehrgeizes dieser beiden Frahamer Müller mit ihrem Junggesellentum in Zusammenhang und machte unziemliche Witze darüber, erklärte überhaupt alles Zähmen als Grille und Schrulle. Der Herr Onkel widersprach diesem Spötter aber und verwies ihm seine maliziösen Anzüglichkeiten. Er sagte demgegenüber, jede große Aufgabe verlange von jenen, die sich ihr unterziehen, persönliche Opfer, Zurückhaltung und Enthaltsamkeit, wenn er auch die Frage nach jenem Gut, um dessentwillen die Opfer und Einschränkungen in Kauf genommen werden, für durchaus berechtigt halte. So sei selbstverständlich ein Unterschied zwischen der Kunst, der ars sacra, seinetwegen der Musik, der der zölibatäre Beethoven gedient habe, und der Domptur von Barschen oder Forellen. Selbst bei einer gewissen Unverhältnismäßigkeit zwischen den beiden aber gebe es für Außenstehende noch lange keinen Grund für Denunziation und Häme. Das solle sich der Herr gesagt sein lassen. Schließlich gebe es eine ganze Fülle von Tätigkeiten, die gesellschaftlich ein hohes Ansehen genießen, im Grunde aber und genau besehen lächerlicher und abseitiger seien als das Domestizieren und Disziplinieren von Fischen.

Was das Leben am Bach und insbesondere das Fischen betrifft, so erinnere ich mich heute noch gern an eine Szene zwischen dem Herrn Onkel und einem Amerikaner, einem jener Amerikaner nämlich, die kurz nach dem Krieg als Besatzungssoldaten auf die österreichischen Flüsse, Seen und Bäche losgingen. Diese Großoffensive der Besatzer war dem Onkel, der damals als Pensionist bei mir lebte, ein Dorn im Auge. Dabei war ihm weniger der Umstand zuwider, daß fremde Besatzungssoldaten die einheimischen Flüsse leerfischten (er akzeptierte dies als Kriegsbeute), als vielmehr die technischen Umstände, unter denen sich das amerikanische Fischen an Österreichs Bächen abspielte. Die Besatzer kamen scharenweise in riesigen Limousinen vorgefahren und waren fischereimäßig bestens ausgerüstet, „übertrieben ausgerüstet", wie der Onkel sagte. Die Amerikaner waren seiner Ansicht nach übertechnisiert. Der Onkel sagte, die Fische der Alten Welt wüßten mit dem vielen Blinker- und Glitzerzeug nichts anzufangen, es sei ihnen fremd. Die europäischen Fische, sagte er, stünden im Wasser, wunderten sich über das hervorragende amerikanische Gerät und vergäßen darüber anzubeißen. Wirklich war auch die Ausbeute der Amerikaner meist relativ bescheiden, sie stand jedenfalls in keinem Verhältnis zum materialen und technischen Aufwand. Das amerikanische Material, sagte der Onkel, mache die Fische scheu, das viele mechanische Spielzeug mache die Fische der Alten Welt kopfscheu, und sie führten sich wie rechte Stockfische auf. Einmal hörte ich auch den Onkel zu einem

Amerikaner, der ihm in hohen Gummistiefeln und bestückt und armiert mit langen und kurzen Ruten, Kunststoffsaiten und Schnüren, Blendern, Blinkern und Schwimmern, Köchern, Käschern und Winden über den Weg lief, sagen: Hallo, General, das hier nicht sein Mississippi! Hier Endach! Du müssen nehmen europäische Darmsaite und herkömmlichen österreichischen Wurm. Hallo, miller, sagte der Amerikaner und lachte über sein ganzes amerikanisches Gesicht.

Sah der Onkel mehrere amerikanische Autos am Haus vorbei zum Bach hinabrollen, so sagte er: Die Fischereiflotte der Navy ist im Anmarsch ...

Ein wahrer Schrecken waren mir als Kind die Bachratten. Ich stand bei meinen Streifzügen in der Endach immer wie angewurzelt, wenn ich in meiner Nähe am Ufer oder im Wasser eine Ratte bemerkte. Ich war von diesen Tieren angewidert und fasziniert zugleich. Ich mußte hinsehen und wagte nicht hinzuschauen ... Einmal fragte ich die Tante, ob auch diese Tiere der liebe Gott erschaffen habe. Ich meinte, diese häßlichen Kreaturen müßte der Teufel in die Schöpfung hineingebracht haben, während sich Gott am siebenten Tag ausruhte, wie es im Schöpfungsbericht heißt. Schauder erzeugte mir die Vorstellung, von einer Ratte angefallen zu werden. Es hieß, daß sich die Ratten, in die Enge getrieben, auf den Menschen stürzten und sich so sehr in sein Fleisch verbissen, daß man sie gar nicht mehr losschlagen könne. Später habe ich einmal eine Ratte im Turbinenhaus angetroffen und war zu Tode erschrocken, als sie vor mir Amok lief, bis sie durch die geöffnete Luke zum Wasserhaus, durch die sie auch hereingekommen sein mußte, Reißaus nahm und zu meiner größten Erleichterung verschwand. Ungeheuerlich fand ich, was die Tante erzählte, daß nämlich nach verbreiteter Volksmeinung junge, haarlose Ratten in Pulverform oder auch lebend verbrannte und in Wein aufgelöste Ratten gegen die Epilepsie, die „hinfallende" und andere Krankheiten helfen sollten. Oder daß andernorts, nämlich in Indien, Ratten als heilige Tiere betrachtet und zu Tausenden in Tempeln als Haustiere gehalten würden. Der Onkel hatte im übrigen ein teleologisches Weltbild. In diesem teleologischen Weltbild hatte alles, auch das Ungeziefer, in gewisser Weise seinen Platz.

Manchmal sprach, wie ich dir weiter oben bereits berichtete, der Herr Onkel über die Toten. Ich war wohl von seiner besonderen Redeweise zu eingenommen und beansprucht, als daß ich einen wirklichen Eindruck von der eigentlichen Schrecklichkeit des Mitgeteilten erhalten und mitbekommen hätte. Mir ging mehr die Rede des Onkels als ihr Gegenstand nahe – bis ich schließlich selbst ein Erlebnis dieser Art hatte, das mir tief in die Seele schnitt, das mir schwere Not machte, über das ich lange nicht hinwegzukommen vermochte. Eines Tages im späten Sommer hieß es plötzlich, an der Säge sei ein Kind ertrunken! Da liefen alle zu der angegebenen Stelle. Bald sah man an beiden Ufern der Endach Menschen stehen und ins Wasser blicken. Wer ist es denn, wurde überall gefragt. Der Helmut, sagten andere, dem Ingenieur Reich sein Sohn.

Der Vater des ertrunkenen Kindes war Agraringenieur, hatte in der vorangegangenen Ära eine hohe Stellung innegehabt und war darum in der darauffolgenden Zeit belangt und gemaßregelt worden. Die Kinder dieser durch die Zeitläufe mittellos gewordenen Familie erschienen uns gleichwohl als die Kinder eines Akademikers und also als etwas Besonderes und Besseres. Vielleicht hatten die Eltern selbst ihre Kinder in dieser Hinsicht beeinflußt. Wir übrigen Kinder begegneten ihnen jedenfalls nicht nur mit Respekt, sondern auch mit der allzu häufig aus Respekt kommenden Verachtung und Feindseligkeit. Nun aber war Helmut, der Älteste des Herrn Ingenieurs, beim Spielen in den Bach gefallen und ertrunken. Frau Reich hatte ihre Kinder einem Mädchen zur Beaufsichtigung anvertraut, diese Unglückliche aber hatte den unverzeihlichen Fehler begangen, mit den Kindern unterhalb des Wehrs an der aufgelassenen Sägemühle einen schwankenden, meist von Fischern als Notbrücke benützten Pfosten zu betreten. Der Bub fiel dabei vom Brett, wurde von der Strömung aus dem Seichten in einen Tümpel fortgerissen und war dort ertrunken. Als ich mit anderen zur Unglücksstelle kam, wurde das Mädchen bereits von Gendarmen vernommen, es konnte aber vor Schluchzen kaum sprechen. Einige Männer der Nachbarschaft stocherten mit langen Stangen ins Wasser und hoben schließlich die Leiche des kleinen Helmut an die Oberfläche. Ich stand in einiger Entfernung und sah, wie der Leichnam auf einen herbeigebrachten Waschtisch gelegt wurde. Inspektor Loy trat mit dem Gemeindearzt hinzu. Der Kreis schloß sich, und man sah weiter nichts mehr.

Ich wurde aber, wie ich so dastand, von einem großen Mitleid und einer brennenden Reue wegen der vielen häßlichen Bosheiten, die wir gerade dem kleinen Helmut angetan hatten, ergriffen und gewürgt. Nur wenige Tage vor diesem Unglück hatte ich mich an einem bösen Streich beteiligt, den wir dem feinen Buben des Ingenieurs spielten. Angestiftet von einem Nachbarn, sollten wir, mein Freund und ich, den Helmut Reich, der als Schreihals galt, vorerst zum Schreien bringen und dann durch eine Art Roßkur davon heilen. Wir näherten uns also, wie es uns der boshafte Nachbar angeraten hatte, dem arglosen Helmut und ermunterten ihn durch geheuchelte Bewunderung für sein Organ und gespieltes Lob wegen der Kraft seiner Stimme, einmal zur Probe lauthals zu brüllen. Helmut war anfangs mißtrauisch, ging aber dann doch auf unsere Bitte ein. Und während er den Mund öffnete und losschrie und dabei die Augen schloß, griff sich mein Freund aus einer alten Pfanne, die ich hinter meinem Rücken versteckt hielt, eine Handvoll Pferdemist und stopfte sie dem schreienden Helmut in den Mund. Die Wirkung war schrecklich. Aus dem Schreien zum Spaß und zur Probe wurde der bitterste Ernst. Der gepeinigte Junge mußte sich auf der Stelle übergeben. Das Ergebnis war so grauenvoll, daß ich selbst in panischer Angst die Pfanne fallen ließ und Hals über Kopf floh, ganz wie einer, der einen Mord begangen hat und von Entsetzen über seine Untat erfaßt wird. Auch ergriff mich auf der Stelle das erbärmlichste Mitleid, eine elende Trauer und Ekel wegen meiner Komplizenschaft in einer so häßlichen Sache. Ich lief aus dem Dorf hinaus, verkroch mich im Gebüsch der Au und weinte. Ich nahm mir fest vor, durch viele Erweise von Freundlichkeit und Geschenke dem Helmut gegenüber meine schwere Verfehlung und Sünde gutzumachen und zu sühnen.

Um so lastender und niederdrückender war aber nun die Reue, als mir durch Helmuts unvermuteten plötzlichen Tod jede Möglichkeit einer Wiedergutmachung und Sühne genommen wurde. Nie wieder, mußte ich denken, wird dieser Mund, in den wir den Roßapfel gedrückt hatten und aus dem nun Wasser quoll, als der Gemeindearzt seine Hand auf den Bauch des Toten legte, ein einziges Wort sagen, das mir anzeigt, daß mir vergeben und verziehen ist. Ein kleiner Bub und großer Sünder, stand ich abseits und entfernt vom Ort des Schreckens an der Sägemühle im sinkenden Tag unter Bäumen und wurde von Selbstvorwürfen schier selbst zu Tode gemartert, ganz im Bewußtsein und in der Überzeugung, verworfen, verflucht und verdammt zu sein. Ein kleiner Judas.

Als man Helmut Reich begrub, war ich einer der Sargträger. Vier ungefähr gleichaltrige Buben, waren wir als Träger ausgewählt worden. Ich selbst war unter den vieren der Kleinste, so ging ich beim Tragen leer aus. Es war mir, als wollte sich Helmut von mir nicht tragen lassen ...

Dieses schwere Kindheitserlebnis war für mein ganzes Leben prägend. Meine Tante, der ich mich in meiner großen seelischen Qual eröffnete, tröstete mich und meinte, Gott würde mir verzeihen, wenn ich nur aus dieser schwerwiegenden Sünde die nötige Lehre zöge und fürderhin niemanden mehr in dieser Weise zu verletzen suchte. Auch über Fragen des Leides in der Welt und dessen Sinn sprach sie so einsichtig, verständig und überzeugend, daß ich daraus Mut und Zuversicht schöpfte. Und blieb mir auch eine tiefe Ahnung vom Unheil in der Welt, dem von Menschen verschuldeten und dem unfaßbar verhängten, so gewann ich aus Tantes „Theodizee“ auch wieder Lebensmut und Zutrauen. Helmuts Tod bedeutete aber doch einen Einschnitt in meinem Leben, er nahm mir jeden Übermut und jede Ausgelassenheit. Gab es vorher durchaus Anzeichen einer gewissen Unbändigkeit und Wildheit, so war mit diesem Ereignis die „offensive" Phase meiner Kindheit beendet und es begann die als „defensiv" zu charakterisierende. Die Lausbubenzeit war vorbei. Ich war nun eher auf Ausschau nach unschuldigen Vergnügungen, und in meine Spiele war ein großer Ernst gekommen. Ich wurde dadurch wohl auch einsamer, weil ich vielen Kameraden zuwenig schneidig, zu abwartend und zu vorsichtig war. Sie empfanden mich als langweilig, meine neuen Interessen als seltsam. Und wenn ich später mein Metier, die Müllerei und vor allem ihren Unterricht, „priesterlich" und „charismatisch" betrieb, wie der Herr Direktor bei meiner Verabschiedung halb anerkennend und halb spottend bemerkte, so war diese vielen eigenartig vorkommende „Weltfrömmigkeit", die sich in „Mühlenandacht" äußerte (so der Herr Direktor), sicherlich auch mit ein Ergebnis meiner Kindheitserlebnisse, besonders des Todes des kleinen Reich. Der frühe, tragische Tod meiner Eltern, der mich kurz nach meiner Geburt zum Vollwaisen machte, hat mich unmittelbar weniger betroffen als der spätere, bewußt erlebte und für mich so folgenschwere Tod dieses fremden Kindes.

So wurden wie in so vielen anderen Biographien auch in meiner eigenen die Weichen für den späteren Lebensweg sehr früh gestellt. Der Herr Direktor beschrieb diesen meinen Lebensweg bei meiner Verabschiedung gar nicht so unzutreffend, als er sagte, er habe „vom Obermüller zum Oberlehrer und schließlich zum Hohenpriester der Müllerei" geführt.

Lieber Neffe, eigentlich müßte mein Lebensbericht, den ich hier im Haus „Bruderliebe" für dich niederschreibe, vor allem ein Hohelied auf meine Adoptiv- und Pflegeeltern, den geistreichen Onkel und die herzensgute Tante, sein. Ich will aber andererseits nicht bloß ein Preislied verfassen und dich mit Lobgesängen und Panegyrik aufhalten und ermüden. So muß ich um der Wahrheit willen im Folgenden auch einiges mitteilen, was nicht unbedingt *für* den Herrn Onkel spricht, wenn es sich dabei auch keineswegs um schwere Verfehlungen handelt, sondern eher nur um Unvorsichtigkeiten und Sorglosigkeiten, die die freundliche Erinnerung an ihn im Grunde gar nicht verfinstern können. Vielleicht zeigen sie ihn im Fehler und im Irrtum, aber gerade damit auch als Menschen, der Sympathie (das heißt auf deutsch „Mitleid“) verdient: Der Herr Onkel scheiterte mit seinem Verständnis von Liberalismus angesichts der Rigidität der Normen unserer Bürokratie.

Wenn also in dem über die unglückliche Kommissionierung bereits Mitgeteilten der Eindruck entstanden wäre, als sei absolut nichts vorgefallen, was einen solchen Termin gerechtfertigt hätte, so muß ich mich und diesen Eindruck korrigieren. Um nun also der Wahrheit die Ehre zu geben, muß gesagt werden, daß auf jene beschriebene Ausbesserung am Wehr doch auch eine Veränderung des Firstes des Wehrs und damit der Stauhöhe zurückging. So hatte der Herr Onkel zwar nichts an der Verhaimung selbst verändert, aber andererseits für sich durch Erhöhung des Firstes die Möglichkeit eröffnet, mehr Wasser in den Mühlbach zu zwingen und notfalls auch die Verhaimung zu überschwemmen. So enthielt seine leidenschaftliche Rede über die Heiligkeit der Verhaimung zwar keine Lüge, aber auch nicht die ganze Wahrheit ...

Mit Onkels „Verfehlung“ aber verhielt es sich so: Es war vor einiger Zeit die nächste Mühle stromaufwärts aufgelassen worden (eine leider alltägliche Sache im allgemeinen Mühlensterben), und es war auf diese Weise Gefälle frei geworden. Onkel war nun der Meinung, dieses freigewordene, weil ungenützte Gefälle liege als herrenloses Gut auf der Straße und suche einen neuen Besitzer. Sich selbst betrachtete er als den natürlichen Anwärter auf dieses Gefälle. Entsprechend dem Grundsatz: Wer lange fragt, geht lange irre, fragte er nicht lange, sondern handelte und brachte einige Zentimeter dieses Wassers in seinen Besitz.

Es kam schon vorher des öfteren vor, daß ein Müller einem anderen Müller in dessen Wasserwerk, sei es eine

Turbine oder ein Wasserrad gewesen, hineingestaut hatte und den Konkurrenten so bei der Arbeit behinderte, weil er dessen Maschinerie den Schwung und Nachdruck nahm. Es gab von Mühle zu Mühle, was das Gefälle betrifft, absolut keinen Spiel- und Freiraum, das Gefälle war vielmehr haarklein und auf den Millimeter aufgeteilt. Es gab kein Vakuum. Man spricht manchmal vom sogenannten „horror vacui", dem Schrecken, den jeder gesetzlose Zustand oder jede sonstwie undeklarierte und unklare Situation hervorruft. Diesen Horror hatte man durch klare Verhältnisse in den Wasserbüchern ein für allemal vermieden. Ich gebe hier freilich zu bedenken, ob nicht auch das gerade Gegenteil, die totale Verordnung nämlich, etwas Horrendes sei. Sei dem wie immer, was die Gefälle- und Besitzverhältnisse der Müller anlangt, so schlugen die kleinsten Unregelmäßigkeiten beim einen Müller, etwa geringfügige Manipulationen am Wehr, voll auf den anderen, flußaufwärts gelegenen durch, wie sich die persönlichen Verhältnisse der Müller unter diesen Bedingungen überhaupt sehr schwierig und heikel gestalteten. Oft legte auch einer dem anderen die kleinste Nachlässigkeit am Fluder, Überlauf oder Wehr als bodenlose Gemeinheit und Hinterlist aus. So haben die Müller auch immer schon die Gerichte beschäftigt.

Einen Teil des Gefälles des durch Konkurs geendeten Müllers brachte der Herr Onkel nun mit Hilfe eines Pfostens von 10 Zentimeter Stärke, den er am Zenit seines Wehrs mit Klampfen befestigte, in seinen (zugegeben unrechtmäßigen) Besitz. Du weißt, lieber Neffe, was 10 Zentimeter in diesem Fall bedeuten, sie stellen in der Energiegleichung einen nicht unbedeutenden Posten dar. In vergleichbarer Weise verändert sich etwa das Aussehen einer Hose, wenn man die Röhren um 10 Zentimeter verkürzt und so ein Beinkleid herstellt, das wir gern als „Hochwasserhose" oder „Wasserstandshose" bezeichneten. Wie eine „Hochwasserhose" wurde auch das Wasserwerk des Konkursmüllers „wasserscheu". So stimmte jedenfalls der Mahlpflock oder das Haimholz des Onkels nicht mehr mit dem Wehr selbst überein, das Wehr übertraf und überstieg den Mahlpflock. Der Herr Onkel sagte, es sei ihm durchaus bewußt, daß er sich rein rechtlich nur auf das Haimholz berufen könne, das zu verändern ihm nicht einfallen würde, weil er in ihm den ihm rechtens zustehenden heiligen Besitz respektiere, er sei aber davon ausgegangen, daß auch der Allgemeinheit daran liegen müsse, daß nichts verlorengehe und ungenützt bleibe, die Ressourcen seien begrenzt, und so habe er mit seinem Pfosten, der schon durch die Art seiner Befestigung als ein Provisorium erkennbar und von ihm auch nie als ein definitiver Anspruch, sondern lediglich interimistisch verstanden worden sei, genaugenommen bloß gemeinschaftsdienlich gehandelt und so fort. Den Haimstock betrachte er als Recht, den provisorischen Wehrfirst als Gnade. Niemals aber sei es in seiner Absicht gelegen, was ihm „Poseidon“ als Verdacht andichte, den Haimstock schließlich mit dem Wehr zu akkordieren und unter Berufung auf die normative Kraft des Faktischen und Verjährung aus der Erlaubnis einen Anspruch abzuleiten. Er verstehe es so, daß er eigeninitiativ gehandelt habe, entsprechend dem Ideal der Subsidiarität, um Schaden abzuwenden. Der Leiter der Wasserrechtsabteilung sagte, man müsse meinen, der Herr Fender sei der Ansicht, er habe sich mit seinem Übergriff einen Orden verdient. Die Behörde sei aber diesen Argumenten nicht zugänglich.

Was der Wasserrechtsbeamte dem Protokollanten schließlich als das Ergebnis seiner Begehung diktierte, war ein längeres wasserwirtschaftliches Sündenregister, und der Herr Onkel, dieser sonst so wortgewaltige Mann, in die Defensive gedrängt, saß nun auch ziemlich resigniert und ein wenig kleinmütig da, als der Beamte dem Sekretär vorsagte und der Sekretär nachsagte. Der Fluß der Rede des Onkels war versiegt. Die Bauern aber blickten ebenfalls stumm vor sich hin, keiner sah den Onkel an. Der Wasserrechtsbeamte diktierte: *hat sich herausgestellt*, hat sich herausgestellt, wiederholte der Sekretär. Poseidon: *daß Herr Fender, anwesend*, daß Herr Fender, anwesend, *an seiner Anlage eigenmächtig Veränderungen vorgenommen*, an seiner Anlage eigenmächtig Veränderungen vorgenommen, *welche die Hochwassersituation im Endachtale zu verändern*, welche die Hochwassersituation im Endachtale zu verändern, *grundlegend zu verändern*, verbesserte Poseidon, grundlegend zu verändern, wiederholte der Secretarius. Dazwischen aber hieß es immer wieder *Punkt*, Punkt, *Komma*, Komma, *neuer Absatz*, neuer Absatz ...

Lieber Neffe, ich will dir und mir ersparen, die Niederlage, die der Onkel damals erlitten hat, ausführlicher zu beschreiben. Ich wollte sie aber andererseits auch nicht einfach übergehen. Sie macht ja erst im Zusammenhang mit verschiedenen anderen Schwierigkeiten, die ihm die Behörde bereitete (und die er sich selbst bereitete), verständlich, warum der Herr Onkel allmählich und schließlich die Lust an seinem Betrieb und an seiner Arbeit verlor. Die Kommission war der Anfang vom Ende. Und hätte er sich nicht vorgenommen gehabt, mir die „laufende Mühle" zu übergeben, so hätte er sicher schon früher gänzlich resigniert und sich mit seiner kleinen Landwirtschaft begnügt. Ich habe dann auch zum frühestmöglichen Termin die Mühle übernommen. Und sie war, wie sich denken läßt, nicht eben mehr im besten Zustand, da der Herr Onkel gegen Ende seiner aktiven Zeit nicht mehr investierte und so die Mühle stark veraltet war. Das Wertvollste, was mir der Herr Onkel schließlich überließ und vermachte, war eigentlich die Konzession. Nicht vergessen will ich aber und mich dankbar erinnern an seine Lehren und sein Wissen, ein Erbe und ein Besitz, die, biblisch gesprochen, weder Rost noch Motten verzehren.

Der überhöhte Wehrfirst war nicht der einzige Beanstandungspunkt, den „Poseidon" protokollieren ließ, es handelte sich vielmehr um ein ganzes wasserwirtschaftliches Sündenregister. Es hatten sich vor allem in bezug auf die Sicherheit gewisse Mängel ergeben, die sich trotz der vielen Reparaturen mit der Zeit eingeschlichen hatten. So war etwa an der Winde, mit der die kleine Schleuse (das heißt das Absperrbrett zum Mühlbach) reguliert wurde, der Sicherheitshaken abgebrochen, der durch Einrasten in einen Zahnkranz das Hinunter- und Zurücksausen des Fluderbrettes verhindert.

Wenn sich trotzdem nichts in dieser Richtung und Hinsicht bewegte, so lag es daran, daß der Onkel die Zahnräder und Wellen des Hebemechanismus absichtlich ohne Schmiere und Öl gelassen hatte, weil dieser Mechanismus einerseits ja nur selten benützt werden muß und sich andererseits die Vorrichtung dadurch selbst stabilisierte und jede gefährliche Eigenbewegung unmöglich gemacht war ... Hier bewegt sich gar nichts, sagte der Onkel. Außerdem habe an diesem Fluder niemand etwas zu suchen, sagte er bei der Begehung. Wenn hier an der Schleuse ein Unbefugter hantiere und von der Kurbel vielleicht einen Schlag bekomme, so habe er es sich selbst zuzuschreiben und außerdem verdient. Auch wurde vom obersten Wasserbeamten moniert, daß dort und da ein Geländer zur Absicherung fehlte. Als der Onkel vom Wasserrechtsbeamten, noch im Freien, verschiedene Vorschriften in dieser Hinsicht gemacht bekam, verbitterte ihn dies sehr. Er hatte schon früher bei verschiedenen Beanstandungen seine persönliche Vertrautheit mit der Anlage ins Treffen geführt. Gegen jeden Fehler und Defekt führte er seine teilweise spitzfindigen, manchmal auch halsbrecherischen, insgesamt aber in ihrer Schläue und Pfiffigkeit doch eindrucksvollen Gegenmaßnahmen ins Treffen, die alles Defekte und Defiziente kompensierten und mehr als ausglichen. Er erklärte denn auch dem Beamten der Bezirkshauptmannschaft (und die Bauern sahen zu und staunten ...), wie er den Gefahren seiner Anlage bewußt begegne (er betonte das Wort „bewußt“) und diesen Gefahren durch entsprechende Körperhaltungen entgegenzutreten oder auszuweichen wisse.

Der Onkel sagte, er wolle sich gern seinem Werk anpassen, er komme dem Werk sozusagen auf halbem Wege entgegen, er stellte sich selbst als eine Ergänzung zu seinem Werke dar, das Werk aber als zugeschnitten und eingerichtet auf ihn, seine Bedürfnisse und seine Möglichkeiten. Als die Auflage des Geländers kam, sagte der Onkel: Herrgott noch einmal, soll ich denn mein Wehr wie eine Sautratte einzäunen! Ja was erwarten Sie denn eigentlich von einem Wehr. Mein Wehr ist doch keine Gehschule. Noch nie, sagte er, sei hier einer hineingefallen. Die Toten aber, die er an seinem Wehr geborgen habe, seien weiter oben und freiwillig ins Wasser gegangen. Ein Selbstmörder springt auch über ein Geländer. Und wahrscheinlich seien diese Unglücklichen ins Wasser gegangen, weil sie der Staat ähnlich kujonierte wie jetzt ihn.

Auch in der Mühle selbst hatte der Onkel mit dem Arbeitsinspektorat zu kämpfen. Über das Arbeitsinspektorat, das damals in Aktion trat (lange Zeit hatte es diese Aufsicht ja nicht gegeben), sagte der Onkel: Die Herren Inspektoren betrachten eine Mühle offenbar als eine einzige Falle und mich selbst als das dumme Huhn oder die Maus, die überall hineintappt. Wenn man heute in eine Mühle geht, sieht man nicht einmal mehr, daß sie sich bewegt, über sämtliche Räder, Scheiben und Riemen habe er schwere Stürze bauen müssen, die Transmissionen seien soviel wie bandagiert. Die Mühle sei mittlerweile derart gesichert, daß man ein ganzes Rudel Betrunkene hineintreiben und sich darin kugeln lassen könne, ohne daß ihnen das geringste geschehe.

Er sei aber nicht betrunken, wenn er mahle, und für seinen Knecht gelte dasselbe, da achte er schon darauf, und dafür stehe er gerade. Wenn es nach dem Arbeitsinspektorat gehe, müsse der Müller alle seine Maschinen bald so mit Sperren und Geländern verbarrikadieren, daß er sie gar nicht mehr erreichen könne. Bald verschwänden die Maschinen in einem Dickicht von Geländern und Schranken. Der Müller aber werde dadurch zu einem Slalomläufer. Der Onkel sagte, die Behörde rechne offenbar nur mit Unzurechnungsfähigen oder doch „Beschränkten“. Von den Menschen in der freien Wirtschaft mache sich die Behörde kein richtiges Bild, sie gehe vielmehr von ähnlichen Menschen aus, wie sie in den staatlichen Büros und Amtsstuben herumsäßen. Die größten Gefahren für die kleinen Selbständigen lägen aber nicht in den Maschinen, vor denen sie das Arbeitsinspektorat schützen möchte, sondern in den Herren vom Arbeitsinspektorat selbst, sie seien die Hauptgefahr, vor der sich die Selbständigen schützen müßten. Die Kammer sollte sich aber endlich

Schutzmaßnahmen ausdenken, wie sich die kleinen Gewerbetreibenden vor den Leuten des Arbeitsinspektorates und der Lebensmittelpolizei schützen könnten. Leider reiche dazu aber ein Geländer nicht aus. Der Onkel sagte, er habe keine Angst vor Laufrädern und offenen Turbinen, er habe auch keine Angst vor Walzenstühlen und Schälmaschinen, vor Brechmühlen oder einer Wehranlage, er habe aber Angst und fürchte sich vor dem Arbeitsamt, dem Arbeitsinspektorat und der Gewerkschaft, vor den Schikanen der Behörden und dem Übermut der Beamten habe er Angst. Davor fürchte er sich.

Der Herr Onkel argumentierte gern mit seinem natürlichen und kreatürlichen „Maschineninstinkt". Und oft führte er Folgendes als Beispiel an: Ungefähr in Kniehöhe neben der Rampe seiner Mühle befand sich ein kleines Fenster (es ist im Zuge meiner späteren Umbauten verschwunden). Durch dieses Fenster kamen die Katzen in Onkels Mühle, er hielt das Fenster ständig offen, es war den Katzen nämlich die Tür, durch die sie tagein, tagaus und Winter und Sommer zum Mäusefangen in die Mühle kamen. Knapp hinter dem Fenster aber lief eine Riemenscheibe, die den Treibriemen fuhr, der die Kraft und die Bewegung durch die Böden hindurch in den Dachboden brachte. Und durch dieses laufende Rad sprangen die Katzen, quer durch das laufende Rad mit seinen rotierenden Speichen! Der Herr Onkel erzählte diese wahre Geschichte auch der Kommission: Nun, was sagen Sie jetzt? Er glaube beileibe nicht, daß die Katzen das laufende Rad und die sausenden Speichen nicht sähen, sie sähen sie sicher, die Katzen sähen besser als die Menschen, das wisse man ja. Und doch sprangen sie durch das Laufrad! Das Rad aber gab ihnen einen leichten Schlag, drehte sie oft auch ein wenig mit, sodaß sie rechts von der Nabe hineinsprangen und links hinausgeschleudert wurden, aber das machte den Katzen nichts, sie schüttelten nur den Kopf, wie wenn sie ein wenig gezaust worden wären und nun die Frisur in Ordnung bringen möchten. Das sei ein Schauspiel, sagte der Onkel, das sich die Beamten vom Inspektorat einmal anschauen sollten. Das sollten sich auch die Herren von der Bezirkshauptmannschaft ansehen, damit sie erkennen, wie die Kreatur mit der maschinellen Gefahr zurechtkommt. Der Onkel sagte, er sei keine Katze und er habe auch nicht vor und geplant, demnächst mit dem Kopf voran durch das große Schwungrad zu hechten, er sei auch kein Akrobat, den es gelüste, wie ein Seiltänzer über die laufende Welle und die Räder der großen Transmission zu tanzen, aber fürchten würde er die Maschinen nicht. Und wenn einmal eine Maschine einen Rockzipfel an ihm erfasse oder den Stoß seiner Hose erwische, dann rucke er dagegen, und die Mühle mahle dann eben einmal auch ein Stück Stoff oder einen Hosenboden, aber noch lange nicht den Müller. Seinetwegen sei ein Ärmel hin oder ein Hosenbein. Deswegen stecke er sich noch lange keine Hosenspangen ans Beinkleid. Die Behörde verlange nämlich nicht nur Stürze, Sicherheitszäune, Schirme, Verschalungen und alle sonstigen Arten von Absperrungen und Absicherungen, sie verlange auch von den Arbeitern, die die Maschinen bedienen, alle erdenklichen, möglichen und unmöglichen Schutzmaßnahmen in Kleidung und Bewaffnung. Der Onkel sagte, wenn er die vorgeschriebene Arbeitskleidung trage, wenn er alles das anziehe und aufsetze und anschnalle, was das Arbeitsinspektorat vorschreibe, was angezogen, aufgesetzt und angeschnallt werden müsse, dann, gerade dann sei er an seiner Maschine gefährdet. Es habe sich gezeigt, daß gerade Arbeiter mit Sturzhelmen gerne stürzen ... Folge man dem Arbeitsinspektorat, so sei die Beweglichkeit und Bewegungsfreiheit durch die Helme, Riemen, Schoner, Schützer und Brillen so sehr herabgesetzt und herabgemindert, daß man jeden natürlichen Kontakt mit der Maschine verliere. Ein solcher Mensch in seiner Art Ritterrüstung sehe, höre, spüre, rieche und schmecke die Maschine nicht mehr. Gerade auf diese Weise aber werde die Technik für den Menschen unheimlich. Ein Teil der von der Behörde vorgeschriebenen mechanischen Schutzvorrichtungen sind eben durch die Bestimmungen über die Berufskleidung notwendig geworden. Wenn aber das Gewerbe- und Arbeitsinspektorat die

Arbeiter wieder auszieht und abrüstet, dann können sich die Werkstätten und Fabriken auch manches an Sicherheits- und Schutzvorrichtungen ersparen, sagte der Onkel. Durch das sinnlose Ausrüsten werde das unsinnige Aufrüsten notwendig. Beides zusammen aber und seine Überprüfung und Kontrolle bedeute für viele Kontrollore und Inspektoren Arbeit und Beschäftigung. Der Onkel sagte, das Arbeitsinspektorat mache die Müller zu Kaspern und Narren. Dann wandte sich der Onkel an die Bauern und sagte: Über einen solchen Müller, liebe Mitbürger, würdet ihr schön lachen, wie ihn sich die Behörde wünscht und im Dienst vorstellt: oben einen schweren Helm, an den Ohren Ohrenschützer, vor den Augen eine Schweißerbrille mit Scheuklappen, am Körper einen Overall mit vielen aufgenähten ledernen Schützern und Schonern und an den Hosen zusätzlich Hosenspangen, an den Händen Handschuhe. So sieht der Müller des Gewerbeinspektorates aus, so stellt sich die Behörde den mahlenden Menschen vor, so ungefähr. Wenn aber ihr, meine lieben Mitbürger, einen Menschen seht, der so ausgerüstet ist, dann meint ihr nicht, daß ihr einen Gewerbetreibenden (also einen, der ein Gewerbe treibt) vor euch habt, sondern einen, der Unfug treibt. Jeder wird meinen, er sieht eine Komödie und hat den Hanswurst oder den Hansmehl vor sich. Er aber brauche die Nähe zum Gerät, sagte der Onkel, er brauche „Tuchfühlung". Seine Mühle sei eine Mühle zum Anfassen.

Lieber Neffe, ich bin mein ganzes Leben lang an Maschinen nicht nur interessiert gewesen, ich habe sie vielmehr geliebt. Zu sehen, wie ein Rad in das andere greift (um ein Grundmuster alles Maschinellen anzusprechen), wie sich also ein Rad einem anderen mitteilt, es bestimmt (determiniert) und wie sich so ein Impuls fortpflanzt, wie etwa ein Rad durch seine Dimensionierung Schnelligkeit gewinnt, während ein anderes aus seiner besonderen Übersetzung Bedächtigkeit und Nachdruck schöpft (Ausdauer oder Zähigkeit) – alle diese Fragen der Transformation, der Umwandlung, auch der Transmission, der Übersetzung und Übertragung, haben mich bewegt, oft wirklich tief. Sie haben mich nicht bloß beschäftigt, auch nicht, als einen Lehrer der Mühlentechnik, bloß ernährt, sie haben mir mehr als nur „etwas gegeben". Ich merke freilich an, daß es sich um die Maschinen von vor der zweiten industriellen Revolution handelt, die neuere Technologie verstehe ich leider nicht mehr (wohl deswegen schreckt sie mich auch bisweilen). Daß man neuerdings ein Huhn, um es gar zu bekommen, nicht mehr in ein Backrohr schiebt, unter dem man Feuer anmacht, sondern daß man es vielmehr durch Bestrahlen mit „Wellen" brät, ist mir mehr als ein Rätsel. Ich glaube auch nicht, daß ich zu einer prozeßrechnergesteuerten Mühle noch ein Verhältnis zustande brächte. Ich spreche somit von jener zurückliegenden alten Zeit, als man einem Müller noch seinen Beruf angesehen hat. Wenn sich heute irgendwo Müller treffen, ich denke an Menschen deines Alters, so kann man nicht erkennen, um welche Zunft und welche Profession es sich handelt. Früher hat man einen Müller aus großer Entfernung erkannt. Heute sehen allgemach alle Menschen gleich aus, selbst den Müller und den Priester, den beispielhaft weißen und den exemplarisch schwarzen Mann, kann man heute nicht mehr auseinanderhalten. Ich habe bei Schulausflügen mit meinen Berufsschülern in deutschen und Schweizer Großmühlen nicht nur Firmeninhaber, sondern auch „einfache" Müller (sofern es überhaupt noch „einfache" Müller gibt) angetroffen, die geradesogut Empfangchefs in Luxushotels hätten sein können. Sie saßen in teuren Schneideranzügen und mit Krawatten vor ihren Schalttafeln. Natürlich bekommt ein Mensch, der die einzelne Maschine kaum noch aus der Nähe erlebt, sondern von einer zentralen Schaltstelle aus steuert und ferne weiß, zu dieser fern gewußten Maschine ein anderes Verhältnis (aus den Augen, aus dem Sinn ...), als wenn er, wie es zu Onkels und meinen Zeiten die Regel war, „vor Ort" und „im Angesichte des Gerätes", gewissermaßen Aug in Aug mit dem Gerät schalten und walten muß (worunter nicht nur Ein- und Ausschalten zu verstehen ist). Verglichen mit früher ist das Mahlen einfach (und langweilig) geworden. Manchmal meine ich, das Mahlen hat sich überhaupt aufgehört. Es sagt auch meiner Erfahrung nach keiner der „Müller", die in den Kommandoräumen für die Fernsteuerung in Mühlen sitzen und auf Kontrolleuchten starren, gefragt, was er macht, etwa: Ich mahle. Einmal aber fragte ich bei einer Mühlenbesichtigung einen solchen „Müller", was das genau für eine Maschine sei, die er mit diesem Schalter (und ich zeigte auf einen bestimmten Knopf) steuere, worauf er erwiderte, das könne er leider durchaus nicht sagen, er kenne die Maschine nicht persönlich.

Die heutigen Müller mahlen nicht mehr, sie programmieren oder rufen Programme ab, und was früher Aufschütten oder Einlassen hieß, heißt heute vielleicht Input, die Mahlleistung aber Output.

Meine eigenen Ansichten über Maschinen und meine persönliche Haltung sind geprägt durch Onkels Taten und Reden über diesen Gegenstand. Auch wenn man eine gewisse Kluft zwischen Sprechen und Handeln, zwischen den größeren Wörtern und den kleineren Taten, ja im einzelnen hin und wieder auch die Substitution und Ersetzung des einen durch das andere, sodaß der Rede manchmal auch keine Tat mehr entsprach oder die Sprache selbst die Tat wurde, also etwas zutage trat und stattfand, was man mit dem diese beiden Pole versöhnenden Wort „Sprechhandeln" bezeichnet, in Rechnung stellt und zur Kenntnis nimmt, auch unter der Annahme dieser „Ermäßigung" waren Onkels maschinelles Gespür und Geschick tatsächlich und real imponierend und erstaunlich genug. Seine Vertrautheit mit der Mechanik stand jener mit dem Wasser in nichts nach. Seine Rede aber hatte das eine wie das andere zum Thema, seiner Rede Fluß umspülte das Wasser und das technische Gerät. Nur Übelwollende sagten: Der spricht wie ein Maschinengewehr.

Das Wichtigste überhaupt, was es nach Onkels Reden zu erreichen galt, war: eine „ruhig laufende Mühle", und was es um alles in der Welt zu vermeiden galt, war: der „Bär". Nichts hat ein Müller mehr zu fürchten als den „Bären", worunter die Verstopfung durch überlaufendes Mahlgut, Getreide, Schrot, Grieß oder Mehl in einer der Röhren des Aufzugs oder in einer Maschine verstanden wurde. Diese Verstopfung zu beseitigen, nannten die Müller „den Bären treiben". Sie öffneten dann verschiedene Klappen, bewegten von Hand die stillstehenden Räder oder die über diese Räder laufenden Bechergurten in den Holzröhren, um sie in eine für die Entleerung günstige Stellung zu versetzen, und räumten dann, hineinlangend, das überschüssige Material aus den Elevatoren, das sie am Boden häufelten. Später brachten sie dieses ausgeräumte Material wieder an der nächsten Gosse ins Werk. Die Bären waren im übrigen unterschiedlich hartnäckig. Oft hatten Knecht und Onkel einen halben Vormittag damit zu tun, den Mahlgang wieder in Gang zu bringen. Es kam auch darauf an, wie schnell der Bär entdeckt wurde. Es konnte sein, daß der Knecht gerade abwesend war, als es hohl riß, als also das Mahlgut an irgendeiner Stelle zu fließen aufhörte, und er erst später zurückkam. Ein solcher Bär saß natürlich ganz tief im Werk und war nur schwer zu treiben. Andererseits konnte man Bären, die man gleich zu Beginn entdeckte, gewissermaßen „in statu nascendi", wie man im Lateinischen sagt, manchmal durch bloßes Klopfen und Schlagen an das Rohr verscheuchen, was meist mit dem Borstwisch oder einem Stück Holz geschah. Hier wurde der Bär gejagt, bevor er sich irgendwo behaglich niederlassen konnte. Im Ohr habe ich auch noch die Vorwürfe, die der Herr Onkel seinem Knecht machte, wenn es dieser wieder einmal durch Nachlässigkeit zum Äußersten, nämlich zur totalen Blockade, hatte kommen lassen. Der Onkel sagte, er habe drüben im Haus gehört, daß die Mühle nicht mehr ruhig läuft, sondern vielmehr jämmerlich ächzt, gottserbärmlich habe der Gang gestöhnt. Wirklich habe ich mich oft gewundert, wie der Herr Onkel aus der Ferne, wenn er etwa beim Mittagessen im Haus saß, jede leiseste Veränderung registrierte und gewöhnlich auch ungeschaut die Stelle angeben konnte, wo der Gang unterbrochen war, an welcher Maschine oder in welchem Maschinenteil es hohl gerissen hatte, wo also der Bär saß. Er sagte etwa: Seid still, horchte hin und sagte: Jetzt hat es beim Trieur hohl gerissen. Oder er sagte: Im Separator sitzt ein Bär! Oder er sagte: Der Voss mahlt Luft. Onkels Mühle hatte zwei Walzenstühle, der eine war ein Fabrikat der Firma Berner, der zweite von Voss. Onkel sprach in der Regel nur vom Berner oder vom Voss. Manchmal sagte er auch: Der Stuhl sitzt im Trockenen. Der Bär war der äußerste Notfall, auf den freilich alle anderen Zwischenfälle hinausliefen. Wenn zum Beispiel ein Riemen riß, so war die Folge und das schließliche Ergebnis: ein Bär ... Manchmal riß es aber auch hohl, ohne daß es zuletzt zu einem Bären kam. Da steckst du nicht drinnen, sagte der Onkel, das Werk reißt hohl, du siehst schon einen zentnerschweren Bären im Getriebe, aber plötzlich und unerwartet überlegt es sich der Beelzebub anders, und der Teufel marschiert hinten hinaus.

Ich brachte das „Bärenaustreiben" auch immer mit dem „Teufelaustreiben" in Zusammenhang, von dem ich im Religionsunterricht gehört hatte. Dieser Irrglaube und Irrtum wurde dadurch genährt und unterstützt, daß der Herr Onkel und noch mehr sein Knecht bei der Arbeit des Bärentreibens oft häßlich fluchten, auch allerhand seltsame und rätselhafte Wörter und Namen gebrauchten (heiliger Strohsack u. a.), die einen ohne weiteres an Gebete, jedenfalls Travestien und an Magie erinnern konnten. So erschien mir gerade der Onkel mit seiner mediumgleichen Fähigkeit und seinem wahrsagerischen und hellseherischen Instinkt beim Orten des Bären, aber auch durch die Mystifikationen seiner Sprache und zuletzt durch das Geheimnisvolle mancher seiner Gegenmaßnahmen und weil er doch immer seine Manipulationen und Handgriffe mit Segen und zauberspruchmäßigen Redensarten begleitete, wie eine Art Hoherpriester und Exorzist. Er machte sich auch manchmal den Spaß, tatsächlich den Merseburger Zauberspruch aufzusagen oder den Lorcher Bienensegen. Ohne jede blasphemische Absicht rezitierte er auch lateinische Sentenzen der Liturgie, der Knecht aber, der ihm einiges nachsagte, verballhornte diese Wörter gern.

Statt „dominus vobiscum“ sagte der Knecht „Dominus wo bist du“, was er als Frage nach dem Sitz des Bären verstand. Die lateinische Bildung stand dem Herrn Onkel als einem ehemaligen humanistischen Gymnasiasten natürlich selbstverständlich zur Verfügung. So sprach der Onkel auch gern davon, daß er den „diabolus ex machina“ oder den „diabolus ex mola“, also den Teufel aus der Mühle treiben werde, wenn es einen Bären gab (in Anspielung an den „deus ex machina“, den „Gott aus der Maschine“). (Er wurde von seinem Vater nach dem Ersten Weltkrieg und nachdem sein Bruder, der als Nachfolger im Betrieb vorgesehen war, im Krieg geblieben war, von der Schule genommen und ursprünglich gegen seinen Willen in die Mühle gesteckt.)

Es spricht, lieber Neffe, nicht für unsere Zeit, daß uns heute ein Müller, der Latein kann, als exotischer und kurioser Mann erscheint. Ich habe aber selbst bei meinem Unterricht immer darauf geachtet, daß die Schüler, auch wenn es sich (wie in der Berufsschule oft) nur um Volksschulabsolventen handelte, ein wenig auch den sprachlichen Hintergrund und die eigentliche Bedeutung der vielen Fremdwörter der Müllerei verstünden. Bei den Meisterschülern der Müllereifachschule, von denen viele Matura hatten, habe ich solche Sprachkenntnisse als Obligatorium angesehen und auch in den Prüfungen als Rigorosum betrachtet.

Hier kann ich nicht umhin, meinen unvergeßlichen Schüler Charles Ramot (einen Schweizer, oh die Schweiz!) zu erwähnen. Er hatte aufgrund seiner deutsch-französischen Zweisprachigkeit und seines romanischen Zuganges zum Latein, der Mutter unserer europäischen Sprachen, und darüber hinaus durch eine grundsolide und umfassende Allgemein- und Müllereibildung die schöne Fakultät und Fähigkeit, über jeden Gegenstand unseres Faches im schönsten klassischen Latein zu sprechen! Wir absolvierten, Lehrer und Schüler, zum Gaudium der Klasse (vielleicht auch zum Mißvergnügen einiger) und zu unserer eigenen Freude in lateinischer Sprache scholastische Disputationen über die Mühlentechnik, ganz im Stile der Dissertationes und Disputationes, wie sie von alten, namentlich kirchlichen Universitäten bekannt sind. Ich sagte etwa: quaesio, quid sit ars molinaria separationis? Und der Schüler antwortete: aio, magister ... So traktierten wir ganz thomistisch einzelne Kapitel einer Summa molinaria, einer „Summe der Mahlkunst". Und es zeigte sich mir, ganz wie es schon der Herr Onkel dem Ingenieur Seger gegenüber am Beispiel von Caesars Bericht über seine Rheinbrücke angedeutet hatte, daß sich keine Sprache besser eignet, eine klare Sache zu beschreiben, als das klare Latein. Maschinen aber sind klare Gegenstände, es gibt keine undeutlichen, „dunklen", doppel- oder mehrdeutigen oder hintersinnigen und „uneigentlichen" Maschinen. So gesehen, sind Maschinen das diametrale Gegenteil etwa von Gedichten ... Eine klare Sache also zu beschreiben, behaupte ich, eignet sich nichts besser als das Lateinische mit seiner exakten und zugleich überaus differenzierten und detailreichen Grammatik. Das Lateinische hat eine konstruktive Grammatik, also ist es zur Darstellung des Konstruktiven wie geschaffen. Genau besehen, ist die Grammatik selbst eine Maschine.

Ich will meinen Bericht über den Onkel nicht zu sehr unterbrechen und aufhalten, will in diesem Zusammenhang aber doch etwa auf das grammatische Prinzip (principium) der Kongruenz, der Übereinstimmung von Wörtern nach Zahl, Fall und Geschlecht, Person, Zeit, Genus, Modus hinweisen. Gerade solche Fragen stellen sich auch in der Mechanik, wo die Teile einer Maschinerie ebenfalls nach Material, Dimension und Form harmonieren und kongruieren müssen. Die Lateiner nennen einen Verstoß gegen die Kongruenz einen „Barbarismus". Ein maschineller Barbarismus bedeutet entweder den Stillstand, oft die Destruktion, jedenfalls die Verneinung konstruktiver Mechanik. In einer Mühle aber müssen nicht nur die einzelnen Teile einer Maschine miteinander kongruieren, sondern die Maschinen müssen untereinander und miteinander zusammenspielen, keine darf die andere über- oder unterfordern. Eine Mühle muß wie ein Symphonieorchester gut instrumentiert sein. Sie muß effizient (das heißt „wirksam") sein, wie es die lateinische Grammatik auf ihre sprachliche Weise ist. Und wie in der Maschinenmüllerei spielt auch in der Grammatik die Funktion eine Rolle, es gibt hier wie dort einen Unterschied zwischen Materie (Objekt) und Funktion, dem gegenständlichen Teil an sich und seiner Leistung für das Ganze. Und wer müßte bei dem Worte „Syntax" und seiner Definition als „Lehre, die sich mit den zulässigen Verbindungen von Wörtern und Wortgruppen und Sätzen hinsichtlich ihrer äußeren Form, ihrer inneren Struktur und ihrer Funktion und Bedeutung befaßt", nicht unmittelbar auch an die Mechanik denken. Man ersetze in dieser Definition der Satzlehre die Begriffe „Wörter", „Wortgruppen" und „Sätze" durch „Bestandteile", „Elemente", und man befindet sich mitten in der Mechanik. Nicht umsonst sprechen wir auch vom Maschinen„satz", nicht nur als Gegensatz zum Handsatz im graphischen Gewerbe, sondern auch in der Bedeutung von „Gruppe von zusammengehörigen und zusammenarbeitenden Maschinen", so wie es die Disziplin Maschinenbau (wie Satzbau) gibt. Auch verschiedene Werkzeuge bilden einen „Satz". Einfach wäre es, das konstruktive Maschinelle der lateinischen Grammatik an einem beispielhaften Satz wie „Homo homini lupus" in einem Diagramm eindrucksvoll zu visualisieren: Das Subjekt „homo" ist in diesem Dreirad der Treibling, grammatisch gesprochen das Subjekt, der Gleichsetzungsnominativ „lupus" (Wolf) funktioniert wie ein auf der gleichen Welle, wenn auch mit anderer Geschwindigkeit laufendes Rad, der Dativ „homini" aber läßt sich durch ein auf einer eigenen Welle befindliches Zahnrad darstellen. Ich werde noch Gelegenheit haben, im Zusammenhang mit der Erörterung der Philosophie des Leibniz und seines „Mühlengleichnisses" ein Wort über eine von der Müllerei kommende Sprachphilosophie zu sagen. Hier nur soviel, daß es Zeit meines Lebens meine Ansicht war, daß jemand, der täglich die Wörter „Pneumatik", „Separator", „Trieur", „Concentrator", „Magnetapparat", „Aspirator" und so weiter und so weiter in den Mund nimmt, auch ihre ursprüngliche Bedeutung und ihren primären Wortsinn verstehen sollte, er muß ja nicht Latein können wie der Herr Onkel, der Exorzist der Bären, oder gar wie Charles Ramot, den die Mitschüler „Cicero“ nannten.

Der Herr Onkel hielt sich auf seine Begabung, den Lauf der Mühle auch aus großer Entfernung beurteilen zu können, einiges zugute. Manchmal erzählte er Geschichten, die ein wenig unglaublich klangen. So wollte er während seiner Lehrzeit in einer Mühle im innviertlerischen Lohnsburg auch beim Gottesdienst die entfernt liegende Mühle immer im Ohr gehabt haben, und sobald er die leiseste verdächtige Veränderung wahrgenommen und gehört habe, die Kirche verlassen und zur Mühle geeilt sein. Der Onkel erzählte, daß die auch an Sonn- und Feiertagen Dienst tuenden und ihre Arbeit verrichtenden Müller damals in ihren weißen Mehl- und Arbeitskleidern zur Kirche gingen, wo sie, teils um ihre besondere Stellung in der Gemeinde zu unterstreichen, teils aber auch aus praktischen Gründen, um die übrigen schwarz oder jedenfalls feiertäglich gekleideten Kirchenbesucher nicht zu behelligen, einen eigenen Stuhl, ähnlich dem Chorstuhl in Stiftskirchen, besaßen und besetzt hatten. Und obwohl er auf seiner Müllerbank immer andächtig gewesen sei, sei er andererseits doch mit einem Ohr immer bei der Mühle gewesen und habe die leisesten akustischen Veränderungen in ihrem Gang registriert und unverzüglich entsprechend gehandelt. Er sei im übrigen auch beim Militär wegen seines ausgeprägten Gehörsinnes aufgefallen und seiner Begabung gemäß als Meldereiter und Späher eingesetzt worden, er habe sein Gehör durch eigene Übungen trainiert. Natürlich, sagte der Onkel, habe er während des Glorias und auch während anderer, eher lauter Passagen der Liturgie den Hörkontakt mit seiner Mühle zwischendurch verloren, es gehe schließlich am Chor manchmal so lärmend zu, daß selbst der Priester sein eigenes Wort nicht mehr verstehe. Nach dem Sanktus aber und bis zur Kommunion und zum Kommunionslied habe er keine Schwierigkeiten mehr gehabt, mit seiner Lohnsburger Mühle in akustischer und Hörverbindung zu bleiben. Der Onkel nannte seine Fähigkeit, den Mahlgang allein aufgrund des von ihm verursachten Geräusches zu beurteilen, sein „Musikgehör". Mancher Mühlenbesitzer aber besitze dieses Musikgehör leider nicht. Und wenn einer dieses Musikgehör nicht sein eigen nenne, dann vergesse er auch häufig, rechtzeitig die Lager zu ölen, dieser Hauptfehler vieler Müller resultiere aus dem fehlenden Musikgehör, das komme meistens von ihrer Taubheit. Die Lager quietschten jämmerlich, aber viele Müller merkten leider nichts, erst wenn ihnen das Feuer entgegenschlage, würden sie auf die staubtrockenen und heißgelaufenen Lager aufmerksam, erst dann bemerkten sie die katastrophale Hitze und Trockenheit in den Lagerbüchsen. Der Onkel sagte, ihm könne das nicht passieren, er sei nämlich nicht schwerhörig. Er stehe wie ein Späher oder Spion in seiner Mühle und spitze auf jedes Geräusch und orte es von der Quelle und Wurzel her. Er möchte sich auch mit einem Dirigenten vergleichen, und wohlverstanden einem guten, dem auch die kleinste musikalische Unregelmäßigkeit, von groben Unzukömmlichkeiten ganz zu schweigen, aufstoßen müsse, und komme sie vom unbedeutendsten Instrument im letzten Glied und in der hinterletzten Reihe! Kein Flötchen dürfe dem Dirigenten entgehen, dem Müller aber kein Rädchen. Bei den leisesten Anzeichen, wenn sich etwa das Surren eines Lagers oder wenn sich das Säuseln einer Welle auch nur um einen halben Ton, ja selbst um einen viertel Ton erhöhe oder absinke, so falle ihm das auf, und er sehe nach und handle entsprechend. Viele merkten keinen Unterschied zwischen c und d, er aber registriere ihn zwischen c und cis. Oder wenn ein Riemen zu trocken laufe, wenn man allmählich nicht mehr höre, wie sich das an der Innenseite mit Pech versehene Leder von der Riemenscheibe mit einem eigentümlichen und unverkennbaren Geräusch, einer Art Prickeln oder Knistern, löse, dann greife er unverzüglich zum Riemenpech und komme dem Riemen zu Hilfe. Das Pech vieler Müller aber sei ihre Schwerhörigkeit und ihr schlechtes „Musikgehör".

Der Onkel sagte, daß er jeden einzelnen Riemen in seiner Mühle mit geschlossenen Augen allein am Lärm und

Geräusch erkenne, er wisse sofort, das sei der Treibriemen, das sei der Riemen von der Transmission zum Zylinder, das sei der Riemen, der den Separator schüttelt, das sei der Riemen, der die Mischerei bewegt, und so fort. Er kenne die Riemen an der Geschwindigkeit, er könne aber auch blind das Material der Riemen beurteilen, er höre sofort, ob es sich um einen Lederriemen oder ob es sich um eine Gurte, einen beschichteten Leinenriemen, handle. Auch die neuen Kunststoffriemen machten ihm keine Schwierigkeiten, ob Leder, Stoff oder Gummi, das mache alles charakteristische Unterschiede, ihm aber beim Diagnostizieren keine Sorgen. Auch erzeuge jede Schließe an den Riemen oder Gurten ein charakteristisches Geräusch, wenn ein Riemen an der Verbindungsstelle von zwei Schrauben zusammengehalten werde, so habe das im Gegensatz zu einem Riemen mit vier Schrauben für einen gehörgeschulten und trainierten Menschen wie ihn unüberhörbare akustische Konsequenzen. Zwei Schrauben schlagen anders an den Guß als vier, drei schlagen anders als zwei. Das sei ganz wie bei der Eisenbahn. Wenn er in der Bahn fahre, so wisse er auch sofort, obwohl er kein eigentlicher Eisenbahnspezialist sei, wie es um die Schienen bestellt sei. Ein gehörgeübter Mensch könne vom Schienengeräusch und von den Abständen und Intervallen der Stöße her nicht nur auf den Unterbau schließen, sondern auch auf die Geschwindigkeit, ja sogar die Antriebsart des Zuges, er wisse auch, wie stark oder schwach die Waggons beladen seien. Ähnlich sei es in der Mühle.

Der Onkel sagte, er habe die Riemenkunde immer sehr wichtig genommen, auch die Lagerbeobachtung. Er machte mich darauf aufmerksam, daß es Lager heiße, was von Liegen komme. Im Lager nämlich liege die Welle, wie man sich aber bette, so liege man, wie man das Lager pflege, so laufe die Welle. Was die Riemen angehe, so habe er in sie im Laufe der Zeit ein Vermögen investiert. Von fünf in seiner Art riemenbewußten Müllern könne ein Gerber und Riemer spielend leben, die Firma Rückert in Wels, wo er sich mit Riemen und sämtlichem Riemenbedarf versorge, habe aber nicht fünf

Müller, sondern zwanzig oder gar dreißig zur Kundschaft. Und wenn auch nicht alle zwanzig oder dreißig Müller mit seiner, des Onkels, Sorgfalt auf die Riemen sähen, so sei die Firma Rückert doch eine Goldgrube und „Rückerts Nachfolger“ seien vermögende, ja mehr als vermögende, nämlich wohlhabende, überhaupt reiche Leute. Gerben sei zwar verglichen mit Mahlen ein unappetitliches Geschäft, all die Laugen, in die die Häute gelegt würden, seien nämlich nicht geruchlos, aber der Profit, den man aus dieser unbeliebten Arbeit ziehen könne, sei beträchtlich. Er selbst habe immer nur die besten Riemen gekauft und benützt, für ihn seien nur Rindslederriemen in Frage gekommen. Mit Schweinen sei er nie gefahren (wie er es aber bei anderen Müllern gesehen habe). Vor allem seien Kalbslederriemen auf seinen Scheiben geritten, das sei auch gerade das Leder, aus dem feiner Leute Schuhe gefertigt seien. So gehe die Mühle auf leisen Sohlen. An guten Riemen führe kein Weg vorbei, schlechte Riemen aber vergeudeten die Energie, ein Riemen dürfe die Kraft nur übertragen und von einem Ort zum anderen bringen und transportieren, er dürfe aber nicht selbst die Kraft verbrauchen und absorbieren, der Riemen sei ein Transport- und Transmissionsvehikel, dürfe sich aber nicht selbst in Reibung und Widerstand erschöpfen und mit Energie mästen.

Manchmal hörte ich, wie der Onkel seinem Knecht, der es mit den Riemen nicht so genau nahm, Vorwürfe machte. Wenn er etwa sah, daß sich ein Riemen kaum noch auf der Scheibe erhalten konnte und über den äußersten Rand lief, oder wenn die Schrauben am Riemenverschluß, der sogenannten Schließe, locker geworden waren oder gar eine fehlte, sodaß über die Schrauben der Schließe hinaus ein längerer Lappen überstand, der im Lauf klapperte und besser abgeschnitten oder durch Anziehen der Schrauben fester fixiert gehört hätte. Hier hängen ja die Fetzen nach, sagte der Onkel. Oder: Dieses Leder schreit nach dem Riemenschneider, und er imitierte das regelmäßige Klappern: Schneid mich ab, schneid mich ab, schneid mich ab ...

Es darf freilich nicht der Eindruck entstehen, als hätte der Herr Onkel mit seinem Knecht nur geschimpft und als hätte sich das Verhältnis zwischen den beiden im Erteilen von Befehlen und Rügen auf der einen Seite und deren Empfang, Entgegennehmen und Einstecken auf der anderen Seite erschöpft. Es handelte sich vielmehr um eine wirkliche Zusammenarbeit, und ich habe nicht nur einmal den umgekehrten Fall erlebt, daß der Knecht dem Onkel seine unzweideutige Meinung gesagt hat. Er hat sich oft auch über Onkels Wohlredenheit (und Vielrederei) lustig gemacht. Im übrigen haben beide mit Selbstverständlichkeit ihre Rollen in einem bestimmten zeitbedingten Herrschaftsverhältnis gespielt, der Onkel war, mit dem heiligen Paulus gesprochen, ein guter Herr, und der Knecht war ein guter Knecht (wenn er nicht gerade ein wenig dienstvergessen war, einen Bären oder einen locker gewordenen Riemen übersah). Rein vom Technischen her gesehen (ohne Beachtung des Sittlichen und Humanen) hatte auch ihre Kooperation und Kollaboration im Laufe der Zeit (der „Lauf" der Zeit!) etwas Automatisches und Mechanisches angenommen, sie arbeiteten Hand in Hand wie zwei Rädchen in einem Uhrwerk. Natürlich war der Onkel als Prinzipal der Zeiger und auch die Unruhe, um im Bild zu bleiben. Als ein Gewerkschafts- und Parteifunktionär Onkels Knecht einmal aufklärte, daß eine neue Zeit angebrochen sei und daß er die Rolle, die er spiele, überdenken solle, wollte Onkels Helfer davon nichts wissen. Weil er mahlen müsse, habe er auch keine Zeit, zu Versammlungen zu gehen. Lieber Neffe, ich zitiere Onkels Knecht nicht als den Überwinder gesellschaftlicher Gegensätze, ich habe dafür auch sonst kein Rezept.

Ich persönlich war mein Leben lang an der Müllerei interessiert, nicht so sehr oder zuvor am Besitz und am Kapitalismus. Auch heute kann ich mir durchaus vorstellen, daß auch eine Gemeindemühle gutes Mehl ermahlen kann. Mehr als nach dem Besitz von „Produktionsmitteln" habe ich nach dem Erwerb von Kenntnissen gestrebt. Darum habe ich auch schon sehr früh mit großen Erwartungen die Schriften des deutschen Sozialisten Karl Marx studiert, namentlich sein Buch „Das Kapital. Kritik der politischen Ökonomie", um freilich davon nicht eben begeistert zu werden. Vor allem habe ich gerade am sozialrevolutionären Teil seines Werkes keine besondere Freude gewonnen. Ohne daß ich dir eine stichhaltige Kritik der „Kritik der politischen Ökonomie" des Karl Marx liefern könnte, will ich meinen Eindruck von jenem monumentalen, ja monströsen Werk und meinen Haupteinwand dagegen hier doch nennen. Mir scheint, daß Marx von einem bedenklichen, weil stark verkürzten und um wichtige Dimensionen beraubten Menschenbild ausgeht. Marx hatte einen Blick und ein Herz für die himmelschreienden materiellen Nöte der ausgebeuteten Industriearbeiter, metaphysische Nöte aber wollte er nicht anerkennen. In der Religion, schreibt er, „wird der Mensch vom Machwerk seines eigenen Kopfes beherrscht".

Ich habe denn auch bald die sozialrevolutionären, doktrinären, „visionären" und ideologischen Stellen nur noch überflogen und mich statt dessen mehr an Marxens literarischen Arabesken und auch am Altfränkischen seines Stiles bei Beschreibung von Industrie und Technik erfreut (und erheitert). Natürlich wurde ich ihm dadurch nicht eigentlich gerecht. So habe ich mich mehr, materialistisch gesprochen, dem Über- als dem Unterbau dieses heute wohl schon ein wenig brüchig und wackelig gewordenen Denkgebäudes gewidmet und zugewendet, nur seiner Fassade. Ich war so frei, Marx nicht mehr zu studieren, sondern bloß zu lesen. Mir war „Das Kapital" nicht nur ein Werk der Ökonomie, sondern auch ein „Florilegium", eine reich sprudelnde Quelle von Stilblüten. Wahre Wortungeheuer habe ich noch im Ohr, furchterregender als jene weltweit bekannte martialische Photographie des bärtigen Bürgerschrecks, der sie schrieb. Von den Maschinen schreibt er etwa, um nur ein Beispiel zu nennen, daß sie dazu imstande seien, Waren zu „verwohlfeilern". Und obwohl ich für meine eigenen maschinentheoretischen Überlegungen von Karl Marx manches profitierte, waren nun doch gerade die im besonderen die Müllerei betreffenden Passagen für mich eine Enttäuschung. Bei der Weberei und Spinnerei mag er sich ausgekannt haben, eine Mühle aber scheint er nie betreten zu haben. Webstühle hat er wohl gekannt, Mahlgänge nicht. Geradezu erschrocken bin ich, als ich, nach der Müllerei suchend, diese im Kapitel 5 des 3. Buches unter dem Thema „Nutzbarmachung der Exkremente der Produktion" (!) abgehandelt fand.

Marx verfährt im übrigen bei der Erörterung der neuen Müllerei genau so, wie man es von einem Unvertrauten und Nichtfachmann erwartet: Er zitiert einen anderen. Es geht genaugenommen darum, daß Marx den französischen Agronomen Dureau de la Malle zitiert, der seinerseits wiederum einen anderen, nämlich A. A. Parmentier, zitiert. Es entsteht auch stellenweise der Eindruck, als sei Marx der irrigen Ansicht, das Revolutionäre an der neuen Mühle bestehe darin, daß nun nicht nur der Läuferstein, sondern auch der vordem ruhende Bodenstein im Mahlgang angetrieben werde ... Als Müller kann ich den die Müllerei betreffenden Teil seines Werkes keinesfalls gut, sondern nur schlecht heißen. Müßte ich ihn als Lehrer beurteilen, könnte ich mich höchstens zu einem „genügend" verstehen. Weberei: sehr gut, Spinnerei: sehr gut, Müllerei: genügend. Noch schlechter aber würde ich Marx in Religion zensieren. Hier zeigt sich der Sohn des Rabbiners und Protestant aus dem katholischen Trier erstaunlich uneinsichtig. Religion: mangelhaft. In diesem Fach leistet er sich just das, was er den Religionen vorwerfen zu müssen meint: „Nebelbildung".

Mit großem pädagogischen Nutzen aber habe ich mich immer der Marxschen Definitionen bedient, etwa auch seiner analytischen Zergliederung der Maschinerie: „Alle entwickelte Maschinerie besteht aus drei wesentlich verschiedenen Teilen, der Bewegungsmaschine, dem Transmissionsmechanismus, endlich der Werkzeugmaschine oder Arbeitsmaschine." Marx hat auch (wie mein Onkel) die frühere große Bedeutung der Transmission und namentlich der Riemen klar gesehen, er spricht davon, daß die Transmissionsmaschine damals allzu „angeschwollen" war und daß durch neue Erfindungen, etwa verbesserter Turbinen, vor allem aber der Dampfmaschine des James Watt, der alte Menschheitstraum von der „Lokomotion" verwirklicht worden sei.

Auch über die Riemen, die der Onkel bei den Bauern und draußen auf den Höfen sah, mußte er sich oft ärgern. Ein Bauer nahm statt eines Riemens eine Gurte, ein anderer statt einer Gurte einen Riemen, dazwischen gebe es aber einen technischen Unterschied wie zwischen einem Hosenriemen mit einer Koppel und Hosenträgern mit Hirschhornknöpfen. Eine „Burd Hadern" seien die Riemen der Bauern manchmal, aber keine Riemen. Die Bauern sparten immer am falschen Platz. Wer aber bei den Riemen zu sparen anfange, der spare am falschen Platz. Die Bauern aber sagten: Wer nicht hadern kann, kann nicht hausen („hadern" hieß in der alten Mundart der Landleute soviel wie „sparen", „sein Auslangen bei Provisorien suchen"). Das sei ein dummes Sprichwort, sagte der Onkel. Ihr müßt ja nicht wüsten und urassen, sagte der Onkel, aber bei eurem ständigen „Hadern" kommt bestimmt nichts Ordentliches heraus. Oft fallen euch die Riemen ab, ihr kommt doch vor lauter Riemenauflegen auf keinen grünen Zweig, weil alle Riemen verzogen und windschief und ganz aus der Spur sind. Von den Unfällen will ich gar nicht reden. Immer wieder höre man, daß ein von der Scheibe springender, die längste Zeit schon „über Hirn" gelaufener Riemen, wenn er endlich abfällt, den Bauern oder seinen Knecht verletzt habe.

So ein abfallender Riemen wirkt nämlich wie eine Peitsche, er schnellt und schnalzt und versetzt dem, der in der Nähe steht, einen gehörigen Schlag. Das schlimmste in dieser Hinsicht, sagte der Onkel, seien die Brechmühlen, Mostmühlen und Kreissägen der Bauern. Was die Bauern mit ihren Mühlen und Kreissägen aufführten, sei unglaublich und zirkusreif.

Mit den diesbezüglichen landwirtschaftlichen Anlagen umzugehen, sei soviel wie mit einem Fuß im Krankenhaus und mit dem anderen bereits im Grab stehen. Vor allem die Kreissägen, Futtermaschinen und Mostmühlen seien die reinsten Fallen, die Motoren seien alle zu schwach ausgelegt. Dann seien diese Maschinen immer zu lässig verankert und stabilisiert, der Motor und die Maschine verschieben sich gegeneinander, der Riemen aber ist entweder zu lokker „gespannt" oder überspannt, er läuft am Treibling des Motors innen und auf der Scheibe der Kreissäge außen. Wenn die Laufrichtung nicht stimme, dann behöben die Bauern diesen Fehler nicht an der Wurzel, nämlich durch Umpolen im Schaltkasten, sondern durch Kreuzen des Riemens. Was habe er bei den Bauern schon gekreuzte Riemen gesehen! Nicht nur einmal gekreuzte Riemen habe er gesehen, sondern schon regelrecht zu Zöpfen geflochtene! Der Onkel sagte, daß er ja dafür bekannt sei, daß er nichts von den Spitzfindigkeiten und arbeitstechnischen Subtilitäten und Tüfteleien des Gewerbeinspektorates halte und daß seine Mühle bei Gott nicht den sicherheitstechnisch überzogenen und überspannten Vorstellungen der Behörde entspreche, aber was er bei den Bauern erlebe, gehe über seine Vorstellungen von Lockerheit, Großzügigkeit und Lässigkeit hinaus. Das gehe selbst ihm zuweit, „weit zuweit", wie er sagte. Aber bei den Bauern sehe niemand vorbei ...

Mängel stellte der Herr Onkel auch bei den Dreschmaschinen fest. Einmal riß einem Maschinisten der genossenschaftlichen Dreschmaschine bei einem unserer Nachbarn der lange Treibriemen. Der Maschinist kam daraufhin zum Onkel und bat ihn, ihm doch vorübergehend und für die Zeit, die er seinen eigenen Treibriemen beim Sattler auf Reparatur habe, einen von seinen überschüssigen Mühlenriemen, die er in Reserve halte, zu leihen. Als der Maschinist meinen Riemen auflegte, hörte ich den Onkel einem Bauern erzählen, da hättest du die Dreschmaschine erleben sollen! Die Dreschmaschine lief wie ein Glockenspiel. Mit einem solchen Riemen, sagte der Maschinist, sagte der Herr Onkel zu jenem Bauern, dem er die Geschichte vom geliehenen Riemen erzählte, mit einem solchen Riemen wäre das Dreschen freilich eine feine Sache ... Sag den Konsorten deiner Druschgenossenschaft, sie sollen endlich einen ordentlichen Riemen kaufen und das alte Schweinsleder, an dem doch noch die Sauohren und die Borsten haften, auf den Mist werfen. Einen anständigen Riemen werden sich diese Geldsäcke der Genossenschaft doch noch leisten können! Sie sollen sammeln und zum Rückert nach Wels fahren, die Firma Rückert in Wels hat so viele Riemen, daß sie sie verkauft. Ich bin nämlich keine Leihanstalt, sagte der Onkel zum Maschinisten. Und aus ihren alten Riemen sollen sie sich seinetwegen Hosenträger oder Bruchbänder machen lassen. Der Onkel gab dem Maschinisten noch andere Ratschläge. Vor allem riet er ihm, das Schwungrad an der Dreschmaschine zu vergrößern, deine Maschine, sagte der Onkel zum Maschinisten, läuft exzentrisch und unwuchtig, darum schlägt auch der Motor, wenn du nur einen etwas gröberen Schübbel eingibst, ins Netz zurück. Du wirst damit noch unseren Transformator aus den Fundamenten reißen, sagte er, der Transformator ist für deine Höllenmaschine nämlich zu klein dimensioniert, die Stromsituation ist im Herbst, wenn du mit deiner Apparatur unterwegs bist, in einer heillosen Unordnung. Ich bin froh, daß ich meine eigene Wasserkraft habe, denn wenn ich auf die öffentliche Versorgung angewiesen wäre, dann könnte ich im Herbst, wenn du drischst, sowieso zusperren. Mit einem größeren Schwungrad an der Dreschmaschine und einem besseren Riemen aber wäre dem Übel abzuhelfen, sagte der Onkel. Ein gut gelagertes, schweres Schwungrad ist nicht ganz einfach auf Touren zu bringen, aber mit einem Widerstandsregler läßt es sich machen, wenn es einmal auf Touren ist, läßt es sich nicht mehr aufhalten und bremsen. Wie meinst du denn, daß meine Mühle funktioniert, fragte der Onkel den Maschinisten. Sein Schwungrad wiege 400 Kilogramm, ein solches Schwungrad egalisiere natürlich großartig. Wenn du an deiner Dreschmaschine ein ähnliches Schwungrad anbringst, dann bist du alle Schwierigkeiten los, darauf gebe ich dir mein Ehrenwort. Mit einem solchen Schwungrad hört die Dreschmaschine nicht mehr zu laufen auf. Du stellst meinetwegen am Samstag zu Mittag die Maschine ab, schaltest den Motor aus und gehst nach Hause, und wenn du am Montag in der Früh zur Maschine kommst und wieder anläßt, dreht sich das Schwungrad noch ... Du übertreibst, sagte der Maschinist. Vielleicht, sagte der Onkel, aber gar nicht soviel, um ein paar Stunden ... Dann brauche der Maschinist beim Eingeben auch nicht mehr wie ein Apotheker aufzupassen und zu dosieren, dann könne er eingeben, soviel er wolle, die Maschine würde es nehmen und fressen und auch nicht mehr ins öffentliche Netz zurückzittern. Dann sei ausgezittert, sagte der Onkel. Der Onkel sagte, er sehe am Strom des öffentlichen Netzes, wie es um die Riemen und die Maschine im allgemeinen bestellt sei.

So war es denn nicht nur das Wasser, dessentwegen sich der Onkel mit den Bauern in die Wolle geriet. Er machte auch sonst manches an den Bauern zum Gegenstand der Beanstandung. Als geschickter Geschäftsmann erwies er sich dabei freilich nicht. So erinnere ich mich etwa daran, daß er oft über das Getreide der Bauern klagte. Die Getreidekästen der Bauern seien die reinsten Friedhöfe, was die organische Natur angehe. Er habe nicht erst eine tote Katze oder einen toten Hund aus dem Getreide geputzt. Von Mäusen, Ratten und noch kleineren Lebewesen wolle er in diesem Zusammenhang gar nicht reden. Auch möchte er die vielen tierischen Exkremente nicht erwähnen, die Getreidekästen der Bauern seien in dieser Hinsicht die reinsten Aborte. Was soll ich denn aus diesem Mäusedreck machen, fragte er manchmal einen Bauern, ob er diese Fäkalien hier in seinem Getreide vielleicht mahlen solle? Der Onkel erzählte, daß einige der Mäuse und anderen Nager noch in den Fallen steckten, samt den Fallen brächten die Bauern manchmal ihr Getreide mit den Mäusekadavern daher. Auch Füchse, Bisam- und andere, normale Bachratten sowie Iltisse fänden sich in den entsprechenden Eisen im Mahlgut.

Wenn er sich all die toten Tiere, die die Bauern zur Mühle brächten, ausstopfen ließe, dann hätte er bald ein naturkundliches und zoologisches Kabinett mit einem Querschnitt durch alle heimischen Schädlinge beisammen, aber auch ein Museum von modernen und weniger modernen, ja teilweise vorsintflutlichen Fang- und Stellvorrichtungen. Viele der im Getreide verendeten Tiere hätten sich auch ganz einfach nur überfressen, denn es sei das Los der unvernünftigen Kreatur (wozu auch der Mensch zu zählen sei), daß sie mit der Fülle und dem Überfluß nicht fertig werden könne. Mit der Not werde der Mensch zur Not fertig, nicht aber mit dem Überfluß. Jahrelang hätten Menschen schon Mangel gelitten, gehungert und überlebt, vor die plötzliche Fülle an Nahrung gestellt aber hätte sie der natürliche Instinkt verlassen, und sie hätten sich auf der Stelle überessen, ja in einzelnen schlimmen Fällen sogar zu Tode gegessen. Das Tier habe in einer solchen Lage noch mehr Chancen zu überleben als der instinktlose Mensch. An vielen Menschen seien die Augen größer als der Magen.

Der Mist mit dem Bauerngetreide beginne aber nicht erst im verwahrlosten Getreidespeicher und im Getreidekasten des Bauern, er beginne vielmehr wieder an der Wurzel des Getreides, am Feld also, und setze sich später fort bei der Dreschmaschine. Gerade an der Dreschmaschine werde viel gegen die Vernunft und das Getreide gesündigt. Das Dreschen stelle sich so oft als ein gröberer Verstoß gegen den Geist der Müllerei dar. Damit nämlich die Drescherei flott und zügig vorangehe und damit in den Säcken Gewicht zustande komme, stelle der Maschinist dem dreschenden Bauern zuliebe die Putzerei seiner Dreschmaschine ganz niedrig ein. Dies geschehe entsprechend der Devise und alten Bauernregel: Der Staub bringt das Gewicht! Der Müller, sagte der Onkel, wünscht sich nichts sehnlicher als das Getreide netto, das heißt ohne den Staub und Mist, die Bauern bringen aber ihr Getreide brutto, das heißt inklusive Abfall zur Mühle. Natürlich sind auch die Leute, die an der Maschine beim Drusch arbeiten, froh darüber, daß der Maschinist die Putzerei sehr niedrig stellt. Die Herauswerfer in den Ösen, die Einlasser, die Abtrager, die Gesott- und Strohträger auf, neben und hinter der Maschine, die Männer und Frauen am Binder und auf der Bühne freuen sich und sind froh, wenn es nicht zu arg staubt. Darum stellt der Maschinist den Aspirator, der eigentlich den Staub, die Erde, die Sprotten, die losen Grannen, den Fleim und das Gesott sowie die tauben Ähren verblasen müßte, ganz auf „klein“ und „leicht“ und „niedrig“. Hier stehe AUF, sagte der Onkel und dort stehe ZU, der Maschinist aber stelle ganz nahe an ZU. Auf diese Weise gibt der Aspirator der Putzerei natürlich nur noch ein ganz lindes Lüftchen von sich, der Ventilator erzeuge auf diese Art natürlich keinen Wirbelwind mehr, sondern nur noch eine leichte Brise. Und diese leichte Brise aus Südost, sagte der Onkel, lasse natürlich den Staub beim Getreide liegen, sie sei selbstverständlich zu schwach, um den Staub aufzuwirbeln und aus dem Zylinder schleunigst hinauszublasen. Statt daß der Maschinist seine Maschine nach AUF stelle, sagte der Onkel, und dadurch, daß er sie nach AUF stelle, einen Wirbelwind und Orkan entfache, damit der Weizen von der Spreu getrennt werde, wie es in der Bibel laute, stelle der Maschinist seine Putzerei auf ZU oder nahe an die Marke ZU und belasse so den Mist beim Getreide. Das aber sei wiederum ein schönes Abbild dessen, was heute allgemein unter den Menschen und im Gesellschaftlichen der Fall und die Regel sei, daß nämlich vielen die Gabe der Unterscheidung und auch der Mut zur Sonderung und Trennung von GUT und BÖSE, von Wertvoll und Wertlos fehle. Das aber sehe man etwa schon an den Schulen. Die Lehrer trügen heutzutage eine große Scheu, die guten von den schlechten Schülern zu unterscheiden, sie sagten, die schlechten Schüler seien nicht schlecht, sondern nur etwas weniger gut. Und überhaupt seien sie lieber und eher für das Abschaffen aller Bewertungen und Benotungen. Der Herr Onkel sagte, er sei ein großer Feind und Gegner von Vergleichen zwischen Tieren und Menschen, er wolle im Zusammenhang mit Menschen, schon gar mit jungen Menschen, das agrarische Wort „Ausmisten“ vermeiden, aber es müßte in den Schulen die Aspiration doch auch etwas höhergestellt werden, näher gegen die Marke AUF, damit wieder ein etwas frischerer Wind wehe und nicht diese faule Ruhe und Flaute alles lähme. Die

Schulen seien aber heute wie die Dreschmaschinen nicht mehr sehr selektiv, bei den Maschinisten sei wie bei den Lehrern der so genannte „numerus clausus“ recht unbeliebt. So aber sei das Publikum der hohen Schulen und Universitäten sehr „durchwachsen“. Man sehe dort auch manches Unkraut. Oft habe ich dem Onkel beim Getreideübernehmen an der Mühlentür und im Innern der Mühle zugesehen. Er sagte manchmal, wenn er einen Sack auf die Waage gestellt hatte und das Gewicht ablas: Gewogen und zu schwer befunden! Er behauptete auch, er sehe einem Sack schon von außen und mit freiem Auge an, ob er mit reinem Getreide oder aber mit einer Getreide-, nämlich einer Kot-Getreide-und-Staubmischung angefüllt sei. Spätestens aber wenn er den Sack hebe, wisse er Bescheid um das spezifische Gewicht und um das Verhältnis zwischen Brutto und Netto, Tara und Inhalt. Er sehe etwa einen Sack an und sage, hier müsse er Netto für Brutto nehmen. Manchmal aber sagte der Onkel im Hinblick auf die zu niedrig eingestellten Aspiratoren der Dreschmaschinen der bäuerlichen Druschgenossenschaften: Wer mit einem Lüftchen drischt, wird einen Furz ernten.

So hatte der Onkel am Drusch vor allem die unzulängliche Putzerei zu beanstanden. An dem, was die Bauern da in ihren verschlissenen Säcken daherschleppten, sei nur ein Teil Getreide, das sei nur teilweise Mahlgut. Er sei manchmal schon froh, wenn das Getreide überwiege und dem Inhalt des Sackes so den Stempel aufdrücke. Ein Bauer sage etwa, da bringe er Korn, der Onkel öffne den Sack und sehe, daß dieses Korn mit nicht wenig fremdem Besatz vermischt sei. Indem du sagst, das ist Korn, sage er zum Bauern, ist es noch lange nicht Korn. Hier handle es sich bloß um eine Behauptung, um eine Deklaration. Schau hinein, sage er zum Bauern, was siehst du?, frage er. Und gebe selbst die Antwort: Viel Fremdbesatz, auch Unkraut, Wicken, Mutterkorn, Brand. Und dieses hier sei Erde, das seien Steine, auch Exkremente sehe man, Mäusedreck, tote Fliegen, Wespen, Hummeln und wieder Spelzen, Halme. Und das hier sei überhaupt eine Türschnalle. Diese Türschnalle ist nicht auf deinem Feld gewachsen, die ist dir aus dem Schloß der Tür in deinem Getreidekasten gebrochen. Das sei Metall. Was du mir da bringst, ist eine Mischung aus organischen und anorganischen Stoffen, vermehrt um Mineralien, insgesamt ein kleiner Überblick über die belebte und die unbelebte, die organische und die anorganische Natur. Dann sage der Onkel zum Bauern: Bunt ist das Leben! Immer wieder, sagte der Onkel, brächten ihm die Bauern in ihrem Getreide auch Teile, irgendwelche kleineren Bestandteile der Dreschmaschine zur Mühle, wie sie beim Dreschen locker und lose geworden und schließlich ins Getreide gefallen seien. Mit diesen Metall- und Holzstücken, die im Laufe der Zeit aus den Dreschmaschinen gebrochen, ins Getreide geraten und in seine Mühle gebracht worden seien, könnte er sich bald selbst eine Dreschmaschine zusammenstellen. Wenn er seiner Putzerei nicht einen schweren Magneten vorgelagert hätte, der die Türschnallen, Taschenmesser, Schrauben, Schmiedenägel, der das Blech und die Hosenknöpfe, die Groschen, die Schraubenzieher und Meißel und so fort anzöge, dann könnten sich seine Walzen sämtliche Zähne ausbeißen, dann käme er nämlich mit dem Riffelnlassen der Walzen gar nicht mehr nach, da möchte die Mühle schön knirschen, die Bauern hätten es darauf angelegt, dem Müller den Schneid zu nehmen, sie erwarteten, daß der Müller alles zermalme, was er nicht mahlen könne, er möchte aber mahlen und nicht malmen.

Oft wies der Herr Onkel auch auf den Widerspruch hin, der seiner Meinung nach darin lag, daß die Bauern ihr verschmutztes Getreide in den damals üblichen, mit dem Christus- oder Marienmonogramm geschmückten Säcken daherbrachten. In manchem frommen Sack verberge sich liederliches Zeug, sagte er. Auch sonst schimpfte er über die Säcke der Bauern. Sie waren ihm entweder zu kurz und dick, diese nannte er „pampstig“, oder auch zu lang und dünn, dann sprach er gern von „Kilometerwürsten“. Beim Schultern der ersteren jammerte auch der Knecht häufig, sie seien durch keinen „Vorteil“ zu meistern, auch schlecht mit der sogenannten „Bürste“ (einem gerafften Knoten) zu verschließen, während sich die letzteren nur schwer „ausbeuteln" ließen. Dieses Ausbeuteln war notwendig, um die zuerst mit staubigem Getreide gefüllten Säcke umzustülpen und für das Mehl sauberzubekommen, was eine sehr wichtige und zeitaufwendige Arbeit darstellte. Säcke, die nicht mit Monogrammen und Besitzernamen gezeichnet waren, wurden mit einer Blaukreide beschriftet. Auch die Lesbarkeit dieser Aufschriften ließ oft zu wünschen übrig. Wurde ein Sack verwechselt, so reklamierten die Bauern. Mancher sagte aber auch nichts und verhielt sich still, wenn er durch die Verwechslung zu einem besseren Sack gekommen war.

Oft sagte der Onkel zu den Bauern: Das Getreide ist etwas Heiliges! Und er nannte ihnen eine ganze Reihe von Stellen aus dem Alten und dem Neuen Testament, wo vom Getreide und vom Brot, vom himmlischen Brot und vom Manna die Rede ist. Oder er zeigte einem Bauern in der Mühlstube ein Bild, auf dem man Christus mit seinen Jüngern durch ein wogendes Getreidefeld gehen sah. So steht es mit dem Getreide, sagte der Onkel.

Auch mir selbst hat der Onkel vor diesem Bild manche Lehre über den Ackerbau und die Müllerei erteilt. Dieses Bild also, das Christus mit seinen Aposteln an einem Abend eines Sommertages vor einem herrlich goldgelben Weizenfeld auf einem Rain im Dahingehen darstellte, sei zwar sehr schön, sagte der Onkel, auch von einer freundlichen und friedlichen Frömmigkeit, die ihn als Menschen unmittelbar anspreche und rühre, aber das Bild befriedige gleichwohl den Müller in ihm (in sachlicher Hinsicht) nicht in gleicher Weise. Eigentlich sei das Bild, genaugenommen, ein Produkt der Kunst und des Kunstdüngers. Ein solches Weizenfeld könne er sich nämlich allenfalls in unserem Jahrhundert etwa im Marchfeld oder auf der Welser Heide oder vielmehr nahezu überhaupt nur in den Schwarzerdeböden in Niedermösien und am Schwarzen Meer vorstellen, nicht aber in Judäa oder in Samaria zur Zeitenwende. Schon die Getreidesorte müsse einem zu denken geben. Getreide wie

Weizen, Gerste, Hafer, Mais, Reis und Hirse werde zwar in allen Weltteilen gebaut, aber doch entsprechend den besonderen Bedingungen des Klimas und der Witterungs- und Luftverhältnisse, Roggen und Gerste mehr im Norden, weil diese Sorten sich mit dem Wachstum beeilen und die nordischen Sommer zwar mild, aber kurz seien, in den südlichen, meteorologisch und klimatisch begünstigteren und gesegneteren Ländern wohl vor allem Mais und Reis. So könne man im Zusammenhang mit dem biblischen Bericht und dem Heiligen Land zwar schon auch an Weizen denken, aber sicher an keinen, wie ihn der Maler auf diese Leinwand gepinselt habe. Der Ackerbau des Heiligen Landes sei keineswegs von einem solchen ährenschweren Manitobaweizen gekennzeichnet gewesen, eher und wahrscheinlicher noch durch einen sogenannten türkischen Weizen. Unter einem türkischen Weizen, sagte der Onkel, hätte ich aber mehr einen Mais zu verstehen, das Wort „Weizen" sei für einen solchen „Weizen", einen getürkten Weizen nämlich, eine Übertreibung und ein Euphemismus, genaugenommen ein bildlicher und uneigentlicher Ausdruck, etwa dergestalt, wie man hin und wieder die Ziege die „Eisenbahnerkuh" nenne. Der Onkel räumte aber ein, daß es sich vielleicht doch nicht um einen türkischen, sondern um einen wirklichen und wahren Weizen gehandelt haben mag, was Christus gesehen hat und seine Jünger gerauft haben (wofür sie bekanntlich gescholten wurden), ein solcher Weizen aber, wie er auf dem Bild der Mühlstube abgebildet sei, könne es mit Bestimmtheit nicht gewesen ein. Der Onkel sagte, ich müsse wissen, daß die Bibelwissenschaft herausgefunden habe, daß es sich bei dem in der Heiligen Schrift wiederholt erwähnten Weizen um den Emmer gehandelt habe. Jesus habe es also wahrscheinlich mit dem Ammer oder Ammelkorn, einem zweikörnigen Flachweizen, einem gerstenspelzartigen Stärkeweizen zu tun gehabt. Die lateinische Bibel der Vulgata hätte somit korrekterweise den Ausdruck „Triticum dicoccum" verwenden müssen. Der Maler des Bildes aber habe nicht gewußt, was die Bibelwissenschaft heute weiß. Nämlich, daß er den Emmer, diese seit vielen tausenden Jahren bekannte, nicht winterharte, tetraploide Kulturweizenart mit abgeflachter Ähre, lang begrannten, zwei- bis dreiblütigen Ährchen und fest in den Spelzen eingeschlossenen Früchten hätte malen müssen und daß sich dieses Triticum, dieser biblische Emmer, vermutlich aus dem Triticum dicoccoide, einem Wildweizen, herausentwickelt hat, daß er also einen kultivierten Naturweizen auf das Bild hätte bringen müssen. Wäre der Maler einmal nach Palästina oder nach Syrien gefahren, so hätte er sich dieses Triticum ansehen können. Der Onkel sagte, vielleicht habe aber der Maler sogar gewußt, daß er mit diesem Weizen, den er da ins Bild setzte, nicht authentisch und realistisch sei, und er habe seinem Auftraggeber zuliebe tiefer in seinen Farbtopf getunkt, dick aufgetragen und übertrieben, im Wissen, daß er seinem Mäzen nicht mit dem ärmlichen Ammelkorn kommen könne. Der Onkel sagte, er wisse nicht, wer die Vorbesitzer seines Bildes gewesen seien, aber denkbar wäre es, daß es einmal in der guten Stube eines reichen Bauern oder gar in der Halle eines Gutsbesitzers gehangen sei und daß der Maler mit seinem üppigen Weizen bloß dem opulenten und reichen Heim des Gönners entsprechen wollte.

Es war also nicht die reine Freude, die den Onkel erfüllte, als er das betreffende Bild in seiner Mühlstube aufhängte, er hatte daran im Gegenteil einen gewissen Ärger. Es gehörte aber zu den Widersprüchlichkeiten seines Charakters, daß er das Bild trotzdem nicht abhängte. Er beließ es wohl als eine fortgesetzte stille Provokation, und das heißt auch als eine Quelle der Anregung und der Aufregung, somit des kreativen Widerspruches in seiner Mühlstube. Er hatte gewissermaßen an seinem Ärger seine Freude, ohne daß ich deshalb in den Chor derer einstimme, die den Herrn Onkel für einen Psychopathen hielten (und schließlich danach behandelten). Seine Einwände waren eher technischer Art. Damit will ich den Menschen nicht in zwei Hälften teilen. Doch ließ der Onkel Gründe gelten, die seiner Meinung nach auch *für* dieses Bild sprachen.

Was das Realienkundliche betraf: Der Maler hätte sichtlich nicht nur keine genaue Vorstellung von Ackerbau und Viehzucht gehabt, weil er sich bei der Getreidesorte vertan und statt des kleinasiatischen Emmers einen kanadischen Manitoba ins Bild gesetzt habe, es gebe darüber hinaus auch an den dargestellten Menschen einiges auszusetzen. Wenn er, der Onkel, sich diese ganze ambulante Gesellschaft, die auf dem Bild unterwegs im Gelände dargestellt werde, genauer ansehe, dann meine er manchmal, er habe es nicht mit Christus und seinen Jüngern zu tun, sondern mit einer Kommission, die das Ergebnis in einer Versuchsanstalt für Saatgut auf einem landwirtschaftlichen Musterbetrieb inspiziert und begutachtet. Die dargestellten Herrschaften sähen ganz wie die Besitzer aus, wie die Eigentümer der Latifundien, sie wirkten alle eine Spur zu gut situiert. Das aber widerspreche dem Christusbild der Bibel, wo es vom Herrn heiße, daß er im Gegensatz zu den Vögeln des Himmels, die ihr Nest haben, nichts habe, wohin er sein Haupt legen könne. So wie also das Feld und sein Bestand und Bewuchs viel zu üppig geraten seien, wo man doch wisse, daß das Getreide des Altertums nur sporadisch, was soviel wie „gesät", „vereinzelt", „verstreut", „gelegentlich" und „selten" bedeute (und direkt vom Getreide genommen ist), gewachsen sei, so seien auch die Menschen zu sehr ins Kraut geschossen, die Menschen geradeso wie die Natur. Die dargestellten Männer würden nicht eben wie arme galiläische Fischer aussehen, sondern eher wie reiche galizische Getreidejuden. Wäre nicht der Heiligenschein, mit dem der Maler Christus den Herrn gekennzeichnet habe, so ließe sich auch meinen, hier gehe ein Benediktinerabt mit den Mönchen seines Konventes die Felder der Abtei ansehen, allenfalls die Aureole unterscheide diesen Menschen von einem herkömmlichen Menschen. Damit mache es sich die Kunst aber zu leicht. Die wahren und großen Künstler wie etwa Rembrandt hätten auch nicht den Heiligenschein gebraucht und unbedingt zum Nimbus ihre Zuflucht nehmen müssen, um diesen Menschen Christus, diesen besten und liebsten, als einen besonderen, nämlich als den Menschensohn und den Sohn Gottes zu zeigen. So jedenfalls könne der Herr Onkel mit dem Bild nicht nur als Müller, sondern auch als gläubiger Christ nicht ganz einverstanden sein. Das „Unchristliche“ sei für ihn das Gravierendere, auch wenn sich der Glaube seine eigene Wahrheit und Wirklichkeit schaffe. Und wenn der Glaube, wie es heiße, Berge versetzen könne, dann könne er auch aus dem Emmer einen Bilderbuchweizen machen. Es sei unerheblich, wenn einige Müller und Getreidespezialisten Einwände hätten, wichtig sei letztlich das Geistige und Geistliche. Was aber im besonderen die Malerei angehe, so sei den Malern, die sich immer wieder am Landschaftlichen, und das heiße auch: am Landwirtschaftlichen, versuchten, mehr agrarischer Verstand zu wünschen. Die Müllerei und die Landwirtschaft spielten in der Kunst eine wichtige Rolle, er sei aber geneigt zu sagen: weniger die Müllerei als die Mühlen, der äußere Schein und Anschein, die schönen romantischen Fassaden, die verwitterten Gemäuer, das Moos auf den Dächern. An eigentlichem Mühlenverstand, der nötigen Vertrautheit mit diesem schweren Thema nämlich, fehle es den meisten.

Er habe auch wenige Maler angetroffen, die Wasser zu malen imstande gewesen seien. Immer sehe man gewisse, ja immer dieselben Tricks, um die Wasserillusion zu erwecken, gerne bedienen sich die Maler auch der sattsam bekannten Widerschein- und Spiegelungseffekte auf der Wasseroberfläche. Wenn er aber dieses verdächtige Wasserglänzen auf Gemälden sehe, dann hätten sich für ihn die Maler dieser Gemälde auch schon als Wasserunkundige und Wasserverstandslose zu erkennen gegeben und entlarvt. Gerade die Ölmaler hätten die größte Schwierigkeit mit dem Wasser, was aber nicht heiße, daß sich das Öl und die Ölmalerei an sich mit dem Wasser nicht vertrügen, so wie man sich andererseits natürlich und selbstverständlich als Wasserfarbenmaler auch an die Darstellung von Fettem und Öligem wagen dürfe, doch komme es hier wie dort darauf an, das Wasser oder das Öl vergessen zu machen, viele der von Ölmalern dargestellten Wässer seien aber ausgesprochen speckig, so wie vielen Ölmalern jeder Berg (und sei er auch fern und verblauend) allein schon aufgrund ihres Materials zum Ölberg und zum Butterberg werde. Es mangle ihnen gänzlich am Duftigen und Luftigen.

Der größte Maler aller Zeiten war für den Onkel Rembrandt. Er nannte ihn übrigens meist nicht Rembrandt, sondern Rhein, einfach Rhein, wie sich Rembrandt ja selbst nach seiner Herkunft zubenannt hatte. Der Onkel sagte: Dieser Maler heißt Rhein, und er ist auch groß und gewaltig wie Europas Schicksalsstrom.

Beim Rhein aber handle es sich um den Altrhein! Und der Onkel wiederholte das Wort „Altrhein“ wie ein unwiderlegliches und schlagendes Argument. Heute schmücke sich mancher mit einem Namen, der ihm nicht zustehe, Rembrandt aber sei der Rhein unter den übrigen kleineren und größeren Flüssen und Bächen der Kunstgeschichte. Verglichen mit ihm seien viele der damals und heute malenden Öl- und Wasserkünstler nur Rinnsale oder überhaupt Wadis, ausgetrocknete Bäche, wasserlose Flußläufe, die nur in einer Jahreszeit und vielleicht dann einmal Wasser führen, wenn ein starker Wolkenbruch über das ganze Land niedergeht. Der Rhein aber habe immer Wasser und Wasser in Fülle. Der eine Maler könne dies ein wenig, der andere jenes, dieser male putzige Stilleben, der andere niedliche Landschaften und ein dritter vielleicht halbwegs kennbare und nette Menschenbildnisse oder sogenannte Porträts, der Rhein aber sei mit allen Wassern getauft, gewaschen, gesegnet und besprengt gewesen.

Der Onkel zeigte mir schon als Kind viele Abbildungen von Rembrandtgemälden und -zeichnungen, meistens Nachdrucke nach dem damals üblichen Kupferdruckverfahren, so auch jenen berühmten Stich der Stadt Leiden, welcher das Stadtviertel wiedergibt, wo Rembrandts Vater Harmen Gerritszoon van Rijn mit seiner Frau Neeltge van Zuydtenbrouk gewohnt und eine Windmühle betrieben hat. Man sieht auf jenem Bild eigentlich zwei Windmühlen nebeneinander, den Kaimauern am Altrhein gegenüber aber eine stattliche Reihe vornehmer Bürgerhäuser. Hier also, sagte der Onkel, sei der kleine Rhein aufgewachsen, die Windmühlen am Weddersteeg, die Mühle seines Vaters und die eines Konkurrenten immer vor Augen. Man sah aber von hier aus nicht nur die Mühlen, sondern auch den Rhein mit seinem nicht abreißenden, lebhaften Verkehr. So wird ein Mensch mit den Elementen Wind und Wasser und den nützlichen Werken zu deren sinnvollem und segensreichem Gebrauch von frühester Kindheit an vertraut gemacht. Und der Herr Onkel zeigte mir andere Ansichten von Leiden, Amsterdam und anderen Städten der Niederlande des Meisters Rhein, und er machte mich auf die vielen Windmühlen aufmerksam. Man sah auf manchem der Bilder Windmühle neben Windmühle. Mühlen und Kirchen bestimmen diese Bilder des Rhein. Der Onkel sagte, die Mühlen seien der Ausdruck und Inbegriff des Verstandes und des Fleißes der Menschen, die Kirchen ihrer Frömmigkeit, so seien diese Bilder mit ihrer liebevollen Wiedergabe der vielen Mühlen und Kirchen zugleich die Darstellung eines großartigen christlichen und humanen Weltbildes. Hier seien Physik und Metaphysik in schöner Einhelligkeit zusammen. Schon an der Größe, an den Dimensionen und Relationen erkenne man die Vorherrschaft und Priorität des Geistigen und Metaphysischen. Rembrandt aber sei ein Maler von Weltbildern! In der Bibel heiße es: Suchet zuerst das Reich Gottes, alles übrige wird euch hinzugegeben werden. Die Niederländer hätten sich freilich auch um „das übrige“ gekümmert, wie die vielen Mühlen dem aufmerksamen Reisenden bewiesen ...

Der Onkel erzählte mir, daß die Müller früher sehr viel gebetet haben. Viele Pausen während der Arbeit hätten die Müller im Gebet zugebracht, ja auch während der Arbeiten, bei denen das möglich war, haben viele, laut Onkel, gebetet, leise oder laut. Viele Arbeiten, deren Länge und Dauer nämlich, seien geradezu mit jenen Gebeten, die man während ihres Fortganges verrichten konnte, beschrieben und quantifiziert worden. (Ganz wie auch die Hausfrauen gesagt hätten, ein weiches Ei brauche drei „Vater unser“.) Ich selbst habe den Onkel noch oft solche Angaben machen gehört. So sagte er etwa von der Reserve über dem Voss, daß sie einen Rosenkranz, von jener über dem Berner, daß sie eineinhalb Rosenkränze fasse. Auch der „Engel des Herrn", der „Glauben an Gott" und das „Gegrüßet seist du, Maria" wurden vom Onkel als Maß verwendet. Er sagte etwa, das habe er gleich, mit einem „Gegrüßet seist" sei die Sache ausgestanden. Lieber Neffe, wie weit sind wir heute davon entfernt! Wer könnte sich vorstellen, daß heute eine der großen Mühlenbaufirmen die Stundenleistung irgendeiner Maschine statt in Kilogramm oder Kilopond, als der Arbeit in der Zeit, also die Normal-, die Höchst- und die Dauerleistung eines Gerätes, Apparates oder einer Maschine oder Anlage etwa in Litaneien oder Rosenkränzen angeben würde oder daß Kapazitäten, Geschwindigkeiten und Wege in „Glauben an Gott" gezählt und verrechnet würden. Und doch waren die Gebetsangaben ein menschliches Maß!

Manchmal will es mir scheinen, als seien damals selbst die Maschinen menschlich oder menschenfreundlich gewesen. Das mag freilich wieder ein wenig von jener erwähnten menschlichen (anthropomorphen) Redeweise kommen, die der Onkel und sein Mühlenknecht auch im Zusammenhang mit den Maschinen verwendeten. Darin drückte sich eine gewisse Anhänglichkeit aus. Manchmal hörte ich den Knecht vom sogenannten Berner, dem einen Walzenstuhl, sagen: Ja, der alte Berner ist halt schon ein wenig müde. Oder er sagte: Der alte Berner ist kein Schnellzug. Manchmal zitierte der Knecht (der selbst dem Alkohol nicht feind war) im Blick auf den Berner das Trinkerlied: Langsam, schön langsam kriegen wir einen Dampf zusammen. Dabei meinte der Knecht mit dem Wort „Dampf" etwas, was die zünftige Müllerei den „Dunst" nennt. Auch der Onkel selbst sprach von den Maschinen gern wie von liebgewordenen Mitarbeitern, mit deren Schwächen und Eigenarten er zu leben gelernt hatte. Damals hatte der Onkel neben seinen zwei Stühlen auch noch einen Steingang mit einem sogenannten Franzosenstein zum Grobschroten in Verwendung. Von diesem Franzosen sagte der Onkel: Der Franzos hat zwar schon ausgedient, aber er kriegt bei uns das Gnadenbrot. Von der Kehrseite dieses Intimverhältnisses, dem Beschimpfen und Verfluchen von Maschinen, habe ich dir ja im Zusammenhang mit dem „Bären" bereits berichtet. Und als einmal der Ärger über eine alte Maschine zu groß geworden war und sich der Onkel entschließen mußte, sie auszurangieren, gestaltete er das Herausreißen und Fortschaffen ebenfalls sehr dramatisch, ja geradezu mythisch-religiös. So sagte er während der Demontage: Wie bist du nur hier hereingekommen! Und als er und der Knecht sie losgeschraubt hatten und wegschleiften, sagte der Onkel: Ich werde dich hinauswerfen in die Finsternis. Dort wird Heulen und Zähneknirschen sein. Was aber dem Onkel und seinem Knecht daran theatralischer Jux und Schabernack war, schlug meiner kindlichen Seele Wunden. Ich erinnere mich, daß ich vor dem traurigen Schrotthaufen stand, auf den diese Maschine geworfen worden war, und von Mitleid ergriffen wurde, daß man eben diese Maschine nicht mehr in der Mühle mitmachen ließ. Gleichnisweise könnte ich unter dieses Andachtsbild meiner Kindheit: Ecce macchina! schreiben. Der Onkel aber sagte einmal angesichts des Schrotthaufens: Sic transit gloria mundi!

Wie nüchtern ist die Physik, wie sachlich und kalt sind die Betriebswirtschaftslehre und alle anderen Wissenschaften geworden. Jahr für Jahr habe ich an der Berufsschule, und zwar in der dritten Klasse, die „Leistung" definiert: „Leistung, als das Ergebnis der betriebswirtschaftlichen Tätigkeit, setzt sich als Gesamtleistung eines Betriebes zusammen aus Marktleistung, der Produktion von Sachgütern, Diensten und den innerbetrieblichen Leistungen ..."

Vor allem aber habe ich natürlich im Technikunterricht, meinem eigentlichen Fach (vor allem in der 4. Klasse) mit der physikalischen Formel der Wirkleistung gerechnet und rechnen lassen:

$$P_{e1} = \frac{1}{T}\int_0^T P_{mom}\,dt = \frac{1}{2} 1_0 U_0 \cos \text{ч}$$

Von hier ist zu Rembrandt, oder umgekehrt, von Rembrandt bis zum Formelzeichen ist ein weiter Weg. Der Onkel sagte manchmal, daß nur die Zivilisation zugenommen habe, was durch die Entwicklung der Technik möglich geworden sei, daß aber die eigentliche Kultur, die mehr sei als die Zivilisation, mit der Schwächung der Religion und des Humanismus abgenommen habe und zurückgegangen sei. Kultur minus Kultus ergebe nicht allzuviel. Sittlich stehe es mit den Menschen heute nicht besser als zu Beginn. Man müsse sich nur hüten, seine Schwäche mit der Sittlichkeit zu verwechseln und gleichzusetzen. Mancher etwa halte sich viel auf seine Tierliebe zugute, könne keiner Fliege etwas zuleide tun, sei aber im übrigen bei Tisch ein leidenschaftlicher Fleischtiger: Der Mensch sei widersprüchlich wie eh und je.

Der Onkel machte mich auf einer denkwürdigen Reise zu den niederländischen und norddeutschen Windmühlen, die wir Ende der zwanziger Jahre unternahmen, darauf aufmerksam, daß neuerdings die Silos in vielen Orten über die Kirchtürme hinausgewachsen seien. Damit seien einerseits die Relationen zwischen den Silos und Lagerhäusern der Großmühlen und den Kirchen verschoben, andererseits aber auch menschliche Proportionen verrückt worden. Verkehrte Welt! Mit dem Landschaftsbild habe sich das Weltbild zu seinem Nachteil für die Menschen verändert. Kein Wunder, daß sich auch die Kunst zurückgezogen habe, es gebe nicht viele Künstler, die den neuen, fensterlosen Monstern etwas abgewinnen könnten. Der Philosoph Leibniz habe von den Monaden gesagt, daß sie keine Fenster hätten. Dasselbe gilt jedenfalls auch von den Silos. Früher also sei die Transzendenz das Wichtigste und Wesentlichste gewesen, nun aber habe das Ökonomische das Religiöse überflügelt, die Nützlichkeit die Frömmigkeit überkommen, so wie die Speicher und Silos der Mühlen und Lagerhäuser die Kirchtürme „transzendierten“. Wir haben nun gerade auch in Amsterdam Speichertürme und Lagerhallen angetroffen, die im wahrsten Sinne des Wortes jedes menschliche Maß überstiegen. So sei, sagte der Onkel, nicht nur die Welt, sondern auch die

Weltanschauung recht unfreundlich und unerfreulich geworden. In den Großmühlen würde sicher nicht mehr gebetet, sagte der Onkel, wo es doch in den Kirchen selbst stellenweise nicht gerade einen Überfluß an Gebet und die ewige Anbetung gebe. Die Zeit der Gebetsmühlen, der frommen Wind- und Wassermühlen, die der große „Altrhein“ mit solcher Andacht und Inbrunst gemalt habe, sei unwiederbringlich vorbei. Das Geschäft sei heute gottlos geworden, auch Treu und Glauben spielten nicht mehr die alte Rolle, und das Getreide werde in den heutigen Mühlen nicht mehr als Gabe Gottes verstanden, sondern als bloßer Rohstoff und Energieträger, so wie auch das Brot in den großen Brotfabriken als bloßes Produkt und materiell genommen werde. Neeltge van Zuydtenbrouk, die Bäckerstochter, die fromme Mutter des Rhein, oder auch Rembrandts Bäckerbrüder würden sich über den gegenwärtigen gottlosen Umgang mit dem Brot sicher entsetzen. Man muß nur an die vielen Hungernden in der Welt oder aber an die eigenen Erfahrungen während des Krieges und nach dem Krieg denken, um sich des Wertes des Brotes als des Grund- und Urnahrungsmittels bewußt zu werden.

Die Tante erzählte mir die eigenartigsten Geschichten über die Wertschätzung des Brotes, wie es etwa vor dem Angeschnittenwerden (einer Arbeit, die nur dem Hausvater zustand) immer mit dem Signum der Dreifaltigkeit bezeichnet worden sei und wie man immer darauf geachtet habe, daß die Laibe mit ihrer ebenen Seite auf den Tisch gelegt würden und nicht etwa auf den Rücken und daß kein Messer im Brot stecken gelassen würde. Der Onkel berichtete auch von einem alten Brauch, demzufolge man einem Tier, das verkauft worden war und weggebracht wurde, zum Abschied noch ein Stück Brot gereicht hat, so wie auch im Gegenzug ein neu gekauftes Tier, bevor es eingestallt und eingestellt wurde, ein Brot bekam und mit diesem sinnfälligen Zeichen in die Hausgemeinschaft, die sich auch auf die Tiere erstreckte, aufgenommen wurde. Im einen Fall, dem Fall der Verabschiedung, hatte das dargebotene Brot den symbolischen Charakter einer Wegzehrung (der „Letzten Ölung“), im anderen, dem zum Einstand gereichten Brot, einen solchen der Kommunion und Agape, der Herstellung von Gemeinschaft und des Liebesmahles.

Archaisch-mythische Bilder, lieber Neffe, steigen in mir auf: Wie der Laib um den Tisch wandert, von Mann zu Mann, von Frau zu Frau, vom Onkel zur Tante, zu den Dienstboten und Tagelöhnern, zum Mühlenknecht, und jeder schneidet sich ein Stück ab, wir hielten uns über den Tisch, um keine Brosamen verkommen zu lassen. Als Kind, ausgestattet mit guten Zähnen, war ich ein Liebhaber der Rinde, ich bekam darum auch immer das sogenannte „Scherzel“, den ersten Anschnitt. Da die Laibe sehr groß waren, schnitten wir, namentlich wenn es gegen die Mitte (gewissermaßen zum Äquator) ging, keine über die ganze Schnittfläche gehenden Stücke, sondern nur solche über das Ende („das Ort“, wie wir in unserer Mundart sagten). Wenn sich dadurch in der Mitte ein kleiner Berg zu türmen begann, brachte die Tante den Laib durch Abschneiden eines sogenannten „Witwers“, eines rechteckigen und rundungslosen Mittelstückes, wieder auf gleich. Dieses Stück – viel weiches Innenbrot und wenig Rinde – war Teilnehmern an der Mahlgemeinschaft mit Zahnschwierigkeiten willkommen. Oder ich sehe die Tante (die mir immer eine gute Mutter war) unter durchziehenden Heimkehrern, durch Krieg und Kriegsgefangenschaft zermürbten, ausgemergelten Menschen, im Vorhaus oder auf der Straße vor dem Haus stehen, Brot abschneiden und austeilen, alles in einem großen und ruhigen Ernst.

Wie die Bäuerinnen hat auch die Tante alle vierzehn Tage gebacken, hartes Brot war so die Regel, frisches Brot aber die willkommene Abwechslung. Heute essen wir nur noch frisches Brot, aber dies ohne besondere Freude, das ist der Fluch der Sattheit, mich wundert nicht, daß viele Jugendliche bisweilen schon auf den Hunger ihre Hoffnung setzen. Wer nie sein Brot mit Tränen aß ... Auch in der Berufsschule dachte ich manchmal, vor allem später, als der Krieg Gott sei Dank lange vorbei, aber leider Gottes auch schon vergessen war, die jungen Menschen schreien nach Brot, und wir geben ihnen Steine. Oder auch: Der Mensch lebt nicht vom Brot allein...

Lebhaft erinnere ich mich an die Geschichte der Frau Hitt, die mir die Tante erzählte und die ich in meinem späteren Leben nicht nur einmal wieder- und weitergab: das Märchen von jener hartherzigen Frau, die, als das Geschlecht der Riesen noch auf Erden hauste, hoch in den Bergen über Innsbruck ihr Unwesen trieb. Als ihr Söhnlein in den moorigen, schwarzen Schlamm geplumpst war, befahl sie ihren Dienern, den Buben mit in Milch getunktem Brot am ganzen Körper abzureiben. Aber kaum hatten die Diener mit ihrer unsauberen Arbeit und mit dem Brotfrevel begonnen, also damit, das Brot zu ihrem häßlichen und schmutzigen Werk zu mißbrauchen, als sich auch schon der Himmel verfinsterte und ein fürchterliches Gewitter losbrach. Die Berge wurden erschüttert, und der kristallene Palast der Frau Hitt stürzte in einen Trümmerhaufen zusammen. Steinlawinen und Muren fegten die einst herrlichen Wälder von den Hängen, verschlangen die grünenden Almen und verwandelten die vordem prangenden Fluren in unwirtliche Steinwüsten. Frau Hitt selbst wurde zur Strafe in eine schaurige Felsgestalt verhext, die ihren steinernen Sohn in den Armen hält. So steht sie und muß sie stehenbleiben bis zum Jüngsten Tag zur Mahnung und zum bleibenden Gedächtnis ihres Frevels an der göttlichen Gabe des Brotes. Die Tante erzählte mir auch die Sage von der Stadt Stavoren, die bestraft wurde, weil eine reiche, übermütige Frau eine ganze Ladung Weizen ins Meer schütten ließ. Deshalb wurde die Stadt von einer Sturmflut verschlungen. Die Düne aber, aus der die tauben Ähren des versenkten Getreides wachsen, nennt man noch heute „Frauensand". So hatte ich nach den Erzählungen meiner Zieheltern viel zu bedenken, und manches beschäftigte mich noch bis in die Träume hinein.

Eine der Geschichten, die mich sehr bewegte und die mir besonders naheging, war das Leben Rembrandts selbst. Ergreifend berichtete mir der Onkel von den Widerwärtigkeiten und Schwierigkeiten, die der junge Rembrandt an der Universität Leiden zu ertragen hatte, weil er, nachdem er sich zum 20. Mai 1620 als „Rembrandus Hermanni Leydensis studiosus litterarum annorum 14 apud parentes“ in die Matrikeln der Universität Leiden eintragen hatte lassen, als Müllerssohn von seinen Kommilitonen belächelt und verspottet wurde. Ich darf von mir sagen, daß ich mich allmählich selbst zu einem leidlichen Rembrandtkenner entwickelt habe und daß ich viele Bücher über den „Rhein“ studiert (von jener mit dem Onkel unternommenen, nach Holland und seinen Windmühlen, vor allem aber zu allen rembrandtbezüglichen Stätten führenden Reise ganz abgesehen) und ich doch bis heute nicht alle Quellen entdecken konnte, aus denen der Herr Onkel die vielen Details aus Rembrandts Kindheit, Jugend und Leben schöpfte, ohne daß ich von irgendeiner dieser Nachrichten den Verdacht hätte, sie sei Onkels blühender Phantasie entsprungen und nicht authentisch. So weiß ich bis heute nicht, *woher* er vieles, nur das eine, daß er es *nicht aus sich selbst* nahm. Das Malen, lieber Neffe, hatte Vater Harmen für seinen Sohn mit dem seltenen Namen Rembrandt (den du als Vornamen lesen mußt) ursprünglich ja gar nicht in Aussicht und im Sinn, er wollte aus ihm vielmehr einen Sprachgelehrten machen, allenfalls auch einen Geistlichen und Prediger, der die Schrift auslegt und das Wort Gottes verkündet. Es zeigte sich aber, daß die Begabungen des Jungen auf einem anderen Gebiet lagen. So kam er alsbald aufgrund seiner praktischen Neigungen und Begabungen zu einem Maler in die Lehre, zu einem kleinen Architekturmaler, dem Jacob van Swanenburgh in Leiden. Nach drei Jahren technischem Unterricht ging Rembrandt nach Amsterdam ins Atelier des Pieter Lastman. Dann kehrte er wieder nach Leiden zurück, wo er sich mit dem Maler Jan Lievens, dessen Bilder von denen Rembrandts in dieser Frühzeit kaum zu unterscheiden sind, zusammentat und als Kompagnon arbeitete, in einer Art Gesellschaft. Bald aber überflügelt Rembrandt seinen Gesellschafter, er wird vom Sekundanten zum Dominanten. Der Ruf wächst. Ein Utrechter Rechtsgelehrter, ein Mann namens Aernout van Buchell, schreibt in dieser Zeit nach einem Besuch in Leiden: „Der Leidener Müllersohn wird sehr gerühmt, aber zu früh ..."

Lieber Neffe, ich empfehle auch dir, die Lebensgeschichte des Rhein, wie ihn dein Großonkel selig genannt hat, zu studieren, das bist du dir als Müller schuldig. Warum ich hier davon handle, das hat seinen Grund darin, daß mich die historischen Zeugnisse, in denen über die Malerei geradeso wie über ein anderes ehrenwertes und ehrbares Handwerk berichtet wird, stets recht herzlich bewegt haben. Sie haben mein Berufsschullehrerherz gerührt. Und obwohl ich den Unterschied zwischen Mahlen und Malen kenne, ja einen heiligen Respekt und viel Ehrfurcht vor der Kunst, namentlich der alten, habe, hat mich doch gerade der Schul- und Lehreifer der Künstler in den früheren und vergangenen Zeiten ganz besonders mächtig angezogen. Wie da von den berühmten Meisterschulen der Alten Welt die Rede geht und wie sich die Schüler aus ganz Europa auf den beschwerlichen Weg machen, um einem großen, vielgerühmten Meister zuzusehen und etwas abzuschauen, wie sie sich selbst dadurch ein gewisses Ansehen und Kredit zu verschaffen wissen, daß sie auf ihre Lehrzeit bei dieser oder jener Leuchte ihres Faches hinweisen können, dem sie als wißbegierige Jünglinge und Lehrlinge zu Füßen gesessen sind. Natürlich gab es unter den fahrenden Scholaren auch viele Bummelanten und Gesindel, manchen bloß sogenannten Studenten, auch viele, die, wie den Taugenichts des Joseph Freiherr von Eichendorff, diesen Müllerssohn, einfach die Sehnsucht trieb, ein ungerichteter und unstillbarer Drang in die weite Welt hinaus. Wem Gott will rechte Gunst erweisen ...

Aber von denen abgesehen, die kein eigentliches Ziel hatten, auch jenen Seelenvagabunden, denen die Reise und Herumzieherei selbst das Erstrebte bedeutete (ich habe mir einmal bei der Besprechung des Taugenichts in der Müllereifachschule erlaubt, diesen Sachverhalt mit zwei Kunstwörtern als „Ambulanz als Destination" zu beschreiben ...), abgesehen also von manchen, die etwas anderes als Lerneifer trieb, sieht man im ausgehenden Mittelalter und in der beginnenden Neuzeit – ich möchte sagen: große Schüler und bedeutende Lehrlinge unterwegs. Ich versuchte als Berufsschullehrer mit solchen Ausflügen in die Geschichte und Hinweisen auf alte Zunftbräuche der Lehre meiner Lehrlinge eine gewisse Würde, den Schülern selbst ein stärkeres Selbstbewußtsein und ein bißchen Innungs- und Zunftstolz einzuflößen, auch Traditionsbewußtsein. Ich hielt dies für eine Sache der Herzensbildung, die mir neben der Verstandesbildung allezeit sehr wichtig und wesentlich schien. Dabei hatte ich aber mehr im Sinn als etwa nur ein wenig nostalgische Schwärmerei, ich trachtete mit meinem diesbezüglichen Unterricht vielmehr das Gemüt der Lehrlinge zu erreichen. *Sie sollten sich fühlen!* Die Schulleitung hat freilich meine Bemühungen als „Mystik" und „Meditation" abgetan und auch ungern gesehen. Sie wußte sich hierin eines Sinnes mit den meisten Lehrherren, denen an wirklich gebildeten Müllern wenig lag, sie wollten bloß „Ausgebildete", gut funktionierende Gesellen und Arbeiter ohne „Flausen im Kopf" (worunter sie meine humanwissenschaftlichen und philosophischen Ambitionen einordneten). Ich aber ließ mich nicht beirren und fuhr fort, den Lehrlingen zu erzählen, daß die Müllerei wie andere Handwerke und praktische Berufe, wie etwa auch die Malerei (oder Schildnerei, wie man sagte), damals als eine Ars, zu deutsch: Kunst gehandelt, das heißt unterrichtet und traktiert wurde, daß sie als eine sogenannte gebundene Kunst gleichwohl die nämliche Reputation wie eine freie Kunst der sogenannten sieben freien Künste („septem artes liberales") besaß, ja daß einige freie Künste sogar als Zubringer- und Hilfswissenschaften für die gebundenen Handwerks- und Gewerbekünste betrachtet wurden ...

Vor allem aber stellte ich große Lehrlinge vor ihr geistiges Auge! Nicht nur Rembrandt, sondern auch Albrecht Dürer, der sich als relativ alter oder doch erwachsener Mann nicht zu schade war, nach Italien zu pilgern, um in Venedig für sein Metier noch dazuzulernen. Und natürlich wies ich auch darauf hin, daß gerade Dürer, wie seine Landschaftsaquarelle zeigen, einen ausgesprochenen Hang zu Mühlen als Malobjekten hatte. Ich hoffe, lieber Neffe, du hältst das Bild Dürers, „Wassermühle im Gebirge mit Zeichner", das ich neben Onkels Bildern in einer Druckwiedergabe in der Mühlstube anbrachte, weiter in Ehren? Wenn auch gerade an diesem Bild Dürers Autorschaft, folgt man der neueren Forschung, problematisch sein soll. Mir ist es ein Dürer, und wäre es kein Dürer, so wäre es immer noch ein wunderschönes und rührendes Bild, wie es ja jedem Bild zur Ehre gereicht, (wenn auch fälschlich) für einen Dürer gehalten zu werden ... Bemühe dich doch von dir aus um andere Bilder des Nürnbergers, verschaffe dir Reproduktionen von Dürers Darstellungen der Pegnitzmühlen, der großen und der kleinen Weidenmühle und vor allem der Drahtziehmühle! Du wirst an diesen Kunstwerken deine helle Müllerfreude haben!

Geradeso, wie man lesen kann, daß fahrende Schüler über ihre Meister und Schulen gesprochen und geschrieben haben, geradeso habe ich noch Gesellen und Meister der Müllerei über Mühlen, die sie als Handwerksburschen besucht hatten, sprechen und schwärmen gehört. Du weißt, daß der Herr Onkel selbst noch auf der sogenannten „Walz" war und also gewandert ist. Ich habe die Erfahrungen des Onkels, vermehrt um Kenntnisse aus der Literatur, vor allem aus Hermann Gleisbergs „Mühlenbuch", in einem Vortrag zusammengefaßt, den ich im Laufe meiner dreißigjährigen Tätigkeit an der Müllerschule nicht viel weniger oft als dreißigmal bei Schulabschluß- und Freispruchsfeiern gehalten habe. Ich habe diese Rede an die frischgebackenen Gesellen immer auch als einen kleinen Kurs und Nachhilfeoder Nachholunterricht in Gewerbegeschichte verstanden, die von den Lehrplänen der Schule her sehr stiefmütterlich behandelt, ja überhaupt vernachlässigt wurde. Da eine solche Rede nun nach meinem Abgang von der Schule und meiner Pensionierung sicher keiner meiner Nachfolger und Kollegen halten dürfte, will ich sie für dich und alle Müller, die meine Lebensgeschichte vielleicht einmal lesen, in ihrem ungefähren Umriß und Inhalt wiedergeben. Ich sagte:

„Meine lieben Gesellen! In einem alten Liede, das Wilhelm Müller 1816 dichtete und Zöllner 1844 vertonte, heißt es: Das Wandern ist des Müllers Lust, das Wandern. Das muß ein schlechter Müller sein, dem niemals fiel das Wandern ein, das Wandern. Ihr müßt aber wissen, daß dieses Wandern, von welchem im Liede die Rede ist, nicht nur eine Lust bedeutete, sondern auch eine von den Innungsordnungen der Müller auferlegte Pflicht. Das Wandern war nicht nur des Müllers Lust, sondern auch des Müllers Last. Damals hieß es: ‚Es soll auch keinem Lehrknecht, der bei uns gelernet, Meister zu werden verstattet sein, es sey denn, das er ein Jahr und Tag auff dem Handwerck gewandert habe.' Und wenn auch heute die Zeit der eigentlichen Wanderjahre nach den Lehrjahren vorbei ist und vergangen, so sollt ihr, meine lieben Gesellen, die Wander- und Reisebereitschaft bildlich und im übertragenen Sinne nehmen. Bleibt denn geistig beweglich, erhaltet euch die Mobilität, oder wie die Lateiner sagten: die mobilitas animae et intellectus ..."

Und so fort, lieber Neffe. Ich konnte in meiner Rede nicht nur Zitate aus der Fachliteratur unterbringen, sondern auch manches aus dem Erfahrungsschatz des Onkels verwerten, was zur Verlebendigung meiner Freispruchsrede nicht unwesentlich beitrug. Ich habe mir auch manchmal einen Scherz erlaubt, wenngleich ich allem vordergründigen Witzeln sehr abgeneigt gewesen bin. So war die angemessene Reaktion auf das Heitere in meinem Vortrag eher das Schmunzeln, nicht das Herauslachen. Ich gestehe aber gern, daß ich oft auch nicht mit diesem schmunzelnden Zeichen der Zustimmung und des Beifalles bedankt wurde. Ich führte es dann immer zu meinen Gunsten und meiner Zuhörer Ungunsten eben darauf zurück, daß es ihnen an jener „mobilitas animae" fehle, an jener Sensibilität und geistigen Schlankheit, die es brauchte, um den leiseren und feineren Humor zu begreifen. Manchmal hatten wir auch Gesellen freizusprechen, die durch ihr unvorteilhaftes Aussehen (eine übertriebene Beleibtheit) und somit bereits körperlich den Eindruck einer groben Schwerfälligkeit machten, die sich auch meistens im Geistigen auswirkte und fortsetzte (wie ja das Fleisch und die Korpulenz sehr oft dem Geist zuwider und im Wege sind). Ich hatte dann eher das Empfinden, als sei ich auf der Freispruchsfeier der Brauereiinnung, nicht aber der Müller. Der Idealtyp des Müllers ist der durch Stiegensteigen und Säckeschultern athletisch durchgebildete und gestählte Mensch, der ideale Müller ist weder ein Schneider noch ein Bierführer. Abgesehen vom Phänotypischen aber und dem äußeren Erscheinungsbild, kam es mir immer vor allem auf das Charakterliche und das Fachliche an. Ich hatte, um vom Humor meiner Ansprachen zu reden, den leisen Verdacht, daß einer, der sich an ihm nicht erfreuen konnte, auch in der Mühle und beim Mahlen keine besondere Empfänglichkeit und Empfindlichkeit entwickeln würde. Ich hätte mir bei meinen Schülern, im Mühlentechnischen wie im Humanen, vergleichsweise und uneigentlich gesprochen: das feinmechanische Gespür gewünscht. Nicht selten zeigten aber die Gesellen die Konstitution des Grobschmiedes und die Beweglichkeit eines Fahrers der Straßen- oder Dampfwalze. Ich war mir sicher, wer keinen Spaß versteht, nämlich keinen solchen von der zarteren und hintergründigeren Sorte, der wird auch für die Akkuratesse und Finesse einer diffizileren Profession (wenn ich es so preziös ausdrücken darf) verloren sein. Dazu aber habe ich das Mahlen allezeit gezählt.

An den grobschlächtigeren Gesellen konnte ich auch nur selten Traditionsbewußtsein oder Berufsstolz entdecken oder erwecken. Ihnen diese beizubringen, erschien aussichtsloser, als die Fische den Belcantogesang zu lehren, was nicht einmal den Brüdern von Fraham gelungen war. Es fehlte ihnen dazu jegliche Voraussetzung, sie besaßen dafür „kein Organ“, wie eine treffende Redewendung lautet. Meistens rezitierte ich etwa bei diesen Feiern, wenn ich einen Flegel (sei es auch ein Kollege aus dem Lehrerkollegium gewesen!) zu rauchen sich anschicken sah, den denkwürdigen Artikel der Sitzungsordnung der Wolliner Müller: „Es soll kein Altermann, Gildemeister oder ein Amtsbruder, wenn das Amt zusammen ist, sich unterstehen, Toback zu trinken bei Strafe 18 Schilling." Natürlich haben die Dümmeren unter den Rauchern gar nicht gemerkt, daß sie gemeint waren oder daß ich etwas mit ihnen Zusammenhängendes gesagt hätte. Man mußte ihnen also, was das Rauchverbot betraf, schon frontaler, direkter und deutsch kommen: Tua res agitur.

Was nun den Berufsstolz betrifft, so bediente ich mich als Aufhänger und Ausgangspunkt für meine Auslassungen gern eines Gedichtes, das ich einmal auf einem Maßstab, einem in Silber gefaßten, reich geschnitzten Buchsbaumstock vom Jahre 1756, im Otto-Ludwig-Heimatmuseum in Eisfeld an der Werra gelesen und mir abgeschrieben hatte. Auf diesem Maßstab, dem Zeichen der Meisterwürde mit den eingekerbten Maßeinheiten der Elle und des Fußes, stand: „Ich bin durch Gott und Kaiserrecht/ein stolz gemachter Mühlbauknecht/und trag die Mühlkunst und Wappen wohl/dazu den Maßschuh und die Zoll./Damit dien ich auch ohne Geld/viel Herren und Meister in der Welt." Daran nun, so meinte ich, könne man erstens ersehen, daß die Mühlenkunst ursprünglich nicht nur die Mahlkunst, also den sachgerechten Gebrauch und die Benützung der ihr dienenden Geräte und Maschinen einschließlich des Wasserwerkes, sondern vor allem auch die Erzeugung und Herstellung dieser Anlagen, Geräte und Werke, also den Mühlenbau (oder wie man seinerzeit sagte: die Mühlenarztkunst) gemeint und bedeutet hat. Zum anderen aber könne man im Hinblick auf die Berufsehre und den Stolz aus diesem Spruch eine gehörige Sentenz entnehmen. Wie nämlich die Herren aus der Würde und dem Stolz ihren Nutzen gezogen, ja diese recht eigentlich für ihre eigenen Interessen mißbraucht haben. Der Spruch sei nämlich von den Meistern für die Gesellen verfaßt, von den Meistern also den Gesellen in den Mund gelegt. Daß aber die Gesellen viel Meistern und Herren in der Welt auch ohne Geld dienen, haben sich diese Meister und Herren natürlich immer gewünscht ... Und wie sehr ich denn auch selbst den jungen Müllern Ehrgefühl, Anstand, Treue, Rechtschaffenheit und andere allgemein menschliche und besonders Müllertugenden gepredigt habe, so habe ich doch gerade an Hand dieses instruktiven Exempels auch deren Grenzen gezogen und den Punkt herausgestellt, wo das Sprichwort wahr und zuständig wird: Dummheit und Stolz wachsen auf einem Holz. Es war mir nicht um den Klassenkampf zu tun, aber doch um eine Mahnung zur Vorsicht, ich wies die Gesellen auf ihre eigenen Interessen hin und auch auf die möglichen Kollisionen dieser ihrer eigenen Interessen mit jenen der Innung, der Kammer oder (altertümlich und oberdeutsch gesprochen) der Zunft. Ich erlaubte mir darum auch, auf den möglichen Doppelsinn der sogenannten „Müllerverspeisung" hinzuweisen, jenes Ausdrukkes für das üppige Mahl, das aus Anlaß der Lossprechung nach altem Brauch gehalten wurde. (Gebt nur acht, daß ihr nicht wirklich verspeist werdet!)

Ich verstand mich immer als ein Mittler zwischen der Innung und dem Nachwuchs. Ich habe aber nicht selten auch und hauptsächlich den Herren ins Gewissen geredet (nicht bei allen habe ich freilich eins vorgefunden ...). Gelegen kamen mir die alten Handwerksartikel, die nicht nur die Gesellen, sondern alle Zünftigen insgesamt apostrophieren. Gern zitierte ich (nicht nur zur Erheiterung der Gemüter) die Eisfelder Ordnung für die erwähnte „Müllerverspeisung": „Insgemein soll jeder Handwercksgenoß, er sey Meister, Knecht oder Lehrjung, bevorab bey Handwerckszusammenkünfften, sich erbar, züchtig und sittsam erweisen, der unnützen und unzüchtigen Worte, Fluchen-Schwehrens, Vollsauffens, gemeinsüchtigen Spielens, Müßiggangs und der sogenannten blauen Montage sich gänzlich enthalten, bey einem halben Gülden Straff." Vieles konnte man auf diese Weise und durch die Blume (sozusagen durch die Blume der Geschichte) sagen. Meine Position war die Position der Mitte und des Mittelweges (der „temperantia", wie die Römer, der „mesotes", wie die Griechen sagten), ich stand halbwegs zwischen den Obrigkeiten und den jungen Leuten; ich sprach etwa für die Berufsehre und den Berufsstolz, ermunterte und ermahnte aber die jungen Menschen, sich nicht unter diesem Motto ausnützen und von hohen Herren mißbrauchen zu lassen, die Ehre und der Stolz sei bei und an der Person festzumachen, nicht bei einem Stand, einem Amt oder einer Zunft, geradeso wie auch die Unehrenhaftigkeit an Personen in Erscheinung trete, aber von keiner Gruppe gepachtet sei, wenn man einmal unberücksichtigt lasse, daß es auch „Zünfte" von Verbrechern gebe. Unter Rauschgifthändlern oder Waffenschmugglern wird man etwa den Berufsstolz und die Gewerbeehre nicht suchen müssen. Ich hatte also immer die herkömmlichen guten und nützlichen Berufe, nicht die „gnadenlosen Geschäfte" im Auge. Ich machte es mir auch niemals so leicht, wie ich es wieder häufig bei Kollegen erlebte, daß ich nicht auch das Sittliche und die Erziehung, die man, wie schon einmal erwähnt, unter dem Oberbegriff „Herzensbildung" versteht, besorgt und betrieben hätte.

Um möglichst behutsam auf dieses Moralische zu sprechen zu kommen, nicht mit der Tür ins Haus zu fallen oder „mit dem Holzhammer" zu operieren (mit welchem handwerklichen und technischen Wort eine wichtige Fehlhaltung von erzieherischer Beeinflussung im Felde des Ethischen pointiert wird), suchte ich oft wieder den Einstieg über die Geschichte. Ich zitierte also etwa die Eisfelder Artikel, auch die berühmte Wiener Ordnung vom Jahre 1672, wo es bekanntlich heißt: „Vor allen Dingen soll ein Handwerk auf gute Polizey und Ehrbarkeit fleißige Obsicht haben und alle Laster möglichst abstellen." Oder ich hob auf das alte Rechtssprichwort ab: „Die Ämter und Zünfte sollen so rein sein, als wenn sie von Tauben gelesen worden wären!" Dann versuchte ich an diesen bejahrten Wahrwörtern den veralteten und überholten Teil von dem noch gültigen oder ewig gültigen Anteil und Gehalt zu sondern. Manches, sagte ich, hätte sich mittlerweile gegeben und erledigt, anderes aber habe nach wie vor seine sittliche Gültigkeit, die Moral ändere sich nämlich nicht in gleicher Weise wie die Technik oder auch der Handwerksbrauch. Im Unterricht versuchte ich durch gezielte Fragen die Schüler selbst zur Erkenntnis des Unterschiedes zwischen jenem, was mit der Zeit geht und verschwindet, und dem, was die Zeit überdauert und wert und wichtig ist, tradiert und nachfolgenden Generationen übermittelt zu werden, propädeutisch und hermeneutisch (manchmal auch mit der sokratischen Ironie der Meeutik!) heranzuführen und ihnen so Einsichtserlebnisse und plötzliche Erleuchtungen zu verschaffen. Als mir der Direktor, nachdem ich vielleicht fünf Jahre an der Schule unterrichtet hatte, die Neuorganisierung und die Umgestaltung des Protokolls und des zeremoniellen Anteils der Freispruchsfeiern übertrug, begann ich mich unverzüglich in der Geschichte umzusehen und mich aus dem reichen Fundus ehrwürdiger Müllerredeweisen und Sprüche zu bedienen. Ich prüfte einzelne Sätze, ob sie in unserer modernen Zeit überhaupt noch gesagt werden könnten oder völlig unzeitgemäß, womöglich sogar lächerlich, obsolet und abgeschmackt wirken würden. Ich wollte mit diesen Freispruchsfeiern ja kein Museum errichten. Und so sehr mir persönlich manche der Texte gefielen, mußten sie doch auf diesem „Prüfstand der Aktualität" geopfert und ausgeschieden werden. Einer der wundervollen, aber nicht mehr zu belebenden, weil sachlich heillos veralteten Texte war etwa dieses Mahnwort an den Gesellen: „Gib gute Achtung auf das Scharfmachen. Tue den Billen nicht aus der Hand, sondern erwarte, bis man Dich solchen heißt niederlegen. Setze Dich auch nicht nieder zum Scharfmachen, es sei Läufer oder Bodenstein, es wolle sich dann nicht anders schicken. Wie es sich denn auch nicht geziemt, ohne Schurzfell zu wandern. Auch mußt Du allezeit in der Arbeit ein Schurzfell haben, dabei ein Reisender erkennen kann, welches der Arbeitspursche ist. Sonsten will es nicht fein stehen, das Schurzfell zu trudeln oder wunderseltsam einzukerben oder wie die schwäbischen oder tiroler Bauern mit eitel Zenkeln als wie Sauerkraut behängt zu tragen." Durchaus brauchbar aber erschien mir, um auch ein Gegenbeispiel zu nennen, diese Freispruchsrede eines

„Altermannes“: „Nun dir ist Handwerksbrauch und Sitte vorgelesen und bekannt gemacht worden, und Du hast auch allhier vor öffentlichem Amt angelobt und die Hand darauf herumgegeben, daß Du solchem allen ehrlicher und aufrichtiger Weise nachleben und halten wollest, wirst Du aber wider Dein Gelübde handeln und nicht nachkommen, was Du mit Handgeben treu versprochen hast und wirst darüber bestraft werden, so wollen wir vor Gott und Welt entschuldigt sein.“ Weggelassen habe ich dagegen natürlich alle derben Späße, die vormals im Anschluß an die eigentliche Freispruchsfeier Sitte (Unsitte) und Brauch waren, also etwa das die Lehrlinge (beziehungsweise Gesellen) entwürdigende Ohrfeigengeben, auch alle die kirchlichen Zeremonien, die Deposition, die Taufe und die Firmung travestierenden Riten und Bräuche, die predigtartigen Hobel- und Schleifreden, das Katzenbluttrinken und Dendummenjungenabwaschen. In der Seele zuwider war mir auch das Hänseln. Ich hielt mich somit als Zeremoniär an das Verbot des Reichstagsabschieds von 1731, in dessen 9. Artikel es heißt: „Item haben sie bei derer Lehrjunge Loßzehlung allerhand seltsame, theils lächerliche, theils ärgerliche und unehrbarliche Gebräuche, als hoblenschleiffen, predigen, taufen, wie sie es heißen, ungewöhnliche Kleider anlegen, auf dem Gassen herumführen oder herumschicken und dergleichen ...“

Lieber Neffe, ich war noch kaum nach meiner Pensionierung beim Schultor hinaus, da war auch mit den würdigen und stimmungsvollen Freispruchsfeiern und dem „Gesellenhobeln“, wie die immer damit unzufriedene Kollegenschaft es nannte (auch das Wort „Mummenschanz“ fiel!), Feierabend und Schluß. Heute, höre ich, können sich die Gesellen in den Sprechstunden zwischen 10 und 12 im Direktionssekretariat bei einer mürrischen Sekretärin ein unansehnliches Papier, das den Namen „Zeugnis“ nicht verdient und von den „Freigesprochenen“ auch sachgerecht als „Wisch“ bezeichnet wird, abholen. Geblieben sind im übrigen die „geselligen“ abendlichen alkoholischen Zusammenkünfte nach diesem „Freisprechen“ und dem Schulschluß, die ich aber auch damals,

als ich die Schulfeier zu gestalten und auszurichten hatte und, römisch gesprochen, als „Magister elegantiarum“, als Beauftragter für Fest und Feier, amtierte, niemals besuchte. Ich werde darüber noch ein Wort zu sagen haben.

Nützlich waren mir in jedem Fall die Sätze und Redensarten, die der Herr Onkel auf seiner Wanderschaft und „Walz“ noch gebraucht und mir manchesmal vorgesagt (oder vorgesungen!) hatte: „Herr Meister, ein fahrender Handwerksbursch aus dem Österreichischen tät gar schön bitten, in eurer landweit und rundherum berühmten Mühl die ehrbare Mahlkunst besehen und ausüben zu dürfen, versprechend bei seiner Lehrehr, fleißig und träbig bei der Arbeit zu sein.“ Zum Abschied aber sagte und sang der Onkel (teilweise in Übereinstimmung mit allgemeinen und herkömmlichen Formulierungen, teilweise aber auch mit eigenem Gestaltungs- und Ausdruckswillen): „Der gewerbliche Bursch aus dem Österreichischen dankt dem Meister und der Meisterin für Kunst und Kost, Lehr und Lohn, versprechend, den Ruhm ihrer ehrlichen Mühl weiterzusagen und kundzugeben, wann immer er Müller oder Becken antrifft ...“

Immer war also vom Mahlen ganz wie vom Malen als einer Kunst (ars) die Rede. Ich habe versucht, den kunstvollen und artifiziellen Charakter der Müllerei hervorzukehren. Der Vorwurf mancher Kollegen, ich übertreibe mit meiner „Ars molinaria“ und der Hochstilisierung einer einfachen Berufsschule zu einer Artistenfakultät, hat mir immer eher geschmeichelt, als daß er mich verletzt hätte. So wie ich es für vertretbar hielt, daß auch der einfache Handwerker oder Gewerbetreibende ein Selbst- und Traditionsbewußtsein entwickelt, so bedenklich fand ich es immer, daß die Maler wie überhaupt die Künstler zuviel von diesem Selbstbewußtsein haben. Die Selbstüberschätzung ist wohl die Berufskrankheit der Künstler schlechthin. Und gerade darum hielte ich es für nützlich, die Maler und die Künstler, die das Geniale und Originell-Einsame für das zentrale Merkmal ihres Berufes halten, daran zu erinnern, daß sich ihre Vorfahren, die Maler und Bildhauer des Mittelalters, durchaus nicht als etwas Besseres vorgekommen sind, sie waren vielmehr als Kunsthandwerker wie die anderen Handwerker geradeso in Zünften und Innungen organisiert. Die Überwertigkeitsgefühle der Künstler (oft die Kehrseite eines Minderwertigkeitsgefühls und dessen Kompensation) sind eine Fehlentwicklung der Neuzeit. Die Künstler haben aber diesen dummen Stolz, mit niemandem vergleichbar zu sein, mit Einsamkeits-, Schuld- und Niedergeschlagenheitsgefühlen teuer bezahlt. Wer sich selbst erhöht, wird erniedrigt, heißt es. Und: Hochmut kommt vor dem Fall. Die unerbittliche Richtigkeit dieses Wahrwortes zu erfahren, braucht man nicht erst auf den Tod und das Jenseits zu warten, dieses Gesetz vollzieht sich hier und jetzt. Erniedrigen heißt im Lateinischen „deprimere". Von „deprimere" aber ist das Wort „Depression" abgeleitet. Immer meinen die Künstler, sie seien sich selbst genug und sie brauchten keinen, und sind doch mehr als irgendwer sonst auf Mitmenschen angewiesen. Oft mißverstehen Künstler die Mitmenschen freilich als Publikum oder Kundschaft. Das ist ein sehr reduziertes Verständnis von Mitmenschlichkeit. Die Tragödie der Künstler beginnt nicht erst damit, daß sie sich mit den Nichtkünstlern (oder „der Gesellschaft") nicht verstehen, sie hebt damit an, daß sie auch untereinander nicht harmonieren, ja letztlich mit sich selbst hadern und im Unfrieden leben. Sie bilden keine Zunft und keine Innung mehr. Da, sie oft die Kunst als die Zerstörung von Ordnungen und als Demontage und Destruktion mißverstehen, sind sie auch außerstande, das eigene Haus in Ordnung zu halten und sich selbst anzunehmen und zu bejahen. Sie gehen davon aus, daß es für Genies keine Vereine geben kann. Indem sie sich gegen alles Gemeinschaftliche stellen, glauben sie im Umkehrtrugschluß auch schon Originalgenies zu sein. Manchmal sieht man freilich gewisse Kommunitäten und Kollegien im künstlerischen Bereich, es zeigt sich aber meist, daß es sich bloß um sehr kurzfristig konzipierte Zweckgemeinschaften handelt. Bald gibt es Eifersüchteleien, Streit, Intrigen, Quertreibereien, und die schöne Solidarität erweist sich als Schein und Illusion und bricht auseinander. Ein Leitwort der Künstlerexistenz heißt „Anerkennung". Sie zu erreichen, machen die Künstler die unglaublichsten Anstrengungen und Verrenkungen. Mancher verfährt dabei nach dem Grundsatz: Wenn ihr mich schon nicht liebt und lieben könnt, so sollt ihr mich wenigstens fürchten und hassen lernen. Ich soll euch nicht gleichgültig sein! So kommt es zu den sinnlosen Angriffen auf dasjenige, was vielen etwas bedeutet oder heilig ist. Mancher, der in seinem ganzen Leben nur Klägliches zustande gebracht hat, bringt es über einen armseligen Skandal schließlich doch noch zu einer gewissen Bekannt- und Berüchtigtheit. Dazu eignen sich etwa Blasphemien. O Neffe, nicht diese Töne, sondern laß mich freundlichere anstimmen.

Ich habe mir auch in der Berufsschule die Zeit genommen, den angehenden Müllermeistern mittelalterliche Verträge zwischen Bildschnitzern, Malern und Herstellern von sogenannten Schildereien und ihren Auftraggebern vorzulesen. Dabei habe ich mich oft an der Verwunderung der Zuhörer über den nüchternen und sachlichen Ton dieser Verträge zwischen Äbten, Bischöfen, Bürgermeistern und Adeligen auf der einen Seite und den Künstlern, die immer zugleich Mitglieder von Fraternitäten und Gilden (den Vorläufern unserer Zünfte) waren, auf der anderen erfreut. Wie da etwa einem Tilman Riemenschneider oder einem Michael Pacher die darzustellenden Personen und Szenen in allen Einzelheiten vorgeschrieben wurden und wie sich die Kunsthandwerker (als die sie sich ja selbst begriffen) entsprechend der von ihnen angefertigten „Visierung" (d. h. Skizze) verpflichten, alles vertragsgemäß und entsprechend ihrem Talent und Können herzustellen. Die Preise für die Kunstwerke waren damals christlich wie die Themen der Schildereien.

So besuchte ich etwa manchmal mit den Lehrlingen oder Meisterschülern auf Schulausflügen die Kirche von Sankt Wolfgang und ihren weltberühmten Flügelaltar. Wir standen dann davor, hörten dem Vortrag eines Reiseführers oder Kunstsachverständigen zu, der sich bemühte, möglichst geistreich und umständlich mit vielen kunstwissenschaftlichen Fremdwörtern etwas zu erklären, was kaum jemand verstand. Wenn aber der Experte seinen Vortrag, der eher Ratlosigkeit als Verständnis erzeugte, beendet hatte, zog ich ein Blatt aus meiner Tasche und las meinen Schülern den Originalvertrag zwischen Michael Pacher und dem Abt von Mondsee vor, den ich mir einmal im Landesarchiv zu Linz abgeschrieben hatte: „Vermercht dy abred und das geding der tafel gen sannd Wolfgang zu machen, so beschehen ist zwischen des erwirding und geistlichen heren heren benedicten abbt zw Mannsee und seines convents daselbs und maister Micheln maler von Prawnegk an sand Lucientag im LXXI iare. Item von erst ist zw merken, das dy tafel sol gemacht werden nach dem ausczug und visierung, als er uns dy hat zwbracht gen Mannsee als vil das gesein mag hoch halben ..." Und so fort. Mancher meiner Schüler hat im Anschluß an meinen „Vortrag" gesagt, daß er nun mehr von diesem Kunstwerk verstanden hätte als nach irgendwelchen kunstwissenschaftlichen Auslassungen. Doch ist es Zeit, daß ich nach diesem Abstecher nach St. Wolfgang endlich zu unserer Rembrandtreise komme, die ich mir zu erzählen vorgenommen habe.

In Leiden war es dergestalt: Adriaan mahlte, Rembrandt malte und Willem buk, alle drei Brüder aber waren Meister ihres Faches und handelten in allem entsprechend ihrer Gewerbeehre. Bei Adriaan bekommst du ein gutes Mehl, auch Schrot oder Kleie für das Vieh, bei Willem ein anständiges Brot, Schwarzbrot und Feingebäck, und bei Rembrandt schöne Bilder. So sagten die Leidener. Jedenfalls sagten sie das, solange Rembrandt seine Bilder im Stile Lievens, seines Kompagnons, und damit nach dem Zeitgeschmack und herkömmlichen Brauch malte, später waren die Menschen von seiner neuartigen, seltsamen und ungewöhnlichen Malweise ja sehr enttäuscht. Rembrandt aber zog nach Amsterdam, in der Annahme, daß sich in der Hauptstadt eher Interessenten für seine außerordentliche Kunst finden würden als in der Leidener Provinz. Wir aber, Onkel und ich, haben uns alle

Lokalitäten, die im Leben Rembrandts eine Rolle spielten, angesehen. Wir wandelten auf Rheins Spuren!: Wir zogen hinaus zur Bastei de Rijzenhoofd, zum äußersten Bollwerk Amsterdams, wir sahen die Haaringpakkerstoren, die Oude Kerk, Montelbarnstoren, die Lagerhäuser der Ost- und Westindischen Kompanien, die Windmühle auf dem Rijzenhoofd und die Zuiderkerk. Ein anderesmal gingen wir nach Blauwhoofd, Rembrandts Bild mit der Windmühle und den zwei Häuschen im Sinn, zum ersten Bollwerk Amsterdams, wo jetzt die Prinsengracht in „het Ij" mündet. Zu Rembrandts Zeiten muß man dort eine herrliche Aussicht gehabt haben: den Hafen zur einen Hand, mit einem Wald von Masten, und dicht daneben die Schiffswerften, auf der anderen Seite den „Fluß" Ij mit seinem pausenlosen Verkehr – und weiter im Norden das flache Land! Wie muß zu Rembrandts Zeiten alles so lebendig bewegt und doch zugleich so unendlich still und leise gewesen sein, alles war damals von der himmlischen Lautlosigkeit der Windmühlen und der Segelschiffe. „Schoner" nennt man bezeichnenderweise diese dem Lärm abholden Wasserfahrzeuge. Der Herr Onkel und ich sprachen wenig miteinander auf diesen Wanderungen, die man eigentlich Wallfahrten nennen müßte. Diese offenen Flußlandschaften, die Rembrandt so sehr geliebt hat, prägten sich auch uns tief ein, die wir freilich aus einer ganz anderen Weltgegend kamen und mit „Heimat" die Bergwelt verbanden. Wir wanderten etwa auch in die nordöstliche Richtung über den Anthonispoort, den Weg am Diemerdeich entlang in Richtung Diemen. Und wie freuten wir uns, wenn wir trotz der einschneidenden Veränderungen und vieler geradezu harter Eingriffe in diese ursprünglich beschaulichen vorstädtischen Gebiete irgendwo etwas antrafen, was wir von den Zeichnungen Rembrandts her wußten und trotz der vergangenen Jahrhunderte wiedererkennen konnten, vor allem natürlich Windmühlen!

Damals sahen wir sowohl in Holland als auch in Deutschland, namentlich in Schleswig, in Holstein und in Niedersachsen, manche Windmühle an der Arbeit. Der Herr Onkel machte sich auch mit vielen Windmüllern bekannt, stellte sich als einen österreichischen Wassermüller und mich als seinen Neffen und Erben vor. Die Müller waren freundliche Menschen, sie erlaubten uns nicht mir, ihre Mühlen zu betreten, sondern oft auch das Biet zu besteigen, jene von altersher geheiligte, podiumartige Bühne, das Geviert um den Mahlgang mit den Steinen, und alles aus nächster Nähe und genau zu betrachten. Das Biet ist, im theologischen Mühlengleichnis gesprochen, das Allerheiligste, sozusagen der Altar oder auch die Bundeslade, und dieses Biet betreten zu dürfen, bedeutet eine hohe Auszeichnung und ein über eine lockere Bekanntschaft hinausgehendes Vertrauen. Hier hat man das Kernstück und Herz der Mühle vor sich, und ein Böswilliger und Übeltäter könnte durch Sabotage von hier aus den Betrieb leicht, und schwer, das heißt nachhaltig, stören, ja lahmlegen.

Vor allem interessierten wir uns selbstverständlich für den Antrieb, das Windrad und den gesamten Windmechanismus. Der Mahlgang einer Windmühle unterscheidet sich an sich ja kaum von einem solchen der Wassermühle oder einer anderen mit sonst irgendeiner Energie betriebenen Mühle (Dampf, Elektrizität). Nichts Schöneres aber wüßte ich mir auf dieser Erde, als aus der obersten Luke einer holländischen Turmwindmühle oder auch von der galerieartig in halber Höhe oder über dem ersten Drittel um den runden Turm führenden Balustrade ins weite, weite Land hinauszublicken, das behäbig und beruhigend knarrende Getriebe der Windmühle und die Geräusche des Mahlganges zur Begleitmusik im Ohr. Stundenlang könnte ich so verweilen und ausharren und in Mühlenandacht versunken stehen. Dabei zu sehen und zu hören, wie die Bauern mit ihren Fuhrwerken zur Mühle und von der Mühle fahren, das Auf- und Abladen und die Gespräche von Bauern und Müllern. Das so überaus Anziehende an einer Windmühle ist ihre ökologische Unschuld, ihre absolute Umweltverträglichkeit und -freundlichkeit. Eine Windmühle und ein Windrad verbraucht nichts und verdirbt nichts und vertut nichts. So wie das Glas den Sonnenstrahl nicht verletzt oder verändert, von dem es durchdrungen wird, so beeinträchtigt auch das Windrad mit seinen Flügeln die bewegte Luft, die es durchflutet und überströmt, in keiner Weise. Der Wind ist immaterieller, weniger „korpulent“ oder „körperhaft“ als das Wasser. Darum gibt es wohl auch kein „Windrecht“, wie es ein „Wasserrecht“ gibt. Und schon Karl Marx macht sich in seinem Werk „Das Kapital“ darüber lustig, daß die Erfindung der Windmühle „einen artigen Kampf zwischen Adel, Pfaffen und Kaiser hervorrief, wem denn von den drei der Wind ‚gehöre‘“. Und er schreibt weiter: „Luft macht eigen, hieß es in Deutschland, während der Wind Holland frei machte. Was er hier eigen machte, war nicht der Holländer, sondern der Grund und Boden für den Holländer. Noch 1836 wurden 12 000 Windmühlen von 6000 Pferdekraft in Holland verwandt, um zwei Dritteile des Landes vor Rückverwandlung in Morast zu schützen.“

„Bewegt“ und „bewegend“ zugleich sind der Wind und die Windmühle. Ein festgestelltes Rad mit seinen Flügeln und Lamellen würde den Wind immerhin einbremsen und auch (wenn auch nur unerheblich) umlenken und „verbiegen“, das laufende Rad aber macht sich dünn und unsichtbar. Alle Wasserwerke sind verglichen mit dem Windrad aufwendig, verlangen, vom unterschlächtigen, einfach in das fließende Wasser gehängten Wasserrad vielleicht abgesehen (das freilich wenig ausrichtet), aufwendige Wasserführungseinrichtungen, Sperren und Wehre und Schleusen und Kanäle und so weiter, die Windmühle dagegen ist anspruchslos. Sie braucht nichts als Wind. Der Onkel erkundigte sich bei einem Müller, wie es denn damit, über das Jahr verteilt, aussehe, und der Müller nannte uns nach seinen langjährigen Erfahrungen statistische Zahlen. Demnach könne der holländische Windmüller, der als Meeranwohner, Flach- und Tiefländer ja in einem windstarken und „windigen“ Gebiet lebe, damit rechnen, daß an 275 Tagen des Jahres ein Wind mit einer Windstärke von mindestens 5 Metern in der Sekunde wehe, was eine durchschnittlich gute, ausreichende Kraft für das Mahlwerk ergebe. An 25 Tagen etwa herrsche ein starker Wind von 9 oder mehr Metern pro Sekunde Stärke. Dieser Wind sei noch nutzbar, doch müsse das Werk in einem entsprechend guten Zustand sein. An 10 Tagen herrsche ein Sturm mit Windgeschwindigkeiten über 12 Metern pro Sekunde, an diesen Tagen müsse der Windmüller sein Werk natürlich abstellen. Der Herr Onkel hatte mitgerechnet und fragte nach dem verbleibenden Rest von 55 Tagen im Jahr. Der Müller sagte, es sei durchschnittlich 5 Tage im Jahr windstill, an 50 Tagen aber wehe ein Lüftchen von rund einem Meter (plus minus) in der Sekunde, auch mit diesem Lüftchen sei nichts anzufangen, sagte der Müller, bei dieser Windstärke laufe das Rad gerade leer. Die Mühle könne es dann nicht mehr treiben.

Wir haben nicht nur geschwärmt. Ich habe mir vielmehr viele Notizen und Zeichnungen an Ort und Stelle gemacht und in den ärmlichen Herbergen und Quartieren, die wir abends bezogen, ausgefertigt oder auch aus dem Gedächtnis nachgeholt oder ergänzt. Heute muß ich lächeln, wenn ich meine damaligen kindlichen Kommentare unter den Zeichnungen, die denen Rembrandts leider gar nicht ähnlich geworden sind, ansehe und lese, wie ich als ungefähr Zwölfjähriger für die holländische Turmwindmühle und gegen die deutsche Bockwindmühle Stellung bezog und als Parteigänger der Holländermühle alle Nachteile der deutschen Bockwindmühle wie ein richtiger kleiner Techniker notierte! Und noch heute besitze ich meine damaligen Zeichnungen und Berechnungen über das Verhalten des La Cour-Flügels. Ich weiß freilich, daß meine Verbesserungsvorschläge nicht besonders aussichtsreich gewesen wären. Sie führten eigentlich vom La Cour-Flügel weg, aber nicht unbedingt nach vorne, sondern im wesentlichen zurück zum Vorschläger oder zum Propeller. Und heute weiß ich auch, daß man alle Möglichkeiten, nicht nur den La Cour-Flügel und den Vorschläger, sondern auch den Ventimotor, das Sörensenrad, das Segelrad und schließlich die Amerikanische Windmühle mitberücksichtigen müßte ...

In der Nähe der norddeutschen Stadt Neumünster hatten wir einmal erlebt, daß der Wind drehte. Wir machten uns darauf dem dortigen Müller erbötig, ihm beim Justieren beziehungsweise Nachjustieren seiner Mühle zu helfen. So erlebten wir die ganze Schwerfälligkeit des Stellmechanismus dieses viereckigen, um den Zapfen des Hausbaumes drehbaren Gebäudes, bis endlich der Starz oder Zagel, dieser rückwärtige Balance- und Stellbaum, und mit ihm die gesamte deutsche Bockwindmühle in die richtige Lage gebracht waren. So haben wir die Wahrheit des alten Müllersprichwortes am eigenen Leib und aus eigener Anschauung erfahren: Die Mühle kann der Müller drehen, aber nicht den Wind. Und auch dies nicht gerade einfach ...

Was den Wind und die Flauten betrifft, so heißt es heute: Die Räder müssen rollen, und: Zeit ist Geld. Und doch waren die alten Windmüller mit den windstillen Zeiten nicht unzufrieden, die 50 bis 60 windstillen Tage kamen nicht nur zum Ausruhen, sondern auch zum Überholen der Werke, zum Warten, gerade recht. So wurde, um ein Wortspiel des Onkels zu gebrauchen, nicht nur gewartet (nämlich auf den nächsten Wind), sondern auch gewartet (nämlich der Maschinenpark). Mahlen war schließlich immer eine Arbeit im Zusammenhang mit der Vorratswirtschaft. Der nächste Wind aber kam bestimmt. Freilich hielten sich die Windmüller kaum an den Kirchenkalender und an die gebotenen Feiertage, wie sich nun auch der Wind nicht nach Rom richtete, die Müller, und nicht nur die protestantischen des Nordens, waren ausgesprochene Sonntagsarbeiter, auch Nachtarbeiter. So stellten sie die göttliche Ordnung auf den Kopf, was mit als ein Grund zu ihrem schlechten Ruf, mit dem Teufel im Bunde zu sein, beigetragen haben mochte. Daß ein Müller seine Mühle zeitweise alleine arbeiten lassen und sich vom Mühlenhaus wegbegeben konnte, war den Menschen, vor allem den Bauern, auch ein kurioses und verdächtiges Ding. So meinten wieder etliche, nicht der Wind (oder das Wasser), sondern der Teufel selbst mahle für den Müller. Schließlich aber haben sich die Kirchen mit der Sonntagsarbeit der Müller abgefunden, wo doch auch die Müller in den Klostermühlen ihr Werk nicht abstellen wollten. Mancher Benediktinerabt mag so in eine tiefe Gewissensnot gestürzt worden sein. Geh hin, Bruder Modestus, wird er gesagt haben, und wirf in Gottes Namen die Mühle an, der Herr verzeihe uns die Sünde. Die Bauern aber sahen, daß Modestus in der Kirche fehlte, und sie sagten vielleicht, die Patres predigen Wasser und trinken Wein. Aber schließlich hatten auch die Bauern ihren Nutzen davon.

Es waren die Mönche, die dem Abendland das Mahlen beigebracht haben. Die Mönche haben die Mahlkunst von den Römern, den großen Müllern des Altertums, übernommen, technisch vervollkommnet und über die Länder verbreitet. Die Mönche verbreiteten mit dem Christentum die Müllerei. Ora et labora, hieß es für die Benediktiner, ora et molina! Benedikt selbst hat im Hauptstück 66 seiner Ordensregel vorgeschrieben: „Monasterium autem, si possit fieri, ita debet constitui ut omnia necessaria, id est aqua, molendinum, hortum vel artes diversas intra monasterium exerceantur, ut non sit necessitas monachis vagandi foris, quia non expedit animabus eorum", zu deutsch: „Das Kloster soll womöglich so angelegt sein, daß sich alles Notwendige innerhalb der Klostermauern befindet, nämlich Wasser, Mühle, Garten und verschiedene Werkstätten, in denen gearbeitet wird. So brauchen die Mönche nicht draußen herumzulaufen, was ihren Seelen ja durchaus nicht zuträglich wäre." Das also braucht der Mensch (abgesehen von der Kirche: „Dem Gebet soll nichts vorgezogen werden"): Wasser, eine Mühle, einen Garten und eine Werkstatt, worunter man vielleicht auch eine Bücher- und Studierstube verstehen kann, wiewohl das Praktische und Handwerkliche im Vordergrund stand. Ich wüßte kein schöneres und sinnvolleres Programm. Benedikts Regel ist wohl überhaupt die beste Anleitung nicht nur zu einem gottgefälligen, sondern auch zu einem sinnerfüllten und guten Leben.

Es standen im Altertum und im Mittelalter die Kirchen und die Mühlen (vor allem die Klosterkirchen und die Mühlen) räumlich in der engsten Nachbarschaft. Die Geschichte des Beitrags der Klöster und der Mönche für die Entwicklung der Müllerei ist noch nicht geschrieben. Die Äbte haben aber nicht nur innerhalb der Klostermauern, sondern auch außerhalb viele Mühlen errichten lassen. Eine dieser von Äbten gegründeten Mühlen ist etwa die Mühle im schweizerischen Rickenbach. Im Jahre 1288, das bedeutet drei Jahre vor der Gründung der Eidgenossenschaft!, wurde die heute wohl über 700 Jahre alte Mühle erstmals urkundlich erwähnt. Damals wurde der Betrieb (der also weiter ins Mittelalter zurückreichen muß) vom Abt von Sankt Gallen an Conrad Kaufmann von Wil verpachtet. Dieser Pachtvertrag enthält die Verpflichtung, daß der jeweilige Besitzer in der Kirche zu Rickenbach unentgeltlich Mesmerdienste zu leisten habe. Und heute? Heute gibt es in Sankt Gallen kein Kloster und keinen Abt mehr, aus der Mühle in Rickenbach ist eine gigantische Industrie geworden, die ich dir zur Besichtigung empfehle. Der Besitzer der Eberle Mühlen, wie die fusionierte Gesellschaft heute firmiert, hat sicher keine Zeit mehr, in Rickenbach den Sakristan zu machen, obwohl er ja nun eine elektronisch gesteuerte Mehlproduktefertigung betreibt und so gesehen eigentlich wieder Zeit haben müßte, er oder die Aktionäre ... So haben sich die Verhältnisse geändert und verkehrt, man könnte sagen, die Wirtschaft hat sich durchgesetzt, die Religion noch nicht. Heute treten die Mehl- und Teigwarenfabriken als die großen Sponsoren auf. Was kostet die Welt, fragen die Industriellen. Es heißt manchmal, daß der geradezu unheimliche Aufschwung, den die kleine Schweiz genommen hat, mit der Leistungsideologie des Calvinismus zusammenhänge, wonach sich Gottes Gnade und Auserwählung im irdischen Erfolg andeute und ankündige. So entspricht es der Prädestinationslehre, Gottes Vorherwissen ist auch die Vorherbestimmung, das sei das Wesen der Vorsehung, der Mensch aber könne sich durch Fleiß, Tüchtigkeit und Gottesfurcht eine Heilsgewißheit verschaffen. Stellt sich der Erfolg ein, darf er auf Gottes Wohlgefallen schließen. Geschenkt wird nach dieser Doktrin dem Menschen nichts, auch nicht die Gnade Gottes. Zuvor muß der Mensch etwas leisten. Dann kann sich das P Gottes dazuschlagen. P gleich Pond (von lateinisch pondus, „Gewicht").

Die Schweiz also war in Gottes Vorsehung für den Erfolg vorgesehen, die Schweizer Mühlen aber prädestiniert zu expandieren und zu florieren. Freilich haben sich unter den Schweizer Mühlen nur wenige durchgesetzt. Ganze Landesteile werden von nur einem Mühlenmulti dominiert („kontrolliert"). Das bedeutet, calvinistisch gedacht, daß sehr viele kleine Müller verschwunden sind (verdammt wurden?). Mir liegt Religions- und Kirchenkritik fern, ich freue mich im Gegenteil darüber, wenn ich sehe, daß Menschen in Ehrfurcht und Gottesfurcht zusammenleben (wie sie sich dann auch kirchlich oder gottesdienstlich verfaßt haben), mir liegt aber der Gedanke fern, daß der Erfolg eine unmittelbar göttliche und theogene Größe sei. Ich habe immer eher gemeint, daß Gott den Leidenden und Erfolglosen näher ist. Das zentrale Symbol des Christentums ist schließlich das Kreuz und nicht eine stolze Bilanz auf Glanzpapier. Oh, diese stolzen Bilanzen der Schweizer Großmühlen auf dem glänzendsten Papier! Und ihr imponierender Wortschatz. Da lese ich etwa in einem Prospekt auf dem holzfreiesten Hadern- und Kunstdruckpapier über ein Ostschweizer Mühlensyndikat (das Papier ist so holzfrei wie die aus Beton und Chrom und bunt lackiertem Metall bestehenden Mühlen): „In den Jahren 1962 bis 1964 erstellte die Mühle X zwei neue Weizensilos und gleichzeitig das Gebäude für die zukünftige Mühlenanlage. Im architektonisch wohlgelungenen, zehnstöckigen Hochbau wurden unverzüglich eine Reinigung sowie der Mehlsilo eingebaut. Im weiteren schuf man über dem Mehlsilo die Räumlichkeiten für die neue Mühle, die im Herbst 1966 in Betrieb genommen wurde. *Diese unternehmerische Weitsicht erlaubte die totale Modernisierung der Anlagen ohne jeglichen Betriebsunterbruch.* Alle Einrichtungen für die Weizen- und Mehlsilos wie auch alle Maschinen für die Reinigung und Mühle wurden von der Firma A geliefert und installiert. Die Mühle X erhöhte im Vermahlungsjahr 1970 die Vermahlungsmenge auf rund 20 000 Tonnen Weizen und Roggen." Man ist versucht zu antworten: Gott mit uns! Die Theologie spricht von der „Vorsehung des Schöpfers", die Ökonomie spricht von der „Weitsicht des Unternehmers". Die Theologie sagt, daß Gott die Welt erhält, unwandelbar und ewig ist, der Prospekt sagt: „ohne jeglichen Unterbruch". In der Theologie heißt es: „Er wird alles neu machen" oder „Er wird das Angesicht der Erde erneuern", auf dem Glanzpapier des Syndikates lese ich: „die totale Modernisierung". Gott schuf Himmel und Erde. „Sein Sohn Fritz, der zu Beginn des Jahres 1958 die Direktion der Mühle übernahm ... schuf ... den Mehlsilo und die Räumlichkeiten für die neue Mühle." „Und Gott sah, daß es gut war." Im Prospekt: „architektonisch wohlgelungen". In der Mühle selbst aber ist alles „hell, klar, einfach, farbenfroh, und vor allem leise". „Hier herrscht eine himmlische Ruhe." Die alte Mühle war im Gegensatz zur neuen sozusagen die reinste Hölle ... „1901 brannte die Mühle ab. Sie wurde nicht mehr aufgebaut. Dafür wurde die Kapazität der Mühle X wesentlich erhöht." Wer dächte da nicht an das Fegefeuer! Betritt man schließlich die Chefetage der zu den Industriemühlen gehörenden Bürogebäude und zuletzt, nach der Durchquerung vieler Vorzimmer, das Büro des Chefs selbst, dann weiß man, „wo Gott wohnt". Der „Müller" sitzt hinter einem großen Schreibtisch, in der Aura seiner Lampe, im schier unzugänglichen Lichte seiner indirekten Neonbeleuchtung.

Um indessen keine Mißverständnisse aufkommen und dich über meine Hochachtung für die Schweiz nicht im unklaren zu lassen, verweise ich auf ein späteres Kapitel, in dem ich mir über die Verdienste gerade dieses Landes für die Müllerei zu schreiben vorgenommen habe, wie der „amator molae", der Mühlenliebhaber, wohl immer auch ein „amator Helvetiae" sein wird. Die Schweiz ist für mich und in meinem Verständnis ein Land der gründlichen Ordnung und gediegenen Bildung. Mit Helvetia hat sich dieses Land einen lateinischen Namen gegeben, Helvetia aber assoziiert bei mir „Helvetia sacra“ und „Heimat Helvetia“. Die Schweiz ist das Heimatland an sich und „par excellence“, um es in einer der vier Schweizer Nationalsprachen auszudrücken. Es hat mich immer sehr berührt, daß schon Immanuel Kant in seiner „Anthropologie in pragmatischer Hinsicht“ das Heimweh gerade im Zusammenhang mit der Schweiz abhandelt, wenn er die Heimatliebe der Schweizer auch – für uns paradoxerweise – mit ihrer Armut in Zusammenhang bringt! Er schreibt über diesen Gegenstand: „Das Heimweh der Schweizer, welches sie befällt, wenn sie in andere Länder versetzt werden, ist die Wirkung einer durch die Zurückrufung der Bilder der Sorgenfreiheit und nachbarlichen Gesellschaft in ihren Jugendjahren erregten Sehnsucht nach den Örtern, wo sie die sehr einfachen Landesfreuden genossen, da sie dann nach dem späteren Besuche derselben sich in ihrer Erwartung sehr getäuscht und so auch geheilt finden; zwar in der Meinung, daß sich dort alles sehr geändert habe, in der Tat aber, weil sie ihre Jugend dort nicht wiederum hinbringen können; wobei es doch merkwürdig ist, daß dieses Heimweh mehr die Landleute einer geldarmen, dafür aber durch Brüder- und Vetterschaften verbundenen Provinz, als diejenigen befällt, die mit Gelderwerb beschäftigt sind und das ‚patria ubi bene‘ sich zum Wahlspruch machen!“ O Immanuel Kant, du konntest nicht ahnen, wie „bene“ sich gerade die Schweiz entwickeln würde, daß sie heute als das reichste Land auf Gottes weiter Erde gilt! Du konntest nicht wissen, daß etwa allein die Schweizerische Kreditanstalt, die älteste Großbank der Schweiz, gegründet 1856 in Zürich, im Jahre 1976, also 200 Jahre nach deinen Vorlesungen über Anthropologie in Königsberg, eine Bilanzsumme von 41 Milliarden und 660 Millionen Schweizer Franken ausweisen würde. Das sind freilich Zahlen, die eine transzendentale Logik schier übersteigen ... Es hieße aber die Schweizer, denen Kant schon 1798 Heimweh (und damit implizit Heimatliebe) zuschreibt, unterschätzen, wollte man heute ihren Patriotismus rein opportunistisch (ubi Banken ibi patria) motivieren.

Daß ich gerade von der Schweiz und ihrem Anteil an der Entwicklung der Müllerei eine sehr hohe Meinung habe, dafür kann etwa die Lektion über die Pneumatik und den Mühlenbau als Beispiel dienen: Lieber Neffe, du weißt, daß einer der Hauptunterschiede zwischen einer alten Mühle (wie sie etwa der Herr Onkel, dein Großonkel, und anfangs ich) und einer neuen Mühle (wie sie heute du betreibst) in der Beförderung des Mahlgutes liegt. Die alte Mühle half sich mit den Elevatoren aus Holzröhren und mit Gurten, die in diesen Röhren liefen und mit Bechern behaftet waren, die im Erdgeschoß Mahlgut schöpften und dieses dann bis unter das Dach und von Maschine zu Maschine beförderten. Bergab und zu Tal lief das Getreide von selbst und im Gehorsam des Fallgesetzes und der Gravitation. In den runden Metallröhren der neuen Kunstmühle wird das Getreide oder Mehl hingegen vom Luftstrom fortgerissen und kreuz und quer durch die Mühle geblasen. Der pneumatische Transport stellt gegenüber der alten Beförderungsart eine Revolution dar. Immer wieder habe ich das meinen Berufsschülern in aller Eindringlichkeit zu Bewußtsein gebracht. Und ich habe mir erlaubt, auch auf die Geschichte der Pneumatik einzugehen. Ich habe niemals zu erwähnen vergessen, daß die erste pneumatische Mühle in der Schweiz arbeitete und daß die Schweiz überhaupt das klassische Land des Mühlenbaus darstellt.

Die pneumatische Mahlgutförderung wurde während des Zweiten Weltkrieges in der Schweiz entwickelt. Und dies, sagte ich, ist nicht die einzige große Erfindung, die die Welt der kleinen Schweiz verdankt. Während die anderen Staaten den grausamsten Krieg miteinander führten und eine politische und militärische Scheußlichkeit nach der anderen begingen, saßen die tüchtigen Schweizer Mühlenbauingenieure in ihren Laboratorien und Werkstätten und überlegten sich, wie sie, auf eine Idee und Anregung des Müllers Egli hinauf, die verschiedenen Passagenprodukte, Getreide, Schrot oder Mehl, statt mit den bisher üblichen Schnecken, Redlern und Elevatoren mit einer durch nahtlose Stahlröhren geleiteten Schwebeluft befördern könnten ... Und während ringsum in Europa der Tod die größte Ernte hielt, blies die Firma Egli in Pfäffikon bei Zürich mit Hilfe ihres pneumatischen Förderautomaten mit Exhaustoren, Abscheidern, Schleusen und Filtern das Getreide zum ersten Mal pneumatisch und luftig durch ihre Mühle. An dieser Gegenüberstellung aber, sagte ich, könne ja wohl der Dümmste sehen, was ein Segen und was ein Fluch für die Menschheit sei.

Auch auf die Etymologie des Wortes Pneumatik kam ich zu sprechen, weil ich der Meinung war, die Lehrlinge sollten auch das Wort verstehen, das sie bald selbst verwenden würden, und weil ich an die Wortherleitung einen mir wichtigen, schönen Gedanken anschließen konnte: Pneumatik, sagte ich, kommt vom griechischen „pneuma", das heißt auf deutsch „Atem", „Luft", aber auch „Geist", „pneuma hagion" aber nennt die griechische Theologie den Heiligen Geist; und der sei es auch, der sich im Verstand und im Genie der Schweizer Mühlenbauingenieure und in ihren segensreichen Erfindungen am Werk zeige.

Allzeit, lieber Neffe, habe ich vor der Erfindungsgabe und der unerschöpflichen Phantasie der Schweizer Mühlenbauingenieure den höchsten Respekt gehabt. Noch heute möchte ich vor ihnen genau das tun, was Wilhelm Tell vor dem Hut des Vogtes (zu Recht) nicht getan hat, nämlich ehrerbietig grüßen und den meinen ziehen ...

Natürlich habe ich mit meinen Ausführungen über die Geschichte der Mühlentechnologie und meinen den Zuhörern mitunter schwärmerisch vorkommenden Reden über bedeutende Mühlenbauer bei den Berufsschülern nicht immer das entsprechende Verständnis gefunden. Manche haben sich gelangweilt und zeigten dies auch. Ich habe aber das Desinteresse an Gegenständen wie der Müllerei und allem, was mit dem Wasser, dem Getreide und dem Brot zusammenhängt, immer für ein Zeichen jenes Ungeistes gehalten, der sich statt dem Guten, Nützlichen und Notwendigen dem Überflüssigen, Lächerlichen und Schädlichen zuwendet. Die breite Masse der Bevölkerung interessiert sich nicht für das Sinnvolle. Du kannst irgend jemand auf der Straße nach einem der großen Schweizer oder amerikanischen Pioniere im Müllereiwesen fragen und bekommst keine Antwort. Oder du zeigst irgendeinem eine Roggen-, Weizen- oder Gerstenähre und fragst nach der botanischen Qualifikation – und erntest wieder die große Ratlosigkeit und Schweigen. Aber du kannst demselben, der weder irgendeinen großen Müller noch eine einzige Getreidesorte kennt, den Namen irgendeines zweitklassigen, theatralisch und moralisch minderwertigen Schauspielers oder Schmierenkomödianten nennen, und er wird heftig nicken und dir über diesen alles mögliche Sinnlose und jede Menge Tratsch-Tratsch erzählen können. Ja, die Leute kennen eher die Namen von hundert Kriminellen und Übeltätern, als daß ihnen auch nur der Name eines einzigen wirklich großen Wohltäters der Menschheit einfällt.

Die großen Müller jedenfalls sind keine Publikumslieblinge; das spricht aber nicht, wie ich meinen Schülern erklärte, gegen diese großen Müller, sondern gegen das große Publikum! Das große Publikum merkt sich auch die Namen der sogenannten großen Feldherren (und Kriegsverbrecher) lieber und leichter als die Namen der wirklich großen Helfer vom Roten Kreuz. Das Gute ist anonym. Was mich betrifft, so habe ich meinen Schülern die Namen Henri Dunant und Guillaume Henri Dufour, vor allem aber den Namen des anderen Dufour, des Louis Dufour aus Veytaux, der für die Müllerei von großer Bedeutung ist, oft genug vorgesagt, daß sie sich diese merken mußten, ob sie wollten oder nicht. Einmal habe ich sogar, nicht nur zum Scherz, meine Berufsschüler gebeten, sich von den Plätzen zu erheben, als ich im Zusammenhang mit dem Jahre 1832 Heinrich Bodmer und seine erste Seidengazefabrik für Müllereizwecke in Zürich nannte.

Die Enttäuschungen freilich, die ich bei den Prüfungen erlebte, waren so groß wie die Träger der von den Schülern nicht behaltenen Namen. Ich habe selbst bei Meisterprüfungen Kandidaten erlebt, denen der Name Wegmanns, des Erfinders des Walzenstuhls, nichts sagte! Ich sagte etwa:

Was sagt Ihnen der Name Wegmann? Der Kandidat aber sagte: Der Name Wegmann sagt mir leider nichts. Oder der Kandidat sagte überhaupt nichts. Dann wußte ich natürlich auch, daß der Name Wegmann diesem Kandidaten nichts sagte. Ähnlich ging es mir auch mit Oliver Evans, dem sukzeßvollen Amerikaner, der die erste automatische Mühle am Okkoquam-Fluß in Betrieb nahm, eine sensationelle Denkwürdigkeit nicht nur für einige wenige Spezialisten, sondern eine solche für die Ernährung der Weltbevölkerung und damit den Frieden in der Welt! Fünfmal, ja zehnmal sagte ich meinen Prüflingen bei Gesellen- oder Meisterprüfungen diesen Namen recht einladend vor und erhielt doch recht häufig keine Reaktion. Ist es die Möglichkeit, sagte ich, Sie haben den Namen Evans noch nie gehört, oder vergessen? Es war dies nicht die Regel, aber es kam leider nicht nur einmal vor. Natürlich hatte ich auch andere Kandidaten im Examen, denen man nur den Namen Okkoquam als Stichwort reichen mußte, und sie erzählten einem automatisch die ganze Geschichte der automatischen Mühle des Oliver Evans. Ein Müller aber, lieber Neffe, der die Namen Wegmann oder Evans oder Egli noch nie gehört hat, verdient den ehrwürdigen Namen Müller nicht. Man sollte ihn Mahler nennen.

Die Müller, die wir seinerzeit auf unserer Rembrandtreise trafen, waren einfache, freundliche, wenn auch oft, wie bei Müllern üblich, einsilbige Leute (Onkel war eine große eloquente Ausnahme unter seinen stummen Kollegen). Auch die Windmüller waren von der eigentümlichen Mehlblässe gezeichnet. Einer aber, der seine Mühle zwischen Delft und Rotterdam betrieb, ist mir als gesprächiger und seine Rede als auffällig in Erinnerung geblieben. Er glich so gesehen dem Herrn Onkel selbst, was der Onkel auf dem Wassersektor war, war dieser Mann vergleichsweise im Luft- und Windbereich. Er mochte an die 65 Jahre alt sein und hatte sein ganzes Windmüllerleben lang das Wetter beobachtet und schöpfte so bei seinen Mitteilungen und Gesprächen mit uns aus dem lebenslangen Erfahrungsschatz an Wind- und

Wetterbeobachtungen und einschlägigen Erkenntnissen. Er erinnerte mich deshalb auch ein wenig an den alten Freiherrn von Risach in Adalbert Stifters „Nachsommer“, den ich damals und heute begeistert las und lese, namentlich an jene Stelle in diesem schönsten aller Romane (Stifter nennt es freilich „eine Erzählung“), als der noch namenlose junge Mensch auf das Rosenhausanwesen stößt und vom Besitzer desselben über die Wetteraussichten und Himmelserscheinungen und wie sie zu deuten seien, in die Kenntnis gesetzt wird, wenn ich mich ein wenig stifterisch ausdrücken darf. Damals ist mir als Kind über die Literatur aufgegangen, daß das Wetter immer an Ortschaften und Landschaften festzumachen ist, daß also die besonderen Formationen und Vegetationen ihr spezifisches Klima besitzen. Darin gründen viele Tragödien, die sich in den Bergen abspielen, wenn Flach- und Tiefländer in Unkenntnis der besonderen meteorologischen Gefahren und Wetter- und Gewitterrisiken in die Berge steigen und sich, hauptsächlich was die Geschwindigkeit von bevorstehenden und herannahenden Stürmen und Unwettern betrifft, falsche Vorstellungen und gefährliche, oft tödliche Illusionen machen. Sie haben bei der Beurteilung der Wettersituation nur ihre Flachlanderfahrungen zur Verfügung und gehen deshalb sehr oft in die Irre, im uneigentlichen und eigentlichen Verstand. Ähnliches, in umgekehrtem Sinne, kann sich ereignen, wenn Bergbewohner in den Norden oder ans Meer kommen und Lust zu einer Bootsfahrt verspüren, sie begeben sich dabei oft buchstäblich wie der Esel aufs Eis. So haben in den Alpen die Bergwacht und die Bergrettung alle Hände voll zu tun, die in Bergnot geratenen Flachländer zur Talsohle abzuseilen, wie umgekehrt die Küstenwache und die Wasserrettung viel zu tun haben, um seeuntüchtige und in Seenot geratene Älpler in die sicheren Häfen zurückzulotsen.

Hier muß ich etwas erwähnen, was dir, lieber Neffe, vielleicht seltsam vorkommen mag, was aber auch dir von Nutzen sein könnte. Ich habe nachts, wenn ich mahlte und allein in der Mühlstube saß, mein kleines Radio, das ich um das

Jahr 1950 dort installierte, gern auf die Mittelwelle des Norddeutschen Rundfunks eingestellt und stundenlang die Nachrichten für die Schiffahrt angehört. Eine klare männliche Stimme sprach von Leuchtfeuern und Leuchttürmen. Oft hieß es von solchen Feuern: ist ausgefallen. Oder: erloschen. Mir, einem kleinen Wassermüller im Trockenen, im Alpenvorland, nützten diese Meldungen natürlich gar nichts. Und doch waren sie mir eine große Beruhigung, sie waren mir wie eine gute Botschaft aus einer fernen Welt. Wer nachts wacht, während alle anderen schlafen, wird notwendigerweise einsam. Ungefähr um ein Uhr nachts hat diese Einsamkeit ihren Höhepunkt (Tiefpunkt) erreicht. Das ist auch die Zeit, zu der ein einsamer Mensch, der wacht, dieser Einsamkeit zuinnerst gewahr und zutiefst inne wird. Er kommt zu sich, zu sich selbst. Dies führt aber bei nicht besonders ich-starken Menschen oft zu Krisen, auch zu einer drohenden Angst und zu Depressionen. Alles das, was in eines Menschen Leben ungelöst ist, erscheint ihm in dieser Stunde der Wahrheit (oder der bösen Verzerrung) als überhaupt unlösbar, schwer lastend und bedrängend. Der Tod fällt einem ein und alles übrige, was die Seele lebenslänglich quält, Erinnerungen an das Abschiednehmen und an erlittene Verluste. Um einen aber ist die finsterste Nacht und weit und breit kein Mensch, der einem beistehen könnte! Mit dem Morgen lichtet sich plötzlich manches, es wird einem leichter, man ist dankbar für jeden Mitmenschen, den man an die Arbeit gehen sieht. Oft dachte ich, wenn ich morgens um vier Uhr aus der Mühle trat und einen ins Feld oder zur Wiese gehenden Bauern oder seinen Knecht grüßte: Dieses Grüßen hat seinen Sinn, jetzt ist es nicht nur eine beiläufig genuschelte Floskel, sondern die Umschreibung einer wirklichen Erfahrung: Ich bin froh, daß es dich, lieber Nachbar, gibt und daß ich (wieder) unter Menschen sein darf.

Nie waren mir die Mitmenschen so sehr Nachbarn, ja Freunde, wie an solchen Morgen, wenn freilich die Voraussetzungen verschieden waren, es galt jedenfalls für mich, der ich eine lange, einsame, wache Nacht hinter mir hatte …

In diesen Nächten nun, in denen es für mich darauf ankam, den Lauf der Mühle zu überwachen und somit wach zu bleiben, wenn auch nicht viel eigentliche Arbeit im Sinne von Hantierung anfiel (die aufwendigen und umständlicheren Handarbeiten haben wir am Tag erledigt), gingen mir diese erwähnten Meldungen des Norddeutschen Rundfunks für die Küstenschiffahrt und Fischerei doch auf eine unbeschreibliche Weise ins Gemüt. Da war also einer, der mit denen, die nicht schlafen durften, wachte und sie wie ein Leuchtturmwärter selbst geleitete, der denen, die nachts in die Elemente hinausmußten, Lichter aufsetzte, deutliche, verläßliche und ruhige (beruhigende) Worte sagte. Er sprach sehr langsam, wiederholte auch immer wieder Sätze, wodurch seine Rede etwas sehr Solides und Einprägsames erhielt, er sprach gegen Wind und Wetter selbst an, sagte Wörter, die nicht verwehen. Himmel und Erde mochten vergehen, seine Rede hatte Bestand. Wenn er Warnungen (Sturmwarnungen) aussprach, so tat er dies nicht mit nervöser Hektik oder eifernder Ungeduld, sondern mit dem souveränen Ernst des Hausvaters, der selbst die Ruhe bewahrt und den Überblick nicht verliert.

Nun konnte man nachts immerhin unter einigen Sendern wählen, auch der einheimische Sender brachte Musik und Grüße für Nachtarbeiter, aber was waren diese lächerlichen und dümmlichen Schlager und albern formulierten Adressen gegen den Ernst der festen Worte dieses Heilands und guten Hirten der Nordseeschiffahrt! Verglichen mit dem Geplapper anderer Stationen (Karli grüßt Susi und wünscht ihr eine schlaflose Nacht) waren dies buchstäblich Worte des Lebens, nämlich lebensrettende und lebensnotwendige Signale und verläßliche Kennung der Orientierung, Botschaften der Verheißung, Garanten der glücklichen Heimkehr! Für einen Binnenländer mit wenig Erinnerungen an Nordlandfahrten hatten sie auch schon durch das ungewohnte Vokabular der Navigation einen hohen kunsthaften Reiz. Das aber war nicht der Grund, weshalb ich sie hörte, es war das Inhaltliche. Auch spielte dabei die Erinnerung an den wetterkundigen Windmüller bei Delft eine Rolle, der mich seinerseits schon damals an den Freiherrn von Risach in Stifters Nachsommer erinnert hatte ...

Mein ganzes Leben (und schon als Kind) habe ich gerne Vorträgen von Eingeweihten zugehört, an solchen Reden von Kompetenten und Erfahrenen habe ich immer die größte Freude gehabt. Dabei spielte der Gegenstand, um den es ging, nicht die Hauptrolle, die unaufgeregte Überlegenheit, die unaufdringliche Kenntnis und die Fähigkeit, sie übersichtlich mitzuteilen, vor allem aber das dahinterstehende wirkliche Interesse (viele reden ja leider nur um des Redens willen) – das Zusammentreffen dieser Faktoren (Wissen und Charisma) machte mir jedes Thema recht und angenehm. Von Abwegigem und Überflüssigem schweige ich natürlich. Spezialisten auf irgendeinem geist- und sinnlosen Feld wie etwa dem Leistungssport oder dergleichen konnten mir nie imponieren. Von solchen Gesprächen habe ich mich auch immer gleich gelangweilt entfernt und zurückgezogen. Zu den fruchtlosen Gesprächen zählt man auch gern dasjenige über das Wetter. Und doch, wie kann ein solches Gespräch, wenn es zwei Wetterkundige und auf dem Gebiete des Wetters wirklich Bewanderte und also gewissermaßen „Wetterfeste" austragen, anregend, ja fesselnd sein! Wieder denke ich an das Gespräch, das der alte Pfarrer und der Landvermesser in Adalbert Stifters Erzählung „Kalkstein" miteinander führen. Dort sagt der junge Landvermesser: „Daß ein Gewitter kommen wird, war wohl den ganzen Tag zu erwarten, allein wie bald die Dunstschichte sich verdichten, erkühlen, den Wind und die Electricität erzeugen und sich herabschütten wird, kann man, glaube ich, nicht ermessen." So also spricht der junge, kluge (altkluge) Geometer. Worauf der alte (weise) geistliche Herr antwortet: „Man kann es wohl nicht genau sagen, allein ich habe siebenundzwanzig Jahre in der Gegend gelebt, habe Erfahrungen gesammelt, und nach ihnen wird das Gewitter eher ausbrechen, als man denkt, und wird sehr stark sein ..." Wie oft aber habe ich die Beschreibung dieses dann losbrechenden Gewitters, das der

Pfarrer und sein Gast im Pfarrhof, eine Kerze vor sich auf dem Tisch, erwarten und erleben, gelesen und erlebt! Diese Literatur schreitet voran und entwickelt sich wie die Natur und ihr Unwetter selbst.

So wußte auch jener Windmüller bei Delft nicht nur viel, sondern hatte auch die Gabe, es anschaulich mitzuteilen. Zwar verstand ich nicht alles, weil er sich einer deutsch-holländischen Mischsprache bediente und viele deutsche Wörter mit holländischem Akzent aussprach, aber das Aufgenommene reichte hin, auch ein Kind erkennen zu lassen, daß hier ein Eingeweihter sprach. Er zog in seiner Rede nahezu die ganze niederländische Geographie heran, seine Rede über das Wetter und dessen Bedeutung im Leben eines Windmüllers war angereichert mit vielen Orts- und Flußnamen, die zur Orientierung eine Rolle spielten, und wir hörten auch viele uns bis dahin unbekannte Namen von Winden und anderen Wettererscheinungen. Der Herr Onkel sagte später in der Herberge zu mir, daß mich dieser Reichtum gerade an Ausdrücken dieses Wortfeldes nicht überraschen dürfe, die Sachen suchten sich ihre Namen, er habe das an sich und seinem lebenslangen Umgang und Kampf mit dem Wasser erlebt, der Windmüller aber beherrsche sein Metier nicht nur sachlich, sondern auch sprachlich, was oft ein und dasselbe sei. Der Herr Onkel sagte, er werde angesichts dieses Reichtums an Kenntnissen und Wörtern, dieses Wortschatzes, an seine geliebten Römer gemahnt, die sich als Seefahrer auch gerade mit diesem Teil des Atmosphärischen und Meteorologischen, den Wolken und Winden, ihren Formen, Graden und Stärken auf das einläßlichste befaßt und abgegeben hätten. So hätten sie nicht nur die vier Himmelsrichtungen nach den entsprechenden Winden Subsolanus, das sei Ost, Auster, das sei Süd, Favonius, das sei West, und Septemtrio, das sei Nord, bezeichnet, sondern darüber hinaus auch 20 Nebenwinde gekannt und genannt. Er zählte sie mir auf, aber ich habe sie längst vergessen, erinnere mich nur noch an Namen wie Aquilo, Boreas, Eurus, Africus, ohne daß ich, ohne in meinen Büchern nachzusehen, sagen könnte, welcher Wind woher kommt, wo also der einzelne Name hingehört. Ich bin, was die römische Orientierung betrifft, inzwischen desorientiert ... Einem pensionierten Berufsschullehrer wird man verzeihen, wenn er nicht mehr genau weiß, woher der Wind weht. Ich weiß freilich aus einer lebenslangen Erfahrung um so genauer, daß er denen, die das Gute und Humane (wie etwa die humanistische Bildung) wollen, neuerdings stark ins Gesicht bläst. Dieser Widerstand gegen das Gute (Wahre und Schöne) läuft unter der (falschen) Flagge der „Reform". Mir kommt es vor, als sähen die „Reformer", daß hier Menschen am Alten (Kultur und Kultus) eine herzliche Freude und seelischen Gewinn haben, weil sie aber selbst (herz- und gefühllos) daran nicht teilnehmen können (auch zu faul sind, sich zu bilden und etwas zu lernen), wollen sie „abschaffen", „entrümpeln", „aufräumen". Wenn ich sehe, wie arm und elend, weil gottlos, die Menschen durch diese „Reformbestrebungen" werden, wie sie verkümmern und verdorren, dann bin ich froh, daß ich selbst alt bin und die Zukunft dieser „progressiven" Reformer nicht mehr erleben muß.

Der Delfter Müller war übrigens auch von jenem eigenartigen Fatalismus, der sich bei Menschen, die vom Wetter abhängig sind, das sie ja nicht beeinflussen können, sehr bald herausbildet und einstellt. So wußte er zwar, wie sich das Wetter aller Voraussicht nach aufgrund verschiedener Indizien und Anzeichen in nächster Zeit gestalten würde und womit seine Mühle energiemäßig zu rechnen hätte, aber er wußte natürlich auch keinen Rat, wie er einer Flaute begegnen oder wie er aus einem Sturm Nutzen ziehen könnte. Wer auf die natürliche Energie angewiesen ist, der wird geduldig und legt alles Cholerische und „Energische" ab.

Der Wind weht wie der Geist, wo und wann er will. So wird der Müller zum Phlegmatiker oder überhaupt Melancholiker. Der Sturm aber verhält sich zur Windmühle wie das Hochwasser zur Wassermühle. Jetzt muß der Windmüller sein Werk abstellen und das Windrad festsetzen, damit es der Orkan nicht in Stücke reißt. So zeichnete ein stiller

Ärger und Kummer über die lebenslange Unbill der atmosphärischen und meteorologischen Verhältnisse den Herrn Windmüller, er hatte kein „sonniges Gemüt", vielmehr war er durch den ständigen Wechsel von Hoch und Tief in einer gewissen Verfassung des Fatalismus. Diese „Wetterfühligkeit" resultiert aus einer existentiellen Abhängigkeit, sie geht denn auch über die normalen Stimmungen hinaus, wie etwa Urlauber Niederschläge niedergeschlagen machen. Unmittelbar erinnere ich mich an diesen Müller, wenn ich das bekannte Gedicht Wilhelm Buschs, des bedeutenden Dichters und Mühlenkenners, lese: Aus der Mühle schaut der Müller, Der so gerne mahlen will. Stiller wird der Wind und stiller. Und die Mühle stehet still. „So geht's immer, wie ich finde!" Rief der Müller voller Zorn. „Hat man Korn, so fehlt's am Winde. Hat man Wind, so fehlt das Korn." Ich erlaube mir, ein Gedicht von mir im Tone Buschs über einen zusätzlichen müllerischen Unglücksfall, den Busch nicht bedichtet hat, als eine Art Ergänzung zur Kenntnis zu bringen. Ich habe dieses Gedicht einmal zum Vortrag bei einer Schulfeier gedichtet, ohne daß ich mich deshalb gleich als Dichter gefühlt hätte oder fühle: Aus der Mühle schaut der Müller, Der so gerne mahlen will. Wilder tobt der Sturm und wilder. Und die Mühle muß steh'n still. „So gehts immer, wie ich finde! Windstill oder Sturmgebraus. Luft, die wilde wie die linde, Schaltet mir den Mahlgang aus!"

Ich habe selbstverständlich auch in meinem Fach „Mühlenbau" die Windmühle behandelt, wenn ich damit auch wenig Gegenliebe gefunden habe, weder bei den Schülern (was man noch eher verstehen kann) noch bei den Lehrern (was ich unverständlich finde). Die Herren Kollegen sagten, die Windmühle sei die Vergangenheit eines anderen Kulturkreises; die müßten wir hier, im klassischen Land der Berge und im Land am Strome, des Gefälles und der Wasserkraft, wohl nicht bewältigen. Einer meiner Opponenten in der Lehrerkonferenz meinte hämisch, die Windmühle sollte nicht in einer österreichischen Berufsschule für Müller, sondern in den holländischen Akademien für Fremdenverkehr und

Tourismus behandelt werden. Einer von den Lehrern war ein seichter Tiefenpsychologe und Freudianer und gefiel sich darin, alles im trivialen und vulgären, heruntergekommenen Verstand der Psychoanalyse mit dem Geschlechtstrieb zu erklären und für sexuell motiviert anzusehen. Jeder Kirchturm war für diesen erotischen Monomanen ein penis erectus. So konnte es nicht ausbleiben, daß der Herr Kollege sagte, auch die holländische Turmwindmühle sei weiter nichts als ein Phallus. Die deutsche Bockwindmühle heiße ja schon Bockwindmühle (!), an der Holländermühle aber sei das Phallische völlig deutlich und evident, man könne an diesem Windmühlentyp ja sogar die abgesetzte Eichel erkennen. Da wußte ich, daß ich gegen diesen ordinären Ton machtlos war, wenn ich (gegen meine Gewohnheit) meine Antwort nicht ebenfalls tief unten, sozusagen im Unterleib, ansetzte. Deshalb sagte ich zu diesem traurigen Satyr von Kollegen: So so, Herr Kollege, haben Sie auch so einen Propeller an Ihrem?

Oh, ihr Schafsköpfe, ihr Mülleresel, dachte ich manchmal bei mir, reicht euer Horizont also wieder nur bis zu den nahen Bergen!

Ich habe bei unseren Konferenzen auch häufig den Mangel an Unterricht über das Mühlenrecht der Vergangenheit und der Gegenwart beklagt. Aber auch von dieser Sache wollten die Kollegen nichts wissen, und ich glaube zu wissen, warum sie davon nichts wissen wollten. Sie wollten davon nichts wissen, weil sie davon nichts wußten. So hätte es vielleicht der Onkel ausgedrückt. Ich aber habe meine Schüler in meinem Unterricht, der primär einer anderen Materie gewidmet war, zwischendurch auch ein wenig über das Mühlenrecht instruiert. Ich sprach ihnen, um ihnen wieder Selbstbewußtsein zu verleihen und sie aufzubauen, von der herausragenden Stellung der Mühlen im Recht der Vergangenheit. Ich demonstrierte ihnen die herausragende juristische Situation der alten Mühle am sogenannten Mühlenfrieden. Und ich zeigte ihnen, wie das Recht immer hinter der Lebenswirklichkeit, im Falle der Mühlen hinter der technischen Realität, nachhinkte. Das nämlich, dieses rechtlose Vakuum, sei auch dafür verantwortlich zu machen, daß einige wenige hochtechnisierte Kunstmühlen viele andere, kleinere und weniger ausgerüstete kurzerhand erledigten und vernichteten, bis endlich der Gesetzgeber zum Nutzen der Allgemeinheit und um dem vernünftigen Prinzip der Subsidiarität zu entsprechen, den kleineren und mittleren Mühlen, die es ja um der oft beschworenen Infrastruktur willen geben soll und deren Existenz wünschenswert ist, zu Hilfe kam. Ich habe mich in meinem juristischen Aushilfsunterricht freilich weniger auf das Müllereigesetz von 1958 eingelassen, das nach dem großen Sterben der kleinen Mühlen nach dem Zweiten Weltkrieg den Frieden im Mühlenkrieg brachte, indem es den Status quo festschrieb und zu verhindern suchte, daß durch den gnadenlosen Konkurrenzkampf schließlich im ganzen Land nur noch eine einzige Mühle übrigblieb, und wie dieses Gesetz dies durch Zuschreibung von Kontingenten und Garantien erreichte, ich habe mich in meinen Unterweisungen also weniger mit dem aktuellen Gesetz befaßt als vielmehr mit der Rechtsgeschichte, wenn ich auch nicht vergaß, darauf hinzuweisen, daß unser jetziges Recht Ergebnis und Endprodukt eines vergangenen darstellt und daß wir unsere heutige Rechtslage nicht ohne deren Tradition verstehen können, so wie wir den technischen Fortschritt der Kunstmüllerei nicht ohne deren Wurzeln in der Hand-, Holz-, Wasser- und Steinmühle, also vor seinem primitiven und ursprünglichen Hintergrund ermessen und abschätzen können.

Ich sagte: Liebe Schüler, ihr müßt begreifen lernen, daß all die Vorrechte der Müller, von denen in den Gesetzeswerken des Altertums, des Mittelalters und der frühen Neuzeit die Rede ist, einzig und allein aus dem Interesse der Gemeinschaft heraus, also sozial und kommunal motiviert und legitimiert waren. Den Menschen lag an der Integrität der Mühlen. Um nun die Ernährung sicherzustellen und der Müllerei eine gedeihliche Entwicklung zu gewährleisten, haben die Könige und Kaiser das Mühlenrecht in den Regalien (also den Königsrechten) verankert. Deshalb und weil alle Arbeit am Getreide und am Brot als etwas Geheiligtes galt, hat der souveräne Gesetzgeber die sogenannte „Befriedung“ und „Ehehafterklärung“ der Mühlen (und damit praktisch ihre rechtliche Gleichstellung mit den Kirchen) verfügt und verordnet. Rechtsbrüche wie Diebstähle, Sachbeschädigung, Brandschatzung und so fort, aber auch Mord und Totschlag in der Mühle wurden deshalb strenger bestraft. Der Kaiser selbst wachte über die Mühlen seines Reiches. Verfolgte aber konnten zwischen Kirchen und Mühlen wählen: Erreichte der Verfolgte die Schwelle der Kirche oder der Mühle, so hatte er vorerst Asyl und war gerettet. Die Büttel und Schergen durften ihm in diese geheiligten und geweihten Räume nicht folgen, im Inneren der Mühle war der Verfolgte wie in der Kirche dem Zugriff der öffentlichen Hand entzogen. Das Eindringen in die Mühle wäre vom Gesetz als Schändung, Sakrileg und Entweihung geahndet worden, von einer Exekution in der Mühle ganz zu schweigen; sie war unausdenkbar. In der Mühle sprach der Müller als Vogt im Namen des Kaisers und an seiner Statt Recht, er allein hatte hier das Sagen wie das Mahlen. War also die Mühle insgesamt durch ihren sogenannten Frieden aus allen übrigen Gebäuden herausgehoben (exempt und exterritorial), so galt das sogenannte Biet, das das eigentliche Mahlgebiet bezeichnete und definierte, als besonders geschützt und geheiligt. Das Biet war, kirchlich gesprochen, das Sanktuarium. So schützte die Mühle die Menschen, die in ihr arbeiteten oder in ihr Zuflucht suchten, sie war aber auch selbst, wie bereits angedeutet, eigens geschützt und bevorrechtigt. Sie war gefeit gegen Räuber und Diebe und Zerstörer, gefeit und geweiht. Wer eine Mühle zerstörte, zerstörte nach mittelalterlichem Verständnis nicht einfach nur ein Gebäude oder Haus. Wurde der Beschädiger oder Zerstörer bei der Tat betroffen oder später ausgeforscht und gestellt, so hatte er die härtesten Strafen zu gewärtigen. Ich habe den Schülern gern Stellen aus den Volksrechten, namentlich jene Stellen aus den Gesetzen der Westgoten und der Langobarden, vorgelesen, wo geschrieben steht, daß der Diebstahl an einer Mühle nicht nur mit der Verpflichtung der Erstattung und Rückgabe des Gestohlenen, so wie die Zerstörung durch Wiederherstellung des Zerstörten bestraft, sondern auch noch mit 100 Stockschlägen pönalisiert wurde. Diese Stockschläge aber wurden den Beschädigten und Zerstörern nach der Wiederherstellung und Wiedergutmachung des Beschädigten oder Zerstörten verabreicht, wohlgemerkt nachher. Denn sie waren von einer frühmittelalterlichen Qualität, und mancher Geprügelte wäre im Anschluß an diese Tortur zu irgendeiner Art von Restitution oder Reparatur kaum noch imstande gewesen ...

Einmal nahm ich ein altes Mühleisen in den Unterricht mit und fragte meine Schüler, was denn diese eigenartige Kurbel sei und ob mir einer von ihnen sagen könne, worum es sich bei diesem Gegenstand handle. Die Schüler rätselten herum, keiner aber erkannte und identifizierte den Gegenstand. Sie machten vielmehr ihre Späße und fragten zurück, ob ich dieses verrostete Ding beim Alteisenhändler geholt hätte und so fort. Ich ließ sie einige Zeit raten, ließ ihnen auch die nötige Luft zu Spaß und Scherz, auch Spott, wie sie sie ganz einfach von Zeit zu Zeit zur Erholung vom Ernst des übrigen Unterrichts brauchten. Nachdem dies aber einige Zeit gewährt, verschaffte ich mir Ruhe und sagte: Meine lieben, hoffnungsvollen Müller, das hier ist ein Mühleisen! Und von den Mühleisen steht in vielen alten Rechtsbüchern geschrieben, daß es der wichtigste Teil der Mühle war. Dieses Mühleisen haben unsere Vormüller zusammen mit der Haue in den Läuferstein eingelegt und so den Antrieb des Steinrades vom Kammrad und der Spindel her bewerkstelligt. Weil aber nun das Mühleisen der wichtigste Bestandteil der Mühle war, sozusagen die Mühle selbst und ihr Inbegriff, darum war gerade der Diebstahl des Mühleisens besonders schändlich, und er wurde dementsprechend hart bestraft. Das Mühleisen war der Schlüssel zum Mahlwerk, es war soviel wie ein Zündschlüssel, der erst den Betrieb ermöglicht ...

Ich bediente mich gern der Vergleiche mit unserer Zeit. So spielte ich immer auf die Fahrräder meiner Schüler an, später auch auf die Motorräder. Ich vermied aber zugleich, die den Schülern fremden Gegenstände durch hemmungslose und übers Ziel schießende, weil übertrieben aktualisierende Vergleiche in diesen Vergleichen selbst untergehen und sich verflüchtigen zu lassen. Auch hielt ich nichts von allzu weitschweifigen Paraphrasen und Periphrasen. Ich bediente mich statt dessen lieber der Definition! Über Definitionen habe ich oft während des Mahlens, als stille Vorbereitung meines Unterrichtes, lange nachgedacht. Bevor ich mich einer Sache ausführlich widmete, prägte ich meinen Schülern gern konzise, präzis (und plausibel!) formulierte Definitionen ein; viele dieser Definitionen diktierte ich auch ins Heft, „denn was man schwarz auf weiß besitzt, kann man getrost nach Hause tragen". Eine Definition muß meiner Vorstellung nach einen Teil haben, der die Sache als Gegenstand bezeichnet, und einen zweiten, der die Funktion oder den Zweck der Sache angibt. Ich hielt mich strikt an diese Zweiheit von Realdefinition und Finaldefinition; auch wenn ich zur Übung die Schüler bat, irgendwelche Erscheinungen oder Gegenstände der Wahrnehmung definitorisch zu beschreiben, achtete ich auf diese zwei Bestimmungsstücke, die ich für konstitutiv hielt.

In der Meisterschule und meinen Abendkursen für die Fortgeschrittenen beließ ich es nicht bei dieser einfachen Definitionsart, sondern brachte die sogenannte triadische Zeichenrelation ins Spiel. Ich beantwortete dort also nicht nur die Fragen des Objektes und der Funktion, die Fragen Was? und Wozu?, sondern auch die Frage Für wen? Ich erklärte den angehenden Meistern, daß im Gegenstand selbst gewissermaßen sein Benützer mitgesetzt und anwesend ist. Wem sagt ein Zeichen etwas, fragte ich, oder auch: Für wen oder für wen in welchen Umständen ist dieses Zeichen oder dieser Gegenstand von Wert? Zwar wies ich darauf hin, daß diese dritte Bedeutungsdimension der triadischen Zeichenrelation sich nicht im „Wert" oder dem, was man umgangssprachlich darunter versteht, erschöpft, auch darauf, daß sich in diesem „Wert" natürlich zugleich wieder die Funktion und der Zweck meldet, daß aber dieser Wert auch eine rein subjektive, beim Benützer liegende Komponente hat. Ob zum Beispiel ein Mensch in Not ist und einer Sache dringend bedarf oder aber nicht dringend, sie vielleicht nur zu allem Überfluß oder aus Prestigegründen oder anderen sozialen Motiven begehrt, ist rein subjektiv relevant, tangiert die reine Funktions- oder Destinationsrelation gar nicht. Auch im Mißbrauch einer Sache oder im nicht sachgerechten Gebrauch und in der substituierenden Anwendung klaffen diese beiden Werte, der Funktions- und der Gebrauchswert, auseinander. Wer etwa ein Zündholz als Zahnstocher benützt, mißbraucht es, „funktioniert es um" und gibt ihm so einen besonderen, ursprünglich vom Hersteller nicht intendierten Gebrauchswert. Und ich vergaß auch nicht, die Verschränktheit der drei Relationen, der objektiven, subjektiven und referentiellen, an schlagenden Beispielen darzustellen. Meinen Berufsschülern ersparte ich natürlich solche logischen und logistischen Auslassungen, in den Abendkursen für die angehenden Meister gab ich aber meiner Lust am Logifizieren und Systematisieren gerne nach, wenn ich auch immer Beispiele aus dem Bereich der Mühle wählte, um mich nicht in einer allgemeinen Logik zu verlieren.

Dabei machte ich die Erfahrung, daß den Schülern das Definieren um so mehr Schwierigkeiten machte, je näher und vertrauter ihnen der zu definierende Gegenstand war. Manchmal erntete ich sogar spöttisches Gelächter, wenn ich nach der Definition von etwas Banalem und Alltäglichem fragte. Ich fragte etwa: Was ist ein Fahrrad? Die Klasse aber lachte. Natürlich wußte ich, was ein Fahrrad ist, ich fragte also bloß nach der Fähigkeit des Schülers hinsichtlich einer logischen Definition. Die Schüler mißverstanden aber oft meine sokratischen Fragen, sie meinten, ich fragte nach dem schönen Wetter. Oft aber bekam ich auf solche Fragen nach dem scheinbar Vertrauten Tautologien und Pleonasmen zur Antwort. Ich fragte: Was ist ein Fahrrad? Der Schüler aber zuckte befremdet mit den Achseln und sagte: Ein Fahrrad ist ein Fahrrad. Ich aber sagte: Lieber Freund, das ist eine Gleichsetzung, die nichts einbringt. So kommen wir nicht weiter, sagte ich. Wer treten auf der Stelle. Was du hier, logisch gesehen, erzeugt hast, ist kein Fahrrad, sondern ein Standrad. Und dann zeigte ich dem Schüler den Ausweg aus seinen Trugschlüssen und wie wir aus dem Circulus vitiosus herauskommen können, sozusagen vom Standrad zum Laufrad ... Dazu verhalfen etwa Fragen nach dem Aussehen einer Sache, ihren Bestandteilen und immer wieder nach ihrer Aufgabe und ihrem Zweck. Wozu das Ganze?, fragte ich gern.

Ich liebte es nicht nur, meine Erklärungen über den Mühlenbau mit kompakten und logisch luziden und prägnanten Definitionen zu beginnen, sondern auch alle weit durch die Räume des Faches geführten Erkundungsfahrten mit Definitionen zu beenden. Ich machte dabei die Erfahrung, daß manchem vor lauter Details der Überblick über das Ganze unterwegs verlorengegangen war, daß die „Beschulten" also, einem Sprichwort entsprechend, tatsächlich vor lauter Bäumen den Wald nicht mehr oder, auf mein Fach hin gesprochen, daß sie vor lauter Maschinen, Röhren, Behältern, Motoren und so weiter die Mühle nicht mehr sahen. So hatten diese lapidaren Fragen nach dem Sinn und Zweck des Ganzen (Was ist eine Mühle?) eine disziplinierende Funktion, dies dergestalt, daß sie verhinderten, daß sich der Schüler im Labyrinth der Mühle verlor, und bewirkten, daß er nach einem gewissen Einblick in die mitunter chaotisch anmutende Diversifikation zum Schluß in dieser generalisierenden, globalisierenden Gesamtschau wieder des Kosmos (der schmukken, geordneten und sinnvollen Ganzheit) ansichtig wurde. So betrachtete ich den Unterricht selbst (so humanistisch und menschlich ich ihn zu gestalten versuchte!) wie eine sinnreiche Maschine. Der Unterricht sollte einer Maschinerie gleichen, die in all ihren Einzelteilen, deren es noch so viele geben mochte, von einer zentralen Idee, einer Leitidee gesteuert wird. Ein schlechter Unterricht aber verliert sich, zerstreut die Schüler, verwirrt sie und macht sie kopflos. Darum ist die oberste Tugend des Lehrers die Konzentration, die Beschränkung auf das Wesentliche. Mit dieser Konzentration geht einher der von der Pädagogik so bezeichnete „Mut zur Lücke" (mit dem freilich viele schlechte und faule Lehrer ihre Faulheit und ihr Nichtwissen rationalisieren!). Der Lehrer kann und soll nicht alles bringen, aber es muß stets das eine, worauf es ankommt, sichtbar werden. Viele Lehrer und zerstreute Pädagogen und Professoren verlieren sich aber und erzeugen ihrerseits verlorene und unkonzentrierte Schüler. Ihr Unterricht gleicht nicht einer technisch konstruktiven Maschine, sondern allenfalls einer jener zweckfreien Kunstmaschinen, wenn wir zum Vorteil jener zerstreuten Lehrer annehmen wollen, daß ihre Zerstreutheit wenigstens einen gewissen ästhetischen, komischen Reiz hat und der Lehrer zumindest ein Kaüz, wenn schon kein guter Lehrer ist. Viele Lehrer aber sind nicht einmal Käuze, sondern leider nur schlechte Lehrer.

Ich beschreibe den Weg des Unterrichts wie auch jenen zur Konstruktion einer funktionstüchtigen Maschine gern mit zwei Begriffen der lateinischen Kunstwissenschaft: Amplifikation (das heißt Erweiterung) und Abbreviation (das heißt Zusammenfassung und Verkürzung). Zwischen diesen beiden Polen muß sich die Arbeit des Ingenieurs wie des Lehrers bewegen. Der Schüler muß staunen gemacht werden über die Vielfalt der Erscheinungen der Kultur, aber er muß auch der einheitsstiftenden Gedanken hinter dem Diversen ansichtig werden. So wie ein Ingenieur, der eine Maschine erfindet, von den technisch vorhandenen Realisierungsmöglichkeiten (etwa den vielen zur Verfügung stehenden Materialien) den angemessenen, das heißt einzig vom Zweck her dominierten Gebrauch macht. Der Ingenieur darf nicht das Bedürfnis aus den Augen verlieren, das er mit seiner Entwicklung befriedigen möchte, er muß somit den Gebrauch der Erfindung (und ihren möglichen, Mißbrauch!) in seine Rechnung stellen. Vielleicht wird er am Schluß wie Marconi, der geistreiche Erfinder der drahtlosen Telegraphie und des Radios, sich wundern, daß alles funktioniert. Als er 1899 über den Ärmelkanal, 1901 über den Atlantik funkte, soll er, nachdem die ersten Versuche positiv verlaufen waren, geäußert haben: Mich wundert, daß es tatsächlich funktioniert! Marconi war ein gläubiger Mann, der sich vor dem, der alles erschaffen und möglich gemacht hat, in tiefer Demut beugte. Gute und geistreiche Menschen bewundern und Gott dem Schöpfer die Ehre geben und ihn anbeten, das war auch die Devise meines einfachen Lebens. Wenn ich nachts in der Mühlstube mein Radio einschaltete und hier im Süden meinen norddeutschen Küstensender hörte, dann dachte ich dankbar und bewundernd an den Marchese Guglielmo Marconi aus Bologna, aber ich vergaß auch nicht den Ingenieur aller Ingenieure und den Erfinder aller Erfindungen, jene unfaßbare göttliche Intelligenz, die wir hinter allem Sicht- und Hörbaren erahnen. So nahm ich die gehörten Meldungen einerseits als solche aus einer fremden Welt, einem anderen Kulturkreis, aber auch als Botschaften und Anrufe der Transzendenz, die Physik als Metaphysik, das Sinnliche als Übersinnliches.

Ich bedauere, daß sich Technik und Kunst so sehr entzweit haben, daß man heute bereits von zwei Kulturen spricht. Freude aber hat mir der Blick in jene Zeit bereitet, als sie noch einträchtig vereint waren. Als Rembrandt seinen alten Vater Gerritszoon als in sich gekehrten und ergrauten Müller malte oder seine und die übrigen Windmühlen darstellte, herrschte noch diese Konkordanz und Einhelligkeit, jedenfalls weitgehend. Eins aber waren Kunst und Technik im Lebenswerk Leonardo da Vincis. Ja, was wäre die Müllerei ohne Leonardo da Vinci! Ich hatte mir ein großes Schaubild, eine Vergrößerung seiner Entwurfsskizze der „holländischen“ Windmühle, die um 1550 entstanden sein dürfte, angefertigt und im Unterricht verwendet. Um nun Leonardos epochale Erfindung deutlich zu machen, zeigte ich einführend Stiche und Bilder von alten Windmühlen aus Persien und Afghanistan und vor allem solche von den griechischen Inseln, von Mykonos oder die instruktive Schilderung orientalischer Windmühlen auf der Insel Rhodos, die Johannes Reger 1496 in Ulm in Holz geschnitten hat. Dabei demonstrierte ich, wie alle diese orientalischen Windmühlen, die sich im Laufe des Mittelalters vom arabischen Spanien (das Reich des Kalifen erstreckte sich bis Cordoba!) über Frankreich, Flandern und die Niederlande bis in die deutschen Städte am Niederrhein verbreiteten, allesamt nur für eine Windrichtung eingerichtet waren.

Wer wie ich jahrelang mit dem Fahrrad zur Schule gefahren ist, weiß um die Wankelmütigkeit des Windes. Es erscheint dem Radfahrer freilich, als hätte er öfter Gegenwind als Rückenwind, ja eigentlich immer. Das ist eine jener Täuschungen, denen der Mensch zu erliegen pflegt. Um eine Täuschung aber kann es sich nur handeln, wenn man in meinem Fall in Rechnung stellt, daß ich die Strecke zur Berufsschule ja hin- und zurückgefahren bin und sich die „Ungerechtigkeit" auf diese Weise wohl ausgeglichen haben mußte. An diesem Fall aber ersieht man, daß das Bewußtsein unser Sein bestimmt.

Die starre orientalische Windmühle brauchte Gegenwind, was dem Radfahrer der Rückenwind, ist der unverstellbaren Orientmühle der Gegenwind. Bei Rückenwind steht sich nämlich die Mühle selbst im Wege. Erst Leonardo da Vinci machte diese „uneinsichtige" und unsensible (im Sinne der Lerntheorie „unintelligente") Mühle um das Jahr 1500 dadurch verstellbar („intelligent" und „sensibel"), daß er die große Flügelwelle in die Haube der Mühle verlegte und die Haube selbst auf einen Rollenkranz setzte, sodaß sie die Müller jederzeit bequem gegen den Wind drehen konnten. Dies ist der Einfall eines Zauberers, und es wundert einen nicht, daß dieser geniale, meist spiegelbildlich seine Skizzen beschriftende Linkshänder den Zeitgenossen als unheimlicher Hexer erschien! Wie habe ich mich mit den Schriften dieses Großen der Kunst und der Technik abgeplagt! An Leonardos Bildern und Zeichnungen, wie etwa an der Windmühlenskizze, erkennt man den Konstruktivisten, der die Mechanik durchschaubar und ersichtlich macht. Verglichen mit ihm, sind die späteren Windmühlenmaler, etwa Jacob van Ruisdael, an dessen „Mühle von Wijk" im Rijksmuseum in Amsterdam wohl jeder in diesem Zusammenhang zuerst denkt (die klassische Darstellung einer Turmwindmühle in Form des Galerieholländers), aber sogar Rembrandt, der 1641 die väterliche Mühle, ebenfalls einen Galerieholländer im Achtkantständerbau, radierte, eher Schilderer des Äußeren und der Fassade. Das Bild von Ruisdael verwendete ich übrigens immer dazu, die Funktion der für die Holländermühle typischen Galerie, von welcher aus der Müller das Flügelrad mit Hilfe von Schwertern und sogenannten Schrägen gegen den Wind dreht, zu demonstrieren. Ich erzählte meinen Schülern auch von jenen unvergeßlichen Eindrücken, Natur- und Kulturerlebnissen, die ich auf der mit meinem Onkel unternommenen Rembrandtreise auf diesen Galerien hatte.

Ich vergaß freilich auch nicht, meine Eindrücke von den Müllerstübchen in den deutschen Bockwindmühlen zu beschreiben. Verglichen mit diesen Müllerstübchen, den sogenannten Feisen oder Feisten, diesen wie kleine Starenkasten außen an der Mühle angebrachten hölzernen Erkern, war meine Mühlstube (an der sich hoffentlich nicht viel geändert hat, lieber Neffe!) der reinste Salon. Ein Kalender und das Mahlbuch, viel mehr hatte neben dem Müller in diesen Feisen nicht Platz. Wie freundlich aber kann Enge sein! Wie nahegehend und anheimelnd.

Was nun Leonardo da Vinci betrifft, so verdankt ihm die Windmühle nicht nur ihre Drehbarkeit. Auch der Innenmechanismus der Windmühle (wie der Wassermühle) mit dem auf der Flügelwelle sitzenden Kammrad, mit dem über dem Mahlgang befindlichen Stockgetriebe, das Vorgelege (eine Art Differential), die senkrecht durch die Stockwerke gehende Königswelle, das Kammrad selbst, das Stirnrad oder der Bunker, all das verdankt sich in Teilen ebenfalls Leonardo da Vinci. Im übrigen gehöre ich nicht zu jenen, die dem Polyhistor und „homo universalis“, wie er gern genannt wird, alles zuschreiben. Auch der Enzyklopädist aus Vinci hatte seine Grenzen, sein Leben und seine Kunst waren endlich, wenn auch unfaßbar reich an Einfällen und Erfahrungen. Ich glaube auch, daß diejenigen, die ihm alles zuschreiben und ihn so noch zu vergrößern trachten, ihn eigentlich verkleinern. Leonardo, dieser klare Verstandesmensch (mit unvergleichlicher Gefühlstiefe), sollte nicht zu einem verschwommenen Mythos gemacht werden, indem man ihn märchenhaft verklärt und damit verunklart. Er ist groß genug.

Abgesehen vom Kapitel über die Windmühlen, wo ich Leonardo zu behandeln hatte, habe ich mich ihm natürlich hauptsächlich als Hydrauliker und Wassertechniker gewidmet. Leonardos hydraulische und nautische Studien allein könnten das Lebenswerk eines bedeutenden Mannes sein, unberücksichtigt seine optischen, geologischen, mechanischen, anatomischen, botanischen, akustisch-musikalischen und phonetisch-linguistischen Arbeiten. Bei Wind und Wasser hat er sich wie kein Mensch sonst im Altertum und Mittelalter ausgekannt. Es werden auch heute wenige sein, die über ihn hinauskommen. Ich darf mir zugute halten, daß ich als junger Mensch meinen Onkel, den Wasserkenner, auf den Hydrauliker und Hydrostatiker Leonardo aufmerksam gemacht habe (nicht umgekehrt!). Für den Onkel war dies die Entdeckung eines ganzen Kosmos.

Als der Herr Onkel als Kammerfunktionär (ich werde von dieser nicht besonders erfolgreichen Episode in seinem Leben noch berichten) öfters zu Sitzungen nach Wien kam, benützte er die Gelegenheit auch zu Besuchen des Technischen Museums. Dabei ließ er sich einmal beim Herrn Direktor melden (ein kleiner Müller aus der Provinz, ließ er die Vorzimmerdame ausrichten) und legte sich mit diesem in seiner nicht unaggressiven und sehr konfliktfreudigen Art an. Herr Direktor, sagte der Onkel zum Direktor des Technischen Museums der Stadt Wien, vor Ihrem Haus steht ein schönes Denkmal. Damit meinte er die dort aufgestellte, auf einen Sockel postierte Kaplan-Turbine. Das schöne Denkmal sei aber leider falsch beschriftet, sagte der Onkel, es trage nämlich als Legende die Aufschrift: Kaplan-Turbine. Es müsse aber statt Kaplan-Turbine Leonardo-da-Vinci-Turbine heißen. Oder wenn schon nicht Leonardo-da-Vinci-Turbine, dann allenfalls Leonardo-da-Vinci-Viktor-Kaplan-Turbine.

Ehre wem Ehre gebührt, sagte der Onkel zum Direktor, aber diese Ehre gebühre nun einmal dem Mann aus Vinci und nicht oder nur zur Hälfte dem Herrn Ingenieur aus Mürzzuschlag. Der Onkel sagte ferner, daß ihm auch sonst im Museum neben einem bedenklichen Mangel an denkwürdigen Maschinen, etwa solchen aus dem Bereich der Müllerei (Sie erwecken hier den Anschein, als sei das Fliegen und Abstürzen wichtiger als das tägliche Brot), vor allem viele falsche Beschriftungen aufgefallen seien. Vor allem fehle der Name Leonardo. In Wahrheit aber sei dieses Technische Museum ein Leonardo-da-Vinci-Museum, die Direktion wisse es nur leider noch nicht. Der Herr Onkel sagte, er habe für den Patriotismus das größte Verständnis, die vielen falschen Zuschreibungen in diesem Museum ließen aber den Patriotismus bereits weit hinter sich, sie kämen nicht aus einem legitimen Patriotismus, sondern aus seiner Perversion, dem sogenannten Chauvinismus. Der Onkel machte sich erbötig, dem Herrn Direktor bei einem zukünftigen Besuch Zeichnungen und Abschriften von Texten Leonardos vorzulegen, aus denen die Autorschaft des großen Renaissancegenies für die meisten hier ausgestellten Erfindungen und Patente hervorgehe. Wenn ich die Erzählungen des Herrn Onkels von seinem Besuch beim Direktor des Technischen Museums in Wien und vor allem von dessen Ende richtig deute, dann ließ der Hofrat den kleinen Müller aus der Provinz hinauswerfen ... Der Onkel sagte später, die Herren in Wien hätten sich als uneinsichtig und nicht lernfähig erwiesen.

Der Herr Onkel war dem Museumsdirektor freilich schon früher einmal aufgefallen, und ich war bei diesem ersten Zusammentreffen als ungefähr 15jähriger selbst zugegen. Der Herr Onkel hatte mich nach Wien mitgenommen. Bevor er in seine Kammersitzung ging, setzte er mich in einen Park. Er sagte, er werde nicht lange auf sich warten lassen, er gehe nur einmal eben kurz zur Kammer, um den Wienern gehörig die Meinung zu sagen, das gehe schnell, und er werde in Kürze zurück sein. So war es auch wirklich, es muß eine sehr kurze und heftige Sitzung gewesen sein. Einen

Teil des Ärgers, den sich der Herr Onkel in dieser Sitzung geholt hatte, nahm er dann auch ins Technische Museum mit. Damals ließ er sich das erste Mal beim Herrn Direktor melden („ein unzufriedener Müller aus der Provinz"). Der Herr Direktor war ein überaus vornehmer Mann. Der Onkel sagte später, er habe nicht gerade ausgesehen, als ob er schon einmal mit seinen eigenen Händen eine Maschine geölt oder ein Lager geschmiert hätte. Der habe sein Lebtag noch keine Schraube angezogen. Was kann ich für Sie tun, fragte der Herr Direktor den Onkel. Sehr verehrter Herr Direktor, sagte der Onkel, ich bin mit Ihrem Technischen Museum unzufrieden. Ihr Technisches Museum ist nicht eigentlich ein technisches Museum, sondern ein Raritäten- und Kuriositätenkabinett. Der Onkel sagte, er habe nichts gegen Kuriositäten, Raritäten und Abnormitäten, auch sie sollten archiviert und dokumentiert und ausgestellt werden, wie ja der Mensch ein absonderliches Wesen sei und seine Phantasie immer in diese Richtung tendiere, doch erwarte man von einem Museum, das sich „technisch" nenne, eher und vor allem die ökonomisch und menschheitsgeschichtlich relevanten Leistungen der angewandten Naturwissenschaften, so wie man von einem Zoologiebuch mehr erwarte als etwa nur Beschreibungen von Kälbern mit zwei Köpfen oder Siamesischen Zwillingen im Tierreich. Ein Museum mit Mäusefallen und anderen Fangeinrichtungen könne er sich vorstellen, und er habe selbst schon einmal an ein solches Museum gedacht, er würde aber, wenn er ein solches Museum zu gründen die Möglichkeit und die Zeit hätte, dieses nicht ein „technisches" nennen, vielleicht würde er den Namen „Heimathaus" wählen, aber nicht „Technisches Museum". Auch dieses Technische Museum, das der Herr Direktor hier leite, sei seiner, des Onkels, Ansicht nach eher ein Heimathaus, weil der patriotische Gesichtspunkt und der Aspekt des Nationalstolzes so vorherrschend seien. In einem Heimathaus habe freilich vieles Platz.

Die Österreicher hätten zwar einiges erfunden, aber das Schießpulver nicht. Es gebe zum Beispiel tüchtige amerikanische Entdecker und Erfinder, die hätten wahrscheinlich allein mehr erfunden und herausgebracht als wir Österreicher alle zusammengenommen. Er sage dem Herrn Direktor etwa nur den Namen Thomas Alva Edison, der unter vielem anderen die Glühbirne erfunden habe und dem es also zu danken sei, daß das Wiener Technische Museum so hell beleuchtet werden könne. Dem Amerikaner Edison verdanken wir, sagte der Onkel, daß wir unsere bescheidenen österreichischen Entdeckungen und Maschinen und Kuriositäten hier im Technischen Museum zu Wien schön bei Lichte besehen können. Freilich zeigten diese österreichischen Patente in diesem hellen, ja grellen amerikanischen Licht auch ihre Endlichkeit und Beschränktheit. Manchmal wünsche man, sagte der Onkel, die Dampfmaschine im Hauptraum werde in Betrieb gesetzt und erzeuge gehörigen Dampf, um die eine oder andere armselige Unerheblichkeit in einen barmherzigen Nebel zu hüllen und ihr so wenigstens die Aura des Geheimnishaften und Undeutlichen zu verleihen. Die Klarheit sei in vielen Fällen schmerzlich. Der Herr Direktor blickte bereits sehr befremdet. Der Onkel aber fuhr fort: Es sei also gegen ein Heimathaus gar nichts einzuwenden. Jedes Volk, und sei es auch noch so klein, müsse sich zur Wahrung seiner Identität auf seine großen Söhne besinnen, selbst wenn diese großen Söhne vielleicht im internationalen Maßstab eher klein erschienen. Wenn es also als durchaus angebracht gelten könne, daß die Heimat ihre Erfinder feiere, so sei es unter diesem Gesichtspunkt um so unverständlicher und unverzeihlicher, daß die wirklichen Pioniere hier im Technischen Museum gar nicht vertreten seien! Ganze Zweige der Technik, wie beispielsweise die Müllereitechnik, seien nicht nur unterrepräsentiert, sondern überhaupt abwesend! Die gesamte Müllerei sei eine Fehlanzeige, und doch gebe es gerade auf diesem Gebiet Namen und Erfindungen, die man auch vor Ausländern vorzeigen könne, mit Stolz nennen und vorzeigen könne! Wo, Herr Direktor, fragte der Onkel, steht in Ihrem Hause die Grießputzmaschine? Er sehe in seinem Hause alles Mögliche und Unmögliche, aber er könne nirgends die Grießputzmaschine, mit deren Erfindung der niederösterreichische Müller Ignaz Paur 1810 die Müllerei revolutionierte, entdecken. So weit das Auge reicht, keine Grießputzmaschine! Der Onkel sagte, er habe erwartet, als er sich zum ersten Mal dem Technischen Museum genähert habe, daß er der Grießputzmaschine an hervorragender Stelle, etwa auf jenem freien Platz, wo das Schiffsschraubendenkmal für Ressel oder das Turbinendenkmal der für Kaplan vereinnahmten Leonardo-da-Vinci-Turbine stehe, weithin sichtbar aufgestellt, ansichtig würde, er habe sich aber getäuscht. Ignaz Paur, der mit seiner Maschine der Begründer der weltweit bekannten, unter dem Namen „Wiener Hoch- und Grießmüllerei" gerühmten Mahlmethode sei, hätte wahrlich ein Denkmal verdient. Ein Denkmahl mit h für den Müller Ignaz Paur, Herr Direktor!, rief der Onkel. Ein Denkmal der Wiener Hochmüllerei!

Der Onkel spielte dann auch auf jenes merkwürdige Kapitel in der Chronik der österreichischen Müllerei an, das von dem im wahrsten Sinne des Wortes ungeheuren Erfolg des Wiener Bäckers Sebald Gerber berichtet, der 1811 mit seinem aus Paur-Mehl gebackenen Brot einen solchen Erfolg erzielte, daß er sich der Kundschaften buchstäblich nicht mehr erwehren konnte, sodaß er die Stadtpolizei rufen mußte, um seinen Laden gegen den Andrang zu schützen und Ruhe und Sicherheit aufrechtzuerhalten. Auch ich habe mir natürlich in meinem Unterricht dieses Kapitel nie entgehen lassen, wenn ich es auch nicht wie der Onkel vor dem Direktor des Technischen Museums, und zwar theatralisch, darstellte, sondern sachlich und nüchtern behandelte. In der Rede des Onkels wurde aus der Stadtpolizei das ausrückende Heer der österreichisch-ungarischen Monarchie und aus dem tatsächlich in der Chronik berichteten Andrang und Gedränge der Kundschaften ein Bürgerkrieg und ein erbarmungs- und gnadenloser Kampf Mann gegen Mann mit Witwen und Waisen in seinem Gefolge. Irgendwie kam in der Version des Herrn Onkels auch Napoleon vor, was sich ja im Hinblick auf das Jahr 1811 ganz plausibel ausnahm. Der Unterschied zwischen der Rede des Onkels vor dem entgeisterten Hofrat und meiner Lehrrede wäre vielleicht am besten mit den Begriffen „dramatisch“ (auch drastisch) und „episch“ (auch moderat) zu umschreiben. Der Onkel war ein Dramatiker, der Tragik wie der Komik und der vermittelnden Tragikomik fähig, ich dagegen ein eher besonnener (versonnener?) Epiker. In meinen Papieren, aus denen ich an der Berufsschule vortrug, stand über die Wiener Hochmüllerei: „Die Mehle der Wiener Hoch- und Grießmüllerei waren in der gesamten Monarchie und weit darüber hinaus bekannt und geschätzt. Ihr Ruhm drang über die Grenzen der Länder, ja über die Meere in alle Kontinente. Die Mehle wurden auf Weltausstellungen hergezeigt und bewundert und es gab schließlich Aufträge aus aller Welt für dieses unerhört weiße und gute Paur-Mehl. Selbst bis Amerika und in die Neue Welt hat man seinerzeit das Mehl exportiert. Leider hat viel von diesem Mehl die lange Passage nicht überstanden und ist verschimmelt in New York angekommen ...“ (Franz Scheuch, „Vom Getreide zum Brot“) Der Onkel aber sagte zum Direktor: Die Wiener Hochmüllerei wird in Ihrem Hause leider nicht berücksichtigt. Damit läßt sich Ihr Heimathaus die vielleicht größte technische Pionierleistung des Landes entgehen. Das ist eine Schande. Ich gebe zu, daß die Hochmüllerei schwer museumsgerecht darzustellen ist, denn eigentlich handelt es sich bei dieser Erfindung um eine Schlauheit und Pfiffigkeit (was man in der Mundart „Schmäh“ nennt), die dem Wiener Geist und seiner Geschmeidigkeit aber alle Ehre macht. Nachdem man jahrhundertelang gemeint hatte, es käme darauf an, die Steine im Mahlgang und dann die Walzen des Walzenstuhles immer näher aneinanderzubringen und das Getreide damit immer schärfer anzugehen, suchte die Hochmüllerei den Ausweg gerade in der entgegengesetzten Richtung. Locker, schnell und öfter mahlen, hieß die Devise der Wiener Hochmüllerei. Also Abstand halten zwischen den Steinen oder Walzen! Das aber ist genau der gordische Knoten der Müllerei, und die Wiener Müller haben ihn durchschlagen. Herr Direktor, die Wiener Hochmüllerei ist das Ei des Kolumbus! Ihr Haus aber hat diesen Knoten und dieses Ei nicht ausgestellt, nicht einmal ein schriftlicher Hinweis findet sich, der doch leicht in Form einer Schautafel anzubringen wäre. Ihr Haus ignoriert Alexander den Großen (Ignaz Paur) und Christoph Columbus. Die Grießputzmaschine Paurs aber läßt sich ausstellen, daß sie in Ihrem Haus fehlt, ist ein unentschuldbares nationales (!) Versäumnis. Ich mache mich anheischig und erbötig, Ihnen eine alte Grießputzmaschine zu schicken, es stehen noch viele Grießputzmaschinen aus dem vorigen 19. Jahrhundert in den österreichischen Mühlen herum. Von dieser Begegnung her war der Onkel, mochten auch Jahre vergangen sein (einen solchen Menschen merkt man sich!), dem Herrn Direktor kein Unbekannter mehr.

Meinen Unterricht über die Hydraulik des Leonardo begann ich gern mit einem aus dem Italienischen des Leonardo-Kenners Carlo Zammattio übersetzten Satz voll schönen Ausdrucks und Pathos: „Sohn der toskanischen Erde, aus einem alten Geschlecht von Wasserbauern stammend, das den Römern Lehrmeisterin in einer unvergleichlichen Technik gewesen ist, welche es aus dem minoischen Orient mitgebracht hatte, schöpfte Leonardo da Vinci die ersten Elemente seiner hydraulischen Kenntnisse aus der Anschauung der natürlichen Erscheinungswelt, gewissermaßen vermittels einer rätselhaften atavistischen Erbschaft ...“ In diesem Satz, sagte ich zu meinen Schülern, bildet bezeichnenderweise ein Wasserwort, nämlich das Wort „schöpfen“, die Satzaussage. Dies ist ein bildlicher Ausdruck, der im Zusammenhang mit den Worten „Elemente“ („erste Elemente“) und „hydraulische Kenntnisse“ seine volle metaphorische Bedeutung erhält. Da das Wasser neben Feuer, Luft und Erde eines der klassischen, „ersten“ oder Ur-Elemente ist, ja das Urelement schlechthin, verschlingen sich in diesem Satz, der im Wort „hydraulisch“ die Denkrichtung weiter präzisiert, das Eigentliche und das Uneigentliche, das Konkrete und das Abstrakte, die Bewegung des Wassers und die Denkbewegung auf die vielfältigste Weise. Dann versuchte ich zu erklären, wie dieser Satz selbst einem Fluß zu vergleichen sei und wie die Nebensätze und Erweiterungen, etwa die einleitenden Appositionen und Attribute zu Leonardo, dann der Relativsatz zu der „unvergleichlichen Technik“(„welche es aus dem minoischen Orient mitgebracht hatte“) gewissermaßen Seitenarme bildeten, aber auch als Tümpel, stehende Wasser, Reservoire abseits des Gerinnes gedacht werden könnten. Ich erklärte meinen Schülern, daß dieser Satz wie das Wasser eine Oberfläche habe, aber auch eine Tiefe und daß sowohl die Oberfläche als auch die Tiefe eine Struktur aufweise. Es gebe in diesem Satz Schleusen und Absperrungen, und die Beistriche markierten genau die Stellen dieser Schleusen, wo das Wasser des Satzes in seitliche Kanäle oder Mühlbäche gelenkt werde. So habe der Satz auch eine Fließgeschwindigkeit, so wie die Geschwindigkeit der Flüsse in Sekundenlitern angezeigt werde. Hinter dem Satz stehe ein abstrakter Satzbauplan, dieser syntaktische Konstruktionsplan sei recht eigentlich das Bachbett mit seinen Verzweigungen und seiner Bodenbeschaffenheit. Dieses Bett könne auch mit anderem Wasser gefüllt, der Satzbauplan könne auch mit anderen Wörtern erfüllt werden. Und ich machte mir auch die Mühe, neue Sätze zu erfinden, die genau denselben Konstruktionsplan aufwiesen wie dieser Satz über Leonardo. Ich vollbrachte neue „Ableitungen“ durch Ersatzproben.

Auf diese Weise begann ich das Kapitel über die Hydraulik des Leonardo mit sprachlichen Erörterungen und Gleichsetzungen, so wie ich auch den schon erwähnten Vergleich der Grammatik, namentlich der lateinischen Grammatik, mit dem Maschinellen liebte. Dies war mein „Einstieg“, wobei ich erinnern darf, daß auch dieses Wort vom Wasser genommen ist. Einmal darauf aufmerksam gemacht, brachten mir die Schüler selbst immer neue Beispiele, wie unser gesamter Wortschatz im Bereich des Sprechens, der Rede und des Denkens „durchdrungen“ und „durchtränkt“ ist von Wörtern aus dem Wasserbereich. Und auch in der eigentlichen Erörterung der nautischen und hydraulischen Erfindungen Leonardos spielte das „Hygromorphe“, das gewissermaßen

„Wässerige“ des Ausdrucks immer wieder eine Rolle. Alles Leben kommt aus dem Wasser. Die Sprache, das Gedächtnis der Menschen, hat dies gespeichert. Würden wir das Wasser aus unserer Sprache ableiten und ihr entziehen, wäre sie nicht mehr lebensfähig.

Wer könnte denn etwa Carlo Zammattios programmatischen Satz über Leonardos Zentralproblem und Hauptarbeitsgebiet lesen, ohne auch daran erinnert zu werden und daran denken zu müssen, wie dieser Satz die Mühsal und Beschwerlichkeit der wissenschaftlichen Wasserbeobachtung recht deutlich im sprachlichen Voranschreiten und in der syntaktischen Strategie abbildet: „Leonardo beschäftigten stark die Windungen des Flusses, warum sie sich gebildet haben und nach welchen Gesetzen die Hauptströmung des Flusses ihr Bett verlagert, an welchen Stellen und mit welcher Heftigkeit die Uferwände erodiert werden, wie sich das Wasser um Hindernisse herumbewegt, die es in seinem Lauf vorfindet, oder auch wie es dieselben beseitigt und danach talabwärts von dieser Stelle neue Erosionen verursacht.“

Im einzelnen nahm ich schwerpunktmäßig den Plan Leonardos, betreffend die Verlegung des Arno und die mit diesem Plan und der Errichtung eines Kanals zum Meer, mit allen dazugehörigen Bildern, Landkarten, Gelände- und Lageplänen sowie technischen Zeichnungen über Teiche, Buhnen, Aufschüttungen und vor allem Schleusen, Schleusentore, Hebemechanismen, Schützen und Wehren und so fort durch. Für immer noch gültig und deshalb lehr- und lernbar erachtete ich auch Leonardos Techniken und Praktiken des Verzäunens und des Beschlagens von Ufern, seine genauen Vorschriften, wie man etwa das Flechtwerk zu gestalten habe, um einen möglichst wirksamen Uferschutz zu erreichen. Dabei unterstützte ich meinen Unterricht nicht nur durch viele Tafeln und Schaubilder, die ich in mühsamer Arbeit selbst heraus- und nachgezeichnet hatte, wie durch das Verlesen vieler hydraulischer und nautischer Texte, von Angaben und Hinweisen über Zweck und Nützlichkeit bestimmter Wasserbauten, sondern vor allem auch durch manches

Experiment. Ich habe die Erfahrung gemacht, daß man junge Menschen im Unterricht durch nichts mehr fesseln kann als durch Experimente. Dabei muß es sich nicht um aufsehenerregende und gefährliche physikalische, chemische oder alchimistische Manipulationen handeln, bei denen Explosionen stattfinden, Rauch entwickelt wird, die Augen zu tränen beginnen, wunderbare Farben bei Gasen oder bei Flüssigkeitsmischungen auftreten und so fort, es kann sich auch um harmlose, alltägliche Anordnungen handeln, sie werden unter den veränderten Bedingungen des Schulkontextes wenn schon nicht Enthusiasmus, so doch Interesse und Neugier erwecken und finden. Besondere Aufmerksamkeit erregte ich immer, wenn ich meinen den Plänen Leonardos nachgebauten hydraulischen Widder in die Klasse mitbrachte. Neben diesem einfach an die Wasserleitung anzuschließenden Stoßheber hatte ich in meiner privaten Sammlung hydraulischer Geräte und Maschinen auch die „Kleine Mühle Herons", eine raffinierte Wasseruhr, ein an das Perpetuum mobile erinnerndes Werk des griechischen Mathematikers und Mechanikers Heron von Alexandria. Mir schwebte immer ein ganzer Park von Wasserwerken und Wasserspielen vor, ein Gelände mit vielen Widdern, Fontänen, allen Arten von Brunnen und Überläufen, Pumpwerken und Wasseruhren, eine ähnliche, nur um vieles technischer gestaltete Anlage wie die Wasserspiele des Fürsterzbischofs Wolf Dietrich im Schloßpark von Hellbrunn bei Salzburg, die ich auch einmal mit meinen Schülern bei einem Schulausflug besuchte. Auch selbsttätige „Windspiele" wie Äolsharfen und andere musikalische Luftautomaten und Instrumente (alle aber dezent und leise) hätte ich gerne aufgestellt.

Schon als Kind hatte ich die größte Freude an den damals zahlreichen hydraulischen Widdern in unserem Bauernland. Stundenlang konnte ich im Talgrund irgendwo an einer mit einem Widder versehenen Quelle sitzen („An der Quelle saß der Knabe ...") und dem behaglich arbeitenden Stoßheber zusehen, wie das aufquellende Wasser das Sperrventil überflutete, bis es dieses samt seinem beschwerenden Gewicht hochhob und damit verschloß, um alsbald aber wieder zu fallen und den Ausguß zu öffnen. Ich saß im Schatten eines Baumes, sah vor mich hin auf die niedliche Wasseranlage und hörte das unsagbar friedliche Tuckern des Stoßhebers. Von einem solchen Stoßheber gilt im übrigen Ähnliches wie von der Windmühle im Hinblick auf ihre Umweltfreundlichkeit. Auch ein Widder verbraucht und verdirbt nichts. Nicht einmal die Bezeichnung „Arbeit" (oder gar „Leistung") scheint mir für das, was er vollbringt, angebracht und zutreffend, ein Stoßheber spielt eher, als daß er arbeitet, er schuftet und hetzt nicht. Er „läuft" auch nicht, er wird nur eben ständig bewegt. Eigentlich ist er ein geschickt gestalteter Widerstand, mit dessen Hilfe die Natur immer wieder überlistet wird. So meinte ich denn auch als Kind, das Wasser könnte den Trick alsbald merken und sich darauf einstellen, aber es erwies sich als nicht lernfähig, es machte ihm wohl auch nichts aus, in dieser bequemen Weise nebenbei ein wenig zu „arbeiten".

Wie die Widder habe ich auch die Windbrunnen an den Bauernhäusern mit Interesse und Behagen beobachtet. Neben vielen Bauernhäusern gab es seinerzeit diese hohen Gittermasten mit dem Rad und der Windfahne. Wehte ein Lüftchen, so pumpte dieser Wasserheber Wasser aus dem Brunnen in einen Trog. Später legten manche Bauern Steigleitungen an und ließen das Wasser in ein Reservoir auf dem Dachboden fließen, von wo es bei Gebrauch zu den einzelnen Anschlüssen und Ausläufen in Haus und Stall lief. Natürlich war der Druck in den Leitungen mäßig, die Förderleistung selbst bescheiden, aber über den Tag verteilt kam genug Wasser zusammen. Und daß das Wasser wie heute mit Nachdruck aus den Leitungen spritzt, verlangte man nicht. Es brauchte keine Druckkessel, langsam füllte sich der Barn der Kühe, das Wasser hatte Muße und Zeit zu laufen und die Kühe Zeit zu saufen. Wie rein aber war das Wasser in den beständig durch einen dünnen Strahl gespeisten Trögen vor den Häusern mit ihrem Überlauf. Überhaupt war ja alles Wasser Trinkwasser, alles Wasser hatte Trinkwasserqualität, heute muß ein öffentlicher Brunnen ausdrücklich mit „Trinkwasser“ beschriftet sein, der Regelfall und das normale Wasser ist „kein Trinkwasser“.

Wie habe ich mich bemüht, meinen Schülern diese Wunderwerke der Technik – Widder und Windbrunnen – einfühlsam und einprägsam zu erklären, wie oft aber wurde ich dann doch in Prüfungen enttäuscht. Vor allem war es ein gängiger Schülerulk geworden, auf meine Frage nach der Definition des Widders zu antworten: Der Widder ist ein männliches Haustier! Worauf ich auch mit einer gewissen Regelmäßigkeit antwortete: Du Schaf! Nicht immer aber hörte ich dann, was ich als Definition aufgegeben hatte und hören wollte: „Der hydraulische Widder, auch Stoßheber genannt, ist eine mit Wasserdruck betriebene Hebevorrichtung, bei der die Bewegungsenergie einer strömenden großen Wassermenge zum Anheben einer kleinen Teilwassermenge über die Ausgangshöhe genützt wird. Die Arbeitsweise: Eine große Wassermenge mit geringem Gefälle strömt durch ein gewichtsbeladenes Sperrventil, bis der Durchströmwiderstand dieses so plötzlich schließt, daß die Bewegungsenergie der Wassermassen eine Teilmenge über das Druckventil in die Förderleitung drückt: nach Öffnen des Sperrventils beginnt ein neues Arbeitsspiel. Ein hydraulischer Widder kann Förderhöhen bis zum 20fachen des Arbeitsgefälles erreichen, arbeitet aber nur mit einem Wirkungsgrad von etwa 15 %.“ Sehr gut!, sagte ich dann. Selbstverständlich habe ich die Schüler auch auf die „natürliche“ Ähnlichkeit und Analogie zwischen der prägnanten Definition und dem definierten Gegenstand aufmerksam gemacht. Wie die Sprache dem „Besprochenen“ zu assimilieren sei, erläuterte ich im übrigen gern nach einem Beispiel aus Gaius Iulius Caesars „Gallischem Krieg“, das ich einmal in einer Stillehre fand: Caesar schrieb bekanntlich über eine wichtige Schlacht in seiner militärischen Laufbahn: Veni, vidi, vici. „Ich kam, sah und siegte.“ Heute, sagte ich, würde vielleicht mancher schreiben: „Ich reiste an, nahm alles in Augenschein und errang den Sieg.“ Diese stilistisch umständliche Umschreibung zeige aber von sich aus an, daß ihr Verfasser kein guter Feldherr sei und sicher keine Schlacht gewinnen könnte. Caesar aber schrieb (auch im genannten Kapitel über die Errichtung einer Brücke über den Rhein), wie er handelte: zielstrebig, klar, energisch, auch: hart. Heute sind die Widder leider alle verschwunden. Die 15 Prozent Wirkungsgrad genügen in unserer Zeit nicht mehr. Heute werden nicht selten die Umwelt belastende Pumpen, elektrisch oder gar mit Benzinmotoren betrieben, verwendet. Auch fehlt der notwendige „Überfluß" an Wasser. Unsere Vorfahren lebten ökologisch gesehen im Überfluß. Weil sie selbst bescheiden waren und sich einschränkten, lebten sie in der Fülle. Heute urassen wir mit dem Überfluß und werden auf diese Weise bald arm. Jedenfalls leben wir auf Kosten anderer im Reichtum. Selbst das Wasser genügt nicht mehr und wird bald knapp. Freiwillig tritt das Wasser wie früher in den vielen artesischen Brunnen nicht mehr ans Tageslicht, es ist, als ob es sich vor den wahnsinnigen Menschen verstecken möchte. Es muß mit schweren Pumpen aus der Erde gerissen werden. Wer viel will, bekommt nie genug, wer wenig will, hat immer alles. Als alter Mensch darf ich mir wohl meinen Pessimismus erlauben.

Außer mit dem Stoßheber verblüffte ich meine Studiosi auch oft mit kommunizierenden Röhren, einem Anschauungsparadox, das ebenfalls Leonardo, wohl als erstem, aufgegangen und aufgefallen ist. Jedenfalls gibt es in seinen Papieren und Unterlagen deutliche Hinweise darauf. Zum Abschluß meines Leonardo-Unterrichtes zitierte ich gern, um den Renaissanceheros als unerhörtes Genie und vorbildlichen Menschen in das Bewußtsein meiner Schüler zu heben und dort sein Bild zu bekräftigen und befestigen, Zeitgenossen Leonardos, die den Großen in überschwenglichen Worten rühmen. An den Schluß stellte ich etwa neben Zitate von Benvenuto Cellini das Wort des Giorgio Vasari aus seinen „Lebensbeschreibungen": „Der Himmel schickt wirklich manchmal ein Wesen unter uns, welches für uns nicht nur den Höhepunkt des Menschentums darstellt, sondern uns eine Ahnung vom Göttlichen gibt, damit unsere besten seelischen und geistigen Kräfte sich an diesem Vorbild erheben und wir die Herrlichkeit des himmlischen Lebens erfühlen können.“

Leonardo da Vinci, Albrecht Dürer, Rembrandt van Rijn ... von ihnen und vielen anderen kündet die Geschichte der Kunst und der Mühlenkunst, und von ihnen und vielen anderen war darum in meinem Unterricht die Rede. Ich fragte manchmal mich (und auch meine Schüler), woran es denn liege, daß alle Künstler, die aus Mühlen stammen, ihr ganzes Leben lang einen kindlichen Stolz auf ihre Abstammung bewahren, auch wenn sie am Ende in ganz anderen Lebensumständen stehen. Ist es bloß eine Sentimentalität, die Trauer über die unwiederbringlich vergangene Kindheit und Jugend, ein Heimweh? Erstaunlich ist auch, daß die Künstler, diese Müllersöhne, ihr Künstlertum und ihre Kunst, die sie später ausüben, immer in direkten Zusammenhang mit ihrer Abstammung bringen und sehen! Das mag bei einem Maler wie Rembrandt vielleicht weniger verwundern, weil nun einmal eine Mühle wie die seines Vaters, dieser prachtvolle Galerieholländer, den er etwa 1641, aber auch sonst öfter zeichnete und malte, einfach das Malerischste darstellt, was sich der Mensch nur denken kann. Eher verwundern muß es einen, wenn sich ein Musiker und Komponist wie Johann Sebastian Bach auf seine Müllerahnen beruft! Er schreibt, daß in der Mühle des Veit Bach in Vechmarn in Thüringen der „Anfang der Music in meiner Familie“ gelegt worden sei. Von diesem Vorfahren Veit schreibt Bach des weiteren, daß er sein meistes Vergnügen in einer Zither gehabt, die er in die Mühle mitgenommen habe, um „unter währendem Mahlen“ darauf schöne Weisen zu spielen. Ein Musiker, lieber Neffe, der sich auf die Mühle beruft! Wo es doch von alters her geheißen hatte: „Niht guot ist ze gegen in der muln gedoeze!“ Oder in einem anderen Sprichwort: „Mich dunket niht, das jeman süle ze lange harpfen in der müle!“ Und wer erinnert sich nicht an die Sprichwörter: Man meint, du wärest in der Mühle groß geworden (von einem Schwerhörigen gesagt), oder auch: In der Mühle sagt man's zweimal ... Schuster wurden zu Philosophen, weil sie, wie Jakob Böhme, die große Welt in ihrer kleinen Glaskugel konzentriert gespiegelt fanden und darüber zu meditieren und zu grübeln begannen, dem Freidenker Benedikt Baruch Spinoza aus Amsterdam, der wegen seiner Gedanken und Ideen vom Rat der Stadt aus Amsterdam verbannt wurde und lange in Rijnsburg bei Leiden lebte (und mit Rembrandt bekannt gewesen sein dürfte), kamen viele seiner aufgeklärten und freien Gedanken bei seiner (Zwangs-)Arbeit als Linsenschleifer, und was der seltsamen Beispiele mehr sein mögen. Und doch bleibt das vordergründig Seltsamste für mich der musizierende Müller oder mahlende Musikant Veit Bach in Vechmarn. Überraschen muß einen vor allem die Zither, dieses eher unentschlossen wirkende, labile Saiten- und Zupfinstrument!

Ich habe (freilich schlechte) Mühlen erlebt, die waren Lärmhöllen, daß man die Posaunen des Jüngsten Gerichtes und die Trompeten von Jericho gebraucht hätte, um gegen dieses mörderische Getöse anzublasen. Andererseits machen etwa gerade moderne Mühlen mit ihrem Konstruktionsplan den Eindruck von Orgeln, großen, von einem „Spieltisch" aus zentral gesteuerten Elektronenorgeln. Aber nicht nur das Elektronische verbindet eine moderne Mühle mit einer modernen Orgel. Die „Manualia" in den Schaltzentralen sind reich registriert, und man darf auch ohne Übertreibung sagen, daß in diesen Mühlenwerken Musik steckt. Die räumliche Entfernung vom Spieltisch zum Werk ist auch bei Musikorgeln in Kirchen oder Konzertsälen keine Seltenheit (wenn sich auch gute Organisten gegen diese Trennung sträuben, sich sozusagen von der Distanzierung distanzieren und Abstand nehmen). Die pneumatische Mahlgutförderung macht außerdem Wind – wie das Windwerk der Orgel. Die Hersteller der Luftförderung haben sich erwiesenermaßen bei den Wind- und Luftspezialisten des Orgelbaus und ihren Verfahren der Windführung mit Gebläsen, Windladen, Windkanälen und Schleusen, Abscheidern, Trichtern und Bechern Kenntnisse verschafft und deren Know how übernommen. Eine solche moderne Mühle spielt alle Stücke. Die Tonarten aber, die in der Mühle gespielt werden, heißen nicht Dur oder Moll, sondern Durum oder Weichweizen, Roggen oder Mais, die Register der Mühlenorgel heißen nicht Kornett, Sesquialtera, Mixtur, Viola d'amore, Gamba, Scharf, Zimbel, sondern Separator, Trieur, Netzung, Sterilisation, Scheuern, Steinauslesen, die Kunstmühlen mahlen einmal piano und mit halber Kraft, manchmal aber auch forte und „pleno organo" ... Im Sinne der Wiener Hochmüllerei habe ich Mühlknechte ihre Meister auch schon fragen gehört: Herr Chef, wie nehmen wir das Getreide, hoch oder tief?

Aber von dieser frappanten Ähnlichkeit zwischen einer großen Mühle und einer Konzert- oder Domorgel, sei sie nun elektronisch gesteuert oder mit einer mechanischen Traktur versehen, zurück zur Zither des Veit Bach: Ich denke mir, der Sebastian-Bach-Vorfahre wird einerseits nicht nur eine Mühle mit einem Mahlgang, sondern auch eine Stampfe betrieben haben, andererseits eine sehr rhythmusbetonte, weniger eine zum Melodiösen als vielmehr eine zum Dynamischen tendierende Musik gespielt haben. Einen Rhythmiker aber kann eine solche Stampfe (ein „Mahlgang", bei welchem ein Stößel mit einem verdickten Kopf in eine mörserartige Vertiefung schlägt) gut begleiten ... Eine solche Mühle übernimmt den Part der Bässe, so wie es ja neuerdings mechanische Instrumente gibt, die dem Amateur oder Dilettanten den Rhythmus und die Begleitung vorgeben und abnehmen. Rhythmus also kann man von einer Stampfe, wie übrigens auch vom Dreischlag des Beutelzeugs, des Vorläufers der modernen Mehlsichtung, schon lernen. Veit Bach wird sich, je nachdem ob er einen Marsch oder ein anderes zweitaktiges, oder einen Walzer oder ein anderes dreitaktiges Musikstück gespielt hat, entweder mehr in die Nähe des Dreischlags und des Beutelzeugs oder mehr in die Nachbarschaft der Stampfe gesetzt haben.

Der Dreischlag taktierte und rhythmisierte jahrhundertelang das Leben vieler Generationen von Müllern. Wie oft habe ich selbst noch im Bett den Nachhall meiner an sich leisen Mühle gehört (auch wenn ich natürlich keine Stampfe und statt des Beutelzeugs längst einen Sechskant und später einen Plansichter auf dem Sichterboden hatte), selbst dann, wenn die Mühle abgestellt war. Lange noch hat es in meiner Seele nachgetönt und rumort. Der Onkel berichtete mir, daß sein Vater durch den Dreischlag so „beeindruckt" und seelisch programmiert war, daß es immer eine Qual gewesen sei, mit ihm zu gehen, er sei durch die lebenslange Tyrannei dieser Klapper- und Klopferei und durch die bereits verinnerlichte akustische Folter dieses Schlagzeugs zu einem eigenartigen Paßgänger geworden, der jeden Mitgehenden durch plötzlich eingelegte Wechselschritte verwirrt und durcheinandergebracht habe. Man sei sich, an seiner Seite gehend, wie auf der berühmten Springprozession im luxemburgischen Echternach vorgekommen, die seiner Meinung nach auch einen ähnlichen Dreitakt wie den Dreischlag der Echternacher Mühlen, an denen sie im Mittelalter vorbeigeführt haben mag, skandierte.

Auch wenn man einiges als Übertreibung von der Rede des Onkels abzieht, bleibt es Tatsache, daß der Dreischlag des Beutelzeugs die Müller bis in den Schlaf hinein verfolgte. Und es ist keine von den Redensarten ohne realistischen Hintergrund, jene nämlich, die davon spricht, daß sich die Müller auch ihren Frauen im Dreitakt des Beutelzeugs und im Rhythmus der Stampfe hingeben. „Ricke racke", wie es bei Wilhelm Busch heißt ... Ricke racke macht nicht nur die Mühle, ricke racke macht auch der Müller seine Kinder. Die Mühle verfolgte den Müller nicht nur bis in den Schlaf, sondern auch bis in den Beischlaf hinein. Das mußte hier gesagt werden. Ich will im übrigen jedoch nicht mit meinem seinerzeitigen Kollegen, dem bereits erwähnten Erotomanen und Satyriasten, wetteifern, der uns oft über die Mühlensexualität lange Vorträge gehalten hat, ob die Mühle nun weiblich oder männlich, ob das Mahlen nicht eigentlich ein Kastrieren oder Verstümmeln sei, und so fort. Lieber Neffe, es braucht freilich nicht viel Phantasie, um bei vielen müllerischen Verrichtungen oder auch bei mancher maschinellen Bewegung (nicht nur der Stampfe) unmittelbar an Sexuelles erinnert zu werden. Und natürlich habe auch ich gesehen, daß es in der Mühle Säcke gibt, und so fort. Ich habe aber immer daran festgehalten, daß die Mühle letztlich eine geistige Institution ist und damit auch ein Sieg des Geistes über das Fleischliche und bloß Animalische. Wenn es nach denen ginge, die jedem nichtsexuellen Gedanken mißtrauen und nur noch in eine Richtung denken können, die also nicht nur von einer Stampfe, sondern auch von einer Windmühle oder einem Stoßheber oder was immer stets nur an das eine und einzige erinnert werden, dann klebten wohl auch wir Männchen unter den Menschen wie manche Parasiten im Tierreich den Weibchen bloß noch in der Scheide. Ich aber meine, daß das Menschliche vor allem auch in Enthaltsamkeit, in Beherrschung und Zurückhaltung liegt. Es ist ein himmelweiter Unterschied zwischen Leonardo da Vinci und Giacomo Casanova. Casanova hat seinem Lebensbericht zufolge wie eine Stampfe geliebt und verkehrt, von der Liebe, die auch das Geistige und platonische Ideen braucht, hat er wenig verstanden; die Lüsternheit und Geilheit führt zu nichts Gutem. Wären alle Menschen nur ihnen gefolgt, dann würde nicht nur sich selbst niemand, wir würden auch nicht die Müllerei und auch sonst nichts Gutes beherrschen. Herrgott, Herr Kollege, sagte ich einmal sehr heftig im Konferenzzimmer zu unserem Sexologen, soll denn zwischen einem Puff und einer Kunstmühle gar kein Unterschied mehr sein! Lieber Neffe, mir liegen, wie erwähnt, diese Töne nicht, ich wollte aber doch auch einmal darauf angespielt haben, um mich nicht dem Verdacht auszusetzen, mein lebenslanges Interesse an der Müllerei sei bloß eine Verdrängung gewesen, sozusagen eine Neurose, entsprungen aus der Unterdrückung anderer, elementarerer und vitalerer Bedürfnisse und nichteingestandener Sehnsüchte. Ich wollte mahlen und Mahlen unterrichten, freiwillig und „leidenschaftlich". Die Leidenschaftslosigkeit war meine Leidenschaft. (Maria hat sich trotzdem nie zu beklagen gehabt.)

Eine Stampfe allein macht also noch keine Musik (so wie sich die Liebe nicht im Mechanischen erschöpfen kann). Soll wahre Musik entstehen, die diesen Namen verdient, so muß zum Rhythmus die Melodie kommen. Die Melodie aber erhebt sich über den Rhythmus, der Rhythmus kann den Höhenflug der Melodie nicht verhindern, der Baß grundiert und erinnert an die Erdschwere ... Nachdenkend über Veit Bach und andere Müllermusiker und Mühlenmusikanten, will es mir scheinen, als sei im Sinne meiner obigen Überlegung ihre Musik so etwas gewesen wie ein Protest der durch die Monotonie des Schlagzeugs der Sichtung malträtierten Seele. Es mag sich dabei also nicht um eine Musik im Akkord mit der Mühle („d'accord de moulin"), sondern eine solche „avers" und „contra" gehandelt haben. Die Menschen haben sich musikalisch gegen ihre Mühlen gewehrt. Sie wollten sich musikalisch ihre Sensibilität der Seele gegen den lebenslangen Rumor erhalten. So haben sie gesungen und gespielt. Die Müller haben wohl gegen ihre Mühlen angesungen, sie haben sich musikalisch gegen ihre Mühlen und die Steine behauptet. So mag es gewesen sein, mit Veit Bach, seiner Zither wie auch der Liebe zur Musik und zur Müllerin.

Neben dem harten „Ricke racke" Wilhelm Buschs ist es vor allem Ernst Anschützens lieblicheres „Klipp klapp", das den Mühlenlärm im Bewußtsein der breiten Bevölkerung musikalisiert hat: „Es klappert die Mühle am rauschenden Bach!" Und obwohl die Mühlen natürlich längst nicht mehr klappern, wird dieses Lied immer noch gern gesungen, freilich hat sich bei den Sängern, die zwar Verständnis für die Musik, aber keinen Kontakt mehr zur Müllerei haben, die irrige Meinung eingeschlichen, es handle sich bei diesem Klappern um eine Art Klapprigkeit, die durch irgendwelche lockeren Teile am Wasserrad, am Wellbaum oder an der übrigen Mühle hervorgerufen würde. Anschütz aber hat mit seinem Lied keinen Schwanengesang auf ein untergehendes, hinfällig gewordenes Gewerbe geschrieben, sein Lied war nicht gemeint als ein Leichengesang und als musikalische Begleitmusik zum Mühlensterben. Die Gesangsvereine singen heute dieses Lied manchmal im Ton wie „Ich hatt' einen Kameraden", als eine traurige Elegie, andere mißverstehen das Lied dergestalt, daß sie meinen, sie müßten im Sinne der Programmusik die Klapprigkeit onomatopoetisch und lautmalend nachahmen, deshalb singen sie es in der flotten und noch wohlvertrauten Art des „Es zittern die morschen Knochen". Bei dieser Sangesweise meint man die losen Trümmer und lockeren, zerlemperten Teile von Wasser- und Mahlwerk durch die Luft fliegen zu hören. Und was der Mißverständnisse mehr sind. Anschütz aber hat sein Lied natürlich ganz anders gemeint und verstanden. Hier geht es selbstverständlich nicht darum, daß ein Schaden besungen oder eine Ruine gefeiert wird, was in der Kunst an sich vorkommt und auch durchaus rechtens ist, weil der Mensch ja für das Schwache und Hinfällige ein gewisses Faible und eine Schwäche hat, jedenfalls in der Kunst; in der Lebenspraxis und im Alltag hat der Schwache und Hinfällige freilich nichts zu lachen. Anschütz aber hat keine Melancholie im Sinne gehabt, sondern ein Preislied aufs Mahlen und Backen, bei ihm heißt es: „Flink laufen die Räder und drehen den Stein" oder „Die Mühle dann flink ihre Räder bewegt". Von diesen Rädern also, diesen flinken, die das Korn „zu dem kräftigen Brot" mahlen (es müßte freilich vorerst einmal „Mehl" heißen, was sich aber nicht auf „Not" reimen würde: „Und haben wir solches, so hat's keine Not", und darum ersetzt wurde – hier klappert das Gedicht ein wenig), von diesen Rädern also kann das Klappern nicht kommen. Und es kommt auch nicht davon. Es kommt gar nicht vom Wasserrad, sondern es kommt vom Dreischlag des Beutelzeugs, also der Sichtung, jenem schlauchartigen Sack, durch den das Mahlgut fließt und der durch einen Stab geschüttelt und gebeutelt wird, um das feine Mehl herauszuschlagen. Dieses tausendmal besungene Klappern rührte von einem auf dem Mühleisen befestigten Drei- oder Zweischlag her, der das Gabelzeug angestoßen hat, das den Wollbeutel am Auslauf des Mahlganges schüttelte. Das Mahlgut fiel vom Mahlgang in den tieferliegenden Mehlbeutel, der kräftig gerüttelt wurde. Der

Dreischlag (oder Zweischlag) aber am Beutelkasten, einem Holzgehäuse um den Wollbeutel, hat das charakteristische Geräusch hervorgerufen. Das also ist der technische Hintergrund des in der Romantik besungenen „Klipp klapp“. Es hat weder mit einem aus dem Leim gegangenen Rad noch auch mit einem Stoßgeräusch an der Mühle selbst zu tun, weil die Getreidemühle nun einmal keine Stoßmühle ist, wie es etwa die Mostmühlen bei den Bauern sind. Die Mühle geht rund. Nur nicht stoßen!, sagte der Onkel manchmal. Die Romantiker haben einfach aus der Ferne das Klappern gehört, und wenn auch Anschütz gewußt haben mag, woher es rührte, so sind offenbar viele andere Romantiker ihrer Sache nicht sehr nahe getreten, sie haben sich bewußt ihre einsam feine Distanziertheit bewahrt und wohl obendrein die Augen halb geschlossen, um keine genauen Konturen, sondern nur noch Schemen und stimmungsvolle Nebelbilder zu sehen. So genau jedenfalls wollten sie das mit dem Beutelzeug gar nicht wissen, so wie sich auch meine Berufsschüler für die Tradition der Sichtung des Mehles meist kaum interessiert haben. Eine Standardfrage von mir bei den Berufsreifeprüfungen für Müller lautete: Seit wann klappert die Mühle am rauschenden Bach? Und als Antwort wollte ich hören (und hörte doch oft nicht): Es klappert die Mühle am rauschenden Bach seit 1502. Damals nämlich hat der geniale sächsische Müller Nikolaus Voller zum ersten Mal am Mahlgang seiner Mühle in Zwickau ein Beutelzeug zum Mehlsieben angebracht.

Nicht nur die Schüler interessierten sich kaum dafür! Als mich einmal ein Kollege auf dem Gang mit einem im verkleinerten Maßstab nachgebauten Dreischlag einer Klasse zustreben sah, fragte er: Unterrichtet der Herr Kollege heute wieder das Kapitel über die Klapsmühle? Da befiel mich eine große Enttäuschung und Traurigkeit. Hielt man mich also schon für verrückt, nur weil ich mich liebevoll der Geschichte zuwendete? Hielt man mich schon für so verrückt, weil ich mich einer Sache mit Leib und Seele verschrieben hatte und hingab, so wie man den Herrn Onkel für wahnsinnig erklärt hatte, weil er sich ganz seinen Wassergedanken und seinem

Kampf mit der Behörde verschrieb? Wer sich einer Sache ganz hingibt, dem wird diese Hingabe als Obsession und Wahn ausgelegt, die Zerstreuten halten den Konzentrierten gern für übergeschnappt. Das Wort „übergeschnappt", ein technischer Ausdruck, muß einem zu denken geben. Oder es hieß, bei diesem oder jenem drehe sich im Hirn ein Rädchen zu schnell, ausgehend von der klassischen Analogie, daß der Mensch, namentlich sein Gehirn, eine Maschine sei. So wurde das Nervenkrankenhaus auch zur Klapsmühle.

Mit einem Beispiel aus der Geschichte machte ich übrigens dem Onkel einmal eine gewisse Freude. Ich erzählte ihm also von dem berühmten englischen Maler William Turner, der ein großer Wasserfreund war („Wassernarr", wie die Leute sagen). Stundenlang, ja tagelang ist er an Ufern und Küsten gesessen und hat, auch ohne zu malen, auf das Meer hinausgeblickt. Und da diese sinnvolle „Beschäftigung" den Leuten sinnlos und sonderbar und verdächtig vorgekommen ist, hat sich der anonym auftretende Maler und Wasserseher Turner einen Trick und eine Mystifikation einfallen lassen. Er gab sich als pensionierter Admiral zur See auf dem Land aus. Seine Wasserbeobachtung aber wurde so zu einer Art Heimweh eines endgültig an Land gekommenen und in den Ruhestand getretenen Seefahrers und damit auch für die Leute halbwegs vom Motiv her verständlich und als altersbedingte Schrulle und Marotte immerhin akzeptiert. So war es im 19. Jahrhundert, und so ähnlich ist es auch heute noch. Wenn sich jemand in aller Ruhe in das Sein versenkt, weiter nichts tut, als nur zu sitzen, zu gehen oder zu stehen und zu denken und zu meditieren, wird er bereits für überdreht und auffällig angesehen. Immer heißt es, der oder jener sei „auffällig" geworden. Die „Auffälligkeit" gilt als das Kriterium der bedenklichen Geistesverfassung und der Geisteskrankheit. Nur wer unauffällig ist und „normal", nur wer das tut, was alle tun (also nichts Besonderes, und sicher nichts Großes), wird in Ruhe gelassen. Das Auffällige aber wird schnell als das Kranke bezeichnet. Unsere Gesellschaft ist besessen von ihrem Unauffälligkeitswahn.

Unter allen Mühlenliedern waren mir die liebsten nicht jene von Wilhelm Müller, „Wanderschaft“ („Das Wandern ist des Müllers Lust“), oder Ernst Anschütz, „Die Mühle“ („Es klappert die Mühle am rauschenden Bach“), sondern Justinus Kerners „Der Wanderer in der Sägemühle“ und Joseph von Eichendorffs „Das zerbrochene Ringlein“ („In einem kühlen Grunde“). Ich ließ auch regelmäßig und abwechselnd zum Abschluß der Freisprechfeiern eines von den beiden aufsagen, solange ich die Aufgabe der Gestaltung dieser Abschlußfeste übernommen hatte. Auch dies schien manchem der Herren Kollegen nicht recht zu sein. Selbst der Direktor monierte einmal, daß in diesen beiden Liedern vom Tod die Rede gehe, wo wir es doch mit hoffnungsvollen jungen Menschen zu tun hätten, die wir „ins volle Leben“ hinaus entließen. Der Herr Direktor fragte mich, ob diese Lieder nicht vielmehr die Stimmung von älteren Menschen wiedergäben, er sagte auch „unsere Stimmung“ und „unsere Stimmungslage“ und machte sich so (ein wenig scheinheilig) mit mir solidarisch und gemein, um damit seine Kritik nur um so deutlicher zu akzentuieren. Ich erwiderte damals, daß der Herr Direktor die jungen Leute wohl unterschätze und die Verhältnisse, für die er den Ausdruck „das volle Leben“ gebraucht hatte, überschätze. Dieses Leben, das lasse sich schon jetzt in vielen Fällen absehen, sei für die meisten nicht so „voll“ wie ein prall angefüllter Getreidesack. Vielleicht sei es „voll“ und „erfüllt“ für einige wenige Söhne von reichen Mühlenbesitzern. Aber auch viele Mühlenbesitzer und deren Söhne hätten in Zukunft um das nackte Überleben zu kämpfen. Für manche aber werde es statt Fülle Leere und Dürre geben, die Verhältnisse nämlich seien nicht so. Zudem belehre einen die Psychologie, daß kaum ein Lebensalter so sehr durch Trauer und Einsamkeitsgefühle bestimmt sei wie die Pubertät. Todesgedanken lägen den jungen Leuten näher, als sich das mancher Erwachsene wie offenbar auch der Herr Direktor so denke und vorstelle. Ich erinnerte den Herrn Direktor auch an die niederschmetternde Tatsache von Schülerselbstmorden und einen auch an unserer Schule vor nicht allzulanger

Zeit vorgekommenen Fall. So sei es nicht mein Alterspessimismus, der mich zur Wahl dieser beiden Gedichte bestimmt habe, und die Frage des Herrn Direktors an mich: Fühlen Sie sich irgendwie nicht wohl in unserer Anstalt?, empfände ich in diesem Zusammenhang als unpassend, ich hätte vielmehr meine Wahl gerade auch im Hinblick auf die jungen Menschen getroffen, und zwar derart, daß ich sie nicht etwa in ihrer Traurigkeit und Schwermut bestärken wolle, sondern im Gegenteil durch die unerhörte Schönheit dieser abendlichen Gedichte ermutigen und ermuntern. So nämlich müsse man die Funktion wirklich guter und nicht bloß sentimentaler und deshalb kitschiger Elegien beurteilen, daß sie nämlich bei aller Problematik des Themas letztlich tröstend und auf das Gemüt aufbauend wirkten. Eine Traurigkeit, die in dieser romantischen Weise Gestalt annehme, verliere ihre Gefährlichkeit und Schärfe; auf diese Art könne das Leid und könne der Schmerz erträglich, ja sogar genossen und ausgekostet werden, ohne daß deshalb gleich im Umschlag und in der Pervertierung dieser süßen Melancholie in manifestem Masochismus geschwelgt würde. Damit habe dies nichts zu tun. Der Abschied von der Berufsschule sei schließlich auch einer von jenen Abschieden, aus denen das Leben letztlich bestehe. Ich sagte freilich zum Herrn Direktor, daß der Abschied von unserer Anstalt die meisten der Schüler leider nicht besonders schwer ankomme, was auf uns Lehrer zurückfalle, die wir es in den drei Jahren offenbar nicht vermöchten und zustande brächten, den Schülern unsere Schule zu einer geistigen Heimat zu machen, zu einem liebgewordenen Ort der freundlichen Menschenbildung.

Es sei mir schon klar, sagte ich zum Herrn Direktor, daß eine Schule wohl niemals zu einem ausgesprochenen Lustort, einem „locus amoenus“ werden könne, wie die Römer einen solchen Platz nannten, dabei sei die Lehr- und Lernsituation, die Institution von Autorität und die Beurteilung, die nicht nur Lob bedeuten könne, sondern auch Tadel und damit Schmerzen und Beschädigungen einschließen müsse, einfach im Wege. Gebe es aber von der Konzeption her keine angstfreie Schule, so dürfe die Schule auch nicht zu einem „locus horridus“ werden, wie die Römer das Gegenteil des „locus amoenus“ bezeichneten, zu einer Stätte des Schrekkens, die man nicht nur nicht ungern, sondern liebend gern, ja fluchtartig verlasse. Es habe auch schon Schüler gegeben, und es seien nicht die schlechtesten gewesen, die gesagt hätten: Die Schule ist der Tod! Und damit sei nicht die Schule an sich gemeint gewesen, sondern die konkrete Anstalt des Herrn Direktors ...

So blieb es beim „Wanderer in der Sägemühle“ und dem „Zerbrochenen Ringlein“, und auch die Kollegen und der Herr Direktor hörten recht andächtig zu, wenn der Schüler, den ich zum Rezitieren ausgewählt hatte, das Podium betrat und begann: „Dort unten in der Mühle / Saß ich in stiller Ruh / Und sah dem Räderspiele / Und sah den Wassern zu ...“ Mancher der Vortragenden verwechselte seinen Vortrag mit dem „Aufsagen“ von früher, wo es manchem Lehrer mehr auf die rasche Gedächtnisleistung als auf den Ausdruck ankam. Ich habe dies selbst noch zu meiner Zeit in der Volksschule erlebt, daß für den Besten derjenige gehalten wurde, der die „Bürgschaft“ oder „Des Sängers Fluch“ oder was es dann auch war, am schnellsten und ohne zu zögern hergebetet hatte. Diese sportlichen „Vorträge“ waren von der Angst, zu stocken und hängenzubleiben, meist ganz entstellt, mancher Schüler schloß, um sich auf den auswendig gelernten Text zu konzentrieren und von seinem Auditorium nicht abgelenkt zu werden, die Augen oder verdrehte sie fürchterlich, um zur Decke zu starren oder zum Fenster hinaus. Natürlich verhinderte dann die Fixierung auf die Angst vor dem Gedächtnisloch jedes Mitdenken und dem Sinn des Textes Folgen. Die verständnislosen Aufsager atmeten auch nach dem Vortrag hörbar auf, wenn er ohne „Hänger“, wie die Schauspieler den Textverlust nennen, abgegangen und „abgelaufen“ war. Was sie eigentlich gesagt hatten oder was der Dichter mit der von ihnen mißhandelten Ballade ausdrücken wollte, wußten sie freilich nicht annähernd. Neben dieser unschönen Leierei gab es aber auch hin und wieder einen, der es mit dem „Ausdruck“ übertrieb. Hatte ein solcher die Schiffbruchs-Ballade „Nis Randers“ von Otto Ernst aufzusagen, so glaubte man sich als Zuhörer bei der Stelle „Krachen und Heulen und berstende Nacht ...“ selbst direkt dem Wüten der Elemente und dem Seesturm ausgesetzt. Meist hatten diese nachdrücklichen Schreier auch, als körperliche Konsequenz der hochdramatischen und wildbewegten Artikulation, die sogenannte „feuchte Aussprache“, sodaß sich die Illusion und der Eindruck des Unwetters (jedenfalls für die Zuhörer in den vorderen Bänken) noch weiter bedrohlich verdichtete. Wie Damon in der Ballade von Schiller bekam der, der in Front saß, mehr als nur eine Ahnung vom Hochwasser, das den Verschwörer an der Rückkehr zum Tyrannen und seinem Freund behindert.

Ich hatte genug abschreckende Beispiele von Hersagen im Gedächtnis und war darum immer bemüht, meine Rezitatoren die gröbsten Schnitzer der Vortragskunst vermeiden zu lassen. Meine Auswahl war aber immer gering, mancher Jahrgang hatte kaum einen geeigneten Sprecher, seltener konnte ich zwischen mehreren wählen. Mancher war versucht, nach altem Brauch zu skandieren. Dieses Aufsagen verglich ich gern mit einer Maschinenaktion. Die pausenlosen und Hebung-Senkung-Hebung-Senkung-Vorträge mit dem streng alternierenden Rhythmus, mit dem Prononcieren der Versenden und dem Forcieren der Reimwörter ließen mich immer an das Schwungrad der Dreschmaschine oder ein anderes Schwungrad, noch eigentlicher an einen Exzenter denken, wo ein zentrifugales, aus der Mitte versetztes Gewicht einem Rad über den toten Punkt hinweghilft. Geradeso wollten die Reimzwinger durch ihre Gewalttour des Skandierens den Text gewissermaßen provozieren und ihr Gedächtnis überlisten. Der Rhythmus war schon da, die Wörter würden und mußten sich zur rechten Zeit („par force“) schon einstellen, der Schwung schließlich half den Rezitatoren über vorhandene Schwachstellen hinweg. So sagte manchmal einer die Sägemühle des Kerner wirklich wie eine Sägemühle auf, und man meinte das Auf und Ab des Blattes regelrecht zu hören. Natürlich kam bei einer solchen Vortragsweise ein Vers wie „Saß ich in süßer Ruh / Und sah dem Räderspiele / Und sah den Wassern zu“ buchstäblich unter die Räder dieser Aufsagemaschine. Der Kandidat mahlte den Text und pulverisierte den Sinn der „gebundenen Rede“ zu Sägemehl. Ein anderer nahm die vielen „Ruh“ wieder zu wörtlich und drohte mir einzuschlafen, und ich hatte alle Mühe, ihn bei unseren Vorübungen und Proben soweit anzutreiben, daß wenigstens eine gewisse Kontinuität gewahrt blieb und das Gedicht nicht in Schweigen und Verstummen unterging.

Ich nahm mir ungefähr eine Woche vor der Feier eine Stunde Zeit, um mit meinen Schülern die Gedichte zu besprechen. Dabei forderte ich nach der lauten Lektüre vorerst die Schüler selbst auf, ihren Eindruck zu beschreiben. Ich ließ bei dieser ersten Annäherung an das kleine Kunstwerk vorerst wertende Urteile (Das Gedicht gefällt mir, gefällt mir nicht) oder auch identifikatorische zu (Ich könnte nicht so lange still sitzen und ins Wasser schaun). Dann begann ich rückzufragen: Warum gefällt dir das Gedicht? Dabei wurden nicht selten die wertenden Urteile durch neue identifikatorische begründet: Das Gedicht gefällt mir, weil ich auch schon einmal von einem Mädchen enttäuscht wurde und der Dichter genau die Stimmung wiedergibt, in der man sich da befindet. Ich war sehr zufrieden, wenn die Schüler ihre Lebensgeschichte einbrachten, ich wollte ja keine Literaturwissenschaftler aus ihnen machen, sondern ihr Naturerlebnis womöglich durch begleitende, erklärende Hinweise vertiefen und verstärken, vielleicht auch durch Einsicht reicher und feiner machen. Zum Schluß jedenfalls bot ich meine eigene Interpretation an. So sagte ich etwa über das Eichendorff-Gedicht „Das zerbrochene Ringlein“, auf das sich auch die oben wiedergegebene Schülerantwort bezog, ungefähr das Folgende: Das Mühlrad bildet in diesem Gedicht das Leitmotiv. Es erinnert den, von dem hier die Rede ist, an die Untreue seiner Freundin, der Müllerstochter. Diese Erinnerung zeigt sich als nicht abweisbar, so wie das Rad sich zu drehen fortfährt, diese Unfähigkeit, über etwa erlittenes Leid nicht hinwegzukommen, findet ihre bildliche Entsprechung im drehenden Rad. Die Erinnerung kreist, und auch der Mensch dreht sich im Kreise. Wir sprechen in diesem Zusammenhang auch gerne vom „Verkraften" und bedienen uns so eines deutlichen Arbeitswortes. So wie die Mühle mahlt, so müssen auch die Menschen ihre Vergangenheit „bewältigen", was eine schwere Mühsal bedeutet, denn Gottes Mühlen mahlen bekanntlich langsam. Unglücklich ist, wer nicht vergessen kann, sagte ich in Umkehrung eines bekannten Schlagertextes. Das also ist die Situation. Und das lyrische Ich sucht in seiner süßtraurigen Lage Abwechslung und Ablenkung („Ablenkung!"). Der Dichter spielt zwei exemplarische Möglichkeiten durch, eine mehr beschauliche und eine tatkräftige. Wie sich aber zeigt, führt keiner der Wege, weder die „via contemplativa" noch die „via activa", ans Ziel. Ich machte darauf aufmerksam, daß das Beschauliche und das Tatkräftige in der vierten Strophe, der kriegerischen mit dem Schlachtenpathos, ineinander verschränkt sind, da hier auch der Feierabend des Kriegers, das Liegen am Lager- oder Feldfeuer, beschworen wird. Er kann sich weder als Spielmann noch als Kriegsmann „beruhigen". Man darf auch schlußfolgern, daß keine neue Bekanntschaft (andere Müller haben auch schöne Töchter), wozu das Soldatentum und die „Fremde" ja wohl reichlich Gelegenheit geboten haben müßten (wofür sie in gewisser Weise sogar synonym stehen mögen), den Drang und die unstillbare Sehnsucht (gerade darum handelt es sich) abzustellen und zu stillen vermochte. Die Welt hat kein Heilmittel gegen dieses Leiden. Der Mensch ist sein Leben lang unruhig, sein Herz ist das eigentliche „perpetuum mobile", bis es der Tod stillegt. Ich machte dabei auch gern einen Hinweis auf den großen Kirchenlehrer Augustinus, der schon im Ausgang des Altertums in seinen „Bekenntnissen" von dieser unstillbaren Unruhe und Sehnsucht des Menschen gewußt und gesprochen hat und für sich diese Antwort bietet: „Unruhig ist unser Herz, bis es ruhet in Dir, o Gott." Eichendorff sagt in der letzten

Strophe: Das Rad (das Trauma) kann ich nicht abstellen, die Erlösung läge nur in der Ausschaltung der Wahrnehmung und der Erinnerung im Tod.

Ich schloß unmittelbar an meine Interpretation einige Lebensregeln und Ratschläge für die Zukunft meiner Schüler an, beließ es also selbst nicht bei der Kunst um der Kunst willen, sondern leistete meinerseits dem Identifikatorischen Vorschub: Wenn ihr jetzt ins Leben hinaustretet, dann ... Mein Unterricht war so immer eine Art Nachhilfe und Beförderung von ansatzweise bereits Vorhandenem. Auch verstand ich ihn gern unter dem heute sonst leider abwertend verstandenen Wort „Vorschub". Ich verwende das Wort „Vorschub", das ebenfalls ein technischer Ausdruck ist und jenen Mechanismus an der Sägemühle bezeichnet, der das Bloch der eigentlichen Säge zuführt und sukzessive in kleinen Schritten nachdrückt, der somit dafür da und zuständig ist, daß die Säge „lange Wege in einen Tannenbaum bahnen" kann, wie es bei Justinus Kerner heißt. Arbeiten muß der Schüler selbst in seinem Beruf und an sich selbst, so wie die Säge schneiden muß, der Lehrer kann nur ein-, zu- und hinführen, so wie der Vorschub das Holz heranbringt. Sie sind ein unverbesserlicher Idealist, sagte der Herr Direktor einmal zu mir.

Ich mache jetzt einmal Zwischenbilanz und Inventur und frage mich nach dem Stand dieses Berichtes, den ich dir abzustatten mir vorgenommen habe. Dabei sehe ich, daß es mir nicht gelungen ist, so wie ich es mir vorgenommen hatte, ein Thema nach dem anderen, säuberlich unterschieden und getrennt, abzuhandeln und zu erörtern, daß ich vielmehr unterwegs einige Themen verloren und später wieder aufgegriffen habe. Nimm diesen Mangel als Tugend und als ein Abbild des Mahlens, wo ja auch das Mahlgut öfters über die Walzen geht und (entsprechend der Wiener Hochmüllerei) erst leicht und dann immer schärfer angegangen wird. So habe ich mich nach dem Kapitel „Der Herr Onkel und das Wasser" das Kapitel „Der Herr Onkel und das Getreide" aufzuschreiben angeschickt, bin aber von der Heiligkeit der

Feldfrüchte auf das Christusbild der Mühlstube und von hier zu unserer Rembrandtreise abgeschweift und unterwegs auf dieser an manchem anderen Thema wie etwa Leonardo da Vinci, Johann Sebastian Bach und der Mühlenkunst im allgemeinen sowie meinem eigenen Unterricht über diese Gegenstände im besonderen vorbeigekommen. Ich wollte aber noch manches über den Onkel und das Bauerngetreide sagen. Laß mich also, in der Mühlenallegorie gesprochen, noch einmal aufschütten und nachgießen. Habe ich auch schon einen Teil ausgesondert und abgezogen, so wollen wir doch den verbleibenden Rest in einen weiteren Gang schicken, um noch mehr herauszubekommen; es soll alles noch feiner werden.

Vom Getreide sprach der Herr Onkel nie anders als von etwas Heiligem und Geweihtem. Daß es so sei, zeige auch die Bibel. Der Sämann gehe durch beide Testamente. Gott selbst werde mit einem Landwirt verglichen. Von daher sei es sehr zu bedauern, daß die Pfarrer auf dem Land alle die Landwirtschaft aufgegeben haben. Statt den anderen Bauern nicht nur im Sittlichen, sondern auch im Wirtschaftlichen voranzugehen und voranzuleuchten, haben sie alle auf Geheiß und Anordnung des Bischofs ihre Bauernwirtschaft liquidiert und den Grund verpachtet. Jetzt kann sich kein Bauer mehr am Pfarrer etwas abschauen und ein Beispiel nehmen. Nicht jeder der Pfarrer aber, die die Bauernwirtschaft aufgegeben hätten, benütze nun die freie Überzeit unbedingt zum Beten. Mancher Pfarrer mache die Herkunft des Wortes Brevier vom lateinischen „brevis“ („kurz“) in seiner Gebetspraxis wahr. Der Onkel räumte ein, daß es früher andersherum mancher Pfarrer auch als Bauer zu wild und bäurisch getrieben habe und seine geistlichen Pflichten hinter seine agrarischen Aufgaben gestellt habe. Es wurde auch, wie ich mich erinnere, immer von einem Pfarrer einer Nachbargemeinde berichtet, der einmal, als er vom Feld weg zu einem dringenden Versehgang geholt wurde, häßlich geflucht und gesagt haben soll, die Betreffende, zu der er zu gehen hatte, hätte sich zum Sterben auch eine bessere

Zeit aussuchen können. So weit dürfe es nicht kommen. Im übrigen sei aber zum besseren Bibelverständnis ein wenig Erfahrung in der Landarbeit nicht nur nicht abträglich, sondern recht eigentlich sehr hilfreich und förderlich. Nicht nur den Malern möchte man agrarische Kenntnisse wünschen, wenn sie sich als Landschafter betätigen, sondern auch den Priestern, damit sie Jesu Gleichnisse vom Sämann oder vom Weinberg richtig verstehen und exegetisch deuten können.

Es liegt sicher an den Lehren meines Onkels und seinem besonderen Unterricht, daß eigentlich auch ich mir nur eine grüne Kirche vorstellen kann, eine gewissermaßen rustikale Kirche, obwohl ich weiß, daß auch den Städtern das Evangelium verkündet werden muß. Aber wie muß sich ein armer Stadtpfarrer anstrengen, um seinen Schäfchen, sofern man die städtischen Kirchenbesucher überhaupt und wenn auch bildlich so bezeichnen kann, den Sinn des Erntedankfestes zu erklären. Über den guten Hirten zu predigen, ist in der Stadt auch ein Kreuz. Das gesamte Liedgut aber, das bei Fronleichnamsprozessionen gesungen wird, ist ländlich und agrarisch.

Als sich der Herr Onkel damals oft darüber beschwerte, daß die Pfarrer ihre Bauernwirtschaften aufgegeben und den Grund entweder verkauft oder verpachtet hätten, konnte er freilich nicht wissen, wie sich die Landwirtschaft einmal entwickeln würde! Vielleicht hat sich die Landwirtschaft gerade deshalb so verhängnisvoll entwickelt, weil die Pfarrer keine vernünftige und menschenwürdige Landwirtschaft mehr vorexerzierten. Heute aber, wo Tierhaltung gleichbedeutend, absolut gleichbedeutend, mit Tierquälerei geworden ist, wäre ein Pfarrer, der sich daran beteiligen möchte, als Pfarrer und Christ von vornherein unglaubwürdig. Vorbei die Zeit, von der ich weiter oben sprach, da man die neuen Tiere im Haus mit einem Stück Brot begrüßte, die das Haus verlassenden mit einem Stück Brot verabschiedete! Und erst gar die Zeit, da im sogenannten alemannischen Einhaus Mensch und Tier in einem großen Raum zusammenlebten ... So stimmen, was der Herr Onkel damals gar nicht ahnen konnte, auch die biblischen Vergleiche längst nicht mehr.

Unsere heutige chemische und industrielle Landwirtschaft hat mit der biblischen wenig zu tun. Wo ist der gute Hirte, der die fenster- und lichtlosen Ställe aufbricht und die gepeinigten Tiere aus den Batterien als ihrem tödlichen Gefängnis befreit? Die armen Tiere, mein Gott, mein Gott, wie hast du sie verlassen! Franz von Assisi! Heiliger Leonhard, gib, daß Gott das Vieh im Stall bewahrt, haben wir früher gebetet. Heiliger Leonhard, erspare ihnen das Leiden und laß sie sterben, müßte es heute heißen. Wir sollten den Nährvater Josef, den Heiligen der Euthanasie, anrufen.

Das Getreide ist etwas Heiliges, sagte der Onkel, und die Pfarrer sollten dies den Menschen beibringen. Das Getreide aber, das ihm die Bauern brächten, sei die reinste Gotteslästerung, jedenfalls eine Verspottung des Müllers. Der Müller aber könne keine Wunder wirken, er könne nicht aus Steinen Brot machen, und auch aus Mäusedreck könne er kein feines Doppelnullmehl herstellen. Der Müller braucht, damit er ein erstklassiges Mehl herstellen kann, an dem die Hausfrau und der Bäcker ihre Freude haben, einen trockenen, sauberen und gewichtigen Durum oder auch Weichweizen mit einem anständigen spezifischen oder Hektolitergewicht, aus Hosenknöpfen, Sprotten, Staub, Mausefallen und dergleichen könne er vielleicht ein modernes Kunstwerk herstellen, aber zu einem Mehl mit guten Eigenschaften brauche es Getreide von echtem Schrot und Korn. Den vielen Abfall könne er auch nicht zur Kleie schlagen, denn die Tiere, für die die Kleie als Futter bestimmt sei, könnten aus Kehricht und Kot auch keinen Nutzen ziehen. Einmal sagte der Onkel, daß er gute Lust habe, einen der besonders sorglos mit dem Getreide umgehenden Bauern vor jenes Rohr zu stellen, aus dem die Luft seiner Absaugung bläst, und dann das Getreide des Betreffenden, sein sogenanntes Getreide, über den Aspirator zu schicken, um den Bauern in die Staubwolke seines Getreides, seines sogenannten Getreides, einzuhüllen. Dem würde wohl das Lachen vergehen, er würde sich vor Husten und Spucken nicht einbekommen können. Jetzt hast du eine Vorstellung von der Güte deines Roggens, würde dann der

Onkel zum Bauern sagen. Ich glaube, du hast jetzt von der Zusammensetzung deines Brotgetreides eine gewisse Vorstellung bekommen, würde er dann sagen.

Der Herr Onkel sagte, er rede an sich nur von den vermeidbaren Beimengungen, er rede sozusagen nur von alten Türschnallen, Trümmern von gebrochenen Schaufeln und Maltern, von Drähten und dergleichen. Das eigentliche Unkraut lasse er dabei noch einmal außer Betracht, von dem es im Getreide natürlich auch jede Menge gebe. Hier handle es sich aber um vergleichsweise natürliche Schadstoffe und Schädlinge, die nicht die Bauern zu verantworten hätten, oder doch nur zum Teil, daran seien nämlich die Natur oder der liebe Gott, wie man es eben ansehe, schuld und dafür zuständig. Wenn er bedenke, wie viele Schädlinge und Unkräuter es auf der Welt gebe, dann müsse er sich wundern, daß überhaupt etwas wachse und geerntet werden könne. Die vielen Unkräuter und Unkrautsämereien seien so eklatant in der Überzahl, daß es die Kulturpflanzen wie Weizen, Roggen oder Hafer, Gerste oder Hirse schwer genug haben, aufzukommen und bis zur Matura zu gelangen.

Der Herr Onkel langte bei einer ersten Prüfung des Mahlgutes in den Sack des Bauern und sagte: Kornrade. Oder er sagte: Taumellolch. Der Herr Onkel fuhr mit seiner Hand in einen Sack und sagte: Schwarzkümmel. Ein anderes Mal prüfte er und sagte dann: Flohknöterich! Oder er prüfte das Korn, indem er die Körner aus der gefüllten Hand in den Sack zurücklaufen ließ und sagte: Wachtel- und Mohrenweizen. Oder er kam zu dem Ergebnis: Skabiose. Dann sagte er manchmal: Klappertopf. Oder er sagte: Weinbergslauch. Oft sagte er: Knoblauch, manchmal: Ackersenf, seltener: Kuhkraut. Oder er sagte: Hahnenkamm, Haftdolde, Klettendolde, Rockentrespe. Da ist oft ein Bauer erschrocken, wenn er die Namen des Unkrautes oder gleich vieler Unkräuter aus dem Mund des Herrn Onkels vernahm, und schaute ungläubig drein. Einige Bauern widersprachen auch und protestierten, weil sie meinten, der Herr Onkel habe die Namen nur so dahergeredet, um ihr gutes Getreide schlechtzumachen und womöglich für sich selbst dadurch einen Vorteil herauszuschlagen, um mit dem Hinweis auf die Wertminderung des Getreides durch Schädlings- und Unkrautbefall die eigene Sache zu fördern. Mit diesem Unglauben und Zweifel an der Stichhaltigkeit und Ernsthaftigkeit der Angaben über Besatz und Unkraut kamen sie aber beim Herrn Onkel an den Falschen. Was?, fragte er den Bauern, du glaubst es nicht? Du meinst, ich mache nur Redensarten? Und wenn der Bauer, durch Onkels Entschiedenheit schon wieder ein wenig kleinlaut und mutlos geworden, den Unkrautnamen wiederholte, von dessen Träger er sich nicht vorstellen konnte, daß er in seinem Getreide sein sollte, so wurde er vom Herrn Onkel auf der Stelle belehrt und überführt. Der Bauer sagte meinetwegen: Du sagst Hahnenkamm, was heißt Hahnenkamm, ich habe keinen Hahnenkamm auf meinem Feld gesehen, woher soll dann der Hahnenkamm in meinen Weizen kommen, wenn ich nie keinen Hahnenkamm nicht gesehen habe. Ich kann mir überhaupt nicht vorstellen, wie da ein Hahnenkamm dabeisein soll. Das glaube ich nicht, daß du da einen Hahnenkamm gesehen hast. Ich glaube, da hast du dich geirrt, als du da einen Hahnenkamm in meinem Weizen gesehen haben willst ... Darauf sagte der Onkel bedächtig: Bitte ..., griff noch einmal in den Sack und ließ die Körner wieder aus seiner Hand in den Sack zurückrieseln. Plötzlich fischte er mit der freien anderen Hand aber einen Samen heraus. Jetzt schüttete er den Rest des Getreides auf einmal zurück und hielt den Unkrautsamen gegen das Licht: Und was ist das?, fragte er. Und er sagte: Flachgedrückter Samen, blaugrün ... Das ist der Hahnenkamm, das ist der gefährlich giftige Hahnenkamm, der dem Mehl bei starkem Befall, wie er hier gegeben ist, eine schmutzige und blaugraue Farbe gibt. Das ist ein Gift, mein Karl, sagte er zum Bauern, wenn er etwa Karl hieß, und daß das ein Gift ist, darauf kannst du auch Gift nehmen. Und wenn du es genau und Lateinisch wissen willst, dann sage ich dir: Fistularia alectorolophus.

Ein anderes Mal bezweifelte einer der Bauern, daß in seinem Roggen Taumellolch sein sollte. Da fischte der Herr

Onkel wieder den entsprechenden Samen aus dem Sack, sagend: Kurzes, dickes Korn, schmutzig-grün bis braun, von der Größe eines kleinen Weizenkornes, aber mit langer Granne. Und was haben wir hier?, fragte er dann und wiederholte: Kurzes, dickes Korn, schmutzig-grün bis braun ... Also Taumellolch. Und wenn du wissen willst, was passiert, wenn ich den vielen Taumellolch aus deinem Korn nicht herausputze, sondern ins Mehl bringe, dann sage ich dir auch das: Schon nach zwei Stunden wird dir entsetzlich schlecht und speiübel, es wird dir schwindlig, und du beginnst zu zittern ... Und jetzt weißt du auch, warum dieses Unkraut Taumellolch heißt. Wieder ein anderer wollte den Schwarzkümmel nicht akzeptieren und zugeben, den der Herr Onkel diagnostiziert hatte. Dann sagte der Onkel: Pechschwarzer, kleiner Samen, schwach runzelig und halbkugelig im Querschnitt, und er spaltete mit dem Daumennagel den Samen, im Querschnitt aschgrau. Und lateinisch heiße dieses Unkraut Nigella arvensis.

Ich erinnere mich aber nicht nur an Onkels Unkrautschelten, sondern auch an viele seiner Auslassungen über das Getreide an sich, die verschiedenen Sorten und den Anbau, immer im Zusammenhang mit Invektiven gegen die Landwirtschaftskammern, die Agrarbehörden (insbesondere das Bundesministerium für Land- und Forstwirtschaft) und die Bauern selbst. Zunächst hatte ich kaum ein Verständnis für das, was der Onkel da in vielen langen Gesprächen mit Bauern oder Behördenvertretern vorbrachte, bis er mich eines Sonntags zur Seite nahm und mir einen Grundkurs über das Getreide hielt.

Am Anfang, sagte der Onkel, war das Einkorn. So klein also habe das Getreide einmal angefangen. Dieser Weizen „Einkorn", im Volksmund auch „Pferdedinkel", von der Wissenschaft aber „Triticum monococcum" genannt, habe, wie es ja sein Name anspreche und zum Ausdruck bringe, in seiner Ähre nur ein Korn, ein einziges Korn getragen. So habe der Weizen des Altertums ausgesehen, wie etwa die Ausgrabungen der Archäologen bei Troja ergeben hätten. Heute gebe es das Einkorn kaum noch. Der Onkel sagte, daß man vielleicht auf dem Schwäbischen Jura, vielleicht auch stellenweise in der Westschweiz, möglicherweise auch in Kleinasien noch den Pferdedinkel, dieses Triticum mit seinen stark von der Seite zusammengedrückten und dicht begrannten Ähren, die wie die wertvolle Fassung eines kostbaren Schmuckstückes das eine Korn wie einen Edelstein fasse, finden könne. Bei uns nicht mehr, leider nicht mehr, sagte der Onkel. Unsere Zeit kann sich den Pferdedinkel nicht mehr leisten. Das Einkorn sei ein bespelzter Weizen, heute seien aber die Weizen von der Gruppe der sogenannten nackten Weizen mit den schweren, vielkörnigen Ähren im Schwange. Obwohl nun gegen diesen rationelleren und ertragreicheren Weizen nichts einzuwenden ist, brachte es der Onkel doch fertig, den alten Zustand gegen den neuen auszuspielen und der alten Dürftigkeit im Gegensatz zum neuen Reichtum etwas abzugewinnen. So sagte er etwa: Stell dir vor, mein Bub, heute gibt es statt des Einkorns das sogenannte Schwindelkorn. Und er wiederholte öfters das Wort Schwindelkorn. Statt des ehrlichen Einkorns heute also das Schwindelkorn, sagte er. Heutzutage seien der Riesenweizen und das Schwindelkorn beliebt, das Triticum polonicum, der polnische Weizen. Das sei ein ehrenhafter Name für das Schwindelkorn, er habe aber einen nahen Verwandten, dieser Weizen, und der nenne sich Triticum vulgare, zu deutsch „der gemeine Weizen“. Er habe aber nichts gegen diesen Weizen. Schließlich sei ja auch er bereits alt und nicht wie der heutige kanadische ein Produkt einer wilden hybriden Züchtung. Das zeige sich am Dinkel oder Igelweizen, der auch Pfahlbauweizen genannt werde, auf lateinisch Triticum compactum, der zum vulgären Weizen zähle, wie übrigens auch der berühmte Manitoba. Der Herr Onkel sagte, daß die Bauern beim Bauen nie an den Müller und den Bäcker denken. Sie bauen einfach Sorten, deren Halme und Ähren ihren eigenen agrartechnischen Vorstellungen entsprechen, die sich einfach nur gut bearbeiten lassen. Auf die Müller und Bäker und auf die Konsumenten nehmen sie leider viel zuwenig Rücksicht. Der agrartechnische Standpunkt sei aber oft vom ernährungswissenschaftlichen recht verschieden. So entspreche auch die Einteilung der Weizensorten in A-, B- und C-Qualität, wie sie in der heutigen agrarwissenschaftlichen Literatur Usus sei, nicht immer der müllereiwissenschaftlichen Bewertung und Einschätzung. Oft sehe er, sagte der Herr Onkel, in einer landwirtschaftlichen Fachzeitschrift einen Weizen unter C eingestuft, dem er unbedingt die Kategorie B, wenn nicht sogar A zubilligen würde, ein anderes Mal finde er einen Weizen unter A, der seiner müllereifachlichen Beurteilung nach in A gar nichts verloren habe, sondern unter B, wenn nicht unter C stehen müsse. So finde er beispielsweise die Sorte Heines Germania in der österreichischen Literatur meist unter C. Heines Germania sei aber seiner Meinung nach ein guter deutscher Sommerweizen und mit voller Berechtigung der B-Qualität zuzuschlagen. Lohmanns Weender galizischer Kolben wieder stehe in der österreichischen Fachliteratur gern unter A. Man würde ihm aber wie auch Bensings Allerfrühestem mit B sicherlich nicht Unrecht tun. Auch der Lichtis, sagte der Herr Onkel, werde manchmal überschätzt. Unter den Sommerweizen, sagte der Herr Onkel, finde man in der österreichischen Literatur der Reihe nach die folgenden Sorten unter der Rubrik B: Ackermanns Bayernkönig, Ackermanns Jubel, Engelens Siegfried, Holzapfels Darwin, Nordost Samland, Kraffts Siegerländer und Wiebes Weiß. Er könne sie sich alle unter A vorstellen, sagte der Herr Onkel, von Ackermanns Jubel vielleicht abgesehen. Mit dem Bayernkönig aber wie auch mit Holzapfels Darwin habe er die besten Erfahrungen gemacht. Natürlich müsse man immer fragen, wo was bauen. In die Welser Heide, sagte der Herr Onkel, würde er natürlich mit Holzapfels Darwin nicht unbedingt gehen mögen. Die Heide habe für Holzapfels Darwin einfach zu wenig Humus. Mit dem Schotter aber habe Darwin wie auch der Weiße Wiebes keine Freude.

In dieser Weise belehrte mich der Herr Onkel über den Weg, den der Getreide-, insbesondere Weizenanbau, vom Einkorn über das Zweikorn (Triticum dicoccum), den Emmer, über den ich weiter vorne im Zusammenhang mit dem Bild in der Mühlstube gehandelt habe, bis zu den vielkörnigen Weizenarten der Neuzeit, deren Ähren so schwer geworden sind, daß sie die Halme kaum noch zu tragen vermögen, genommen hat.

Durch Onkels Reden wurde mir sehr früh und tief bewußt, daß Mahlen vor allem Reinigen bedeutet. So wie jener, der gut schmiert, gut fährt, so gilt auch, daß gut mahlt, wer gut reinigt. Ich bedaure nur, daß ich nicht etwas von des Onkels später von den Sachverständigen für krankhaft erklärtem Temperament besessen habe, ich glaube, ich hätte mit seiner Mentalität, zu der mir leider die nötige Vitalität und auch Wut gefehlt hat, als Lehrer bei den Lehrlingen mehr Interesse und Freude am Gegenstand wachgerufen. Aber ich war von Anfang an, als ich zum Herrn Onkel kam und er sich meiner annahm, ein eher stilles und in sich gekehrtes, wenn ich auch vielleicht zu meinen Gunsten sagen darf: ein waches, vor allem an technischen, im besonderen agrar- und mühlentechnischen Problemen interessiertes Kind. Aber was soll man zu einem Kind sagen, das sich lieber Gedanken über eine Schälmaschine macht, statt mit Gleichaltrigen Indianer zu spielen, das sich stundenlang die Reden eines alten Müllers über das Getreide lieber anhört als irgendwelche kindergemäßen und kindertümlichen Märchen. Und vielleicht bin ich sogar in gewisser Weise dieses merkwürdige und befremdlich eigenartige Kind geblieben.

Mein Interesse an der Mühle war aber von Anfang an ein gewissermaßen nüchternes, wenn auch ein durchaus innerliches, was vielleicht, aber zu Unrecht, als Widerspruch erscheinen mag. Als der Herr Onkel meine Willigkeit und Bereitwilligkeit, zuzuhören und zu lernen, sah, war er darüber anfangs erfreut, später freilich machte ihm deren Unbegrenztheit, um nicht zu sagen Unendlichkeit, einige Sorgen. Er sah um sich lauter Gerissene, bei den Behörden und bei den Bauern, und war deshalb besorgt, ob ich mich in dieser feindlichen Umwelt und unter all den Wölfen mit meiner Engelsgeduld und mit meiner lammfrommen Freundlichkeit durchsetzen werde können. So ging ein Teil seiner erzieherischen Bemühungen dahin, mich sozusagen scharf zu machen. Er sagte, es sei hier wie beim Mahlen: damit eine Walze im Walzenstuhl greife und Biß bekomme, müsse sie geschärft oder geriffelt werden. So müsse auch der Mensch einen Schneid bekommen, wenn er anderen, die ihn übervorteilen und übertölpeln wollten, den Schneid abkaufen soll.

Ich selbst unterrichtete das Kapitel Reinigung in Annäherung an ein fertiges Papier einer Fachzeitschrift folgendermaßen: „Besonders wichtig ist die Reinigung des Getreides vor der Vermahlung. Auf die Reinigung des Getreides legt der vernünftige Müller den größten Wert. Es ist richtig, wenn gesagt wird, daß die Reinigung bereits ein Teil der Müllerei sei. Wer jemals erlebt hat, was alles an Begleitstoffen sich im Getreide findet, wird sehr überrascht sein. Nicht nur fremder Besatz, Unkräuter, Mutterkorn, Brand, sondern auch Erde, Steine, Exkremente, Spelzen, Halme, ja selbst Eisenteile und Schnüre müssen vorher peinlich genau entfernt werden. Gleichzeitig dient die Reinigung aber auch der Vorbereitung für die eigentliche Vermahlung, die auf einer möglichst weitgehenden Trennung des Mehlkörpers von Schale und Keimling beruht.

Zunächst passiert das Getreide, teils noch vor der Lagerung, den Separator. Es handelt sich hiebei im Prinzip um eine Reinigungsmaschine von geschlossenem Bau, in der durch kräftige Aspiration des Getreides zunächst leichte Teile wie Staub, Spelzen etc. entfernt werden, worauf es eine Anzahl schräger Rüttelsiebe passiert. Da die Lochung dieser Siebe größer ist als das Getreide, bleiben Schrollen, Stroh und dergleichen zurück, das Getreide hingegen fällt durch und wandert zu weiteren Sieben mit engerer Lochung, die nun kleinere Beimengungen entfernen wie Sand und kleine Unkrautkörner. Dabei stehen Ein- und Auslauf unter dem Einfluß kräftiger Belüftung, sodaß ein staubfreies, gut vorgereinigtes Getreide am Auslauf erhalten wird.

Nun folgt ein Magnet zur Entfernung der Eisenteile, die sonst leicht bei dem folgenden Schäl- und Vermahlungsprozeß durch Funkenbildung Staubexplosionen hervorrufen und somit die Ursache von Mühlenbränden werden können. Im Trieur oder Gesämeausleser werden die Unkrautsamen, aber auch fremder Besatz wie Hafer und Gerste ausgelesen. Dies geschieht dadurch, daß eine zylindrische Trommel sich dreht, die mit Zellen versehen ist, die der Größe der Unkrautsamen angepaßt sind und die runden oder länglichen Unkrautsamen herausheben und sie in eine Sammelschnecke fallen lassen.

Für Weizen stellt die Wäscherei eine ideale Reinigung dar. Dadurch wird besonders fest anhaltender Schmutz des Weizens entfernt, was sonst wegen der tiefen Bauchfalte des Weizens schwerlich restlos möglich wäre. Dabei fallen auch die schweren Steine zu Boden und werden in einem Steinsammelbehälter aufgefangen, während taube Körner, besonders aber Brandbutten, durch Ausschwemmen entfernt werden. Das Getreide, das durch das von Schneckendrehung bewegte Wasser befördert wird, wird anschließend in einer Zentrifuge getrocknet, das Wasser fließt durch einen Siebmantel ab. Zu große Kornfeuchtigkeit muß entweder im Trockner oder im Konditioneur beseitigt werden.

In anderen Reinigungsmaschinen wird nun das Korn stärker angegriffen. So dient die Schälmaschine der Entfernung der zellulosereichen, äußeren Schaleschichten sowie des Bärtchens. Dies wird dadurch erreicht, daß das Korn mit Schlägern gegen einen zylindrischen Schmirgel- oder Drahtgewebemantel geworfen wird. Die gelösten Schalenteile und der Schmutz werden mit Hilfe der Aspirationsluft im Tarar vom Getreide abgeschieden ...“

Und so fort, dies war mein Vortrag in der Müllerschule. So redete ich, weil ich so reden mußte und nicht anders konnte, und ich mußte oft mitansehen, wie die Schüler ermüdeten und das Interesse am Gegenstand gering war. Wie oft aber hätte ich mir gewünscht, ich könnte über die Reinigung oder irgendein Thema sonst so reden, wie ich es vom Herrn Onkel in Erinnerung hatte, wenn er etwa über das Wasserrecht, über das Unkraut, über das Dreschen bei den Bauern oder über die Insektenschädlinge sprach. Immer wird mir in Erinnerung bleiben, wie er etwa mit mir über seine Majestät, den Kornkäfer, wie er sagte, sprach.

Der eigentliche Kampf auf Erden, sagte der Herr Onkel, sei nicht jener zwischen verschiedenen Gesellschaftssystemen, sondern derjenige zwischen den Menschen und den Insekten um die Nahrungsmittel. Und der Kornkäfer, den die Bauern auch den Getreidereuter oder den Kornbohrer und die Wissenschaftler Calandra granaria nennen, sei wohl überhaupt der Feind Nummer 1 der Menschheit. Es sei nämlich gar kein schlechter Müllerausspruch, der da laute, daß die Menschen nicht das verzehren, was sie ernten, sondern dasjenige, was ihnen die Insekten übriglassen. Wir ernten nicht, was wir säen, und wir verzehren nicht, was wir ernten. Einige aber verzehren so viel, daß sie es nicht verdauen können, sagte der Herr Onkel. Er spreche von einzelnen Individuen, aber auch von Völkern. Überall zwischen dem Säen und dem Ernten und zwischen dem Ernten und dem Mahlen und zwischen dem Mahlen und dem Verbacken und Verzehren gibt es Insekten, die sich für die Nahrungsmittel interessieren. Um beim Kornkäfer zu bleiben, so legt ein einziges Weibchen, das über den Winter kommt, 150 Eier. Aus diesen 150 Eiern aber, sagte der Herr Onkel, können sich wieder, wenn man die Hälfte nimmt, 75 weibliche Kornkäfer entwikkeln. Diese vermehren sich dann innerhalb eines Jahres in zwei Generationen. Sie können, wenn man alles zusammenrechnet, im Jahr ungefähr 20 000 gesunde Körner verzehren, „vernichten", wie man vom menschlichen Standpunkt aus sagen müsse. Dem Getreide selbst, sagte der Onkel, ist es im übrigen egal, ob es vom Menschen verzehrt oder von den Insekten „vernichtet" wird. 20 000 Körner seien es also nun, die von diesen zwei Generationen Getreidereutern vernichtet, das heißt angebohrt und gefressen würden. Man rechne, daß ein Kilogramm Weizen aus ungefähr 26 000 Körnern bestehe. Das also vertilge ungefähr allein die Brut eines einzigen Weibchens, das über den Winter kommt.

Oft hat mir der Herr Onkel in der Mühle die Schädlinge auch gezeigt. Da schau her, sagte er und wies auf ein Insekt, das an einem Sack oder an einer Wand hochkrabbelte. Schau dir bitte hier den größten Feind der Menschheit an. Seine Art sei Millionen Jahre alt, aber er habe in all den Millionen Jahren immer das gleiche getan, nämlich gefressen und sich fortgepflanzt. Und es wird diese Calandra granaria, dieses dumme Tier, das all die Millionen Jahre nichts dazugelernt hat und heute so kulturlos ist wie seine Ur-Ur-Urahnen und auch gar nichts gleichschaut, nicht fliegen und kaum sehen kann, sicher auch dann noch geben, wenn es keine Menschen mehr gibt. Die halbblinde Calandra wird die scharfsichtigen Menschen überleben, die Menschen werden sich ausgerottet haben, aber die Calandra wird auch später noch Getreide reuten. Der Herr Onkel löste einen Kornkäfer von der Wand, und der Käfer torkelte durch die Luft und landete einen halben Meter von der Mauer entfernt. Kann man das fliegen nennen?, fragte der Onkel. Er sieht nichts gleich, sagte er. Im Ruhe- oder Starrezustand, wenn sie überwintern, sehen sie aus wie Mäusekot, eingetrockneter Mäusedreck. Die Weibchen seien etwas größer als die Männchen, und das sei in der Natur sehr oft so, nur bei den Menschenkindern kämen sich die Männchen besonders stark vor.

Leider sei aber der Kornkäfer ja nicht das einzige Insekt, das den Menschen das Getreide und das Mehl streitig mache. Es gebe da vielmehr eine ganze Zoologie von Käfern, Motten, Schaben, Milben, Wanzen und Läusen, die an Getreide und Mehl Geschmack haben und mit den Menschen in Konkurrenz treten. Er mache mich darauf aufmerksam, daß das Wort Milbe bereits herkunftmäßig mit dem Wort Mehl zusammenhänge. Wer also Mehl sage, müsse gewissermaßen auch Milbe sagen ...

Die Wurzel vieler Getreidemängel ortete der Onkel darin, daß die Bauern nicht nur beim Dreschen die nötige Sorgfalt vermissen ließen, sondern vor allem auch darin, daß sie die sogenannten Wenkmühlen abgeschafft hatten. So sei früher die Sorglosigkeit der Dreschmaschine durch diese Wenkmühle, durch die man das Getreide vor dem Mühlefahren gelassen habe, wettgemacht worden. Du wirst kaum noch wissen, worum es sich bei einer „Wenkmühle“ handelt. Wenn du aber vielleicht einmal das Kapitel Reinigung in meinem „Handbuch der Mühlentechnik“ aufschlägst, das du auf den Seiten 83 folgende findest, dann siehst du dort unter den Reinigungsmaschinen auch dieses an und für sich weniger der Sphäre der eigentlichen Müllerei als vielmehr der Bauernwirtschaft zuzurechnende Gerät. Es handelt sich bei der Wenkmühle im wesentlichen um einen in seinem Mechanismus besonders gut zu durchschauenden Separator und Aspirator. Sie ist eigentlich keine „Mühle“, wenn auch die Gleichsetzung einer Reinigungsmaschine mit einer Mühle einmal mehr zeigt, wie wichtig beim Mahlen das Reinigen ist. Die Wenkmühle bestand also im wesentlichen aus einem Holzgehäuse mit einer großen Windbletter, das heißt einem Ventilator mit einer Welle und schaufelartigen Lamellen, der von Hand zu bewegen und zu drehen war, sowie einigen gröberen Sieben, die das Getreide flugs passieren ließen, Stroh, Sprotten und dergleichen aber auswarfen. Leider zeigte sich diese Wenkmühle dem meisten Besatz gegenüber als nicht besonders sensibel. Die Wenkmühle leistete nur eine grobe Vorreinigung, mit welcher der Müllerei freilich auch sehr gedient war. Vor allem aber reinigten die Bauern mit ihr ihr eigenes Futtergetreide.

Obwohl der Herr Onkel kein sturer Moralist war, sagte er doch oft, daß das Dreschen bei den Bauern, ganz abgesehen von der bedauerlichen mangelnden Sorgfalt, keine sehr saubere Sache sei. Und ich erinnere mich selbst daran, wie ausgelassen und locker es gerade beim Drusch oft zuging. Deshalb war man als Kind um die Dreschmaschine auch nicht gern gesehen. Die Maschinisten verjagten uns oft, weil die Maschine, wie sie sagten, kein Kinderspielzeug sei, auch wegen der vielen laufenden Räder gefährlich. Das war auch ohne weiteres einsehbar. Es gab freilich noch andere Gründe, weswegen Kinder gerne fortgeschafft wurden, und diese Gründe lagen mehr im Moralischen. Es herrschte in den Tagen des Dreschens oft ein gefährlicher Übermut, und es setzte viel bis an die Grenze des Erträglichen und noch

Tolerierbaren gehenden Schabernack. Gefährliche Kraft- und Mutproben unter den Männern bildeten sozusagen ein Bei- und Rahmenprogramm. Vor und nach den sogenannten Einsetzen (eine Einsetz war ein Tagesquartal, das durch ein Essen oder einen Imbiß oder eine Jause determiniert war) gab es oft Rangeleien unter den Männern, manchmal auch Hebe- oder Stemmwettbewerbe. Schon bei Tisch wurden nicht selten Wetten abgeschlossen, die im Anschluß an das Mahl dann ausgetragen wurden. Manchmal gab es auch bereits Wetten im Hinblick auf das Mahl selbst, und es aßen zwei junge Burschen die an diesem Tag üblichen Maschinenkrapfen um die Wette. Dann wieder gab es kraftstrotzende junge Burschen, muskulöse Lackeln, die schlankweg behaupteten, sie trauten sich zu, die ganze Dreschmaschine aus dem Kreuz vom Boden heben zu können; sie konnten dies auch beweisen. Als wäre die Arbeit in der Scheune nicht schon anstrengend genug gewesen, vollbrachten sie so noch Extraleistungen zum Vergnügen.

Natürlich spielten dabei die Frauen und Mädchen als Publikum eine große Rolle. Mich erinnerten diese bäuerlichen und bäurischen Gewaltakte an die Turniere der Ritter zur Zeit der Hohenstaufen. Auch jene Ritterspiele wurden ja vor den Frauen ausgetragen, die eine Art Schiedsrichterrolle innehatten. Beleidigungen, Satisfaktionen, Sieg oder Niederlage erhielten erst wegen der Frauen, vor deren Angesicht sie sich ereigneten und zutrugen, Bedeutung und Gewicht. Es wäre gar nicht schwer und auch gar nicht so abwegig, diese Gleichung fortzuführen, im Bauern eine rustikale Kontrafaktur zum höfischen König Artus, vor allem in der Bäuerin aber eine solche zu Ginover, Artus' Gattin, zu erblicken. Und wie seinerzeit, so stand auch die bäuerliche Rangelei beim Dreschen unter der Ägide und Schirmherrschaft von Frau Minne. Freilich handelte es sich bei unseren Bauern nicht um die sogenannte hohe Minne, auch nicht um die ebene, sondern eindeutig um die niedere, wie sie bei Neidhart von Reuental vorkommt. Auch Ulrich von Lichtenstein oder Oswald von Wolkenstein könnten bei der Spiel- und Festgestaltung mitgewirkt haben. Nicht alle Kompetitionen liefen nämlich auf das Kraftmessen hinaus, manchmal wurde auch der Mut geprüft. Bist eh feig ... oder: Traust dich eh nicht ... begannen die meisten der Reizreden. Gegenstand des Mutes war oft die Überwindung der natürlichen Scham. Mindestens genauso schwer nämlich, wie die Dreschmaschine im Stand aus dem Kreuz vom Boden zu heben, kann es sein, vor den Leuten ein Kleidungsstück auszuziehen oder fallen zu lassen. So überwand einer die Dreschmaschine, ein anderer sich selbst. Immer aber oder doch meistens war der Gewinn aus einer Wette ein Kuß oder ein etwas weiter gehender Liebesdienst durch eine der anwesenden Holden. Wozu mancher von sich aus oft gar nicht in der Lage und imstand gewesen wäre, wurde ihm hier durch die Spielregel erlaubt und erleichtert. Jetzt mußte er, was er sonst nicht konnte, er durfte, was er eigentlich wollte. Groß war dann die Freude und das Hurra, wenn eines von den anwesenden Mädchen dem strahlenden Sieger gemäß der Vereinbarung (die meistens die anderen, oft die Maschinisten, für das Mädchen eingegangen waren) den mehr oder weniger harmlosen Wettlohn abstattete. Oft aber rief dann der Bauer wie König Artus die Leute wieder zur Pflicht und an die Arbeit.

Es herrschte meiner Erinnerung nach beim Dreschen immer das Bewußtsein des Außergewöhnlichen, eines Ausnahmezustandes, in dem viel verlangt wurde, aber zugleich viel erlaubt war. Dahinter stand die Freude, daß das Schwerste mit der Ernte überstanden war und sich die Speicher füllten. Es herrschte also eine Erntedankstimmung. Angeheizt wurde diese Stimmung dann noch durch den Alkohol. Überall dort, wo Staub ist bei den Bauern und der Bauernarbeit, dort ist auch der Schnaps nicht weit. Der Maschinenrausch galt als eine Institution wie übrigens auch das Maschinenfieber, eine vor allem bei Neulingen während dieser Arbeit beziehungsweise im Anschluß daran auftretende, durch Überanstrengung, Schweiß und Staub verursachte, kurze, grippeartige, fiebrig aufwallende Erkrankung. Der

Kater nach dem Schnapstrinken und der schweren Arbeit mit der Dreschmaschine!

So kamen Frauen und Männer, die überhaupt mit der Maschine zogen und regelmäßig allen Bauern beim Drusch halfen, zu einem gewissen Ruf, obwohl sich gerade diese sozusagen professionellen Hilfsarbeiter und Hilfsarbeiterinnen (wie die beiden Maschinisten auch) meistens nicht an den nach dem Dreschen bei den jeweiligen Bauern stattfindenden Abschluß- und Abendveranstaltungen, der sogenannten Maschinengaudi, beteiligten. Bei diesen Festen, bei denen es hoch herging und neben dem Tanzen zur Ziehharmonika oft Einschauen und Stockschlagen gespielt wurde, waren meist die Bauersleute und die Aufgebotenen, die Robot und Nachbarschaftshilfe Leistenden, unter sich. Aber auch beim eigentlichen Dreschen und der Arbeit Unbeteiligte gesellten sich dazu. Das erwähnte Stockschlagen war ein rauhes Gesellschaftsspiel. Jemand hatte dabei „einzuschauen", das heißt sich zu bücken und seinen Kopf in den Schoß eines anderen (einer anderen) zu legen, der ihn (sie) mit seinem Fürtuch oder dem Fürfleck, der Frauenschürze oder dem Männerschurz aus Blauleinen, zudeckte, damit der (die) Einschauende auch ja nichts sehen konnte. Dann trat einer (eine) aus der Menge der Umstehenden heimlich vor und schlug dem oder der Einsehenden mit der flachen Hand auf jenen Körperteil, der wegen seiner herausragenden Rolle beim Sitzen unter feineren Leuten als Gesäß bezeichnet wird, bei den Bauern aber meist Arsch heißt. Der oder die Einschauende hatte nun zu erraten, wer zugeschlagen hatte; erriet er oder sie den Schläger (die Schlägerin), war er oder sie befreit und der (die) Zuschlagende selbst mußte einschauen. Es kam also darauf an, den Zuschlagenden „an seiner Handschrift", wie es hieß, zu erkennen und zu nennen. Mancher oder manche aber mußte lange raten und bekam so ein ganzes Schock Hiebe, daß er oder sie am nächsten Tag kaum sitzen konnte, weil es ihm oder ihr war, als sei er oder sie hinten im Feuer gesessen und versengt worden.

Beim Dreschen selbst waren bestimmte Arbeiten besonders unangenehm und darum unbeliebt. Und es gab wenig geachtete und angesehene Menschen, meist alte Taglöhnerinnen, die auf diese unbeliebten Arbeiten und Verrichtungen abonniert waren. Das Grannentragen war eine dieser Arbeiten, die von immer derselben älteren, unempfindlichen Frau geleistet wurde. Diese Grannenträgerin habe ich von den Bauern um die Mühle meines Onkels als eine ganz von Staub und Schmutz eingeschwärzte, in ihrem langen Kittel, alten Rock und Kopftuch hexenartig wirkende Frau im Gedächtnis. Mit ihr erlaubten sich die Männer nicht selten üble Scherze. Lebende Mäuse wurden während des Essens in die Taschen ihres an der Garderobe abgelegten Männerrockes gesteckt. Und was sich die Männer herausnahmen und an Griffen erlaubten, wenn sie sich seitlich an der Maschine, wo sie am Grannenauslauf stand, bei ihr vorbeidrückten, war auch nicht wenig. Alles war in Staub eingehüllt, und die Maschine machte einen solchen Lärm, daß man kaum einen schrillen Schrei gehört hätte. Selbst beim Austreten wurden die Frauen oft noch belästigt, sofern sie es als Belästigung empfanden.

Den Maschinisten haftete etwas Unheimliches an. Sie wirkten äußerlich wie rußige Schmiede oder auch wie ölige Wagenschmieremänner, wie ja das Schmieren und Ölen neben dem Einlassen des Getreides zu ihrer Hauptbeschäftigung gehörte. Zwei hauptamtliche Maschinisten begleiteten die Maschine, der ältere war der „erste“, der jüngere der „zweite“ Maschinist. Sie waren wie die Bauernknechte hierarchisch verfaßt, einer hatte den Oberbefehl. Ihre wichtigste Arbeit war wie gesagt das Einlassen. Der Einlasser stand oben auf der Maschine am Einlauf (in einer Stehgrube, um sich nicht bücken zu müssen) und speiste die von einer Frau, einem „Bühnenmensch“, herangereichten, mit einem scharfen Messer aufgeschnittenen Garben in die Maschine ein. Er bestimmte so das Tempo der Arbeit, er hatte das Druschgut zu lockern, denn bekam die Maschine das Getreide in zu dikken Bündeln, so jaulte sie regelrecht auf, und ein Stoß ging vom Dreschmechanismus in den Antriebsmotor oder in das Stromnetz oder in den Dampfer, je nach der Art des Antriebs. Manchmal fiel auch der große Treibriemen ab, wenn der Schwung des Schwungrades der Maschine über diesen großen Brocken nicht hinweghelfen konnte.

Nicht alle Bauern wollten übrigens mit dem Dreschen möglichst schnell fertig werden, es gab sogar welche, die die Maschinisten um mehr Weile als Eile baten. Die Bedeutung einer Bauernwirtschaft wurde nämlich auch an den Einsetzen, das heißt an der Dauer des Druschs abgelesen. Der Herr Onkel wußte von jedem einzelnen Bauern, wie er es diesbezüglich hielt, und es waren seinen Erzählungen nach gar nicht so wenige, die sich den Ruf, lange und viel gedroschen zu haben, einiges kosten ließen. Die Dreschmaschine kam auch zu Kleinhäuslern, für die der Getreideanbau an und für sich und rein vom wirtschaftlichen Standpunkt aus eher unrentabel und unökonomisch war. Allein der An- und Abtransport sowie das Aufstellen der Maschine dauerten bei diesen Kleinhäuslern und Nebenerwerbslandwirten fast länger als die Drescharbeit selbst. Die Dreschmaschine aber zu benötigen und zu benützen, verschaffte auch diesen Beunthäuslern und Nebenerwerbslandwirten das beruhigende Gefühl, zu den Besitzenden, sozusagen zum Landadel zu gehören. Nur wer nicht drosch, war arm und mittellos. Die Scheunen der Kleinhäusler waren oft so niedrig und klein, daß die Maschinisten nicht wenig fluchten, wenn sie den Dreschkasten am Vorabend des Drusches bei ausgehängten Scheunentoren in die Tenne zwängten. Es war ein wahres Einfädeln.

Die Hauptvorbereitungsarbeit der Maschinisten für den darauffolgenden Einsatz war das Justieren und Festsetzen des Kastens und des Binders. Damit das Dreschen klaglos vonstatten gehen konnte, war es nötig, die Maschine in die Waage zu bringen. Die Maschinisten hatten für diese Justierungs- und Stabilisierungsaufgaben in ihrem besonderen Werkzeugwagen, der neben dem Drescher, dem Binder (der Presse) und dem Motorwagen oder dem Dampfer das vierte

Fahrzeug des Konvois beim Maschinefahren bildete, die entsprechenden Hilfsmittel, Winden und Keile, schwere metallbeschlagene „Schuhe“, ähnlich den Bremsklötzen, wie sie die Eisenbahner beim Verschub benützen, die unter die Räder des hochgewundenen Kastens geschoben wurden, Senkblei und Wasserwaage, Franzosen und andere Schraubenschlüssel und was der Ausrüstung und des Werkzeugs mehr war.

Ich schildere dir, lieber Neffe, die damalige Arbeit und die einschlägigen Arbeitsbräuche so ausführlich, damit du siehst, wie es eigentlich gewesen ist. Ich bin aber kein Nostalgiker oder Sozialromantiker. Und wenn ich die sozialen Härten und die Schwere der Arbeit und der Plackerei nicht immer hervorhebe, so heißt das nicht, daß ich nicht darum weiß. Ich will das Vergangene auch nicht weiter mit dem Gegenwärtigen vergleichen und aus dem Kontrast Schlüsse ziehen. Wenn mir freilich gegen das Mähdreschen in unseren Breiten, wie es heute praktiziert wird, schon auch einiges einfallen würde ...

Ich beteilige mich hin und wieder an einem der hier im Altersheim üblichen Ausflüge, regelmäßig auch einmal im Herbst nach der Ernte. Dann sitze ich im Autobus, sehe zum Fenster hinaus und schüttle manchmal den Kopf über die verkehrte Welt: Im Herbst rauchen die Mühlen! Wir fahren etwa über Land und sehen aus der Ferne vor uns aus einem hohen Gebäude eine Rauch- und Dampfsäule zum Himmel aufsteigen. Wir nähern uns einer Brauerei, sagt mein Sitznachbar. Wir nähern uns aber keiner Brauerei, lieber Neffe, wie der Sitznachbar mutmaßt, wir nähern uns keinem Sudhaus, auch keiner Fettfabrik, keiner Ziegelei oder sonst einer rauchenden, dampfenden oder qualmenden Industrieanlage, sondern einer Mühle! Vor uns raucht eine der großen Mühlen! Der Rauch und Dampf steigt aus der Getreidetrocknung einer Mühle auf! Früher haben die Bauern beim Scheunendreschen das Getreide gemäht, gebunden und so lange in sogenannten Mandeln auf dem Feld stehen lassen, bis Halme und Körner trocken waren. Heute mähen die Bauern, die wenigen geeigneten Tage ausnützend, darauflos und bringen ihr feuchtes Getreide zur Mühle. 20 Prozent Feuchtigkeit sind dabei keine Seltenheit. Der Müller wird's schon richten, der Müller wird's schon trocknen. Der Müller aber verbrennt ganze Tankwagen, ja Tankerladungen voll Öl, um das nasse Getreide trocken zu bekommen. Gott läßt seine Sonne auf Gerechte und Ungerechte und umsonst scheinen, die Ölscheichs aber in den arabischen Ländern verrechnen natürlich ihr Öl, und sie verlangen neuerdings, wie ich den Zeitungen in unserem Leseraum entnehme, gar nicht wenig. Im Herbst ist der Müller heutzutage vor allem ein Heizer, und er ist mehr mit dem Einstellen seines Brenners als mit dem Mahlen befaßt. Eignet sich denn, frage ich da, das Mähdreschen vielleicht doch nicht für unser Klima und unsere Breitengrade? Anderwärts und in anderen Weltteilen sind die Sommer so heiß und regenlos, daß das Problem der dortigen Müller nicht die Trocknung, sondern die Netzung ist, dortzulande muß das Getreide berieselt und befeuchtet werden, nicht getrocknet, der Netzapparat ist dort eine wichtige Müllereimaschine. Wie habe ich etwa gestaunt, als ich auf einer Pilgerfahrt nach Rom im Heiligen Jahr 1950 sah, wie die Bauern ihr Getreide auf den Feldern der Campagna im Freien lagerten und gleich neben den großen Vorratshaufen unter freiem Himmel auch droschen, auf regulären stationären Dreschmaschinen. Jeder dritte Sommer aber ist hierzulande verregnet, und die Mähdrescher können kaum in die Felder, weil sie zu versinken drohen, gerade daß die Bauern keine Schwimm- oder Regenreifen aufziehen. Die Dächer über den Führerkabinen der Mähdrescher schützen unsere Bauern weniger vor der Sonne als vor dem Regen. So sind auch die vielen Troadkästen, die kunstvoll gezimmerten Vorratshäuser der Bauern, funktionslos geworden. Der Bauer entleert heute sein feuchtes Getreide aus dem Körnertank des Mähdreschers auf einen Anhänger mit hohen Bordwänden, den einer unverzüglich ins Lagerhaus oder zur Mühle bringt. Die Bauernhäuser sehen nicht mehr wie Bauernhäuser aus. Dort, wo vielleicht einmal ein Schüttboden oder Vorratsraum für Getreide war, befindet sich jetzt eine Sauna und ein Solarium ... Die Bauern holen sich heute ihre Bräune nicht mehr bei der Arbeit im Freien, sondern von der Ultraviolett-Quarzlampe ihres Bestrahlungsraumes. Dort aber, wo seinerzeit neben dem Haus die Hühner in der Wiese und im heißen Sand gekratzt und Moldnester gescharrt haben, befindet sich jetzt ein sogenannter Swimmingpool. Vielleicht befindet sich der Swimmingpool auch dort, wo früher einmal die Schweine in ihrer Tratte und in ihrem Pfuhl gewühlt und sich sauwohl gefühlt haben, statt des „Pfuhls“ also ein „Pool“, was zwar etymologisch aufs gleiche hinausläuft, im Erscheinungsbild aber doch einen erheblichen Unterschied macht.

Irgendwie tun mir die Bauern immer leid, wenn ich sie einsam in ihren stickigen Kabinen auf dem Mähdrescher ihre Runden drehen sehe und an die alte Bauernherrlichkeit des gemeinschaftlichen Dreschens denke, sosehr sie auch selbst die heutige „Kommodität“ loben mögen. Ich selbst habe ja sogar noch mit Drischeln gedroschen. Die Fröhlichkeit und Ausgelassenheit beim Dreschen lag nach den Erzählungen des Herrn Onkels in der Tradition des Dreschens allgemein. Schon lange vor der Erfindung der Dreschmaschine durch den Schotten A. Mikle im Jahre 1788, ja schon im Altertum, als das Getreide noch von Tieren ausgetreten, von Dreschschlitten gewalkt oder von Männern mit Ruten, die die Lateiner „fasces“ nannten, oder mit Stöcken, später mit Flegeln ausgedroschen wurde, scheint es, wie die aus allen Kulturen überlieferten rhythmischen Arbeitslieder bezeugen, recht munter und froh und nicht immer fein zugegangen zu sein. Ich selbst habe etwa damals beim Drischeldreschen das Lied gesungen: Beim Müller, beim Bäcker tuns Menscha aufwekken. Wir droschen dort, wie gesagt, von Hand, obwohl im übrigen damals längst Maschinen im Einsatz waren. Es handelte sich in unserem Fall aber um jenes Roggenstroh, aus dem Dachschaub, die Strohbündel fürs Strohdach, wie man es damals dort und da noch deckte, erzeugt wurde. Dieses Stroh durfte nicht durch brutale Maschinen geknickt und zerschlagen sein, deshalb wurde es in aller Bedachtnahme und sehr behutsam von Hand gedroschen. Wir öffneten damals die beiden Scheunentore, um die von den Müllern mit einem lateinischen Wort Aspiration genannte Zugluft zu bekommen, die die natürlichste Art der Grannen- und Sprottenbefreiung darstellte. Was für das Getreide gut war, war nicht unbedingt für die Drescher gut, man mußte sich vorsehen, daß man sich in diesem Zug nicht verkühlte. Diejenigen, die im römischen Altertum die „fasces“ handhabten, hießen übrigens „Faschisten“. Es gibt lateinische Handbücher und Monographien über den Landbau, „de agricultura“, wie diese Bücher meist heißen, oder auch „res terrestres sive agrariae“ oder ähnlich, in denen die Kunst der Handhabung der „fasces“ idealiter beschrieben und aktuelle Mißbräuche im Umgang mit den Ruten angeprangert werden. Diese Bücher enthalten also neben einer „Ars fascium“ meist auch eine Faschismuskritik, „De vitiis manufacturis fascium“ ...

Wenn man heute einem halbgebildeten Menschen, und die meisten Menschen sind heute allenfalls halbgebildet, wenn nicht überhaupt von jeder Bildung unbeleckt, wenn man heute also irgendeinem Menschen von der Fröhlichkeit, ja von dem Übermut und der Ausgelassenheit beim Dreschen erzählt, so wird er einem mit größter Wahrscheinlichkeit antworten, das sei ja gar nichts Neues, das habe es immer schon gegeben. Vielleicht wird er auch sagen, das alles sei weiter nichts als ein Erbe aus der alten, heidnischen Zeit. Viele Menschen zitieren in solchen Zusammenhängen gern die Römer. Alles das, was es heute gibt oder seinerzeit gegeben hat, habe es geradeso oder doch ähnlich schon bei den alten Römern gegeben. Nihil novi sub sole, habe es damals geheißen, „es gibt nichts Neues unter der Sonne“. Was aber die Lebenslust, die Ausgelassenheit und die Ausschweifung anlangt, so hätten es die Römer ganz toll getrieben. Es ist eine allgemeine, das heißt triviale Vorstellung, daß es die Römer ganz bunt und in allem sehr toll getrieben hätten. Ich habe mich aber, um hier einmal wirklich Verläßlicheres zu erfahren, gerade zum Thema Ernte und Drusch wie auch zu den Themen Müllerei und Bäckerei im lateinischen Altertum umgesehen und zu meinem anfänglichen Erstaunen festgestellt, daß die Römer ursprünglich ein zutiefst religiöses Volk gewesen sind. Sie haben sich neben allen anderen Tugenden wie ihr Ahnherr, der gute Aeneas, durch „pietas", das heißt Frömmigkeit, ausgezeichnet. Sie haben viel gebetet. Heute meinen die Menschen, die Römer seien tagein, tagaus, wenn sie nicht überhaupt auf dem Faulbett gelegen oder in Dampfbädern herumgelungert seien und sich von irgendwelchen Hetären und Badhuren massieren ließen, mit Saturnalien, mit bacchantisch rauschhaften und orgiastischen Volksfesten und Umzügen befaßt gewesen. Ich habe mich nun lange Zeit mit der Göttin Ceres abgegeben, jener Diva, die mit ihrem sabinischen Namen Panis heißt und die im römischen Götterhimmel für die nach ihr benannten Cerealia, das Getreide und die Früchte des Feldes, zuständig war. Und ich habe mir die ihr geweihten Kultstätten und Kulttermine, insbesondere das römische Erntedankfest vorgenommen. Was ich aber über den Cereskult und die Mysterien der Ceres, der göttlichen Erdmutter, in Erfahrung brachte, zeigte mir, daß das römische Erntedankfest ursprünglich alles andere als eine Orgie mit Völlerei, Unzucht und Ausschweifung war, sondern gerade im Gegenteil ein Fest ohne alle Völlerei, vielmehr voller Würde, Zucht und Götterfurcht. Die Römer veranstalteten keine Maschinengaudi mit Stockschlagen und Pfänderspielen.

Nicht nur die einfachen und halbgebildeten Leute, sondern die Volkskundler selbst verweisen immer, wenn sie irgendwo an unseren oder den Lebensgewohnheiten unserer Vorfahren etwas Freizügiges oder Unzüchtiges sehen, auf seine Wurzel im heidnischen, insbesondere im römischen Altertum. Schon bei den Griechen und Römern ..., sagen sie. Meist fällt ihnen dabei das Wort „dionysisch" ein. Das sei dionysisch, sagen sie. Ist der Brauch etwas zahmer und kultivierter, gebrauchen sie das Wort „apollinisch". Dies sei apollinisch, sagen sie. Immer versuchen sie uns zu erklären und glauben zu machen, daß überall dort, wo die Sinnenlust aufbricht, auch die vorchristliche Tradition aufbricht, daß also eine ursprüngliche Ungebärdigkeit durch das Christentum domestiziert und gebändigt worden sei, aber eben immer und immer wieder durchbreche. Demnach wäre die Welt vordem sehr fidel und lustig gewesen, das Christentum aber hätte sie in ein asketisches Kartäuserkloster verwandelt. Ich lasse das alles dahingestellt, halte aber hier einmal fest und wiederhole damit, was ich auch in meinem Unterricht und in manchem Gespräch mit meinen Lehrerkollegen an der Müllereifachschule festgestellt habe, daß wir uns, was die Festräusche beim Erntedankfest und was verschiedene venerische Dreistigkeiten an diesem Termin betrifft, nicht auf die Römer und auch nicht auf unsere unmittelbaren Vorfahren, die lieben Germanen, ausreden können. Selbst der „Drischelleg", der Vorfahr unserer „Maschingaudi" aus der Zeit des Dreschflegels, war noch ein ganz ziviles und kommodes Unternehmen. Sofern also etwas Loses oder Zuchtloses an unserer „Gaudi" ist, hat sie – es heißt in unserer Sprache „die" Gaudi – nicht das Format des lateinischen „gaudium" bei den Ceresfesten, das eine stille innere Freude war.

Die Römer haben ihr Erntedankfest, die Cerealien, nach dem griechischen Ritus im Hochsommer als Geheimfeier, eben als Mysterium begangen. Ein Mysterium aber vertrug keinen Krawall und kein lautes Spektakel. Für die Festzeit der Cerealien waren im Gegenteil Fasten, Enthaltsamkeit von Wein und Brot und vor allem Enthaltsamkeit im Sexuellen strengstes Gebot. Festzeit war zugleich Fastenzeit. Die Römer aßen an diesen Tagen keine goldgelben Krapfen um die Wette ... Auf himmlische Zeichen hin wurde im Jahre 191 vor Christus ein zweites und weiteres Ceresfest eingeführt, das im römischen Kalender als „ieunium Cereris" verzeichnet ist. Natürlich habe ich meinen Berufsschülern das Wort übersetzt. Ieunium heißt Fasten, sagte ich zu meinen Schülern, und zwar bedeutet „ieunium" Abbruchfasten, nicht bloß die Abstinenz von bestimmten Speisen wie etwa Fleisch. „Ieunium", sagte ich, bedeutet Hungerstreik ohne Streik. Mit Askese also haben die Römer der Göttin Ceres für die Früchte des Feldes, „frumentum" und „cereale", gedankt, nicht durch Mampfen und Schlemmerei. Erst später haben die plebejischen Ädilen dem Volk an den Cerealien nach dem 19. April „ludi“ und Zirkus, außer „panem“ also auch „circenses“ erlaubt. Es wird uns auch berichtet, daß später in der Kaiserzeit die Ädilen, die für die Annonen, das sind die jährlichen Getreidezuwendungen an das Volk gewesen, zuständig waren, Nüsse unter das Volk gestreut haben. Aber mit Nüssen blieb man auch weit unter den Faschings- oder Maschinkrapfen, diesen an sich herrlichen, von den Bäuerinnen in siedendem Öl herausgebackenen Küchlein mit dem dünnen Häutchen in der kreisrunden Mitte. Ich habe Krapfen erlebt, welche die Größe von Wagenrädern hatten, ich meine die Größe von Rädern von Kinderwagen.

Man sollte das Altertum also nicht nur oder überhaupt nicht bemühen, wenn man die gegenwärtigen Laster oder Mißbräuche durch den Hinweis auf ihre Tradition zu entschuldigen sucht. Natürlich findet einer in der Geschichte, was er braucht und finden will. Und da in den meisten Menschen eine unüberwindliche Unlust zum Guten steckt, suchen sie sich auch in der Vergangenheit vor allem das Zweideutige und Bedenkliche. Ich selbst habe meinen Schülern immer vor den Römern Respekt einzuflößen versucht, nicht aber wegen ihres Hedonismus, ihrer Lebenskunst und Genußsucht, sondern vor allem wegen ihrer genialen Erfindungen. Über die Wassermühle aber kann man nicht sprechen, ohne nicht auch über ihre Erfinder, die Römer, zu sprechen. Ihr wollt Müller werden, sagte ich alljährlich zu Schulbeginn zu den Schülern des ersten Jahrganges, oder: Ihr seid nun Müller, zu den freigesprochenen Gesellen nach der Gesellenprüfung. So denkt denn daran, daß ihr einen aus dem Lateinischen hergeleiteten Namen und eine im Kern römische Berufsbezeichnung tragt. Als Müller seid ihr gewissermaßen auch Römer. Tragt also euren Berufsnamen mit Stolz. Ein solcher Hinweis auf das Römische schien mir auch deshalb angebracht, weil ich wußte, daß viele meiner Schüler aus sehr deutsch und national gesinnten Elternhäusern kamen. So war mir die Betonung des Römischen an unserem Beruf auch eine Art Gegensteuern und eine Lektion in Internationalismus gegen den Nationalismus. Die Deutschen, sagte ich, um noch deutlicher zu werden, die auf ihre Technik so stolz sind und sich für die Techniker schlechthin halten, haben die Mühle wenigstens nicht erfunden. Die Deutschen haben das Schießpulver erfunden, und das ist traurig genug. Die Wassermühle aber verdanken wir wie ihren Namen „mola“ den Römern. Vergessen wir auch nicht die Vorarbeit der Griechen und daß im Namen „mola“ ein ursprünglich griechisches Wort steckt, das zudem geradeso klingt wie unser deutsches „myle“. Wäre es auf die Germanen angekommen und hätte sich die primitive Handmühle unserer Vorfahren durchgesetzt und mit dieser bescheidenen Gerätschaft auch ihr Name, so wäret ihr heute nicht als Müller freigesprochen worden, sondern als Kürner oder Querner oder Quirner. Die Germanen haben nämlich ihre Mühle „quern“ genannt. Als aber die Germanen die „mola“, die Wassermühle der Römer, sahen, haben sie ihre „quern“ quern sein lassen und sich der römischen Mahlart angeschlossen. Die Germanen sind von der quern zur mola konvertiert. Als sie die geniale römische mola sahen, hieß es: quern zu, Mühle auf! Heute aber haben wir das Wort „quern“ nur noch als Zeitwort in unserer österreichischen Bauernmundart, wo es soviel wie „knarren“, „gräßlich knirschen“ oder „quietschen“ heißt und etwa von ungeölten Scharnieren an Türen gesagt wird, was rückblickend auch nicht gerade ein gutes und helles Licht auf die germanische quern wirft.

Meine ironischen Auslassungen über das Germanische und das Deutsche haben mir von seiten meines Direktors sogar eine Rüge eingetragen. Ich erwähne dies nicht in der Absicht, um mich etwa als Märtyrer oder als Mann des Widerstandes zu empfehlen. Es zeigt aber ein wenig, wie nahe noch immer vielen der Vorwurf des Nestbeschmutzens liegt. Ich aber sagte damals: Lieber Herr Direktor, ich bewältige hier die Vergangenheit der Müllerei und meines Faches. Ich verfahre nach dem Grundsatz: Ehre, wem Ehre gebührt, und diese Ehre gebührt zufällig den Römern. Wenn Sie mich einer besseren als der römischen Wassermühle belehren, werde ich selbstverständlich diese verkünden ...

Noch heute kann ich, ohne zu stocken, das 5. Kapitel des 10. Buches der Schrift „Über Architektur" des Marcus Vitruvius Pollio, das sich mit Flußschöpfrädern und Wassermühlen befaßt, auswendig. Vitruv war schließlich einer der Autoren, auf die der Herr Onkel mich schon als Kind aufmerksam machte, und er hat mich mein ganzes Leben begleitet. Ich habe mich, unterstützt von Fachliteratur (oft aber auch in deutlichem Gegensatz zu dieser und meine eigene, abweichende Meinung vertretend), mit diesem Kapitel, namentlich mit dem Absatz 2 dieses Kapitels befaßt, habe dazu auch eine eigene Übersetzung angefertigt und viele Skizzen gezeichnet, die die klaren Worte des römischen Technikers bildlich umsetzten. Meinen Schülern gab ich einen hektographierten Zettel mit dieser Übersetzung (und den in Klammern beigefügten lateinischen Namen) zur Hand und erörterte mit ihnen anhand dieses Lehrbehelfes und mit Unterstützung eines Tafelbildes die Vitruvische „mola". Da auch dir, lieber Neffe, die Lektüre dieses Abschnittes nicht schaden kann, setze ich ihn, zugleich mein Gedächtnis prüfend, einmal hierher:

„Nach dem gleichen Prinzip wie die Flußräder werden auch die Wassermühlen (hydraletae, griechisch hydromyle) getrieben, die die gleiche Einrichtung zeigen, aber mit dem Unterschied, daß am Ende ihrer Welle ein Zahnrad (tympanum dentatum) angeschraubt ist. Dieses senkrecht (ad perpendiculum) nach seiner Schmalseite (in cultrum) an der Welle befestigte Zahnrad dreht sich gleichmäßig mit dem Schaufelrad (rota) um, während sich über letzterem ein kleineres, gleichfalls gezahntes Rad in waagrechter Lage (planum collocatum) befindet, das in das erstere eingreift und dessen metallene Welle am Ende in einen doppelten Schwalbenschwanz (subscus ferrea) ausläuft, der, in den Mühlstein (lapis molaris) eingekeilt, die Mühle (mola) mit diesem verbindet. Nach dieser Anlage bewirken die Zähne des mit der Hauptwelle verbundenen Rades, indem sie in jene des waagrechten, kleineren Rades eingreifen, die Umdrehung des Mühlwerkes (opus molarium), wobei ein in dem Mühlraum (macchina) aufgehängter Trichter (infundibulum) das nötige Getreide dem Mahlwerk zuführt und mittels dieses Betriebes das Mehl (farina) bereitet wird."

Was die Geschichte des Dreschens betrifft, so habe ich mich vor allem bei Marcus Porcius Cato umgesehen, auch bei Marcus Terentius Varro. Cato beschreibt in seinem epochalen Werke „De agri cultura", Varro in seinen „Res rusticae", wie die Dreschtenne (area) bei den Römern angelegt war und wie mit Hilfe von Tieren und Menschen (Sklaven) das Dreschen, das sie „terere" oder auch die „tritura" nannten, vonstatten ging. Die Herkunft des lateinischen Namens „triticum" bedeutet denn auch soviel wie „Dreschweizen". Das Dreschen war seinerzeit auf die dazu überhaupt nur geeigneten Sorten, die die Körner frei und „nackt" tragen, beschränkt, während diejenigen Getreidesorten, die ihr Korn fest verpackt und tief durch Spelzen geschützt halten, geröstet und gestampft werden mußten. Varro beschreibt in seinem Werk bereits eine Art Dreschmaschine, wenn man dieses einfache Brett, von dem er spricht und das er „tribulum" nennt, das unten wie ein Reibbrett oder Reibeisen mit Steinen oder Metallspänen rauh gemacht war, eine „Maschine" nennen kann. Oft habe ich in der Berufsschule definiert, was man als eine Maschine bezeichnen kann, und gerade dieses Varronische „tribulum" gern dazu als Beispiel herangezogen: Je nachdem nun, ob man von einem engeren oder einem weiteren Begriffsumfang ausging, fiel es darunter oder auch nicht. Es fiel etwa nicht darunter, wenn man die Standardformulierung zugrunde legte: „Maschine ist jedes Gerät mit beweglichen Teilen, das Arbeitsgänge selbständig verrichtet und damit menschliche oder tierische Arbeitskraft einspart." Diese Dreschtafel (Dreschschlitten), die hin und wieder auch als „tragula", was „Fahrzeug ohne Räder" bedeutet, bezeichnet wird, wurde mit einem Mann, dem Lenker, beschwert und von Tieren gezogen. Schließlich wäre in diesem Zusammenhang auch an das „plostellum Punicum" zu erinnern, das Varro beschreibt und das ein auf Metallwalzen laufender Dreschwagen gewesen zu sein scheint und wohl in Karthago verwendet wurde. Bis über Mikle hinaus und ins 19. Jahrhundert hinein hat sich am römischen Dreschen und am römischen Mahlen kaum etwas verändert! Im Prinzip ist es bei der griechisch-lateinischen hydromola und beim „faschistischen“ Dreschen mit Stöcken oder Knütteln (bacula, fustes, perticae), dem Drischeln also (tritura), geblieben. Im 19. Jahrhundert kommt es aber nicht nur zur industriellen, sondern auch zu einer landwirtschaftlichen Revolution. Die Dreschmaschine tritt polternd ihren Siegeszug an ... Im sozialen Bereich kommt es zur Bauernbefreiung, mit der 48er Revolution fällt auch die Robotpflicht weg. Die Maschinen setzen viele Arbeitskräfte frei, es gibt eine Landflucht. Die Bauern gründen Sozietäten und organisieren sich genossenschaftlich ...

Auch die Dreschmaschine meiner Kindheit gehörte einer Genossenschaft, einem „Konsortium“, wie es hieß. Nicht jeder aber, der sie brauchte und benützte, war ein „Konsorte“. Es gab auch einfache Kunden der Genossenschaft, die die Maschine anforderten und sie, wenn die Konsorten bereits abgefertigt waren und ausgedroschen hatten, auch bekamen. So gab es unter den Bauern und Kleinhäuslern zwei Sorten, eben die Konsorten auf der einen und die sozusagen gewöhnliche Sorte von Landwirten auf der anderen Seite. Es gab auch einen doppelten oder gespaltenen Tarif. Die Konsorten kamen billiger davon, sie entrichteten nur eine Grundgebühr, wenn sie sich auch über die eigentliche Höhe ihres Tarifes immer ausschwiegen. Andererseits mußten sie auch anteilig für etwa auftretende Schäden aufkommen, wo sie sich auch ergeben haben mochten. Die Maschine war der Besitz einer „Aktiengesellschaft“, könnte man vielleicht sagen, die Aktionäre hafteten. Schäden aber gab es nicht wenige. Die Maschinisten waren mechanisch sehr geschickt, kleinere Reparaturen führten sie immer selbst aus. Ich erinnere mich, daß man an Herbsttagen tagein, tagaus, von den Mahl-Zeiten abgesehen, die Maschine summen hörte, ferner oder näher, wo sie gerade im Einsatz war. Oft wurde es mit einemmal ruhig. Auch dieses Geräusch des Abstellens und Verstummens habe ich noch im Ohr, ich kann es mir, wenn ich die Augen schließe, lebhaft vergegenwärtigen. Gab es also Schwierigkeiten mit der Maschine, so wußte es die ganze Gemeinde. Die Maschine steht!, hieß es, die Maschine ist stehengeblieben!, die Maschinisten haben abstellen müssen!, sagten die Menschen. War der Schaden größer, so mußte ein Schmied oder ein Landmaschinenmechaniker geholt, oft auch ein Ersatzteil aus der Kreisstadt herbeigebracht werden. Es kam dann zu Unterbrechungen, die die Maschinisten hektisch an der Arbeit sahen. Konnten sie aber selbst nichts machen und mußten sie auf Hilfe warten, so lehnten sie verdrießlich am Dampfer. Die Maschinisten machten bei normalem Fortgang des Dreschens immer einen sehr gelassenen und souveränen Eindruck. Was an Tatkraft und an technischem Können in ihnen steckte, das sah man erst im Falle eines Notfalles, vielleicht auch beim Aufstellen der Maschine bei beengten und schwierigen Verhältnissen. Derjenige der beiden, der nicht gerade oben einlegte (worin sich die beiden abwechselten), saß manchmal neben dem Dampfer oder dem Motorwagen oder ging auch auf dem Gelände umher, um nach dem Rechten zu sehen.

Es herrschten also Spannungen zwischen den Konsorten und den übrigen freien Benützern, die ihrerseits als Nichtkonsorten ebenfalls eine Interessengemeinschaft bildeten, wenn sie sich auch nicht vereinsmäßig konstituiert und sich keine Statuten gegeben hatten. Die Benachteiligung führte sie zur Beteiligung und Anteilnahme. Das gemeinsame Interesse bildete die „dynamis", das heißt die Kraft, die sie zur „Gruppe" werden ließ. Manchmal sagte ein Konsorte zu einem freien Benützer: Da würdest du schauen, wenn du Konsorte wärest, was dich das kosten möchte ... Es wurde aber doch kein Neuer in den engeren Kreis der Genossen aufgenommen. Ein Verlust kann die Mitgliedschaft beim Konsortium nicht gerade sein, sagten die anderen. Die Konsorten trugen als Pioniere der Landwirtschaft auch einen gewissen Stolz. Kann schon sein, daß sie sich diesen Stolz und das Bewußtsein, bei einer revolutionierenden Sache von Anfang an dabeigewesen zu sein, sogar etwas kosten ließen. Sie fühlten sich als Agrarier der ersten Stunde. Und sie hatten auch den Spott der anderen nicht vergessen, als sie sich seinerzeit Prospekte aus England kommen ließen und laut wurde, daß sie sich mit dem Gedanken an eine solche neumoderne britische Dreschmaschine trügen. Und auch später, als die Maschine ankam, waren nicht nur das Staunen und die Bewunderung, sondern stellenweise auch der Spott groß. Und Anlaß zur Schadenfreude gab es am Anfang nicht eben selten. Da stehen sie beisammen, sagten die Skeptiker und die agrartechnischen Traditionalisten, wenn sie die Maschinisten und das übrige Personal an der wieder einmal ausgefallenen Maschine stehen sahen, da stehen sie beisammen und warten auf ihren englischen Spezialisten, statt daß sie die Tenne freimachen und einen Drischel in die Hand nehmen und zupacken. Später war freilich alles anders, die Kritiker wurden immer kleinlauter, um schließlich bescheiden und demütig anzufragen, ob nicht im nächsten Jahr auch bei ihnen ... Die Konsorten aber sah man am Stammtisch „Zur Bruck“ sitzen und immer wieder die gleichen Geschichten von früher und damals erzählen.

Hier haben wir einen Traunviertler im Hause, der besitzt den ersten Führerschein, den die Bezirkshauptmannschaft von Kirchdorf im Jahre 1924 ausgestellt hat. Und obwohl dieser Führerschein nicht mehr gilt, weil sein Besitzer die Lizenz zurückgegeben hat, da er, halb blind und taub, schon längst außerstande ist, ein Kraftfahrzeug zu lenken, bildet dieser ungültig gestempelte Führerschein (diese ungültige Fahrererlaubnis ...) den Hauptinhalt seines Redens und Denkens. Der Methusalem des Automobilismus ist den meisten hier bei den Mahlzeiten oder sonst kein eben willkommener Sitznachbar, weil sich das Thema Führerschein bei ihm zur Obsession ausgewachsen hat. Mag sein, daß sich mir die Müllerei einmal ähnlich zur fixen Idee auswachsen könnte.

Noch aber habe ich die Kontrolle über mich. Ich bin mir nicht sicher, ob mein nächster Zimmernachbar meinen früheren Beruf kennt. Gesprochen habe ich nie mit ihm darüber. Immer aber, wenn ich unseren alten Automobilisten sehe, muß ich an die Konsorten der Dreschmaschine und ihre Erzählungen aus der Steinzeit des Maschinendruschs am Stammtisch der „Bruck“ denken, die ich manchmal als Kind mit meinem Onkel, dabei oder am Nebentisch sitzend, angehört und mitbekommen habe.

Von niemandem konnte man über die Probleme des Genossenschaftswesens mehr lernen als vom Onkel. Er erzählte mir, wie sein Vater zu Beginn des Jahrhunderts das Wasserrad entfernte und an seine Stelle eine neuartige Turbine setzte. Die Kosten dieses Umbaues waren sehr hoch, an die 2000 Kronen, sodaß er sich nach Geldgebern umsah. Er besprach sich in dieser Angelegenheit mit einigen reicheren Bauern aus der näheren Umgebung, ob sie sich nicht an seinem elektrischen Projekt beteiligen möchten. Als Gegenleistung wollte sie der Großvater mit Strom beliefern. Es war damals die Zeit der Elektrifizierung auf dem Land, die aufstrebende Landmaschinenindustrie baute Futtermaschinen zum Häckseln von Heu und Stroh, Kreissägen, Mostmühlen und viele andere Maschinen, die mit Motoren zu betreiben waren. So fanden sich einige Bauern, denen die durch den neuen Strom eröffneten Beleuchtungs- und Betriebsmöglichkeiten bereits in die Augen gestochen hatten, alsbald bereit, bei Großvaters Kleinkraftwerk einzusteigen. Der Großvater ließ also das alte Wasserrad entfernen, an seiner Stelle ein Turbinenhaus mit einer Wasserkammer errichten und eine liegende Turbine, ein sogenanntes Peltonrad, einbauen. Über ein Vorgelege wurde die Bewegung der senkrechten Welle in die einer waagrechten überführt. An einer Transmission hingen nun die Mühle sowohl als auch der Dynamo, der den Strom erzeugte. Im Gelände draußen wurden Masten gesetzt und Stromleitungen gelegt. So waren die fünf Konsorten mit dem Großvater nicht nur durch ihr gemeinsames elektrisches Interesse, sondern auch durch Drähte und also bereits äußerlich sichtbar verbunden. Sie hingen aneinander und voneinander ab. Die Anlage hatte aber wie alles Neue, wie etwa auch die neue Dreschmaschine, ihre Schwächen und Schwachstellen. Es gab viele Stör- und Fehlerquellen, und diese Quellen sprudelten munter fort. Groß war die Ausfallsquote, aber klein die Geduld der Genossenschafter. Der Herr Onkel, der dies alles als junger Mensch bei seinem Vater miterlebt hatte, sagte, es habe den Bauern in dieser Frühzeit am notwendigen Pioniergeist gefehlt, wie ihn der Großvater besessen hat. Sie hatten wohl erwartet, daß der Großvater nun jahrein, jahraus problemlos den besten Strom liefern werde und daß das Leben und die Bauernarbeit nun vollelektrisch und recht bequem verlaufen würden. Dem war aber leider nicht so. Außerdem hatten sie Illusionen, was die Folgekosten betraf; mit der einmaligen Investition war es nicht getan. Ein weiterer Grundfehler war, daß man trotz Vorausberechnungen die Wasserkraft der Endach überschätzt hatte. Die Elektrizität reichte daher nicht aus, und es bedurfte der dauernden Organisation und Koordination der stromverbrauchenden Arbeiten. Das war sehr umständlich. Die Bauern murrten, weil sie jedes Futterschneiden anmelden und bekanntgeben mußten, vom Dreschen ganz zu schweigen. Als die Druschgenossenschaft den Dampfer als Antriebsmaschine abschaffte und auf einen Elektromotor überging, nachdem eine landesweite Elektrizitätsgesellschaft den Strom auch auf dem Land sozialisiert und demokratisiert hatte, standen die Konsorten des Großvaters und der Großvater selbst vor dem größten Dilemma. Dreschen brauchte allen Strom der Endach, den der Großvater nur zu liefern imstande war. Das bedeutete, daß Dreschen allen anderen Betrieb lahmlegte. An ein gleichzeitiges Mahlen während des Drusches war nicht zu denken. Die Maschinisten schimpften ihrerseits auf den elend ungleichmäßigen Strom des Großvaters. Dein Gleichstrom, sagten sie, ist eigentlich ein Wechselstrom. Mit diesem Wortspiel spielten sie auf die Wankelmütigkeit dieses Stromes an. Die Konsorten der Dreschmaschine drohten, sie würden die Konsorten der Stromgemeinschaft des Großvaters nicht mehr bedienen. Kauft euch selber eine Dreschmaschine, sagten sie, die euren Zitterstrom ertragen kann. Sie ließen sich ihren teuren und wertvollen Motor nicht erwürgen. So entbrannte ein Genossenschaftskrieg, und es kam innerhalb kurzer Zeit zum Zusammenbruch und zur Liquidierung der kleinen Stromgenossenschaft. Der Großvater fand die fünf Genossen unter großen finanziellen Opfern ab, sie schlossen sich der Landesstromgenossenschaft und dem Druschkonsortium an, und der Großvater hatte nun die ganze Wasserkraft für sich allein und zum Mahlen. Inzwischen hatte der Herr Onkel im Betrieb mitzuarbeiten begonnen und die Mühle soweit modernisiert und vergrößert, daß die vorhandene Kraft im Hause selbst voll und ganz benötigt wurde. Der Herr Onkel beschrieb mir den „glückseligen Augenblick", wie er sagte, als sie die Konsorten „abnabelten". Das sei ein Moment großer Erleichterung gewesen, als habe man eine schwere Last und Bürde abgeworfen. Nun war der Großvater wieder Herr im eigenen Haus. Vorher war er weiter nichts als der Diener der Herren Ökonomen, auch ihr Sündenbock, also so etwas wie ein Haustier der Bauern, sagte der Onkel. Und sie, er und der Großvater, gingen auch im Kreis, sagte der Onkel. Die Genossenschaft war zu einer Neidgenossenschaft geworden, jeder hielt sich vom anderen, alle aber vor allem vom Großvater für übertölpelt und übers Ohr gehauen. Zähleruhren gab es keine, um die Anteile wirklich exakt und verbindlich festzustellen und festzusetzen. Kurz nach der Inbetriebnahme der elektrischen Anlage ging auch dem Herrn Großvater ein Licht auf, und es dämmerte ihm die Einsicht, daß er sich hier auf etwas Unhaltbares eingelassen hatte.

Die Probleme gab es nicht nur im genossenschaftlichen, sozusagen gruppendynamischen Bereich, weil sich der Großvater bald zum Außenseiter entwickelte und auch sonst vielerlei Parteiungen und Koalitionen entstanden und in irgendeiner Weise jeder mit anderen zusammen gegen Dritte stand, sondern auch im technischen Bereich stellten sich mit dem gemeinschaftlichen Gruppendynamo und Generator wie der gesamten elektrischen Anlage Unzukömmlichkeiten und Mißhelligkeiten ein.

Die technischen Pannen aber schlugen wieder voll ins Soziale durch. Jeder Stromausfall wurde zum genossenschaftlichen Konfliktfall. Der Strom aber und die Elektrizität, sagte der Onkel, waren für die Bauern fremde Größen. Der Onkel sagte in seiner überziehenden Ausdrucksweise, daß damals durchaus und allen Ernstes noch die Meinung geherrscht habe, daß man den Strom in der Leitung durch Knüpfen eines kräftigen Knotens oder Knopfes im Kabel aufhalten könnte. Man sei ganz mit dem Verständnis der klassischen Mechanik an die Elektrizität (geschrieben habe man seinerzeit noch „Electricitaet") herangegangen. Man habe sich gewundert, daß die Stromleitungen vom Turbinenhaus unten am Bach zu den Bauernhöfen alle hinauf oder doch eben verliefen, man hatte gemeint, sie müßten abschüssig und hinabgeneigt sein! Am ehesten leuchtete diesen Amateurelectricern noch die Wasseranalogie ein. Dort aber, wo sich der elektrische Strom vom Wasserstrom zu unterscheiden beginnt, war auch schon die Grenze der Einsicht und des Verständnisses. Weiter konnte man dem Strom nicht folgen. Gewundert hätten sich auch manche, daß die Kälte und der winterliche Frost dem Strom nichts anhaben konnten. Man habe etwa auf die vom gefrorenen Tau mit dickem Eis umgebenen Drähte hinaufgeschaut und gemeint, jetzt sei der Strom wohl endgültig blockiert und eingefroren. Man sei angesichts dieses Mißverständnisses an die herrlich-lustige Geschichte von Münchhausen und dem eingefrorenen Posthornton erinnert worden.

Soweit dieses Unverständnis und diese Unvertrautheit sich bloß in kuriosen Reden und verqueren Ansichten geäußert habe, habe man darüber auch lachen und zur Tagesordnung hinweggehen können. Aus dieser Unvertrautheit und Unkundigkeit hätten aber auch viele Gefahren und Unfälle im Umgang mit dem neuen Energieträger resultiert, und hier sei einem das Lachen vergangen. Die Leute hätten, das sei nicht viel übertrieben, den Strom manchmal mit den bloßen

Händen aufhalten wollen. Gefährlich seien vor allem die oft abenteuerlich verlegten Drähte gewesen. Die Drähte selbst seien mit Leinen eingefaßt gewesen, dieses Leinen habe sich aber oft vom Kupferdraht gelöst und das blanke Metall freigegeben. Es habe an der nötigen Erdung gefehlt, und Feuchtraumkabel habe man damals überhaupt nicht gekannt. Der Sicherungsapparat sei unzulänglich ausgelegt gewesen, von Trennschutz und Ausfallschaltern keine Rede. Was aber die Bauern mit den gewöhnlichen Sicherungen trieben, wisse man. Das kann man tatsächlich auch heute noch feststellen, lieber Neffe. Wenn eine Sicherung „geht", dann kommt der Bauer und zwängt statt des ausgefallenen Sicherungsteiles Nägel oder Münzen oder Drähte ins Gehäuse. Jetzt ist eine Ruh!, sagen die Bauern, jetzt haben wir endlich von den lästigen durchbrennenden Sicherungen unsere Ruhe und unseren Frieden. Mancher hat sich freilich mit derartigen Manipulationen schon die ewige Ruh und den himmlischen Frieden eingewirtschaftet.

Auch in Großvaters Konsortium passierten brenzlige Dinge. Die Schuld aber gaben die Bauern regelmäßig dem Großvater. Einmal sei ein Bauer aufgeregt und desperat zum Großvater gekommen und habe sich bitter beschwert, daß er, der Großvater, ihm mit seinem gottverdammten Strom fast das Kind umgebracht hätte. Im Affekt habe der Bauer den Herrn Vater sogar „Mörder" genannt. Auch Motoren brannten durch und spien auf Dach- und Heuböden, wo die Futtermaschine in der Nähe der großen Heuhaufen stand, Feuerstöße in den Raum. So war der Strom, namentlich der Kraftstrom, für die Bauern am Anfang eine böse Enttäuschung. Zwar lobten sie das Licht, mit dem Licht könne man sehr zufrieden sein, aber mit der Kraft sei man es nicht und könne man es nicht sein. Mit dem neuen elektrischen Licht könne sich das frühere Licht der Kerzen oder des Kienspans nicht vergleichen. Das Licht sei in Ordnung. Der Onkel sagte, daß es in der Sprache der Landleute eine vielsagende Verwechslung der Wörter „elektrifizieren" und „elektrisieren", ja ein Ersetzen von „elektrifiziert" durch „elektrisiert" gegeben habe. Man habe etwa gefragt: Seid ihr schon elektrisiert, oder: Hat man euch schon elektrisiert? Diese Verwechslung habe aber gerade den Tatsachen entsprochen, da Elektrifizieren oft gleichbedeutend mit Elektrisieren gewesen sei. Bis sich dann der nötige Respekt eingestellt habe. In meiner Kindheit und Jugend herrschte schon eine gewisse Vertrautheit mit der Elektrizität – und eine aus ihr kommende Vorsicht. Ich erinnere mich, daß wir uns als Kinder, von den Älteren hundertmal gewarnt, kaum an die Transformatorenhäuschen heranzugehen trauten, und taten wir es dann doch, furchtsam und mit großer Bangigkeit beim Fenster hineinsahen. Auch das summende Geräusch, das diese Transformatorenhäuschen erfüllte und ins Freie hinausstrahlte, klang irgendwie geheimnishaft und zugleich bedrohlich. Nicht verstehen konnte man, laut Onkel, seinerzeit auch das Paradox, daß sich die Schwalben auf die Drähte niederlassen konnten, ohne Schaden zu nehmen und einen Stromstoß zu bekommen. Man glaubte, das liege in der biologischen Natur der wunderbaren Vögel. Betrachtet die Vögel des Himmels ...

Den Stromschwankungen, die den Motoren besonders zusetzten, bin eigentlich erst rund dreißig Jahre später ich selbst entscheidend zu Leibe gerückt. Alles, was der Onkel in dieser Hinsicht unternommen hat, hat das Problem nicht auf Dauer gelöst, er hat es hier nur zu vorübergehenden Verbesserungen gebracht, aufs ganze gesehen aber nur zu technischen Provisorien. Der Onkel formulierte den Grund für die genossenschaftlichen Streitereien im großväterlichen Nutzverband mit seiner eigenen Begabung für das Wortspiel: Die sinkende Spannung im Netz erhöhte die Spannung zwischen den Genossenschaftern. Fiel die Spannung ab, so luden sich die Bauern auf, sie waren dann wie elektrisiert, bis es zu den Entladungen kam. Es wuchs mit sinkender Spannung („stromabwärts“) der Widerstand gegen den Großvater. Die gleichen Pole, die sich vorher angezogen hatten, stießen sich nun ab. Schließlich brach mit dem Netz auch die Stromgenossenschaft zusammen.

Als ich seinerzeit (gegen den Willen meines Onkels!) die Gleichstromanlage entfernte und die Wechselstromanlage errichtete, mit der du heute noch fährst und hoffentlich gut fährst, zeigte sich bald, daß die Turbine für den neuen Wechselstromgenerator nicht gleichmäßig genug lief. Die unruhige Gangart der Turbine, die das genaue Abbild und Ergebnis des unterschiedlichen Wasserstandes war, bedingte Stromschwankungen, die außerhalb aller von den Voltmetern und Ampèremetern erlaubten Grenzen lagen. Namentlich im Herbst bei starkem Laubanfall, wenn sich der Eisrechen vor der Turbine mit dichtem Blattwerk belegte, weil Franz vergessen hatte, den Gitterrechen mit seinem Handrechen davon zu befreien, geschah es immer wieder, daß die Turbine plötzlich hohl riß. Man hörte dann, wenn man sich im Turbinenhaus befand, von tief unten ein schlürfendes Geräusch, und es änderte sich nicht nur die Gangart der Turbine – sie wurde langsamer –, sondern auch der Geräuschpegel. Mir kam dieses Leerlaufen und plötzliche Hohlreißen vor, wie wenn ein Herz, mit dem man die Turbine ja sinnvollerweise vergleichen könnte, mit einem Male zuwenig Blut bekommt und „in der Luft schlägt" – ein Herzfehler, den die Mediziner gern als *Flimmern* oder *Flattern* bezeichnen. Natürlich ist, wie du selbst weißt, ein solches Absinken der Leistung an der Kraftquelle für das ganze Werk, das auf den kontinuierlichen und gleichmäßigen Energiezufluß angelegt und angewiesen ist, eine schwere Beeinträchtigung. Dieser Fehler aber, den ich im normalen Betrieb und zu Zeiten der alten, vom Großvater eingebauten Gleichstromanlage zwischendurch einmal dulden konnte, war nun, da die neue Wechselstromanlage eingebaut war, plötzlich untragbar geworden. Die Wechselstromanlage war dringend auf eine ruhig und geregelt laufende Turbine angewiesen. Die Störanfälligkeit dieses teuren Gerätes machte so den zusätzlichen Einbau einer Regelanlage, die den gleichmäßigen Lauf der Turbine gewährleistet, dringend notwendig. Anfangs dachte ich, dieser Gleichlauf der Turbine ließe sich vielleicht auch durch gesteigerte Vorsicht und genauere Ausschöpfung der manuellen Möglichkeiten am Rechen, auch durch häufigeres Einstellen und Justieren der Mühlbachschleuse und des Leerfluders dicht neben der Turbine selbst erreichen. Diese Hoffnung erwies sich aber bald als trügerisch. Und dies lag nicht nur an meinem Mühlenknecht und seiner an sich etwas lässigeren Art, die Mühle zu betreiben, sondern ganz einfach an den nun besonders drastisch sichtbar und lästig gewordenen Störfaktoren, die vom Klimatischen, dem Wechsel zwischen schönem Wetter und plötzlichen Regengüssen, über die kurzfristig eintretende Verstopfung des Rechens bei einem jählings auftretenden Wind im Herbst bis zu vielem anderen reichten. Um alle diese Fehler- und Störungsquellen händisch auszugleichen und zu neutralisieren, hätte es einer eigenen Kraft bedurft, ich hätte, um den Gleichlauf der Turbine auf dem händischen Weg zu erreichen, den Franz zeitweise ganz für derartige Regelungsaufgaben abstellen müssen. Das ging natürlich nicht, wie du dir denken kannst. So kam nur der Einbau einer *automatischen* Regelungsanlage in Frage, mit der ich die Firma Roith im niederösterreichischen Krems beauftragte.

Bevor ich freilich die Regelanlage einbauen ließ, löste ich das Problem der Regulierung des Wasserstandes des Mühlbaches auf eine im Ergebnis mich zuletzt selbst verblüffende, einfache Art. Ich öffnete kurz nach der Abzweigung des Mühlbaches vom Altbach unterhalb der Werder die Mühlbachmauer des Kanals an der Altbachseite bis zu genau der Höhe des Firstes der Werder selbst, die ja auch die obere Grenze des gewünschten Wasserstandes an der Turbine und die Verhaimung bezeichnete. So konnte sich der Mühlbach niemals mehr über diesen Punkt hinaus füllen, das überschüssige Wasser im Mühlbach suchte sich, ohne daß damit ein Rückstau bis zum Wehr und zur Staumauer selbst nötig geworden wäre, diesen neuen, kürzeren Weg zurück in das Bett des Altbaches. Ich konnte die Schleuse vor dem Mühlbach immer weit offenhalten, ich war ja durch die neue Einrichtung des Überlaufes selbsttätig gegen jedes Überwasser gefeit. Dem anderen Extrem, der Wassernot im

Mühlbach, konnte man, soweit sie nicht durch die meteorologischen und klimatischen Verhältnisse bedingt war, etwa im Sommer, wo der Bach manchmal fast ganz austrocknete und ich auf den Strom aus dem Verbundnetz angewiesen war, auf diese Weise mit begegnen. Schließlich zeigte sich, daß das Schleusenbrett funktionslos geworden war und sich nahezu erübrigte, wenn ich auch für die Grobwasserregulierung weiterhin diese Schleuse immerhin auf eine noch realistische Höhe stellte und so zumindest bei großem Wasseranfall diese Grobregulierung zwischen dem neuen Überlauf und dem Fluder selbst verteilte.

Auch einen automatischen Rechen dachte ich einmal mir einzubauen. Ich bin darum viel unterwegs gewesen und habe mir verschiedene Einrichtungen dieser Art angesehen. Ich erlebte überzeugende Laubautomaten an der Gusen und an der Aist, auch am Oberlauf der Endach. Ich kam hinüber bis ins Bayrische und Schwäbische. An Münz und Würm photographierte ich solche selbsttätigen Rechen mit meinem alten Photoapparat. Und sosehr mich auch einzelne Anlagen überzeugten, so sah ich doch unmittelbar, daß eine Anlage, die ihren Zweck am Unterlauf der Gindel erfüllt, nicht auch am Oberlauf der Endach zweckmäßig sein muß. Vor allem ist der Laubanfall überall ein anderer. Ein Bach, der gemächlich durch locker gepflanzte schwäbische Obstgärten mäandert, ist vergleichsweise gering belastet und verlangt einem automatischen Rechen wenig ab. Aber wie verhielte sich derselbe Rechen, wenn er an einem der aus dem Hausruck fließenden Bäche mit dichtem Weidenbestand und großen anderen Bäumen und buschigen Großsträuchern aus dem botanischen Umkreis von Weide und Erle an den Ufern (mit dem gleichen Abwurfrhythmus der Blätter im Herbst!) angebracht wäre? Auch der Wasserstand macht einen großen Unterschied. Jedenfalls kam ich nach vielen Überlegungen zu der Ansicht, daß die Anbringung eines neuen automatischen Rechens, zusätzlich zum Überlauf und dem Fallbügelregler an der Turbine selbst, nicht zweckmäßig und nötig sei.

Die weiten Besichtigungsreisen, die ich unternommen hatte, teils mit dem Fahrrad, teils, in die entfernteren bayrischen und schwäbischen Landstriche, mit Bahn und Postautobus, waren aber nicht umsonst gewesen, ich habe sie auch später, nachdem ich mich gegen den Einbau des automatischen Rechens entschieden hatte, nie für sinnlos und verlorene Zeit gehalten, sondern ganz im Gegenteil für eine gute Bereicherung meines sonst zwischen Mühle und Schule recht gleichförmig, manch anderem sicher eintönig und langweilig erschienenen, alltäglichen Lebens.

Als ich mich gegen den Einbau eines teuren Rechenautomaten entschied, geschah dies sehr zur Freude Marias, so wie die Installation des Fallbügelreglers zu ihrem Leidwesen geschah. Was könnten wir uns für das viele Geld schöne Sachen kaufen, sagte sie. Und so ernst ich Marias Bedauern über diese teure Investition nahm, da es nicht von einer putz- oder gesellschaftssüchtigen Person kam, vielmehr von einer sparsamen und fleißigen, meiner in allem guten und ehrlichen Hausfrau, so glaubte ich doch um der Zukunft meiner Mühle willen diese Investition tätigen zu müssen. Auf meinen Besichtigungsfahrten zu den automatischen Rechen begleitete mich Maria manchmal. Wir fuhren dann mit unseren Fahrrädern hintereinander, ich hatte in meiner alten Aktentasche, die ich auch immer zur Berufsschule oder zur Müllereifachschule trug, diesmal neben meinem alten Photoapparat, neben Papier, Zeichenutensilien, einem Maßband und einem Winkel auch Reiseproviant, den Maria mit Sorgfalt zubereitet und eingesteckt hatte und den wir unterwegs im Schatten eines Baumes verzehrten. Wir hatten die Fahrräder an einen Baum gelehnt und genossen diese Rasten. Hatte ich an einer Wehranlage zu arbeiten, so entfernte sich Maria gerne und ging nach dem Bach, bestieg auch kleinere Hügel im näheren Umkreis meiner Beobachtungsstätte, ohne sich aber außer Rufweite zu begeben. Sie winkte von verschiedenen Stellen, von denen aus sie mich sehen konnte, zu mir am Wehr herunter, herüber oder herauf, und es war in dieser Zeit wie auch sonst stets ein gutes Einvernehmen und herzliches Umeinanderwissen zwischen uns. Einmal photographierte ich Maria auch neben einer kleinen Wehranlage bei Andrichsfurt, und gerade diese Photographie ist mir von allen Photographien die liebste von Maria geworden. Ich habe sie auch jetzt, da ich meinen Bericht über den Herrn Onkel und mich für dich zu Papier bringe, auf meinem kleinen Schreibtisch hier vor mir. Sie erinnert mich an jene glückliche Zeit unserer Kundfahrten und Ausflüge, und ich spüre, wenn ich mich in die Situation dieser Photographie lange genug hinein- und in jene ferne Zeit zurückdenke, in allen meinen Sinnen einen beglückenden Nachgeschmack jener wunderbaren Sonntagnachmittage. Es erfaßt diese Erinnerung nicht nur meinen Verstand, sondern auch die Seele und das Gemüt.

Bevor ich am automatischen Rechen zu Werk ging, fragte ich jedes Mal bei den betreffenden Mühlenmeistern an, ob ich mich ein wenig umsehen dürfe. Ich stellte mich als Zunftbruder vor und erklärte mein Vorhaben an meiner Wassermühle. Oft entwickelte sich auch ein längeres Gespräch aus meinem Erlaubnisbitten. Wir unterhielten uns über unsere Mühlen und die allgemeine wirtschaftliche Lage der Müllerei in schwieriger Zeit. Das Gespräch zwischen Müllern geht um so leichter, je weiter die Mühlen der beiden Müller voneinander entfernt liegen. Die räumliche Nähe von Mühlen oder gar deren unmittelbare Nachbarschaft macht das Gespräch schwierig, wenn nicht unmöglich.

Wenn ich die Erlaubnis, mich am Rechenautomaten umsehen zu dürfen, erhalten hatte, machte ich mich sogleich mit Meterstab, Winkel, Papier und Bleistift an die Arbeit. Zuvor taxierte ich das Wasser, ich schätzte die Fließgeschwindigkeit und die Wassermenge, und ich habe mich bei der Schätzung der Sekundenliter kaum jemals geirrt. Wenn ich nach meiner Einschätzung später beim Besitzer der Anlage in dieser Richtung rückfragte, so fand ich meine Schätzung meist ziemlich genau bestätigt. Dabei verließ ich mich nie ausschließlich auf mein Augenmaß, sondern nahm immer die altbewährten Hilfen in Anspruch, über die ich auch meine Schüler unterrichtete. Ich warf etwa ein Hölzchen ins Wasser, zählte mit „einundzwanzig“ eine Sekunde aus und schätzte den Weg des Hölzchens vor dem Hintergrund des Ufers. Auch stocherte ich von einer Brücke oder, mich vorbeugend, vom Ufer aus mit meinem Meterstab auf Grund und las die entsprechende Zahl ab. Die Bachbreite schritt ich mir meist an der Brücke aus. Dazu veränderte ich meinen üblichen Schritt auf einen Meter, darin habe ich noch heute ein untrügliches Gespür. Hatte ich all diese den Bach im besonderen betreffenden Daten in meinem Heft notiert, so begann ich, die eigentliche Anlage abzuzeichnen. Dabei kam es mir nicht auf irgendeinen künstlerischen Ausdruck an, sondern allein auf das Technische, ich zeichnete darum sehr schematisch und unter manchen Verstößen gegen die Perspektive. Auch machte ich auf meiner Skizze Teile der Anlage und Gegenstände sichtbar, die bei strikter Einhaltung eines Standpunktes und einer Beobachtungsstelle eigentlich verdeckt gewesen wären und jenseits des jeweiligen Horizontes sich befunden hätten. Andererseits aber vermied ich auch, völlig von jeder Illusion abzugehen, weil ich beim späteren Studium der Anlage und beim Vergleich verschiedener Anlagen, aus denen ich meine Entscheidung für einen bestimmten Typus gewinnen zu können hoffte, auch das gewissermaßen Atmosphärische nicht vernachlässigen und den landschaftlichen Eindruck mitberücksichtigen wollte. Bei einigen Anlagen war ich gerade von ihrem optischen Eindruck und ihrem Erscheinungsbild so angetan, daß ich derentwegen auch zu Farben meine Zuflucht nahm und mit Hilfe eines Aquarellkastens das Pittoreske des Mühlgrabens und der verschiedenen ihn betreffenden Regelanlagen festzuhalten suchte. Einige dieser vor Ort angefertigten Skizzen arbeitete ich später in meiner Mühlenstube mit größerem Ehrgeiz aus, wenn ich mich auch nie für einen Künstler halten durfte. Auch war in diesen Fällen mein Ehrgeiz letztlich kein künstlerischer, ich habe mich dem bloß Pittoresken oder Putzigen und der Mühlenromantik nie unter Vernachlässigung der technischen Sinnhaftigkeit hingegeben. Auch behielt ich mein eigentliches Interesse, nämlich mir selbst über solche

Besuche und die angefertigten graphischen Protokolle Hilfe bei meiner Entscheidungsfindung zu verschaffen, immer im Auge. Etliche von den angefertigten Skizzen und Zeichnungen habe ich später, nachdem ich mich entschieden hatte, nun doch keine automatische Wasserreinigung von Grobbestandteilen anzubringen, auch unbedenklich vernichtet. Einen ganzen Stoß solcher Zettel und Papiere verheizte ich im Winter im Ofen meiner Mühlenstube.

Genauigkeit bei meiner Aufnahmearbeit war vor allem vonnöten, da es damals noch keine Maschinenfabrik gab, die entsprechende Anlagen gebrauchsfertig geliefert hätte, was seinerseits aus der jeweils unterschiedlichen und individuellen Art der Bäche und der aus dem Wasser zu fischenden Grobteile herrührte. Die Anlagen waren alle Eigenbau. Das betraf die Anlagen insgesamt, nicht natürlich die einzelnen Teile. Zu diesen Teilen gehörten vor allem Motoren, die von Zeit zu Zeit, von einer Weckeruhr eingeschaltet, den Rechen mobilisierten, der das Material aus dem Bach hob und abwarf. Bei einfachen Anlagen fuhr eine Art Egge durch den fest montierten Rechen und hob das Laub und die anderen Bestandteile hoch. Schließlich lud der von einer Kette getriebene, mit lenkbaren Zähnen ausgestattete Rechen an seinem Scheitelpunkt und bevor er wieder talwärts fuhr, das Material ab und warf es auf die Brücke über den Mühlbach. Ein besonders einfallsreicher, ja pfiffiger Müller an der Antiesen hatte sich einen Eisrechen konstruiert, der das Laub links und rechts am Ufer des Mühlbaches deponierte. So einfallsreich und raffiniert ausgedacht der automatische Rechen dieses Bastlers aber auch war, so störungsanfällig und kompliziert war er im Betrieb. Von Wartungsfreiheit, wie sie ja mit einem solchen Gerät gegeben sein sollte, will der Anspruch des „Automatischen“ auch im tagtäglichen Betrieb eingelöst werden und nicht bloß Anspruch bleiben, konnte man in diesem theoretisch interessanten, aber in der Praxis komplizierten Fall sicher nicht sprechen.

Bisweilen vermißte ich auch zwischen dem Antrieb durch den Motor und dem Zahnrad, über welches die Kette des Eisrechens mit den Eggenzähnen rollte, eine Kupplung, Fehlte aber eine solche Kupplung, die zwischen dem Motor und dem Kamprad anzubringen und zwischenzuschalten war, so gab es, wenn sich beispielsweise ein stärkerer, den Bach herabgeschwommener und in das Getriebe des Eisrechens geratener Pfosten dort querlegte, nur zwei Möglichkeiten. Entweder war die Anlage stark genug, dann zerbrachen die Zähne den Pfosten zwischen den Stangen und hoben die zersplitterten Trümmer aus dem Wasser, oder aber, wenn der Pfosten oder der betreffende harte, ins Getriebe geratene Gegenstand zu kompakt und massiv war und nicht nachgab, konnte entweder nur die Anlage mit der Kette und der Rechen brechen – oder der Motor brannte durch. Eine andere Möglichkeit gab es dann nicht. Nur eine Sicherheitskupplung konnte dem abhelfen. Mit solchen schweren Klötzen aber mußte man im Herbst an unseren Bächen stündlich rechnen. Sie fielen entweder als Äste durch Windbruch von den die Bachufer säumenden Bäumen oder gelangten sonstwie in das Wasser. Auch waren die am Bach anwohnenden Bauern und Häusler in dieser Hinsicht sehr sorglos und nachlässig. Viele betrachteten damals, wie schon erwähnt, den vorbeifließenden Bach als Kanalisation, die nicht nur kleinere organische Abfälle, sondern auch Sperrmüll aufnahm. Mit einem Wortspiel könnte ich sagen, daß die Entsorgung der Bauernhäuser den Müllern seinerzeit die größte Sorge bereitete. Hatte aber wieder einmal eine Mühle durch eine derartige Schlamperei Schaden erlitten, so war natürlich niemand dafür haftbar zu machen. Den Schaden hatte der Müller.

Auf einem dieser „Streifzüge“ ereignete sich etwas sehr Denkwürdiges. Es war eines Tages, als wir durch das Innviertel fuhren, um in der Nähe von Gurten ein Wasserwerk zu besichtigen, kein Weiterkommen. Die Straßen waren vielmehr voll von fremdem Militär. An den Straßenrändern aber standen die einheimischen Menschen in Trauben und jubelten den in Kolonnen vorüberziehenden Soldaten stürmisch zu. Es war ein gespenstischer Anblick, so viele Leute angesichts von Militär und militärischem Gerät enthusiastisch und außer sich vor Begeisterung zu erleben – angesichts einer wunderbaren Mühle habe ich noch keinen in jener krankhaft manischen Art verrückt gesehen ... Mir machte all dies angst, und meiner Frau ging es, wie ich sah, ebenso. Wie waren wir froh, als wir die Hauptstraßen überquert und hinter uns hatten und abseits in friedlicher werdendes Land hineinkamen. Weithin aber vernahm man von den Haupteinfallsrouten her das Dröhnen von Marschmusik und Marschschritt sowie das Hosianna der entzündeten und entzückten Menschen. Ich selbst war als Müller immer Pazifist, wobei ich meinen Pazifismus direkt aus der Müllerei, aus der Erinnerung an den altehrwürdigen „Frieden der Mühlen" herleitete. Ich war ein leidenschaftlicher Anhänger des „Nährstandes", aber ein ebenso entschiedener Verächter des „Wehrstandes". (Zudem empfand ich es als ausgesprochenes Glück und als Gnade, daß ich für den Dienst mit der Waffe untauglich war, sodaß ich von daher in meinem Zivilismus nicht gefährdet wurde und den Wehrdienst nicht zu verweigern brauchte.) Freilich war ich all dem gegenüber, was sich damals politisch abspielte oder ankündigte, entsetzlich ahnungslos. Ich hatte die Verbesserung meines Wasserwerkes im Sinn, während um mich die Veränderung und Zerstörung der alten Ordnung vonstatten ging. Blicke ich von heute aus auf mich zurück (jetzt, wo ich, bildlich gesprochen, vom Rathaus komme), so erscheine ich mir, wie ich mich da unterwegs von Wasserwerk zu Wasserwerk sehe (paradoxerweise auf einem Steyrer Waffenrad!), schon wie ein rechter Simplicius Simplicissimus im dreißigjährigen Frieden. Ich war wohl zu sehr mit meinem Fach beschäftigt, als daß ich die Politik richtig wahrgenommen hätte, geschweige denn in ihrer ganzen Gefährlichkeit und Unheimlichkeit hätte abschätzen können. Ich war in meiner Herzenseinfalt vielleicht gerade das, was die Griechen des Altertums einen „Idioten" nannten, worunter sie den unpolitischen Privatmann verstanden, wie ich mir Jahrzehnte später von der letzten, kritischen Schülergeneration, mit der ich an der Berufsschule vor meiner Pensionierung zu tun hatte, den Spottnamen des „Fachidioten“ gefallen lassen mußte, obwohl ich mir einbilde, daß man mich damit schließlich ungerecht behandelte, weil ich nach dem vielen Lehrgeld, das ich im Laufe meines Lebens bezahlte, nun doch über den First der Mühle und den Zaun der Berufsschule hinauszusehen gelernt hatte. Freilich war ich nun wieder nicht „politisch“ im Sinne der Ideologie dieser paar wenigen überkritischen jungen Leute. Immerhin bin ich heute belehrt und weiß, daß ein Gespräch über Mühlen ein Verbrechen sein kann, weil es zugleich ein Schweigen über so viele Verbrechen einschließt ...

Damals war ich in der Tat ein „dummer Tor“. Ich sagte seinerzeit nämlich gern: Von der Politik verstehe ich nichts. Zugleich war ich in der Illusion und im Irrtum befangen, daß diejenigen, die die Politik machten, sie auch studiert hätten und gründlich „verstehen“ würden, so wie ich die Müllerei studiert hatte und „verstand“. Wie sich aber dann an den unermeßlichen Leiden so vieler Menschen zeigte, „verstanden“ diese Politiker die Politik auch nicht, handelten hirnlos irrational und verwerflich kriminell.

An jenem schicksalsvollen Tag, als uns in der Gegend zwischen den Städten Ried und Braunau die Soldaten begegneten, herrschte, wie um die Menschen irrezuführen, ein freundliches, sonniges Wetter. Frühling ließ sein blaues Band wieder flattern durch die Lüfte, süße, wohlbekannte Düfte streiften ahnungsvoll das Land ... Wir schrieben den 13. März 1938.

Nie werde ich vergessen, wie mir einmal ein auf sein Werk besonders stolzer Müller an der fleißigen Aschach seinen automatischen Rechen im Betrieb vorführte, der auch tatsächlich, abgesehen eben von einer Sicherheitskupplung, überlegt konstruiert war. Wir standen in einer ganzen Gruppe von Menschen um den automatischen Rechen, die Familie des Müllers mit etlichen Kindern, einige Nachbarn des Müllers, die an jenem schönen Sonntag nichts anderes zu tun hatten und sich darum der Besichtigung und Begehung der Anlage anschlossen, meine Frau Maria und ich als der, dem diese Führung zum Mühlgraben eigentlich galt, und warteten darauf, daß er wie ein richtiges Wunderwerk, selbsttätig und wie von Geisterhand bewegt, zu arbeiten beginnen würde. Der Mühlenbesitzer sah einige Male selbstbewußt auf seine Taschenuhr, die er an einer goldenen Kette in der Tasche seines Trachtengilets trug, und nannte die Minuten, die uns noch von der zu erwartenden Vorführung trennten. Er war sich dabei ganz sicher, daß sich der Motor bald im Gehorsam der ihm einprogrammierten Zeit einschalten würde. Was wir hier erlebten, war gerade das, was die amerikanischen Techniker heute wohl einen Countdown nennen würden. Zuletzt nahm der Müller die Uhr in seinen Handteller, sah auf das Zifferblatt und nannte die Sekunden, die uns noch von dem großen „spectaculum" trennten. Zuletzt sagte er: Jetzt. Leider aber hatte sich, wie es der Teufel will, sozusagen, gerade diesmal unter dem Laub ein solcher grober Klotz befunden, der die Anlage zuschanden machte. Es knirschte und krachte, und einige der Umstehenden hielten dies anfangs noch für ein dazugehöriges Geräusch und eindrucksvolles Beiwerk. Bald aber wurde auch dem technisch Unversiertesten klar, was hier gespielt wurde. Die Egge riß am Rechen, das Gestänge verbog sich, und zuletzt fuhr Feuer aus dem Motor. Er war durchgebrannt, das Laub aber und der unselige, die Anlage vernichtende Klotz plumpsten zurück ins Wasser. Nach diesem fürchterlichen Schauspiel herrschte eine peinliche Ruhe und ein betretenes Schweigen. Der vordem so stolze Müller war blaß, er tat mir herzlich leid. Ein vielleicht zehnjähriger Sohn des Müllers fragte schließlich: Was ist denn, Papa?, was den vorerst gelähmten Müller sehr in Zorn versetzte, sodaß er seinen Sohn anschrie: Was fragst denn so dumm, dummer Bub, siehst es doch eh! Die Müllerin aber schimpfte wieder auf den Müller und nahm den Buben in Schutz, der doch nichts dafür könne, und so weiter. Es gab eine unschöne Szene. Die Zuschauer verloren sich, sie schlichen sich hinweg, unterdrückten wohl auch ein schadenfrohes Lachen. Der Müller schien unter seinen Nachbarn nicht besonders beliebt zu sein. Ich versuchte den

Müller zu trösten: Ärgert euch nicht, Meister, alles Menschenwerk ist unvollkommen, sagte ich. Nichts ist perfekt, sagte ich, und ähnliches. Auch machte ich ihn auf das Fehlen der Sicherheitskupplung und das verhängnisvolle Fehlen eines Trennschutzschalters für den Motor aufmerksam. Der Meister aber war im Augenblick für solche Einwände und Verbesserungsvorschläge unansprechbar. Gleich morgen wolle er den ganzen Krempel, wie er sich ausdrückte, herausreißen und zum Alteisen werfen.

Ich aber wurde durch dieses Vorkommnis endgültig bewogen, auf einen automatischen Rechen zu verzichten. Es gab jedoch auch andere Gründe, warum ich schließlich beim alten blieb und den Einbau eines automatischen Rechens gänzlich unterließ. So zogen weiterhin der Franz oder ich mit unserem Handrechen am Eisrechen das Laub aus dem Bach. Wir ließen es dann einige Zeit neben dem Mühlgraben lagern und warfen es schließlich in den Altbach. Ich erinnere mich, daß sich früher, zu meines Onkels Zeiten, einige Kleinhäusler für das getrocknete Material als Streu für das Lager ihres Viehs interessierten, wie zusammengeheutes und getrocknetes Laub, namentlich von Eichen, an sich eine gewisse Beliebtheit bei kleineren Bauern besaß. Selbst als Brennmaterial wurde es in schlechteren Zeiten verwendet, wenn auch natürlich sein Heizwert ein geringer war und einem, der getrocknetes Laub zum Ofen brachte, mehr von seiner Lauferei und vom Transport als von der Wärmekraft des Beförderten warm wurde. Damals aber ließ man nichts verkommen.

Mein Problem blieb die den neuen Generator quälende, unruhige Gangart der Turbine. Unter allen im „Mühlenmarkt“ annoncierten Reglern entsprach mir am ehesten einer der Firma Roith. Es war ein übersichtlich und relativ klein bemessener Fallbügelregler, der das Werk regulierte und leicht mitzuführen war und das Werk nur wenig Kraft kostete. Ich konnte schließlich bei meiner Turbine mit rund 50 Pferdestärken keinen Regler gebrauchen, der womöglich die Hälfte der Kraft verschlang. Einem Vertreter einer Grazer Firma, der mir ein solches Ungetüm von Regler mit zwei armdikken und schweren gußeisernen Fallbügeln einreden wollte, sagte ich, daß ich mir mit diesem Regler an meiner Turbine wie ein Autofahrer vorkommen würde, dessen Geschwindigkeitsmesser oder Tachometer die Hälfte seiner maschinellen Kraft aufbraucht. Ich wollte aber einen Regler, der den Gleichlauf der Turbine gewährleistete, im übrigen aber nicht den Nutzeffekt der Anlage beeinträchtigte. Mit Ihrem Monstrum von Regler, sagte ich zu jenem Vertreter der Grazer Firma, liefe mein Turbine freilich gleichmäßig, aber gleichmäßig langsam, ein solches Gleichmaß im Langsamen ist aber nicht in meinem müllerischen Interesse. Ich will meine Turbine nicht zähmen, wie man einem Pferd etwa die überschüssige Kraft bei sinnlosen Übungen austreibt, ich will sie gleichmäßig schnell laufen sehen. Andere Regler, wie sie mir in Prospekten vorlagen oder von Vertretern, die mich bald in großer Zahl besuchten, nachdem sich herumgesprochen hatte, daß ich an einen solchen Umbau in meinem Turbinenhaus dachte, offeriert wurden, waren mir aber auch wieder zu leicht erschienen, zu irritabel und nervös, ich wollte aber einen Regulationsautomaten, der kleinere Schwankungen schluckte und egalisierte, der die Turbine nicht unnötig beunruhigte und neurotisierte. Was der Generator tolerierte, sollte auch der Regler der Turbine durchgehen lassen. Der Generator war der Regent des gesamten Systems, der Regler aber hatte im Hinblick auf den Generator seine wichtigen Hilfsdienste zu leisten. Die Firma in Krems erzeugte meiner Meinung nach dieses für mein Werk probate Gerät, einen Regler nämlich, wartungsfrei und mit zwei leichten, aber nicht zu leichten, bei normalem Lauf senkrecht von einer stehenden Welle sich abdrückenden Bügeln, die, verlangsamte sich der Lauf der Turbine bei nachlassender Flieh- oder Zentrifugalkraft, sich senkten und durch ihr Sinken und ein eigenes Gelege das Öffnen der Flügel am Turbinenrad veranlaßten. Die Turbine legte dadurch Tempo zu, und die Bügel des Reglers erhoben sich wieder zu der gewünschten Höhe. Soviel zum Kapitel Turbinenumbau.

So hatte ich, um auf die Liquidierung der großväterlichen Stromgenossenschaft zurückzugreifen, durch Onkels Erzählungen, aber auch durch eigene frühe Erfahrungen mit der Druschgenossenschaft und anderen Verbänden wie Gerätegemeinschaften und Maschinenringen, vor allem aber durch solche mit der Innung, der Kammer und der Zunft, oft Anlaß und Gelegenheit, über Philosophie und Psychologie der Gemeinschaften nachzudenken. In einer Innung beispielsweise wie der Müllerinnung, in der der Herr Onkel wenig glücklich mitgewirkt hat, treffen sich Menschen von gleicher Profession. Die Berufsgleichheit, möchte man meinen, bedingt gleichartige politische und wirtschaftliche Interessen. In dieser Berufsnähe liegt aber zugleich die größte Konfliktgefahr. Wären etwa in Großvaters Stromgenossenschaft statt der fünf Bauern fünf verschiedene Professionisten und nur ein Bauer gewesen, etwa ein Bauer, ein Schmied, ein Wagner, ein Schuster, ein Sattler und der Müller, so hätte alles gut oder doch länger gut gehen können. Die Nähe aber bringt das Gedränge und die Rempelei. Solidarität gibt es in den Innungen nur, solange es gilt, gegen einen gemeinsamen Feind oder gegen eine andere Gemeinschaft oder gegen den Gesetzgeber zu agieren. Im Falle einer den ganzen Berufsstand betreffenden Gefahr kann es geschehen, daß die Innungen wie ein Mann auftreten. Die Gruppendynamiker haben herausgefunden, daß vor allem der gemeinsame Feind die Gruppe eint. Erst an 5. Stelle (nach der gemeinsamen Not u. a.) steht die gemeinsame Freude ... Ist aber einmal der Feind überwunden und etwas für den Berufsstand erfochten und muß der Kuchen nun innerhalb der Innung verteilt werden, beginnt auch schon der Streit. Zuvor wie ein Mann und dann Mann gegen Mann ... Nun dominiert nach dem Gruppeninteresse wieder das Individualinteresse. Wie oft habe ich erlebt, daß gerade die Großen vorerst einmal das Gremium und die Organe der Innung, die sich durch die größere Zahl ihrer Mitglieder legitimieren kann, politisch aktiv werden ließen und in den Kampf schickten. Im Anschluß daran, wenn das politische Ziel erreicht war, haben sie sich unverzüglich bedient, und sie haben sich nicht wenig vom Ausgehandelten herausgenommen. Die Lateiner sagten: Homo homini lupus. Ich habe diesen Satz schon einmal wegen seiner grammatikalischen und syntaktischen Struktur erörtert, nun, lieber Neffe, darfst du über seinen Inhalt nachdenken! Der größte Feind des Müllers ist der Müller, der größte Feind des Bäkkers ist der Bäcker, die Handel- oder Gewerbetreibenden jeweils derselben Branche sind sich gegenseitig die schlimmsten Feinde: Solidarität aber ist wie gesagt nur eine Kraft nach außen, im Innern heißt die Grundbefindlichkeit der Innungen „Konkurrenz". Die besondere Gegnerschaft, die sich aus der professionellen Affinität ergibt, wenn ich es mit diesen wirtschaftswissenschaftlichen Kunstwörtern sagen darf, läßt sich im Stichwort „Konkurrenz" zusammenfassen. „Concurrentes" heißt auf deutsch eigentlich „Mitläufer" und hat bei den Römern die Teilnehmer an einem sportlichen Bewerb, etwa einem Wagenrennen, bezeichnet. Es ist dieses Wort somit ein Wort des Wettbewerbes, aus dem sportlichen Wettbewerb aber ist bitterer und blutiger Ernst geworden. Freilich hatte schon das lateinische „concurrere" nicht nur die schön geordnete parallele Bewegung von Laufenden und Fahrenden bezeichnet, sondern auch „zusammenstoßen", „hart zusammentreffen", „aufeinanderprallen". Das ist die Bedeutung, die unser betriebswirtschaftliches Wort vor allem aktiviert. Aus der nämlichen Wurzel wie „Konkurrenz" stammt bezeichnenderweise auch das Wort „Konkurs", wie ja die Konkurrenz in vielen Fällen zu Konkurs führt ... „Konkurs", steht im Lexikon, „ist ein besonderes gerichtliches Vollstreckungsverfahren, das der Verwertung des gesamten, dem Schuldner im Zeitpunkte der Konkurseröffnung gehörenden pfändbaren Vermögens zum Zwecke der gleichmäßigen Befriedigung aller an dem Verfahren teilnehmenden persönlichen Gläubiger dient ..." Bei der Gelegenheit des Konkurses gibt es also ebenfalls einen großen Auflauf und ein „Zusammentreffen", wobei die Konkursgläubiger ihrerseits wieder zu Konkurrenten werden. Dies aber mit unterschiedlichen Startbedingungen. Zuerst kommen jene, die hypothekarisch abgesichert sind, die also „ins Grundbuch gegangen sind", auch Lohngläubiger, daneben aber gibt es auch Gläubiger im „zweiten Satz" und im „dritten Satz". Das sind jene, die dann durch die Finger schaun. Konkurrenz aber ist nach meinem Verständnis der jede wirkliche Solidarität störende oder verhindernde Faktor im Wirtschaftsleben. Eine Kartellabsprache aber ist die Perversion von Solidarität, sie setzt ja die natürliche und gesunde Konkurrenz (sofern es dies alles wirklich und nicht nur in idealistischen Sonntagsreden gibt!) außer Kraft. Jeder Betrieb hat die Tendenz zu wachsen, zur „Branchengröße" aufzuschließen, ja darüber hinauszuwachsen, marktbeherrschend zu werden, schlußendlich den Markt allein zu versorgen. Monopol ist dann das Traumziel allen Geschäftes, das Kartell und die Lobby dazu eine Zwischenlösung. Ich habe das „Wachstum" immer als etwas sehr Menschenfeindliches, ja Menschenverachtendes angesehen, das Wachstum als oberste Zielvorstellung auch als etwas sehr Unnatürliches, ja Widernatürliches. Der Mensch wächst schließlich auch nur eine gewisse Zeit, nur die Tumore und der Krebs wuchern und wachsen unaufhörlich – bis zum bitteren Ende. Kontrolliertes Dauerwachstum jedenfalls kann es nicht geben.

Mir ist schon sehr früh als Jugendlichem aufgegangen, daß einen kleinen Müller wie den Onkel (auch wenn er einmal im Vorstand der Innung sitzt) wenig mit dem Besitzer einer Industriemühle verbindet. Leider habe ich aber erlebt, daß sich auch die kleinen Müller untereinander nicht verständigen konnten, sondern einander im Gegenteil oft spinnefeind waren, weil auch sie durch den sogenannten Konkurrenzkampf, der ein wirklicher Kampf ist, auf Distanz gehalten werden. Eigentlich ist nicht die große Industriemühle in der Ferne der Konkurrent des kleinen Müllers, sondern sein Mühlennachbar, der seine Mühle wenige Kilometer flußauf- oder -abwärts betreibt. Am leichtesten stellt sich eine gewisse Kollegialität unter den Großen verschiedener Branchen ein. Der Besitzer einer Industriemühle und der Brauereibesitzer sind, wenn sie sich bei der Jagd im Revier eines Großgrundbesitzers treffen, völlig d'accord, ein Herz und eine Seele ... Der Industriemüller sagt zum Brauereibesitzer „Karli", und der Brauereibesitzer sagt zum Industriemüller „Loisl", und den Grafen mit der Eigenjagd nennen sie „Rudi". Die drei haben keinen Grund, sich zu streiten und zu konkurrenzieren, höchstens, wenn einmal einer schneller geschossen hat als der andere. Die Jagd aber ist, verglichen mit dem Geschäft in der Branche, ein friedlicher Wettstreit, „völkerverbindend", jedenfalls verbindet er den Rudi, den Loisl und den Karli.

Geradesowenig, wie einen kleinen Müller und einen Industriegiganten verbindet, verbindet auch einen gewerblichen Bäcker mit der Brotindustrie, einen Greißler und einen Supermarkt, nur daß natürlich die Großmühle, die Brotindustrie und der gigantische Supermarkt für viele kleine Müller, Bäcker und Greißler eine gigantische Gefahr, ja der Tod sind ... Sie haben nicht denselben Geruch, sie kommen aus verschiedenen Ställen. Wie man am Phänomen der Sozialisation überhaupt noch sehr viel vom Tierreich und der Verhaltensforschung lernen kann. Darum habe ich etwa vorhin den Ausdruck „spinnefeind" gebraucht, und ich habe mir etwas dabei gedacht und bitte dich, dasselbe zu tun ...

Ich erinnere mich aus meinem langen Müller- und Lehrerleben an viele Fälle, in denen unliebsame Nebenbuhler, Konkurrenten und Kollegen hinausgebissen wurden. Wie aus einem Rudel oder einer Herde von Schafen oder Wölfen einzelne Individuen und Mitglieder der Population verbellt und verbissen, hinausgebissen werden, so wurden auch aus verschiedenen Gremien und Kollegien immer wieder einzelne hinausgeekelt oder doch als Außenseiter abgestempelt. Manchmal war ich selbst derjenige. Was mußte ich mir etwa von Kollegen gefallen lassen, weil ich allmählich in den Geruch eines überdurchschnittlichen Wissens (auch über Fachgebiete *neben* meinem eigentlichen Metier) gekommen war. Oder weil ich an mich und meine Schüler etwas höhere Ansprüche stellte. Die Denunziatoren behaupteten oft paradoxerweise geradezu Konträres. Die einen sagten von mir, daß ich aus einem falschen Ehrgeiz heraus die Schüler überfordere, die anderen, weil ich bei einigen Schülern wohl nicht unbeliebt war, ja eine Anhänglichkeit über die Schulzeit hinaus hervorgerufen hatte, ich machte mich bei den Schülern durch Reduzierung der Anforderungen beliebt. Was nun? Beides zugleich kann nach dem Gesetz der Ontologie, daß nichts zugleich etwas und sein Gegenteil sein könne, nicht gestimmt haben. Doch will ich nicht klagen. Im Onkel aber habe ich das klassische Beispiel eines schwarzen Schafes vor Augen gehabt. Ich konnte mir immer Respekt verschaffen, sein Leben aber war eine Kette von Isolationen und Austritten. Er hat es freilich denen, die ihn beseitigen und erledigen wollten, durch seine Halsstarrigkeit und gottverdammte Besserwisserei immer recht leicht gemacht. Meistens hat er sich freiwillig selbst isoliert. Ich möchte aber, daß wenigstens du, lieber Neffe, weißt, daß seine Unverträglichkeit nicht aus einem Mangel an Charakter, sondern im Gegenteil aus seiner übermäßig ausgebildeten Charakterfestigkeit herrührte. Er wußte viel, das machte ihn einsam. Am Ende standen für den Onkel die völlige Isolation und der wirtschaftliche und persönliche Ruin. Von jener unseligen Kollaudierung an ging es rasch bergab. Daß ich dir den vom Onkel übernommenen Betrieb über 30 Jahre später in einem leidlichen Zustand übergeben konnte, daß ich selbst also weidlich erfolgreich war, jedenfalls nicht scheiterte – denn ich will dasjenige, was ich dir übergeben habe, wie auch jenes, was ich an viele Generationen von Schülern der Müllereifachschule und der Berufsschule für Müller weitergab und als Pädagoge erreichte, gar nicht so hoch veranschlagen, wie es vielleicht scheint – alles das also lag nicht unbedingt an meinem guten Charakter und an meinen Tugenden, sondern mehr an einer gewissen Kompromißbereitschaft und Verträglichkeit, einem eher glücklichen Naturell, von dem ich hoffe, daß es sich, von einem anderen, weniger wohlwollenden Außenstehenden betrachtet (selbst kann man nur subjektiv, niemals objektiv sein), nicht wie Charakterlosigkeit und rückgratlose Anpassungsbereitschaft ausnimmt. Mir ist indessen bekannt, daß manche, auch ernsthafte und ernstzunehmende Leute behaupten, in dieser schlechten Welt könnten nur schlechte Menschen reüssieren. So wie man manchmal auch hört: Wer angesichts dieser Welt den Verstand nicht verliert, hat keinen zu verlieren.

Hier ist der Platz, etwas über Onkels Kammerfunktion zu sagen. Seine Zeit als Funktionär war kurz, aber intensiv ... Die Herren von der Innung, die ihn in dieses Amt holten, weil gerade Not am Mann war und weil sie sich an den redefreudigen und wortgewaltigen Müller an der Endach erinnerten, der schon öfter in Gewerbeversammlungen als beherzter Zwischenrufer aufgefallen war, waren wohl der landesüblichen Meinung, daß Politik vor allem eine Sache der Rede und der Redekunst sei. Sie bedachten aber nicht, daß der Onkel zwar gewissermaßen ein Künstler der Rede war, aber kein Verhandler. Die Rede als politische Handlung ist aber neben Rhetorik zuvor Verhandlung, am Geschick dazu fehlte es jedoch dem Onkel. Diejenigen, die ihn in dieses Amt beriefen, versprachen sich Wunder an Durchschlagskraft. Sie gingen davon aus, daß das Mühlengewerbe in dieser schweren Zeit des Mühlensterbens, da eine Mühle nach der anderen bankrott machte, besonders leidenschaftliche und couragierte Kämpfer und Männer des Wortes brauche. Es zeigte sich aber bald, daß die Art des Onkels zu reden und seine besondere Sprechmentalität nicht die gewünschte Wirkung zeitigte. Der Hauptfehler lag in Onkels Aggressivität und Unbeherrschtheit. Er beherrschte zwar das Reden, aber nicht sich, die Kammer hätte einen defensiven oder doch taktischen Redner und Politiker gebraucht, sie bekam im Onkel aber einen schonungslos und unvorsichtig, auch rücksichtslos offensiven. Auch ließ er die unbedingte Loyalität vermissen. Er war immerhin in Gewerbeversammlungen als Oppositioneller gegen die Führung der Innung aufgetreten. Man hatte wohl gedacht, ihn durch die Aufnahme in dieses Gremium mundtot zu machen, wie ja schon mancher außerparlamentarische Opposition betrieben hat, sofort aber, nachdem er selbst ins Parlament oder ein anderes Gremium berufen und eingerückt war, sich durch die frömmsten Reden pro domo den Kollegen empfahl. Auch ein Jungsozialist kann unter solchen Bedingungen nicht ewig Sozialist bleiben, gerade wie er nicht ewig jung bleiben kann. Einem Querkopf aber wie dem Onkel, einem Individual- und Privatanarchisten, paßt sein Lebtag kein Hut von der Stange. Die Feinde sah der Onkel nicht immer dort, wo sie die Kammer erblickte, er marschierte im Gegenteil sehr oft gegen die Richtung und die eigenen Leute, schwamm gegen den Strom und nahm auch Mitfunktionäre in aller Öffentlichkeit ins Gebet. Die Kammer hatte viel mit Erklärungen und Dementis zu tun. Der Onkel aber entwickelte sich innerhalb kurzer Zeit zum Schrecken der Innung. Er selbst sah seine Rolle und beschrieb sie uns oft als jene des Hechtes im Karpfenteich. Die Herren vom Gremium aber sehnten das Ende seiner Funktionsperiode herbei, sie hatten nur zu früh einsehen müssen, daß sie sich vom Onkel ein falsches Bild gemacht und ihn in Verkennung der wahren Sachlage in dieses Amt berufen hatten. Der Herr Onkel sah sich als Hecht im Karpfenteich, die Präsidialen der Kammer aber sahen in ihm den Bock, den sie zum Gärtner gemacht hatten, den Elefanten im Porzellanladen ... Einer sagte einmal (und das hätte geradesogut eine Redensart des Onkels selbst sein können): Der Herr Fender ist ein Schaf im Wolfspelz. Der Onkel aber machte sich schnell viele zu Feinden. Kehrte er von seinen Kammersitzungen aus der Kreisstadt oder von den monatlichen Zusammenkünften der Kammerpräsidenten in Wien zurück, dann erzählte er uns auch immer, wem er diesmal wieder in die Parade gefahren und mit wem er sich diesmal wieder angelegt und überworfen hatte. Es waren bekannte und einflußreiche Leute darunter. Und die Tante erschrak jedesmal. Wie oft hat sie ihn besänftigen wollen und ihn zur Mäßigung ermahnt. Du bringst uns noch alle drei ins Unglück, sagte sie. Der Herr Onkel aber hätte es sich als Schwäche und Korruption ausgelegt, wenn er einmal ohne solche Meldungen über neugestiftete Feindschaften heimgekommen wäre. Dem habe ich es hineingesagt, war eine immer wiederkehrende Wendung in diesen Berichten von seinen Auftritten und Amokläufen in Ried, Linz oder Wien. Er nannte eine solche Rede auch: reinen Wein einschenken.

Die Irritation, die der Onkel für seine Geschäftspartner darstellte, resultierte auch daraus, daß er sich nicht ausrechnen ließ, er war ständig überraschend und sprunghaft. Oft verließ er um eines Ausdruckes oder eines Wortspieles willen die bisherige Richtung seiner Rede; so bekamen seine Reden einen dominierenden Zug von Uneinheitlichkeit, Sprunghaftigkeit und Widersprüchlichkeit. So konnte er kurz hintereinander, um ein Thema zu nennen, das sich in der Kammer nicht stellte, der Monarchie und der Anarchie das Wort reden. Und während sich der Zuhörer auf das eine einstellte und auch einem Argument womöglich bereits geneigt war zuzustimmen, war der Onkel schon beim nächsten, nämlich seinem Gegenteil. Es fehlte ihm die Gabe der diplomatischen Rede, wie er denn selbst öfters sagte, daß er nichts so sehr hasse wie „das Diplomatische". Er hielt das sogenannte „Diplomatische" für eine Charakterlosigkeit und eine sinnlose Zeitverschwendung dazu. Wenn er zu einem sagte: Mir scheint, du bist ein Diplomat, so war dies in seinem Verstand der schlimmste Tadel und die böseste Schmach. Hinzu kam eine ganz empfindliche Allergie gegen das Parteigängertum. Er wollte selbst nie die Partei eines anderen ergreifen, und er haßte es geradeso, wenn sich plötzlich einer für ihn und seine Ansicht aussprach. Gerade die Zustimmung konnte ihn bewegen, seinen Standpunkt unverzüglich zu verlassen, als sei er durch den eben erfolgten Beitritt beschmutzt und verdorben worden ... Darum hielt er sich auch kaum an einen Clubzwang und eine Generallinie. Er hatte seine eigene Generallinie, und diese Generallinie hieß Zickzack.

Es war ihm selbst klar, daß seine Arbeit als Abgeordneter und Funktionär nicht von Dauer sein konnte und daß eine Wiederbestellung oder Wiederwahl nicht in Frage kam. Der Onkel legte es darauf an, sein Amt loszuwerden. Oft sagte er auch, wenn er wieder einen Termin hatte, er hätte soviel

Nützliches zu tun, statt aber in der Mühle zu mahlen, müsse er wieder seine Wortmühle anwerfen. Zugleich merkte man aber, daß es ihm auch diesmal nicht an Stoff und „Mahlgut" fehlte. Es hatte sich wieder einiges angesammelt. Wenn er etwas besonders Hartes im Visier hatte, dann sagte er auch gern: Diesmal gibt es wieder Schrot. Oder er sagte, er müsse heute seine Kleie nach Wien bringen. War es etwas Feineres, Ironisches, was er anzubringen gedachte, so sprach er vom Grieß oder vom Doppelnull. Jedenfalls wollte er in der kurzen Zeit seiner Amtsführung einen möglichst nachhaltigen Eindruck hinterlassen. Hatte er zu irgendeinem Thema zu sprechen, dann zitierte er gerne Beispiele aus dem Altertum, sprach auch passagenweise Latein. Sah er aber einen, der Zustimmung nickte, so wandte er sich heftig an den Affirmanten, sagend: Was verstehen denn Sie davon! Immerhin brachte er es durch seinen unverwechselbaren Charakter innerhalb der Periode, in der er der Kammer diente, zu einer erheblichen Berühmtheit, zu einer Bekanntheit auch, die weit über sein Fach und die Standesvertretung einer kleinen Innung hinausging. Einige seiner Redebeiträge, wie jene über die Novellierung des Wasserrechtsgesetzes, als er als Auskunftsperson bei einer Anhörung zugezogen wurde, haben ihn bekannt gemacht und sind allen, die ihn seinerzeit gehört oder später über ihn gelesen haben, noch heute in lebendiger Erinnerung.

Bei jenem „Hearing" hat er vieles von dem vorgebracht, was ich dir bereits eingangs meines Berichtes im Rahmen meiner Beschreibung der Kollaudierung mitgeteilt habe. Und obwohl es streckenweise eher den Eindruck machte, als würde der Herr Onkel in diesem Kreis nicht ernst genommen und als dienten seine Auslassungen nur als heiteres Intermezzo, damit sich die Abgeordneten ein wenig erholen konnten, so blieb gerade sein Beitrag doch nicht ohne Wirkung. So ist, um nur etwas zu nennen, der eingangs zitierte Satz des Wasserrechtes: „Die fließende Welle entzieht sich an und für sich der Gewalt des Eigentümers, sofern er nicht Vorkehrungen zu ihrer Ergreifung getroffen hat", verschwunden und im neuen Recht und in den Neuauflagen des Gesetzestextes nicht mehr zu finden, ersatzlos gestrichen. Und manches andere auch. Um dir eine Vorstellung von jener denkwürdigen Rede zu vermitteln, teile ich einige Sätze daraus mit. Der Onkel sagte also: Meine Herren Abgeordneten, obwohl ihr natürlich längst wißt, was ihr tun wollt und tun werdet, habt ihr uns heute hierher zu einer Anhörung eingeladen. Man hat uns gesagt, die Legislative möchte die Meinung der Betroffenen über die geplante Novellierung des Wasserrechts erfahren. So bin ich also heute hier erschienen, um euch meine Meinung über das Wasser zu sagen. Ich bin, was insbesondere das Wasser betrifft, der Meinung, daß es naß ist. Sich waschen, aber nicht naß werden dürfen, ist ein kurioses Kunststück, das auch der Gesetzgeber nicht zuwege bringen wird. Obwohl ich immer wieder Menschen sehe, die sich in den Regen hinausstellen, aber nicht naß werden wollen. So kommen sie vom Regen in die Traufe, und dies ist offenbar auch gerade das Kunststück, das sich der Gesetzgeber vorgenommen hat. Wasch mir den Pelz, aber mach mich nicht naß! Das Wasser aber, meine Herren Abgeordneten, fließt bergab, und es wird euch auch mit der neuen Gesetzesänderung nicht gelingen, es zu ändern und umzudrehen. Ihr könnt gern die Meinung eines Müllers von der Endach erfahren. Ich also sage euch: Der Krug geht so lange zum Brunnen, bis er bricht. Mag inzwischen viel Wasser die Donau hinunterrinnen! Doch sagt schon Pindar: Das Beste ist das Wasser, und der Prediger Salomo fügt hinzu: Alle Wasser laufen ins Meer, doch wird das Meer nicht voller. Wer es fassen kann, der fasse es. Cicero hat gesagt: Hier bleibt das Wasser stehen! Wenn ihr euch also nun anschickt, liebe Abgeordnete, das Wasserrecht zu erneuern, dann denkt auch an das Sprichwort, das sie in der Schweiz haben: Wasser, das schon vorbeigeflossen ist, treibt die Mühle nicht. Und auch das Epigramm bitte ich euch zu bedenken: Ein Narr ist, wer zu Wasser gehet, wenn er zu Lande reisen kann. Und sagt nicht auch Luther: Wasser tut's freilich nicht!? Ohne Wasser aber ist kein Heil, heißt es bei Goethe. Und ein bayrisches

Sprichwort scheint ihm recht zu geben, wenn es sagt: Wer zum Tranke Wasser nimmt, selten dem die Fußgicht kimmt. Und wenn ihr jetzt an die Arbeit der Gesetzgebung schreitet, dann sorgt dafür, daß man nicht auch von euch dereinst mit den Worten des Wunderhorns des Knaben sagt: Sie konnten nicht zusammenkommen, das Wasser war viel zu tief ...

Und von dem hatten wir gedacht, er könnte die Müllerei retten, sagten die Innungsgenossen enttäuscht. Er blamiert den ganzen Verein, hieß es. Und es waren wohl alle erleichtert, als der Onkel schon vor dem Ende seiner Periode demissionierte. Den konnte man wirklich nicht vorzeigen, höchstens vorführen, hieß es unter den Kollegen. Offiziell hieß es, Herr Fender sei krankheitshalber von seinem Amt zurückgetreten. Der Herr Onkel fühlte sich damals aber noch wohl und gesund. Das „krankheitshalber" war die goldene Brücke, über die der Onkel selbst und auch diejenigen, die ihn geholt und berufen hatten, spazieren konnten. Denn natürlich mußten sich auch diejenigen, die ihm dieses Amt übertragen hatten, fragen lassen, was sie sich dabei gedacht hatten. Er sei wahnsinnig geworden, sagten die Gremialen, wenn er es nicht schon gewesen ist, sagten sie, der Herr Onkel habe durchgedreht, darum habe man ihn aus dem Verkehr gezogen. Offiziell war dies alles unter dem „krankheitshalber" des Pressedienstes verborgen. Krank konnte jeder werden.

Krank war aber jedenfalls damals nicht der Onkel, sondern der ganze Stand, die Müllerei war krank, todkrank, wie sich zeigte, das Mühlensterben ging weiter. Die Krankheitssymptome waren nicht zu übersehen. Früher hatte es, um nur etwas zu nennen, drei Müllerzeitungen gegeben, die „Österreichische Müllerzeitung", „Die Müllerstube" und den „Mühlenmarkt", plötzlich aber gab es nur noch den „Allgemeinen Mühlenmarkt". Fusionierungen und Konzentration also nicht nur bei den Mühlen, sondern auch in der Fachpresse. Der „Allgemeine Mühlenmarkt" aber war zeitweise zur Hälfte mit Stillegungsinseraten gefüllt. Vorne standen Nachrichten für die Großen, und hinten standen die Stillegungsanzeigen der Kleinen. Unter den „Kleinen", die stillegten, waren aber gar nicht nur Zwerge, sondern auch relativ große Mühlen. Vorne also Börsenberichte und Mitteilungen für Getreidegroßhändler und Großmühlen und hinten im Kleindruck seitenlange Annoncen, in denen Müller (oder ihre Witwen) den freigewordenen, durch Tod oder Mühlensterben erledigten Maschinenpark anboten. Dort hieß es etwa: Infolge Todesfalles sehr günstig zu verkaufen: 1 komplette pneumatische Weizenmühle, Leistung 10–12 Tonnen in 24 Stunden, Pneumatik mit 15 Strängen, 1 vierfeiliger Walzenstuhl, 2 Grießputzmaschinen Meyer, 6 Walzenstühle Bühler, 2 Plansichter Meyer, Rohrbau System Jakob. Anfragen sind zu richten an: ... Oder man las: Wegen Stillegung komplette Einrichtung abzugeben: 5 Walzenstühle doppelt, 1 Plansichter vierteilig, 1 Trieur, 1 Netzapparat, 1 Mischmaschine, 1 Siebmaschine, 1 Koppereisichter, Aufzüge einfach und doppelt, Riemen verschiedener Breiten und Längen, 1 Antriebsmotor, luftgekühlt mit Kondensator und Ölanlasser und sonstiges mehr. Sollte eine Firma oder ein Interessent die gesamte Mühleneinrichtung und die Maschinen übernehmen, würde ich ein günstiges Angebot stellen ... Umrahmt waren diese Inserate, wie es sich bei Parten und Todesanzeigen gehört, mit dicken, schwarzen Balken.

Zum Trost für die österreichischen Müller (oder als Drohung) standen schon damals große Artikel im „Allgemeinen Mühlenmarkt“ über die Situation anderswo und wie es hierzulande immer noch erträglich sei. Öfters wurde uns am deutschen Beispiel gezeigt, wie der Trend laufe und womit auch wir zu rechnen hätten. Da hieß es etwa: Im Jahre 1950 gab es in Deutschland West noch 14 500 Mühlen, im Jahre 1957 waren es noch 9526, 1974 sind es noch 3354. 11 146 Mühlen sind also verschwunden, entweder freiwillig in einer der beiden bisher in der Bundesrepublik durchgeführten Stillegungsaktionen „aus der großen Müllerfamilie ausgeschieden“ oder sonstwie eingegangen. Was nun das Mahlen betrifft, so sind mehr als 84 Prozent der deutschen Jahresvermahlung in der Hand von 185 Mühlen. Das heißt, mit 200 Mühlen von der Größe der kleineren dieser 185 Mühlen, die jetzt schon 84 Prozent der Gesamternte vermahlen, käme ganz Deutschland spielend aus. 54 Prozent der Vermahlung liegen in der Hand von 28 Mühlen. Das wieder heißt, daß etwa 50 Mühlen von der durchschnittlichen Größe dieser Großen alles Mahlen Deutschlands bewältigen könnten. Diese 28 Mühlen mahlen im Jahr jeweils über 40 000 t (vierzigtausend Tonnen) Getreide. Sieht man in die andere Richtung: Rund 15 Prozent der Gesamtvermahlung teilen sich also 2943 Mühlen. Diese Mühlen haben eine Jahresplafondmenge von 1200 bis 5000 Tonnen. Insgesamt sind in Deutschland West 4 302 632 Tonnen Brotgetreide zu verarbeiten, die Kapazität der noch betriebenen Mühlen würde aber annähernd für die doppelte Menge reichen. Die Wirtschaftsplaner denken also an weitere Stillegungen. Aber es ist natürlich nicht daran gedacht, eine oder die andere von den großen Mühlen stillzulegen, was freilich den gewünschten Effekt hätte und die Marktsituation für alle übrigen schlagartig verbessern würde, weil man damit ja viel Kapazität aus diesem Markt herausnehmen könnte, sondern man denkt dabei natürlich an die vielen mittleren und kleineren. Einige denken laut und sagen, daß überhaupt alle Mühlen außer den erwähnten 28 schließen sollten, das wäre die rationellste Lösung, und endlich könnten diese 28 Mühlen zeigen, was sie können und wozu sie imstande sind. Die kleinen Müller, lieber Neffe, sind heute so unbedeutend geworden, daß sich, um es nur zu sagen, nicht einmal mehr ihre Stillegung lohnt, jedenfalls nicht das Bezahlen von Prämien. Die Wirtschaftsplaner sagen, ob diese Mühlen mahlen oder nicht, spielt aufs ganze gesehen kaum eine Rolle. Sie sind nicht „capax", wie die Lateiner sagten. Ich habe dir oben eine Zahl von 14 500 Mühlen genannt. Mit ihr beginnt die Statistik vom Jahre 1950. Damit du aber auch von der früheren Zeit einen Begriff bekommst, nenne ich dir eine ältere Zahl, die das ganze Ausmaß der Seuche und der Mühlenpest illustriert: Im Jahre 1898 zählte man in Deutschland (das damals freilich etwas größer war, Deutschland ist ja wie die Müllerei am Schrumpfen) allein 11 370 Windmühlen. Sie sind alle verschwunden. Den übriggebliebenen Rest darf man, statistisch gesprochen, vernachlässigen, er fällt nicht ins Gewicht.

Welche Rolle aber spielt in einer solchen Situation die Innung der Müller? Sie erblickt ihre Aufgabe, da sie natürlich von den Großmühlen dominiert wird (wo herrschen schon die Kleinen!), vor allem darin, das Ausscheiden „aus der großen Müllerfamilie" möglichst schmackhaft zu machen. So wird die Innung immer inniger und intimer. Wenn aber einmal der Idealzustand erreicht ist, der Endzustand mit den 28 Mühlen, um von Deutschland zu sprechen, oder wenn womöglich überhaupt nur noch eine Mühle übriggeblieben ist, dann ist die Müllerei in dieser einen Mühle zur Ruhe gekommen. Vielleicht wird sich diese Mühle dann „Mill Germany Limited" oder „Deutschland-Mühle" nennen. Das wird eine stattliche Mühle sein, Silos wird es dort geben, die die Kirchen und Kirchtürme wie Streichhölzer erscheinen lassen werden, die evangelischen und die katholischen Kirchen Deutschlands. Und um auch hier einen Mühlenvergleich anzustellen, lieber Neffe: eher werden in Deutschland die Mühlen zusammengelegt und vereinigt sein als die getrennten Kirchen. Der Ökumenismus der deutschen Industrie ist stark ausgeprägt. Auf daß alle eins seien. Ein Volk, eine Mühle! Im anderen Teil Deutschlands ist man bei der Fusionierung der staatseigenen Mühlen natürlich schon viel weiter, die Planwirtschaft macht's möglich.

„Stillegung" – ein schönes Wort für eine häßliche Sache. Heute wird freilich manches auf dem Wege der Benennung und der Sprachregelung geregelt. So wurden aus den Fremdarbeitern, jenen Arbeitskräften, die man manchmal schlechter als Fremde, nämlich wie Aussätzige behandelt, die „Gastarbeiter". Arbeitskräfte aber werden neuerdings nicht mehr „entlassen", sondern „freigesetzt". Sie werden sozusagen in die Freiheit entlassen – so wie die Vögel vom mitleidigen Leonardo da Vinci auf dem Markt von Florenz gekauft und aus ihren Käfigen in die Freiheit des Äthers hinausgelassen wurden? So gibt es auch manchen euphemistischen und die häßliche Sache verdeckenden und beschönigenden Ausdruck für die fortdauernde Vernichtung der Kleinen durch die Großen. Damals wurden nicht etwa Mühlen ruiniert, sondern es wurde mittels staatlicher Maßnahmen „Kapazität aus dem Markt genommen". Überall ereignen sich „Flurbereinigungen", die Vielfalt wird planiert und eingeebnet, am Schluß ist alles schön übersichtlich. Die Syndikalisten stellen es freilich so dar, als ob alles nur zum Besten der Kleinen geschähe, in deren wohlverstandenem Interesse. Dem kleinen Betrieb aber nützt die Stillegung natürlich nicht, allenfalls derart, wie der Tod einem Leidenden nützt, wenn er ihn erlöst. Mancher „Stillgelegte" hätte aber noch ganz gern ein Weilchen weitergelitten, das heißt leidlich weitergemacht. Nun aber mißt man alles mit dem Malter der Industriemühlen, und gemessen mit dieser Elle erscheint freilich manches zu kurz. Für manchen kleinen Müller war die Stillegung seiner Mühle auch sein eigenes physisches Ende. Die Mühle wurde stillgelegt und der Müller zur ewigen Ruhe gebettet.

Auch ich stand vor der Frage, wie ich weitermachen sollte. Ich hatte mich schon mit dem unfreundlichen Gedanken angefreundet, daß ich schließen und ausschließlich meinem Beruf als Lehrer leben würde. Bis ich aber dann doch lieber mir selbst einen Ruck gab als der Mühle den Todesstoß. Freilich kam mir das Mühlengesetz des Jahres 58, das den damaligen Zustand in der österreichischen Müllerei festschrieb und den Mühlen Mahlkontingente garantierte, zu Hilfe; wäre der Konkurrenzkampf wie bis dahin unkontrolliert weitergegangen, so hätte mir niemand mehr helfen können. Auch du mahlst schließlich heute im Schutz dieses Gesetzes, so sehr du es auch schelten und verfluchen magst, weil es dich in deinem Wachstumshunger am Expandieren hindern wird. Ich sehe dich unterwegs, „Kontingente" aufkaufen, der neuen Hauptbeschäftigung der Müller frönen. Schränke dich ein, sei mit dem, was du hast, zufrieden, bescheide dich! Ich rufe dir zu: Maß müssen wir halten! Aber weil das Abwägen schwierig ist, soll sich alles, was mehr als ausgewogen sein wird, zum menschlicheren Teil neigen. Das aber hat L. Annaeus Seneca seinem Kaiser zugerufen! („Modum tenere debemus; sed quia difficile est temperamentum, quidquid aequo plus futurum est, in partem humaniorem praeponderet ...") Der Kaiser, dem Seneca in dieser Weise gut zugeredet hat, hieß übrigens Nero, und wie wir wissen, hat es nichts gefruchtet. Der Heilige hat dem Teufel „clementia", Güte, gepredigt und hat doch das wohl deprimierendste Lehrerschicksal erlitten. Nicht nur, daß der verstockte Schüler keine Lehre annahm, er hat seinen alten Lehrmeister vielmehr aus dem Weg geräumt und umbringen lassen. Aber was hätte das alles mit dir zu tun ...

Mäßigung und Maß, lieber Neffe! Ganze Bibliotheken haben die alten griechischen und lateinischen Philosophen über das rechte Maß, das Mittelmaß, und über die Verstöße gegen diese Richtschnur, vor allem die Anmaßung, die Unmäßigkeit in allen denkbaren Schattierungen und Ausprägungen verfaßt. „Temperantia" ist ein Leitwort der antiken und mittelalterlichen Tugendlehre. „Difficile est temperamentum", sagte Seneca. Ich habe immer wieder meine Schüler an die Mäßigung und an das Maßhalten erinnert. Ihr werdet es das ganze Erwerbsleben über mit Gewichten zu tun haben, sagte ich zu meinen Schülern und fügte entsprechend der Methode der Typologie und der Allegorese, wie ich sie in meinem Unterricht beobachtete, hinzu: Haltet auch in eurem persönlichen und privaten Bereich die Gewichte in Ordnung, haltet euch in der Waage, seid ausgewogen in eurem Urteil und eurem Handeln. So mündete mein Unterricht über die Geschichte und den aktuellen Brauch des Messens und Wägens, die Erörterung der altehrwürdigen Naturmaße, des Fußes und der Spanne, der Elle und des Steinwurfs, des Tagwerks und des Morgens, der Kanne und des Eimers, des Jochs und vor allem des Malters, in eine philosophische Betrachtung und einen anthropologischen Exkurs über die Tugenden und Vorzüge der Selbstbeherrschung, des Augenmaßes und der rechten Einschätzung seiner eigenen Fähigkeiten, Möglichkeiten und Grenzen. Ich besuchte darum mit meinen Schülern nicht nur den steinernen Metzen unserer Kreisstadt, der noch erhalten ist und das vom hohen Magistrat geeichte und für den Getreidemarkt in der Getreidegasse verbindliche Hohlmaß darstellte, sondern las ihnen auch im Anschluß daran einzelne Sätze und ganze Abschnitte aus Senecas Schrift über die Güte oder aus Marc Aurels „Selbstbetrachtungen" vor. Im Anschluß an den Sachunterricht über die Naturmaße und die vom Menschen genommenen und darum auf den Menschen zugeschnittenen, und das heißt auch humanen, Längen- und Gewichtsangaben kam mir etwa Satz 11 aus dem Siebenten Buch der Selbstbetrachtungen des Marc Aurel sehr gelegen: „Bei einem vernünftigen Geschöpfe ist eine naturgemäße Handlungsweise immer auch eine vernunftgemäße." Wie gern hätte ich den wenigen Müllern, die übriggeblieben sind und dennoch nicht genug bekommen konnten, ins Mahlbuch geschrieben: „Denke nicht an den notwendigen Besitz der dir fehlenden Güter, vielmehr an das, was jetzt für dich da ist, und wähle dir unter den vorhandenen Gütern die schätzbarsten aus und erinnere dich, welche Anstrengungen du ihrethalben machen würdest, um sie zu erlangen, wenn sie dir abgingen. Jedoch hüte dich zugleich, daß dieses Wohlgefallen daran dich nicht an ihre Überschätzung gewöhne, denn sonst müßte ihr einstiger Verlust dich nur beunruhigen." (Marc Aurel, 7,27) Überhaupt läßt sich das gesamte stoische Werk des Kaisers wie ein „Trost der Philosophie" zum Mühlensterben und zum Sterben überhaupt auffassen. Wer bedenkt, was dort geschrieben steht, wer vor allem seinen eigenen Tod erwägt, der so unausweichlich ist wie nur etwas und das Sicherste in der Welt, der kann nicht mehr wie ein Blödsinniger raffen und raffen, hetzen und hetzen, schaffen und schaffen wollen. Der sinnlose Materialismus beweist nur einen tödlichen Mangel an Philosophie. Angesichts des Todes ist der Konsum das Verständnisloseste, was der Mensch nur tun kann. Er sollte nämlich loslassen und Ballast abwerfen, statt sich wie ein Mülleresel aufzuladen. Mancher aber scheint möglichst viel erwerben und besitzen zu wollen, um am Schluß zu wissen, wovon er Abschied nimmt. „Der gebildete und bescheidene Mensch sagt zu der alles spendenden Natur: Gib, was du willst, und nimm, was du willst. Das aber sagt er nicht mit trotzigem Sinn, sondern mit Gehorsam und Gelassenheit", heißt es bei Seneca.

Im Zusammenhang des „Maßhaltens" war es mir in meinem Unterricht angelegen, auf den bedauerlichen Umstand hinzuweisen, daß die Müller gerade durch das „Metzen", das viele aber als „Schröpfen" praktizierten, in den Ruf der Unehrlichkeit und Ehrlosigkeit gekommen sind. Ungern, aber regelmäßig zitierte ich auch die berühmten und berüchtigten 21 „Gebrechen", die der Fürstlich Sächsische Rath und Amtmann Georg Paul Hönn 1720 in seinem „Betrugs-Lexikon, worinnen die meysten Betrügereyen in allen Standen verzeichnet" von den Müllern berichtet, insbesondere den Paragraphen 21 selbst: „Die Müller betrügen, wenn sie unter dem Vorwande, daß unter ihrem Getrayde-Viertel oder Maß, worinnen ihm der Mühl-Gäste Getrayde zugemessen wird, der eine eiserne Fuß oder Stollen ungefähr abgebrochen wäre, da sie es doch selbst mit Fleiß gethan und bei dem Einmessen den Fuß, damit es gerade stehen möge, untersetzen, hernach gleichsam von ungefähr abschnappen durch solches Rütteln desto mehr Getrayd hingehen möge."

Ich zitierte in diesem Teil meines Unterrichtes aber nicht nur Müllerschelten, von denen es die Jahrhunderte herauf so viele gibt, sondern auch Beispiele des Müllerpreises, die es immerhin auch gibt, was oft übersehen wird. Vor allem nannte ich gern den Ordinarius der Helmstädter Juristenfakultät, Eisenhardt, der in seinen „Grundsätzen der deutschen Rechte in Sprichwörtern" vom Jahre 1758 schreibt: „Die gute Meinung, so ein jeder Mensch von seinem Nächsten haben muß, leidet es nicht, daß wir die Müller als gewisse Diebe ansehen sollen. Jemand eines Verbrechens beschuldigen, zumal eines so ehrenrührigen, als der Diebstahl ist, erfordert Beweis. Und wer wollte sich erkühnen, ein so freches Urteil zu fällen, daß unter so vielen Menschen, welche in dem gemeinen Wesen ein so nützliches Handwerk treiben, nicht ein einziger redlicher Mann angetroffen werden sollte und daß das Stehlen notwendig mit dem Müller-Handwerk verbunden sein müsse." Zu schweigen von jenem denkwürdigen Lob, das Abraham a Santa Clara, der ja sonst weiß Gott kein Feiner war, in seiner „Kurtzen Beschreibung allerley Stands-, Ambdts- und Gewerbs-Persohnen mit beigedruckter Sittlichen Lehre" für die Müller findet: „Ein Müller ist eine sehr nützliche Person, dessen man zur Erhaltung des menschlichen Lebens nicht kann entraten, dann der Mensch ohne Meel und Brot nicht lang dauren kann. Auch wird man nicht bald ein Handweck finden, welches weniger dem Müßiggang ergeben als die Müller, maßen diese nicht allein den Tag, sondern auch die Nacht der harten Arbeit und Wachsamkeit aufopfern."

Dies alles ist natürlich längst Geschichte. Mit Geschichtskenntnissen aber, namentlich solchen der Handwerks- und Gewerbegeschichte, konnte man bei den Lehrlingen, wenn sie von den Volks- oder Hauptschulen kamen, kaum rechnen. Das mag freilich auch früher einmal nicht viel anders gewesen sein. Ich kann mich nämlich daran erinnern, wie sich dein Großonkel, mein Onkel, öfters über den Geschichtsunterricht an den Schulen, gerade der Handwerks- und Gewerbegeschichte, beklagte, wie er sich darin erschöpfe, von den Verfehlungen und Unregelmäßigkeiten gewisser Gewerbetreibender, immer der gleichen, ja derselben (nämlich der Müller und Bäcker) zu handeln. Wenn man einen Schüler frage, sagte damals der Herr Onkel manchmal, was er über die Geschichte des Gewerbes wisse, dann erzähle er einem alsbald von den Verfehlungen der Müller und Bäcker gegen die Gewerbe- und Marktordnung. Es sei ein Trauerspiel, sagte der Onkel, daß sich das Wissen der Schüler im „Prangerstehen" und „Bäckerwippen" oder „Bäckerschupfen" des Mittelalters erschöpfe. Zum Stichwort Handwerk im Mittelalter bekomme man mit Sicherheit „Bäckerwippen" als Antwort zu hören. Von nichts sonst aus dem Bereich der Geschichte des Markt- und Zunftwesens und der Markt- und Gewerbeordnung wisse der Lehrplan im Fach Geschichte an unseren Grundschulen, ja auch höheren Schulen, als dem auch auf großen Schautafeln abgebildeten „Bäckerwippen“ oder „Bäckerschupfen“ als der zünftigen und vom Magistrat der mittelalterlichen Stadt über einen Brot- und Gebäckfrevler und -betrüger verhängten Bestrafung. Und die Kinder, sagte der Herr Onkel, stünden vor dem Schaubild „Bäckerschupfen“ und prägten es sich tief in ihre kindlichen und empfänglichen Seelen ein. Und bald brächten sie jeden Bäcker, den sie sehen, nur noch mit dem „Bäckerschupfen“ in Zusammenhang. So ist der Bäcker im Bewußtsein der Menschen bald nur noch derjenige, der das Brot zu leicht backt, der verdorbene Mehle verwendet und die Semmel innen hohl macht. Und sie lernten schon in der Schule und fürs ganze Leben, daß man den Hohlraum in einem Semmerl oder anderem Weißgebäck als „Bäckerseele“ bezeichnet. Der Bäcker ist bald nur noch der historische und notorische Verstoßer gegen die Gewerbeordnung, der in einen großen Korb gesteckt und an einer langen Stange, die über ein Brückengeländer gehalten wird, Last mal Lastarm ist Kraft mal Kraftarm, in das Wasser getunkt und getümpfelt gehört, bis er keine Luft mehr bekommt, wie man es im Mittelalter beim „Bäckerwippen“ eben gemacht hat. Diese Gesinnung herrsche auch heute in allen Konsumenten- und Konsumentenschutzverbänden, als bedürfe es einer großen Wehr und eines massiven Schutzes gegen eine Bande von räuberisch gesinnten Handwerkern und „Gewerbetreibern“. Als müsse man ständig unehrlichen Handwerkern das Handwerk legen ... So jedenfalls verhalte es sich mit dem Bäcker und mit dem Müller in Geschichte und Gegenwart, sagte der Herr Onkel. Ein Mann am Pranger! In Wahrheit aber hätten sich die Müller und Bäcker nicht öfter und schwerer gegen die Gewerbeordnung vergangen als andere Gewerbetreibende auch. Man könne, um Verstöße gegen die Markt- und Gewerbeordnungen zu zeigen, geradesogut auch die Fleischhauer oder irgendein anderes Gewerbe heranziehen. Nicht nur die Hersteller von Brot haben hin und wieder gesündigt, auch die Hersteller von Brat haben sich manchmal gegen geltende Rechte vergangen. Und so fort, lieber Neffe.

Nach meinen Erfahrungen nun kann man den Absolventen unserer Grund- und Fundamentalschulen den Vorwurf von einseitigen Vorstellungen auf dem Gebiet der Gewerbe- und Handwerksgeschichte nicht mehr machen. Sie haben von diesem Gegenstand keine falschen Vorstellungen, weil gar keine Vorstellungen. Wer nichts weiß, weiß auch nichts Unrechtes oder Einseitiges. Verbildet jedenfalls ist der Ungebildete nicht. Diesem Übelstand aber abzuhelfen, die Schüler über die Geschichte genauer zu unterrichten, war mir als einem Lehrer der Technologie freilich nur am Rande möglich. Ich mußte mich mit wenigen Beispielen, wie ich sie oben angedeutet habe, auch mit Hinweisen auf weiterführende Literatur zufriedengeben und begnügen.

Lieber Neffe, ich höre dich, den Inhaber und Betreiber einer elektronisch gesteuerten Mehlfertigungsanlage, angesichts dieser alten Geschichten von der Kriminalisierung von Müllern und Bäckern in der Vergangenheit förmlich bis hierher ins Altersheim seufzen! Was soll dir das alles! Ich darf dich aber dann doch daran erinnern, daß gerade in der jüngeren Geschichte viele Müller (Inhaber von Mehlfertigungsanlagen ...) durch Unregelmäßigkeiten im Zusammenhang mit dem sogenannten „Getreideausgleichsfonds" ins Gerede und Zwielicht geraten sind. Da der Staat den Getreide- und Brotpreis künstlich niedrighält und „stützt" (so wie er auch den Milchpreis niedrighält und „stützt") und deshalb auch das Verwenden von für den Menschen ungenießbar gemachtem („gespritztem") Brotgetreide als Viehfutter mit Prämien honoriert (in welcher Zeit leben wir nur!), ist die Versuchung für die Müller oder „Inhaber von Mehlfertigungsanlagen", zweimal zu kassieren, die „Stützung" einzustecken und die Viehfutter- oder „Brotgetreidevernichtungsprämie" einzustreifen, angeblich gespritztes, aber nur oberflächlich behandeltes Getreide doch zu Brotmehl zu vermahlen, besonders groß ... Der Staat aber ist mit dieser Regelung zu einem großen Versucher geworden. Im Vaterunser heißt es nicht nur: Gib uns unser tägliches Brot, sondern auch: Führe uns nicht in Versuchung. In der Bibel aber steht: Wer sich in die Versuchung begibt, kommt in ihr um. Und es sind ja nun wirklich nicht wenige, die in der Versuchung des Getreideausgleichsfonds umgekommen sind. Vielleicht sind sie nicht buchstäblich „umgekommen", aber doch ins Gefängnis gewandert und um ihre Müllerehre gekommen.

Gerade am Anfang, als die Müller erst lernen mußten, mit dem neuen Mühlengesetz und dem Fonds zu leben, als sie auch um die Kontrollen der Behörden, ihre Häufigkeit und Genauigkeit nicht Bescheid wußten, sind viele von ihnen, ehe sie sich dessen versahen, hineingetappt. Damals traf man im Gefangenenhaus mehr Müller als an der Getreidebörse. Ich habe damals einmal anhand meiner in der Schule vor mir sitzenden 14 Berufsschüler und Lehrlinge die einsitzenden Lehrherren zusammengezählt und kam immerhin auf sechs! Und es wurden die lehrherrenlosen Lehrlinge immer mehr! Gottes und des Staates Mühlen mahlten langsam, aber sicher. Damals war die große Zeit der Müllerinnen, jener Müllersgattinnen nämlich, die, vor die neue Lage gestellt, innerhalb kürzester Zeit gelernt hatten, den meisterlosen Betrieb allein weiterzuführen. Auch die Lehrlinge und Gesellen haben oft, während die Lehrherren in den Gefangenenhäusern Mehltüten klebten, innerhalb kurzer Zeit viel Selbständigkeit gelernt. Gesellen zeigten mit einemmal die Tüchtigkeit von Obermüllern. Bedauerlicherweise ist aber während dieser Haftstrafen auch manche Mühle zugrunde gegangen. Nicht nur vormals blühende Mühlen sind in dieser Zeit gestorben, auch Ehen wurden zerstört. Dort und da, so hörte man, hat einer einer schönen Müllerin während der sich hinziehenden Untersuchungs- und Strafhaft des Meisters schöne Augen gemacht. So sei nicht nur die eine oder andere Mühle, sondern auch diese oder jene Müllerin in jener kritischen Zeit schwach geworden. Der Ruf der Müller hat sich durch die vielen Unzukömmlichkeiten mit dem Getreideausgleichsfonds sicherlich nicht verbessert. Zwar ist es seit ungefähr zehn Jahren wieder stiller geworden, aber das muß nicht unbedingt daran liegen, daß betrügerische und unredliche Müller aus der „großen Müllerfamilie" ausgeschieden und die rechtlich denkenden und redlichen übriggeblieben sind, das kann auch daran liegen, lieber Neffe, daß die Müller „gelernt haben, mit dem Getreideausgleichsfonds zu leben", wie man hin und wieder liest. Ich werde nicht meinen eigenen Stand anschwärzen, erlaube mir aber gleichwohl anzumerken, daß die gewisse Vertrautheit mit dem Gesetz, die sich inzwischen eingestellt hat, auch mit einer Vertrautheit seiner Exekution durch Kontrollen und einer Bekanntschaft mit den Kontrolloren einhergeht. Einmal las ich in Anspielung auf die Getreidereinigung von der „Selbstreinigung" der Müllerei, worunter jener Prozeß der „Ausscheidung" straffällig gewordener Müller verstanden wurde. Demnach müßte die Innung nun wirklich bereits von einer Reinheit sein, „als ob sie die Engel gelesen hätten". Ich kann mich diesem ethischen Darwinismus nicht anschließen, weil ich nicht glaube, daß zum Schluß nur die Guten übrigbleiben, wie ich mich auch weigere anzunehmen, daß das gerade Gegenteil der Fall sei, wie man es von den Bauern, den „Mahlgästen", wie sie früher hießen, sehr oft hört. Viele Bauern halten die Müller auch heute noch für Gauner, die großen Müller entsprechend für große Gauner.

Hier ist der Platz, noch einige Worte über mein Verhältnis zu den Mitmenschen, in meinem Fall zu den Bauern und den Schülern, zu sagen. Mein Leben verbrachte ich zwischen Mühle und Schule, zwischen „mola und Schola", wie ich gern sagte. Von den Bauern, um damit zu beginnen, will ich dir im Zusammenhang mit meinen Bemühungen, meine Versicherungssituation durch einen Beitritt in den bäuerlichen Selbsthilfeverein zu verbessern, berichten.

Dazu mußt du nun wissen, daß die Bauern mit Müllern als Mitgliedern und Teilnehmern in ihren Schaub- oder Ziegelvereinen keine Freude hatten, ein Müller, sagten die Bauern, hat in unserem Selbsthilfeverein nichts zu suchen. Eine Mühle ist nun freilich ein besonders brandgefährdetes Objekt. Jedenfalls galt das für die Zeit vor den neuen pneumatischen Förderanlagen, also für meine Zeit. Die Holzgehäuse der seinerzeitigen Gurten- und Becheraufzüge, namentlich die Rezipienten, die Behälter am Fuß des Elevators, wo die Becher das Mahlgut schöpften, waren Hauptursprungsorte für Brände und Feuersbrünste. Wenn der Aufzugsriemen steckenblieb und blockierte, was an sich sehr oft geschah und aus den verschiedensten Gründen geschehen konnte, dann drehte sich die Scheibe weiter, und es entstand zwischen dem Gußeisen der sich weiter und weiter drehenden Scheibe und den scheuernden Schrauben, Muttern oder Nieten der Becherhalterung an den Gurten oder Riemen eine große Hitze, und es war nur eine Frage der Zeit, der kürzesten Zeit nämlich, wann diese ungeheure Hitze das umgebende Holz der Verschalung entzündete. Meist gab es durch fliegende Funken auch noch Staubexplosionen, und über kurz oder lang, wenn der Müller den sogenannten „Bären" nicht bemerkte und „trieb", wie es hieß, stand die Mühle lichterloh in Flammen. Es heißt in verschiedenen Mühlenbeschreibungen, daß die alte Mühle mit den vielen hölzernen Röhren für die Aufzüge und Schnecken einem Wald, einem schier undurchdringlichen Dickicht oder Wald geglichen habe und daß durch die Einführung der schlanken und kleindimensionierten Metallrohre der Luftförderung dieser Wald von Röhren und dieses undurchdringliche Dickicht durchforstet worden sei. So kann man es sehen. Ein Feuer in einer alten Mühle war denn auch ein Waldbrand. Das wußten natürlich auch die Versicherungen, die Prämien für die Müller waren deshalb so hoch, daß viele Müller sich überhaupt nicht versicherten und mit dem ganzen Risiko mahlten oder aber nur das Gebäude, das reine Mühlenhaus ohne die Einrichtung, versichern ließen. Man konnte sich aussuchen, ob man durch die Prämien oder durch den Brand ruiniert werden wollte.

So habe auch ich den Versuch gemacht, in den Schaubverein meiner Bauern einzutreten, dabei aber wenig Gegenliebe gefunden. Die Bauern sagten, ein Bauernhaus und eine Mühle, das seien zwei Paar Stiefel. Die Bauern sagten, die Müller sollten selbst und unter sich einen solchen Selbsthilfeverein für Müller gründen, die Innung sollte sich umsehen, sagten die Bauern, aber in einem Selbsthilfeverein für Landwirte ist eine Mühle ein Fremdkörper. Ein Selbsthilfeverein von Bauern, in dem auch ein Müller mit seiner Mühle drinnen sei, sei kein Selbsthilfeverein für Bauern mehr, sondern ein Müllerhilfsverein. Ich war nicht der erste Müller, der mit dem Selbsthilfeverein der Bauern schlechte Erfahrungen machte. Die Bauern aber sagten ihrerseits, sie hätten sich landauf und landab erkundigt, und landauf und landab hätten sie von schlechten Erfahrungen gehört, die die Bauern mit Müllern in ihren Schaub- und Ziegelvereinen gemacht hätten. So blieb ich draußen.

Die Ortsfeuerwehren aber und die vielen kleinen Freiwilligen Feuerwehren auf dem Land waren den Mühlenbränden nicht gewachsen. Die Freiwilligen Feuerwehren und die Ortsfeuerwehren löschten eine Mühle wie eine Scheune, für sie gab es da keinen Unterschied, sie kamen, suchten die Wasserquelle, die bei den Wassermühlen leicht zu finden war, richteten ihr Gerät zurecht und spritzten so lange ins Feuer hinein, bis alles abgelöscht war. Ja sie spritzten noch darüber hinaus, bis alles unter Wasser stand. Sie töteten leider nicht nur das Feuer, sondern auch die Mühle ab. Um welches Objekt es sich handelte, spielte bei den Bauernfeuerwehren keine Rolle. Man kann aber eine Mühle nicht löschen wie ein Bauernhaus, eine Mühle ist ein durch seine Funktion und seinen gewerblichen Zweck so sehr geprägtes und eigentümliches Hans, daß auch die Löscharbeit im Brandfall auf diese Eigentümlichkeit eingehen muß. Die Ortsfeuerwehren wurden in dieser Hinsicht den Mühlen nicht gerecht, sie stellten die Eigenart des Objektes zuwenig oder gar nicht in Rechnung. Es gab Brände in Oberösterreich, wo die Feuerwehren mit ihrem sinnlosen Löschen und mit ihrer übertriebenen Wassersucht alles so sehr verdorben haben, daß von den Mühlen weiter nichts übrigblieb als ein großer Haufen Mehlpapp.

Es gab sogar einen Müller, einen Besitzer einer brennenden Mühle bei Eferding, der die Feuerwehr nicht an seine Feuersbrunst heranlassen wollte, weil er ihr eine sachgerechte und der Eigentümlichkeit seiner gewerblichen Brandstelle Rechnung tragende Löscharbeit nicht zutraute. Dabei ist es ihm nicht darauf angekommen, alles durch das Feuer vernichtet zu sehen, „heiß abzutragen“, wie die Bauern das nennen, also einen Versicherungsbetrug zu begehen, was man ihm freilich dann vorwarf, als vielmehr darauf, nicht mitansehen zu müssen, wie die Feuerwehr durch geistloses Wasserspritzen und Planschen den Rest seiner Mühle, den die wütenden Elemente möglicherweise übriggelassen und geschont hätten, radikal vernichtet. Er sagte sich wohl, lieber soll meine Mühle dem Wüten des Elementes als dem Wüten der Feuerwehr zum Opfer fallen.

Von hierher ist es auch verständlich, daß sich einige große Mühlen, die es sich leisten konnten, Berufsfeuerwehren aufgebaut haben. Diese Mühlenbetriebsfeuerwehren sind Spezialisten im Mühlenfach, sie sind auf die Besonderheit von Mühlenbrandstellen trainiert, im Extremfall auf die eine ganz bestimmte Mühle, die sie immer wieder und wieder übungsweise und im Manöver erprobt und exerziert haben. Das Verhältnis dieser Feuerwehren zu ihren Mühlen gleicht dem zwischen einem Arzt und seinem langjährigen chronischen Patienten. Das Hauptaugenmerk einer solchen betriebseigenen Feuerwehr liegt vor allem auf der Brandverhütung. Eine solche Feuerwehr verwendet die freie Zeit nicht zum Warten auf das Feuer, sondern nützt sie zu seiner Verhütung. Letztlich wehrt eine solche Feuerwehr nicht dem Feuer, sondern den Anfängen. Kommt es aber zu diesem Feuer, so kann eine Betriebsfeuerwehr angemessen handeln. Die Berufs- und Betriebsfeuerwehr weiß um die besondere Art der Entstehung und Ausbreitung dieses Feuers. Eine Mühle legt ja aufgrund ihrer technischen Anatomie einem Feuer ganz bestimmte Hindernisse in den Weg, an anderer Stelle wieder ermöglicht sie seine rasend schnelle Ausbreitung, gewisse Betriebsteile und Maschinen erreicht das Feuer auf Umwegen, andere wieder fangen schon auf Sicht Feuer, explodieren von weitem, gewissermaßen auf Verdacht. Und so wie bei der Errichtung einer Mühle das tausendfältige Wissen der Mühlenbauer und Mühlenärzte um Techniken und Praktiken eine Rolle spielt, so muß beim komplementären Vorgang, bei der Vernichtung beziehungsweise bei der Verhinderung der katastrophalen Vernichtung, das entsprechende Wissen die Brandbekämpfung steuern. Auch hier verhält es sich ähnlich wie mit dem Menschen, im organischen Aufbau liegt auch bereits die Art und das Tempo des Abbaus begründet, Konstruktion und Destruktion sind komplementär. Bestimmt nicht das mühlentechnische Wissen die Löscharbeit, sondern bloß der ungesunde Hausverstand, so kommt es zu den verhängnisvollsten und folgenschwersten Fehlleistungen.

Ein brennender Müller, der die Freiwillige Ortsfeuerwehr verständigt, kommt mir vor wie ein kranker Mensch, der den Tierarzt konsultiert. So haben die Freiwilligen Feuerwehren manchmal völlig ungefährdete, abseitsliegende Mehllager gewissermaßen vorbeugend durch überrumpelndes Hineinspritzen in Teig verwandelt, als möchten sie, wenn erst das Feuer in diesen Mühlenteil gelangt, einen größeren Fladen backen. Ich habe mich wiederholt mit dem Feuerwehrhauptmann über diesen Gegenstand unterhalten, aber weder bei ihm noch bei anderen Mitgliedern der Feuerwehr ein Verständnis angetroffen. Der Hauptmann sagte, es sei die Pflicht der Feuerwehr, das Feuer zu stellen und sein Übergreifen auf benachbarte Objekte zu verhindern, nicht aber über die Spezialität eines Mühlenfeuers zu philosophieren. Wenn eine Mühle brenne, so sei wie in jedem anderen Fall sein erstes Kommando: Wasser marsch! Und wenn das Feuer gestellt und ausgelöscht sei, laute sein Kommando: Wasser halt! Mein lieber Neffe, ich hatte manchmal den Eindruck, als rächten sich die Freiwilligen Feuerwehren durch ihr grobes Löschen von Mühlen dafür, daß der heilige Florian, ihr Schutzpatron, der Legende nach mit einem Mühlstein um den Hals in die Enns versenkt wurde, wofür aber die Müller sowenig können wie die Enns.

Es zeigt sich eben immer wieder, daß das Verhältnis der Bauern zu den Müllern nicht einwandfrei und unbelastet ist.

Ich habe an meinem Onkel und an mir selbst zur Genüge erfahren (und auch du wirst es leider erleben), daß sich die Bauern plötzlich und ohne einsichtigen Grund gegen den Müller stellen. Dazu muß nicht erst ein Elevator Feuer gefangen haben. Die Bauern sind unter allen Kundschaften die schwierigsten und heikelsten. Und ein Lohnmüller wie ich hatte nur Agrarier zu Kunden! Ich war an den drei Tagen, an denen ich in der Welser Berufsschule Unterricht in Mühlentechnologie gab, jedesmal froh, wenn ich aus den Mehlkleidern schlüpfen, die Mühle und die lästigen Bauern dem Franz überantworten und das Fahrrad besteigen konnte. Ich atmete jedesmal auf, wenn ich nach Wels fahren durfte, das Wandern ist des Müllers Lust.

Genaugenommen blieben die Bauern für mich, trotz meines jahrzehntelangen intensiven Umganges mit ihnen, ein unlösbares Rätsel. Ich habe beispielsweise mit einem Bauern jahrelang gut zusammengearbeitet, habe ihn wegen seiner Geschäftstreue mit der Zeit immer besser bedient und ihn beim Umtausch oder bei der Maut der Lohnvermahlung gewichts- und qualitätsmäßig bis an die Grenze meiner Möglichkeiten und unter Vernachlässigung meines eigenen Geschäftsinteresses behandelt, und genau in dem Augenblick, als meine Zuvorkommenheit und meine Großzügigkeit ein für mich selbst kaum noch vertretbares Niveau erreichen und zur schieren Dummheit zu werden drohen, justament in diesem Augenblick kündigt mir derselbe Bauer seine Kundschaft auf und verkehrt mich. Ich habe manchmal meinen Augen nicht getraut, wenn ich sah, wie plötzlich ein langjähriger, ja ewiger Kunde von Onkels Zeiten her an meiner Mühle vorbei und zu einem anderen Müller gefahren ist. Meist saßen diese Bauern mit versteinertem Gesicht und ohne links oder rechts zu schauen auf ihrem Leiterwagen auf den Säcken und strebten möglichst im Galopp an meiner Mühle vorbei, wenn sie nicht überhaupt die Knechte fahren ließen. Fuhren sie mit dem Traktor, so legten sie den höchsten Gang ein, sodaß die Säcke auf dem holzgeächsten Wagen nur so hüpften. In der Regel war das Mühlefahren eine Sache des Bauern, wenn es aber galt, den nächsten, angestammten und eingesessenen Müller zu verkehren und das Getreide zum Konkurrenten zu bringen, wurden nicht selten die Knechte mit dem Fuhrwerk betraut. Mancher Bauer machte auch Umwege, um der Peinlichkeit dieser Spießrutenfahrt zu entgehen. Oft habe ich mich zu Fleiß vor meine Mühle gestellt und einen Untreuen besonders ostentativ gegrüßt, ihn auch noch mit dem Hinweis „Wer zuerst kommt, mahlt zuerst" zu einer flotten Fahrt ermuntert. In Wahrheit aber habe ich unter solchen Scheidungen immer sehr gelitten und sie, wenn ich es mir auch nicht eingestanden und auch dem Franz gegenüber mit Weisheitssprüchen wie „Das ist der Lauf der Welt" oder „Undank ist der Welten Lohn" überspielt habe, als eine schlimme seelische Grausamkeit empfunden.

Manchmal wünschte ich mir, es hätte noch den alten Mahlzwang gegeben, von dem uns die Geschichtsbücher berichten. Aus der Erinnerung an jene ferne Zeit mag freilich auch die bäuerliche Feindseligkeit den Müllern gegenüber stammen, ob jene feudalen Verhältnisse nun noch bewußt im Gedächtnis haften oder aber nur allgemein und unbewußt in einem jahrhundertelangen Mißtrauen fortleben. Die Landesherren hatten sich ursprünglich das Mühlen- und Mahlprivileg, die herrschaftliche Seite des die Bauern bindenden Mahlzwanges, ausbedungen. Und nachdem die Herrschaftsmühlen allmählich in den Besitz ihrer Pächter übergegangen waren, verblieb der Mühlenbann bei den angestammten Mühlen. Die Müller hatten sich befreit, die Bauern aber in ihrer eigentümlichen Abhängigkeit und Unfreiheit zurückgelassen. Es ist bezeugt, daß den ihrer Mühlen unmittelbar entledigten Landesherren auch weiterhin an der ordnungsgemäßen Einhaltung und Beobachtung des Mühlenzwanges gelegen war. So war der freie Müller zum Gehilfen der Feudalordnung und zu seinem eigenen und seines Herrn Vorteil zu einer polizeilichen Instanz geworden. Mancher Müller, belehren uns die alten Quellen, entwickelte sich mit Hilfe des Mahlzwanges zu einem richtigen Zwingherrn und Bauernschinder. Um den Bauern zu zeigen, wie gut sie es heute in dieser Hinsicht haben, da sie frei und hemmungslos zwischen verschiedenen Mühlen wählen können, las ich ihnen manchmal jene Stelle aus dem Weistum von Muffendorf vom Jahre 1551 vor, die du sicher kennst und welche lautet: „Wo aber die Geschworenen (die vom Mahlschwur und Mahlbann der Mahlpflichtigen Betroffenen) bei einem anderen Müller mahlen und der Müller solches vernehmen würde, so hat er Macht, auf freier Straße solches Mehl mit den Säkken wegzunehmen und seine Pacht damit zu bezahlen." So müßte es eigentlich sein, sagte ich zu den Bauern. Da lachten die Bauern. Das glauben wir dir, sagten sie lachend, so hättet ihr Müller es gern.

Ich habe die Erfahrung gemacht, daß man manche Bauern durch schlechtere Behandlung weniger leicht vertreibt als durch freundliche, jedenfalls übertrieben freundliche. Aber wenn ein Bauer freundlich behandelt wird, dann schöpft er offenbar Verdacht und meint, daß wahrscheinlich irgendwo etwas nicht stimmt. Ich kann mir dieses Rätsel nur damit erklären, daß die Bauern all die Zeit von allen möglichen Herrschaften und Vorgesetzten schlecht behandelt und herabgesetzt wurden und daß sie sich unbewußt an diese schlechte Behandlung als das Normale gewöhnt haben und daß sie nun jede Veränderung als ein bedrohliches Ding ansehen. Du mußt wissen, daß die Bauern sehr konservativ sind. Und aus dieser Konservativität mußt du vielleicht auch diese seltsamen und abrupten Veränderungen im Verhältnis von Bauern und Müllern erklären. Die Bauern halten am alten fest. So halten sie auch an ihrer Unberechenbarkeit fest. Das Müllerverkehren hat unter den Bauern eine lange Tradition. Der Grund liegt vielleicht auch darin, daß die Bauern dem Gewerbetreibenden, das betrifft die Müller genauso wie die Schmiede oder die Sattler oder jeden anderen Gewerbetreibenden sonst, von Zeit zu Zeit durch ihr Kommen und vor allem durch ihr Fernbleiben und sogenanntes Verkehren ihre Macht zeigen und sich selbst den freien Willen und die absolute Herrschaft über ihren Handel und Wandel beweisen wollen. Der Müller soll von Zeit zu Zeit spüren, daß er in der Abhängigkeit der Bauern steht, nicht umgekehrt. Wenn aber ein Bauer einem Müller allzu lange die Treue gehalten hat, könnte es ja sein, daß der Müller dies vergißt und das Kommen des Bauern für eine Selbstverständlichkeit hält. Dies ist für den Müller ein eindrucksvolles Kontrasterlebnis. Nicht selten finden sie nach einiger Zeit auch wieder zu ihrer alten Mühle zurück. Hin und wieder kam einer, nachdem er es einige Zeit mit dem Konkurrenten versucht hatte, zu mir zurück und schimpfte und schimpfte und zerriß sich sein Maul über den Konkurrenten. Ich hörte mir solche Reden zwar an, nickte aber nicht einmal mit dem Kopf, ich hörte mir die Reden dieser Bauern über die Mahlsünden meines Mühlenkonkurrenten völlig unbeweglich und unbeteiligt und ohne die leisesten Anzeichen von Zustimmung oder Beipflichtung an. Die Heimkehrer und Rückwanderer konnten über ihre schlechten Erfahrungen bei der Konkurrenz noch so viel sagen, ich zeigte keinerlei Reaktion, das ging mir beim einen Ohr hinein und beim anderen hinaus und hinterließ keine Spuren. Auch war ich völlig unempfindlich gegen Lob, ja ich haßte Lobreden. Wenn der Heimkehrer sagte, er wüßte nun, was er an mir und meiner Mühle habe, so ließ mich das völlig kalt. Du mußt wissen, daß einer, der leicht lobt, auch mit dem Tadel schnell bei der Hand ist. Ein Bauer aber kann dich heute über den grünen Klee loben und geinen und morgen verkehren. Hosianna und Kreuzige ihn liegen auch bei den Bauern sehr eng beisammen.

Ein Bauer, der viel lobt, möchte vor allem auch selbst viel gelobt werden. Ich habe mir einigemal den Spaß erlaubt, daß ich einem von diesen Bauern sein Mahlgut, auch wenn es von Besatz und Unkraut strotzte, von Mäusedreck und anderen Exkrementen durchsetzt war, daß das Wort Getreide für dieses Material nur noch eine Behauptung war, in den hellsten Tönen und in den schönsten Farben pries. Und dieser Unkrautkönig, dieser Distelheld und Sprottenkaiser stand da, ließ sich die Lobrede gefallen und strahlte über das ganze Gesicht. Daß du dann den Besatz mit deinem Aspirator wegputzt und daß nach Abzug der überflüssigen anorganischen und organischen Beimengungen nur ein armseliges Gewicht herauskommt und verrechnet wird, macht solchen Bauern, deren Anerkennungstrieb ihren Erhaltungstrieb bei weitem übersteigt, nicht viel aus.

Freude aber hatte ich an solchen Vertretern des Bauernstandes keine. Mir waren die wortkargen, kühl rechnenden, wenn auch nicht ruchelnden Bauern, die sowohl ihr eigenes Getreide als auch die Bedingungen und Notwendigkeiten der Müllerei sachgerecht beurteilen konnten, die weitaus liebsten. Mit einem solchen Bauern mehr oder weniger lautlos und schweigend zu geschäftsverkehren, ist eine seelische Wohltat. Ich danke dem Herrgott, daß ich immer wieder auch mit solchen zu tun hatte. Mit ihnen ist ohne weiteres auszukommen. Aber es gibt nun in jeder Berufsgruppe weniger kluge und, allgemein menschlich gesehen, weniger sympathische Exemplare, mit denen habe ich mich immer schwergetan. Ich habe nie gedacht und mir eingebildet, daß ich gescheiter sei als die Bauern, gescheiter als die Bauern ist niemand, das ist meine ehrliche Überzeugung. Aber es hat sich natürlich auch nicht vermeiden lassen, daß ich einige von ihnen belehrte. Und einige von den Belehrten haben mir wohl die Belehrung übelgenommen. Sie nahmen zwar die Lehre an, zogen wohl auch einigen Nutzen aus dem Befolgen meiner Ratschläge, vor allem was die Agrartechnik und die Handhabung von Maschinen und Geräten betraf, nahmen mir die Lehren aber zugleich übel. Manch einer mag sich geärgert haben, daß er nicht selbst darauf gekommen war, sondern daß es ihm ein anderer sagen mußte, fühlte sich so möglicherweise durch die Belehrung auch gedemütigt, wenn er es auch nun bequemer und leichter hatte.

Beleidigte Schüler, durch die Belehrung gedemütigte, sich wegen der Belehrung gedemütigt fühlende Schüler erlebte ich natürlich in der Berufsschule. Ich vermied darum immer, zu Abschlußfeiern und Freispruchsfeiern zu gehen, weil bei solchen Schulschluß- und Lehrabschluß- beziehungsweise Freispruchsfeiern (ich meine nicht die offizielle Schulfeier, die ich ja gestaltete), vor allem nach diesen Schluß- und Freispruchsfeiern, bei einem sogenannten „gemütlichen" oder „geselligen" Beisammensein, die durch den jahrelangen Unterricht beim Schüler und Lehrling aufgestauten Aggressionen besonders stark und gefährlich hervorbrachen. Die Schüler und Gesellen machen sich, die Zeugnisse in der Tasche, auf der Stelle gegen ihre alten Lehrer Luft und beflegeln sie auf das schlimmste. Das gilt nicht für alle Gesellen, aber vor allem für die schlechten und unbegabten. Diejenigen, die während des Unterrichts nicht gerade durch Weisheit geglänzt haben, tun sich nun durch die gröbsten Rüpeleien hervor. Diese Absolventen benehmen sich bei Freispruchsfeiern besonders frech gegen ihre vormaligen Lehrer. Sie begrüßen die neue Freiheit und genießen sie, wie sie es sehen, indem sie sich gegen ihre alten Lehrer schlecht und häßlich benehmen. Natürlich spielt auch der Alkohol bei diesen Freispruchsfeiern eine wichtige Rolle, der diese Gesellen nicht eben gesellig, sondern patzig und zuletzt impertinent macht. Es geht übrigens bei Maturafeiern nicht anders zu, die Maturanten unterscheiden sich hierin in nichts von den Gesellen, vielleicht daß ihre Attacken gegen die alten Lehrer eine Spur geschliffener sind, meistens aber nicht einmal das. Wenn der Lehrer bei einem derartigen Fest selbst zuviel trinkt, muß er mit dem Schlimmsten rechnen. Ein vernünftiger Lehrer wird darum, wenn die Schule vorbei ist und er seinen pädagogischen Dienst gewissenhaft und mit Verstand, Geduld und Liebe getan hat, jeden weiteren Kontakt mit seinen Schülern vermeiden. Die Schule verlangt zwischen Lehrenden und Lernenden eine gewisse Nähe, bei Schulschluß ist es Zeit, auf Distanz zu gehen. Vor allem darf der Berufsschullehrer nicht auf Dankbarkeit hoffen. (Er soll an den Kaiser Nero und seinen Lehrer Seneca denken ...) Auch kein Lehrer an irgendeiner anderen Schule sollte darauf spekulieren. Ich habe im Verlaufe meiner Tätigkeit an der Berufsschule immer wieder Kollegen erlebt, die sich schon während der Schulzeit und auch nachher bei Gelegenheit verschiedener Treffen und Zusammenkünfte wie eben Schulabschlußfeiern mit ihren Schülern oder ihren ehemaligen Schülern gemein gemacht haben und ihre Schüler oder ehemaligen Schüler auch immer wieder liebedienerisch gefragt haben, ob sie ihnen nicht vielleicht gute Lehrer seien oder gewesen seien. Sie haben ihre Lehrlinge richtiggehend um Anerkennung und Schmeicheleien angebettelt. Ich habe diese ehr- und würdelose Anbiederung immer sehr verachtet und verabscheut. Es gibt eine Kluft zwischen Lehrer und Schüler, und dieser Abstand ist durch das Alter und den Vorsprung an Wissen und Erfahrung bedingt und darum natürlich, ob man ihn nun begrüßt oder bedauert. Man kann diese Kluft nicht überspringen, ohne sich lächerlich zu machen. Und natürlich hat auch die Jugend gegenüber dem Alter Vorzüge, die man als älterer Mensch beachten und akzeptieren muß. Einmal hat ein Kollege den Berufsschülern die Freude gemacht, in ihrer Schülermannschaft beim Korbballspiel mitzutun, sich dabei aber aus dem falschen Ehrgeiz, es den Jungen gleichzutun, so sehr überanstrengt, daß der Schulwart für ihn schließlich den Arzt verständigen mußte, nachdem er zusammengebrochen war.

Viele der Freispruchsfeiern sind bereits zum Brauch gewordene Brutalität, wobei sich diese Brutalität nicht immer gegen die Lehrer richten muß, sie kann sich geradeso gegen den Mitschüler kehren. Es ist, um ein Beispiel zu nennen, bei den Gautschfesten, den Freispruchsfeiern der Setzer und Drucker, nicht erst ein Geselle zu Schaden gekommen. Für manchen endete mit der Gautschung nicht nur die Lehre, sondern das Leben. Würden alle Setzer- und Druckergesellen, die im Laufe der Jahrhunderte in den Stadt- und Marktbrunnen der süddeutschen Städte elend ertrunken sind, auferstehen, so könntest du mit ihnen leicht einen mittleren Druckereibetrieb eröffnen. Nicht nur gegen Lehrer oder Mitschüler, Personen also, gab es bei den verschiedenen Freispruchsfeiern Übergriffe, es gab auch genug Gewalt gegen Sachen. Die Sachbeschädigungen an Schulen, Lehreinrichtungen der Schulen, Laboratorien und Lehrwerkstätten sind erheblich. Es gab da immer wiederkehrende, bei Absolventen aller gängigen Schultypen offenbar gleicherweise beliebte und häufige Vergehen. Eines dieser bei Maturanten wie Gesellen gleicherweise beliebten Vergehen war, nach Schulschluß und Zeugnisverteilung nachts vor dem Schultor die Notdurft zu erledigen. Immer wieder machen sich Gesellen und Maturanten auf diese Weise nach Schulabschluß Luft, sie geben damit, daß sie auf den Stufen vor dem Haupttor der Schule ihre Notdurft verrichten, deutlich zu erkennen, wie sie das, was ihnen die Schule in der zurückliegenden Zeit beigebracht und vermittelt hat, bewerten und einstufen. Die Absolventen sagen, die Schule hat uns mit vielem beschwert, darum wollen wir uns hier erleichtern. Dabei kann die Schule froh sein, wenn ihr, mit Respekt gesagt, nur vor das Tor geschissen wird, das kann der Schuldiener ja entfernen, aber es gab auch schlimmere Auswüchse. Die Auswüchse reichen vom Auswurf bis zum Vandalismus.

Bei den Freispruchsfeiern werden die alten Lehrer auch regelmäßig geduzt und mit ihren Spitznamen angeredet. Mancher Geselle versteht *Freispruchs*feier dahin, daß er sich bei dieser Gelegenheit die Freiheit zu Keckheiten nehmen und eine etwas freiere Sprache führen dürfe. Jetzt kann ich endlich frei sprechen, denkt sich mancher. Diese Spitznamen sind nicht immer liebevolle Scherz- und Kosewörter, sondern oft handfeste Geschmacklosigkeiten und Beleidigungen. Ich ging einmal am Anfang meiner Laufbahn unvorsichtigerweise zu einer dieser Freispruchsfeiern und erfuhr zu meinem Erstaunen beim anschließenden Beisammensein meinen eigenen Spitznamen. Er lautete „Zylinder". Einer der Freigesprochenen nannte mich ungeniert „Zylinder". Guten Abend, Zylinder, sagte er, servus Zylinder, und erzählte mir auch, daß dies der Name sei, bei dem mich sämtliche Lehrlinge der Berufsschule unter sich nennten. Mein Spitzname leitete sich daher, daß ich im Fach Mühlenbau und Mühlentechnologie ausführlich den Zentrifugalsichter des Bäckermeisters Huene aus Altona als den Überwinder des alten Wollbeutels und des nachfolgenden Sechskants und Rundzylinders sowie als Vorstufe des auf den Budapester Müllermeister Haggenmacher zurückgehenden und bis heute üblichen Plansichters besprochen hatte. Ich hatte es mir nicht nehmen lassen, um den Plansichten mit seinen revolutionären Eigenschaften recht deutlich werden zu lassen, alle möglichen vordem geläufigen Formen von Zylindern recht genau und ausführlich zu besprechen. Vor allem hob ich den erwähnten Hueneschen Sichten mit dem mit einem Drahtgewebe oder mit Seide bespannten Rundzylinder und der gleichlaufenden oder gegenläufigen, das Mahlgut gegen diesen Zylinder schleudernden Haspel mit Schlagleisten als denkwürdigen Markstein der Mühlenbaugeschichte besonders hervor. So mußte ich notgedrungen häufig kurz hintereinander immer wieder das Wort Zylinder verwenden. Ich erklärte meinen Schülern, wie der mittelalterlichen Mühle ein mit dem Mahlwerk verbundenes Beutelzeug, eben jede und sei es auch primitive Art eines Sichtens, gänzlich ermangelte, so wie es einst Ramelli in seinem Werk „Le diverse et artificiose macchine“ vom Jahre 1588 beschrieb und wie sich die erste deutsche Nachricht von einer mechanischen Sieb- und Sichteinrichtung in der „Chronica Cygnea oder Beschreibung der Stadt Zwickau durch M. Tobiam“, Zwickau 1656, findet, wo es lautet: „Im Jahre 1502 Mitwoch für Joh. Baptistae ist das Rädewerk der Beutel in Mühlen alhier erstlich aufkommen und gebraucht worden.“ Auch hätte ich Johann Beckmann mit seinen „Beyträgen zur Geschichte der Erfindungen“, Leipzig 1786, zitiert, der mit Hinweis auf die erwähnte Stelle in der Zwickauer Chronik schreibt: „Die Einrichtung, ein Sieb eines ausgespannten Beutels an die Mühle selbst anzubringen, in selbiger das Mehl, wenn es die Steine verläßt, fallen, und den Beutel durch das Mühlwerk selbst drehen und erschüttern zu lassen, diese vorteilhafte Einrichtung ist erst im Anfange des 16. Jahrhunderts bekannt geworden.“ In der Zwickauer Chronik, sagte ich zu den Schülern, könnt ihr auch nachlesen, daß man bis zur Erfindung des mechanischen Beutelzeugs, der Vorstufe der Zylinder, nur durchgemahlenes schwarzes Mehl verbacken hat, noch kein gebeuteltes weißes. Ich sagte aber, daß man dieser Nachricht auf keinen Fall trauen dürfe, da doch, wie wir aus den Quellen wissen, schon die alten Ägypter und genauso die Griechen und die Römer den auf ihren Reib-, Schwenk- und Drehmühlen gewonnenen Schrot mit Handsieben, die die Lateiner „cibra excussoria" und „cibra pollinaria" genannt hatten, siebten und in diesem zweiten müllerischen Arbeitsgang das Mehl von der Kleie trennten. Nach Plinius, dem großen natur- und kulturkundlichen Schriftsteller, kannte man in Rom bereits drei Mehlsorten: „flos farinae" (Pollen), „farina" (Mittelmehl) und „farina secunda" (Grobmehl), von der Kleie, die die Römer „furfur" nannten, ganz zu schweigen. Geradeso, sagte ich zu den Schülern, war es auch im Mittelalter, wie sowohl Felix Günther in seinem Buch „Mehl und Brot", Leipzig 1937, als auch Hermann Gleisberg in seinem Aufsatz „Technikgeschichte der Getreidemühle" in den „Abhandlungen und Berichten des Deutschen Museums", Düsseldorf 1956, Seite 39 folgende, überzeugend darstellen. Und ich las den Schülern vor und zitierte Hermann Gleisberg: „Das Sichten oder Beuteln erfolgte teils im Haushalt oder beim Bäcker, teils in der Mühle durch den Müller selbst oder durch besondere Schneider und Beutler, wie das in Deutschland vor allem in den landesherrlichen Amtsmühlen üblich war. Ursprünglich verwendete man nur Handsiebe, nach Ansicht einiger Forscher aber wohl schon seit karolingischer Zeit auch vom Mahlwerk getrennte Sichtapparate mit Antrieb durch eine Handkurbel." Und dann, sagte ich zu den Lehrlingen, kommt die große Pause. Nach diesem beschriebenen mittelalterlichen technischen Standard des Sichtens, nach diesen primitiven Früh- und Vorformen des Beutelns und Siebens, sagte ich, kommt lange, lange nichts, eine langdauernde Stagnation der Mühlentechnik, bis die Müllerei mit dem Beutelzeug und dann vor allem den Zylindern einen gewaltigen Satz nach vorne tut. Ich brauche hier dir, lieber Neffe, nicht die Geschichte der Sichtung, die faszinierende Geschichte der Sichtung, die du inzwischen selbst genau studiert hast und wahrscheinlich besser kennst als ich, der Länge nach zu erzählen, wie ich es seinerzeit in der Berufsschule getan habe. Zu viel hätte ich mittlerweile davon auch vergessen. Jedenfalls hat mein den Schülern elendslang vorkommender Bericht über die Beutel- und Siebmechanismen den Sohn eines reichen Mühlenbesitzers vom Linzer Boden so sehr gelangweilt und geärgert, daß er mir wegen dieses Exkurses in die Geschichte der Zylinder, die damals an sich noch nicht Geschichte, sondern namentlich in älteren Landmühlen der tägliche technische Brauch waren, wenn sie auch aus den Sichterböden der großen Industriemühlen auf dem Linzer Boden oder im Marchfeld verschwunden waren, den Spitznamen „Zylinder“ anhängte, der, wie mir bei jener einzigen Abschlußfeier, an der ich je teilnahm, gesagt wurde, von den Mitschülern sofort mit Hallo aufgenommen und nachgesagt worden war. Seither hieß ich bei den Lehrlingen „Zylinder“.

Der Müllerssohn vom Linzer Boden tat offenbar groß mit der Großmühle seines Vaters und machte sich über meine Rückständigkeit und meinen „Zylinderfimmel“ lustig. Nun war die Mühle des Vaters dieses Flegels gewiß ein moderner und stattlicher Betrieb; die Mühle des Vaters war sogar fast so groß wie die Dummheit des Herrn Filius. Jedenfalls habe ich den Ausdruck „Zylinder“ gar nicht lustig, sondern als eine schlimme Beleidigung empfunden, weniger den Namen an sich als die Verachtung, die ich aus ihm für die Gegenstände und Methoden meines Fachunterrichtes herauslesen mußte, und so beschloß ich, weiterhin das mir wichtig und notwendig Scheinende wie bisher zu unterrichten, aber keine derartigen Schulfeiern mehr zu besuchen. Diesem Vorsatz bin ich auch bis zu meiner Pensionierung treu geblieben. Einige Jahre, vielleicht 15 Jahre nach jener Abschlußfeier, auf der ich meinen Spitznamen erfuhr, las ich im „Allgemeinen Mühlenmarkt“, daß mein ehemaliger Schüler, der mir den Spitznamen angehängt hatte, nachdem er die Mühle seines Vaters übernommen, innerhalb kürzester Zeit zweimal Ausgleich und schließlich Konkurs gemacht hatte. Der Konkursverwalter bot in einem Inserat den gesamten Maschinenpark zum

Kauf an. Nebenbei erfuhr ich, der junge Linzer Kunstmüller habe sein ganzes Vermögen mit Linzer und Wiener Lebedamen durchgebracht. Er sei am Schluß mehr im Bordell als in der Mühle gewesen, statt auf seine Separatoren zu achten, sei er in Separées herumgelungert. In den verschiedenen Wiener, ja auch in ausländischen Freudenhäusern habe er es innert kurzer Zeit zu einer gewissen Berühmtheit gebracht. Man habe ihn nur „der Müller" genannt. Müller hier, Müller da. Als ich das alles hörte, dachte ich bei mir, daß es vielleicht gar keine Schande sei, von einem solchen Müller, der eigentlich nicht „Müller", sondern „Mülleresel" genannt werden müßte, von einem Müller, der innerhalb kurzer Zeit eine Mühle mit acht doppelten Walzenstühlen und sechzehn Systemen auf dem reichen Linzer Boden mit hunderten Wiener und Linzer Lebedamen systematisch durchbringt und verhurt, als „Zylinder" bezeichnet zu werden, das sei, dachte ich bei mir, genaugenommen eher eine Auszeichnung.

Natürlich ließ ich mich durch nichts, schon gar nicht durch einen dummen Jungen, davon abbringen, weiterhin großen Wert auf die Geschichte, die Wirtschaftsgeschichte, insbesondere die Gewerbe- und Müllereigeschichte zu legen. Ein Müller, der kein Verständnis für und kein Wissen um die Geschichte der Müllerei und die Jahrtausende währende menschliche Anstrengung und Bemühung um das tägliche Brot besitzt, verdient eigentlich den Namen Müller nicht. Einen solchen Ignoranten sollten wir nicht Müller, sondern allenfalls Mahler nennen. Die Geschichte nämlich belehrt den Menschen, daß nichts selbstverständlich ist, sondern daß jede einfachste Praktik oder Technik, die uns das Leben heute sichert oder erleichtert, das Ergebnis einer schier unmenschlichen Anstrengung darstellt. Die Geschichte des Mahlens und Backens aber ist recht eigentlich die Geschichte des Lebenskampfes. Natürlich, lieber Neffe, gibt es in der Geschichte der Müllerei nicht nur Plackerei, es gibt sehr häufig auch den wie mühelos erscheinenden genialen Einfall. Die Geschichte der Müllerei ist hell erleuchtet von Geistesblitzen. Es hat aber den sicher nicht trügerischen Anschein, als ob die unendliche Qual mit den Steinen und Säcken die physische Geschichtsvoraussetzung und Bedingung der schlußendlichen Inspiration einiger begnadeter Mühleningenieure darstelle. Vor dieser unendlichen Mühe und Plage unserer Vorfahren müssen wir Ehrfurcht haben. Geschichtsbetrachtung ist Ehrfurcht. Natürlich ist es naheliegender und auch spektakulärer, Leonardo da Vincis unfaßbar prospektive Mühlenkonzepte zu bewundern oder den erfolgreichen Amerikaner Oliver Evans und seine erste automatische Mühle am Okkoquam-Fluß anzustaunen, aber wir sollten über den Sensationen der Geschichte der Müllerei nicht die ewigen tagtäglichen Mühen von ungezählten Müllermeistern, Gesellen und Lehrlingen, von Bauern und Knechten all die Jahrtausende über vergessen. Verachtet mir den Lehrling nicht! Reden wir nicht nur von Napoleon, sondern auch von seinen Söldnern, nicht nur vom König und seiner Residenz, sondern auch vom Maurer und dem Zimmermann, die sie ihm gebaut haben. Ähnliches liest man freilich öfter, das sagt sich leicht und das sagt mancher, und er merkt sich dann doch nur gerade noch den Namen des Architekten.

Vor allem sollten wir uns daran erinnern, daß dereinst die Frauen gemahlen haben! Homer berichtet, daß im Hofe des Odysseus zwölf Mühlensklavinnen damit beschäftigt waren, „Gerste und Weizen, das Mark der Männer, zu mahlen". Eine der Mühlensklavinnen beschwert sich über die „gliederbrechende Mahlfron". Johann Heinrich Voss schreibt in seiner Übersetzung: „die seelenkränkende Arbeit". Das findest du in der Odyssee 20,110. Und wie die Gestalt des Simson (im Buch der Richter 16,21), der für die Philister im Gefängnis mahlen mußte, beweist, wurden auch Häftlinge und Gefangene ins Mühlenfach gezwungen. Und so fort. Immer ermahnte ich meine Lehrlinge, an die Menschen zu denken, die seit grauer Vorzeit die Getreideernte der ganzen Erde alljährlich, gesät, gemäht, gebunden, gedroschen, gereinigt, gemahlen und gebacken, die die gesamte Ernte in Säcke gefüllt, auf die Schulter genommen, über Stiegen getragen, aus Säcken geschüttet, gemessen oder gewogen und verarbeitet haben. Ja, der Mensch, der diesen Namen verdient, muß sich in Ehrfurcht selbst der Tiere erinnern und mit Liebe und in kreatürlicher Solidarität sogar des Viehs gedenken, das in Göpeln und Tretmühlen gegangen und die Ernten aller Länder und Jahrhunderte über die Erdoberfläche gezogen, getragen und geschleppt hat. Man muß sich auch an die tausend Leiden und Krankheiten erinnern, die für die Bauern und Bäuerinnen, Müller und Bäcker aus dem Umgang mit Getreide, Mehl und Teig entstanden sind, die Staublungen, die müllerspezifische Bleich- und Magersucht, die Ekzeme und Allergien, die Brüche und Bruchleiden, die gerissenen Netze, und an die Toten. Geschichte ist vor allem ein Totengedenken, ein immerwährendes Memento mortuis. Mag sein, daß ich in meinem Unterricht bei der Darstellung dieser geschichtsphilosophischen und humanistischen Ideen ein wenig ins Schwärmen geraten bin und einen gewissen Predigerton angenommen habe. Ob man aber deshalb einen solchen Unterricht verächtlich machen und den Unterrichtenden, den sein Gegenstand und seine Begeisterung ein wenig vom nüchternen Unterrichten entfernt und zum Unterweisen hingerissen haben mögen, als „Zylinder" titulieren darf, wie es der reiche Jüngling und verlorene Sohn aus der Linzer Gegend tat, der seine Mühle mit Wiener Lebedamen verjubelt hat, lasse ich einmal hier dahingestellt. Wer im Puff sitzt, soll nicht mit Mühlsteinen werfen.

Immer wenn mich die Menschen, meine Bauern oder meine Berufsschüler, enttäuscht hatten, zog ich mich in meine Mühle zurück. Ich schloß, wenn ich den letzten Bauern abgefertigt hatte, die Mühlentür, drehte mich von der Tür weg in den Raum hinein und erquickte und labte mich am Anblick meiner laufenden Maschinen, der vielen bewegten Riemen, Räder und Scheiben, der unterschiedlich schnell sich drehenden Achsen und Wellen. Manchmal wünschte ich mir, ich hätte überhaupt nur noch mit Geräten und Maschinen und technischen Problemen zu tun. Die technischen Probleme können groß und schwer sein, aber sie sind lösbar. Es steckt eine große Verläßlichkeit in den Maschinen, wenn sie so wie die Müllereimaschinen ausgereift sind, was man allerdings nach sieben Jahrtausenden Entwicklung auch wohl erwarten darf. Die Verläßlichkeit und Zuverlässigkeit der Maschinen ist freilich keine moralische Qualität. Das Moralische aber ist es, was den Umgang mit den Menschen, Bauern und Schülern in meinem Fall, so sehr erschwerte und teuflisch kompliziert machte. Die Maschinen, und nur die Maschinen, schienen mir verwirklicht zu haben, was die lateinischen Philosophen, insbesondere die Stoiker, als die absolute Teilnahms-, Interesse- und Leidenschaftslosigkeit gepriesen haben. Vielleicht geht der Indifferentismus der Maschinen ein bißchen weit, aber als Denkmodell habe ich ihn immer recht anregend empfunden. Die Bewegung und Regsamkeit meiner Maschinen haben mich ihrerseits immer zu den klarsten Gedanken bewegt und angeregt. Vor allem hatte es mir das Gleichmaß und der Rhythmus der Motorik angetan, aber auch die Unwucht im Antrieb des Plansichters gab mir eine Menge Stoff zum Denken. Oft blickte ich auf meine automatische Waage und erfrischte mich seelisch an der ehrlichen Pünktlichkeit, mit der sie 50 um 50 Kilogramm ausschüttete. Wie sie sich, um es so zu sagen, volllaufen ließ, aber auch auf das Korn genau wußte, wann sie voll war und abzuschalten hatte. Einmal sagte ich im Scherz zu meinem Franz, der an Feiertagen regelmäßig über seinen Durst trank, er möge sich doch an unserer automatischen Waage ein Beispiel nehmen, die zwar auch nicht abstinent sei, aber genau ihren kritischen Punkt wisse, non plus ultra sage und jeder weiteren Zufuhr einen Riegel vorschiebe. Die technischen Probleme haben mich im Gegensatz zu den zwischenmenschlichen nie beunruhigt und bange gemacht. Im menschlichen Bereich hat das Gesetz von Ursache und Wirkung, wie ich oft erlebte, keine Gültigkeit. Ich behandelte etwa zwei Bauern völlig gleich, und doch fühlten sie sich ganz unterschiedlich behandelt. Die Fallgesetze aber lauten überall auf der Welt gleich. Arbeit ist Kraft mal Weg. Leistung ist Kraft mal Weg in der Zeit. Was mußte ich manchmal Energie aufwenden, um einen Bauern dahin oder dorthin, wo ich ihn brauchte und haben wollte, zu bringen. Und wieviel Zeit habe ich oft verbraucht, um dem anderen dies oder jenes auszureden. Ein andermal ging es wieder spielend. Am Reibungswiderstand aber, den mir die Masse der Bauern entgegengesetzt hat, habe ich mich manchmal aufgerieben. Es heißt oft, und man sagt: die Pünktlichkeit in Person. Es sollte aber heißen, und man müßte sagen: die Pünktlichkeit in Maschine. In meiner Mühle liefen jede Scheibe, jeder Riemen und jede Maschine unterschiedlich schnell. Keine zwei Treiblinge oder Riemenscheiben an meiner langen Transmission unter dem Walzenboden waren gleich dimensioniert, aber solange ich denken kann, haben kein Rad und keine Gurte und kein Zahnrad je aus der Reihe getanzt, es gab in ihrem Verhalten niemals die kleinste Unregelmäßigkeit. Die Menschenwelt aber ist voller Heillosigkeit und Unordnung. Die Maschinen sind verläßlich. Ich denke etwa an die Reserve über meinem Ganz, dem rechten Stuhl. Wenn ich diese auf den Kopf gestellte Pyramide über dem Walzenstuhl mit Getreide füllte und dann das Mahlgut über die Maschine ließ, so leerte sich die Reserve mit der Korrektheit einer Sanduhr in einer Stunde und 24 Minuten, sofern das Getreide trocken und fließfähig war. Ich konnte in dieser Zeit unbedenklich nach Kematen und zurück gehen, ich sah, wenn ich zurückkam, noch die letzten Körner aus der Reserve rinnen. Kam ich aber zu spät oder zu früh, so lag es nicht an der Reserve. Vielmehr lag es am Getreide, oder an meiner schlechteren oder besseren Tagesverfassung oder weil mich zu allem Überfluß unterwegs jemand aufgehalten hatte.

Ein wichtiger Unterschied zwischen den Menschen und den Maschinen besteht darin, daß die Maschinen, auch wenn sie sich bewegen, keine Hektik kennen. Auch wenn sie sich schnell bewegen, sind die Maschinen doch nie hektisch und fahrig, selbst die Exzenter, die Exzentriker unter den Maschinen, sind durch Ebenmaß und Regelhaftigkeit definiert. In der Bewegung der Mechanik ist immer auch die Ruhe anwesend. Es muß euch zu denken geben, sagte ich zu meinen Berufsschülern, daß die Statik ein Teilgebiet, ja eigentlich das Zentralgebiet der Mechanik, insbesondere der Kinetik, der physikalischen Wissenschaft von der Bewegung, bildet. Das Äußerste an technischem Raffinement stellt aber die Integration der Ruhe in der Bewegung selbst dar. Die Maschinen sind auch niemals linkisch, es gibt keine einseitigen, keine links- oder rechtshändigen Maschinen, keine Linksausleger oder Rechtsausleger. Wie unvollkommen ist dagegen der Mensch, der Mensch macht nur recht äußerlich betrachtet den Eindruck der Symmetrie, in Wahrheit ist er ganz aus der Mitte und ganz aus dem Lot, der Mensch ist mechanisch gesehen kaum im Gleichgewicht. Dadurch, daß sich der Mensch aufgerichtet hat, liegt auch sein Schwerpunkt sehr ungünstig. Es braucht nur das leichteste Glatteis zu herrschen, um angesichts der Menschen auf den Trottoiren einzusehen, daß er für diese unnatürliche aufrechte Gangart nur sehr unzulänglich ausgerüstet ist.

Wie unvollkommen, ja wie gotterbärmlich ist etwa das, was mit dem Menschen im Sport geschieht. Ein Fußballspiel etwa ist eine Anhäufung von hunderten und tausenden mißlungenen Bewegungen und Verrenkungen, was man auf einem Fußballfeld zu sehen bekommt, ist eine jämmerliche Aneinanderreihung von abgehackten, verstümmelten und hektischen Zuckungen. Eine Mühle etwa, die so viele Ausfälle, ins Leere gehende Aktionen, Fehlschläge, Leerläufe, Luftmaschen, Umfaller und dergleichen, wie sie bei einem Fußballspiel, aber auch bei jedem anderen sportlichen Spiel die Regel sind, produzieren würde, wäre ökonomisch völlig untragbar. Auch Karl Marx bemerkt, „daß der Mensch ein sehr unvollkommenes Produktionsinstrument gleichförmiger und kontinuierlicher Bewegung ist“. Mahlen würde so (wie das Tor) zum Einzel- und Glücksfall. Man kann natürlich den Mangel an Erfolg und Sinn als die schöne Zwecklosigkeit des Sportes und des Spieles rühmen, man kann selbstverständlich ohne weiteres aus der Not der Unvollkommenheit eine sportliche Tugend machen, das ist Geschmackssache. Ich denke mir manchmal, wenn ich mehr nolens als volens von einem Fußballspiel etwas sehe oder höre, daß vielleicht nur die Regeln zu knifflig sind, der künstlich hervorgerufene Konflikt aber, der aus dem nahezu totalen Ballmangel bei so vielen Spielern, der räumlichen Begrenztheit und Endlichkeit der Tore und schließlich der radikalen Restringiertheit der motorischen Möglichkeiten (daß nur Fuß und Kopf benützt werden dürfen etc.) hervorgeht, dieser Konflikt und Exzeß von Zwängen läßt jedenfalls den Menschen nicht gut ausschauen. Erst unter erschwerten Bedingungen sieht man freilich, was der Mensch eigentlich wert ist. Ein Mensch, der geradeaus läuft, der sich also auf keinen Gegner und kein Hindernis konzentrieren muß, könnte leicht den irrigen Eindruck erwecken, als sei der Mensch eine an sich gute mechanische und motorische Leistung der Schöpfung. Die Störung aber zeigt ihn in seiner Hinfälligkeit und Begrenztheit.

Natürlich, lieber Neffe, sind diese Überlegungen, die ich meinen Berufsschülern wiederholt vortrug, ein wenig überspitzt, sie kamen ja auch aus einer ganz bestimmten Absicht, dem Willen nämlich, die Überheblichkeit des Menschen, auch das übertriebene und sinnlose Interesse meiner Berufsschüler für den Sport (im besonderen für das Fußballspiel), ein wenig zu verspotten, aber aus der Luft gegriffen erscheint mir dies alles nicht, wenn ich auch heute gänzlich frei bin von jenem pädagogisch grundierten Ärger über Fehlentwicklungen der Gesellschaft und mit einer gewissen Gelassenheit und Ruhe, sozusagen mit der Ruhe der Maschinen auch auf den Zeitgeist, der, eingedenk Goethes Mahnung, oft nichts weiter ist als der private Ungeist einiger Zeitgenossen, blicken kann, ohne daß ich mich deshalb etwa als weise ausgeben möchte.

Ich habe mich auch manchmal meiner Schüler erbarmt, wenn sie mit offenem Mund dagesessen sind und über meine perspektivischen Verzerrungen und Extrapolationen gestaunt haben und nicht gleich den Bezugspunkt und das tertium comparationis und vor allem, um es salopp auszudrücken, die Stelle gefunden haben, wo der Hund der schiefen Bilder begraben liegt, und ihnen auch die Gegenargumente der Reihe nach genannt, die man vorbringen könnte, ohne aber dann nicht gleich wieder meinerseits einige von ihnen zu entkräften, sie jedenfalls allesamt in meinem Sinne oder im Sinne irgendeines gedachten Gesprächspartners zu bewerten, gelten zu lassen oder zu verwerfen. Ich bin der Ansicht, daß ein verantwortungsvoller Lehrer, wenn er eine dezidierte und profilierte Meinung vertritt, von sich aus auch der gegenteiligen Ansicht Raum geben sollte. Ein Theist sollte so auch den Atheisten zitieren und umgekehrt, nicht aber nur mit dessen windigsten und am leichtesten zu widerlegenden Argumenten. Die Instanz des Advocatus diaboli ist durchaus eine sinnvolle.

So ließe sich natürlich auch viel für den Menschen und seine Spiele sagen und manches gegen die Maschinen und die Physik und die Mechanik als angewandte Physik. Aber würde jemand, der gegen die Maschinen und die Mechanik, die nach dem klassischen Verständnis die Kunst des Menschen ist, die Natur zu überlisten, so wie Aristoteles als die eigentliche Kunst die Mimesis, die Nachahmung der Natur, ansieht, würde also jemand, sagte ich zu meinen Schülern, der die Maschinen herabsetzt, nicht zugleich den Menschen herabsetzen, der diese Maschinen erfunden hat und hinter diesen Maschinen steht? Und würde ein anderer, der die Schönheit und Zweckmäßigkeit der Maschinen rühmt, damit nicht gleichzeitig etwas Freundliches über den Menschen sagen? So ist der Mensch natürlich keine Maschine und mehr als die Maschine, wie der Positivist Julien Offroy de La Mettrie einmal schockierend formuliert hat. Der Mensch besitzt eine eigentümliche und schöne Irritabilität, diese in der Anthropologie für das organische Leben konstitutiv ausgegebene Irritationsfähigkeit oder Reizbarkeit geht den Maschinen natürlich ab. Die Maschinen sind, um eine Spitzenleistung der die Anthropologie beschäftigenden Irritabilität zu nennen, nicht mitleidsfähig, die Maschinen sind mitleidlos, sie sind kalt. Der Mensch ist ansprechbar, die Maschine nicht. Es hat Maschinen gegeben, die haben sich nichts dabei gedacht, als sie ihren Erfinder zermalmt haben.

Da half es auch gar nichts, wenn der Erfinder seiner neuen Maschine, wie es unter diesen Menschen, die ja immer auch einen Humor, oft sogar einen eigenartigen besitzen, üblich ist, wie ein Vater dem Kind einen freundlichen, die Maschine vermenschlichenden Kosenamen wie Lilly oder Otto gegeben hatte. Ja, es gibt gar nicht wenige Erfinder, die durch ihre Erfindung und mit ihren Erfindungen abgestürzt oder sonstwie um- oder zu Schaden gekommen sind. Und es hat auch gar keinen Sinn, eine Maschine, die einen Menschen getötet hat, für ihre Vorgangsweise zu bestrafen. Wenn eine Maschine einen Menschen tötet, wenn etwa eine Mühlenmaschine den Müller am Rockärmel oder am Stoß oder sonstwo erfaßt, in ihr Räderwerk zieht und erdrückt, so ist das nicht nur keine Untat, sondern nicht einmal eine Tat, nämlich ein moralisch nicht zu bewertender Vorgang.

Man hört manchmal, daß ein Hund, nachdem er einen Menschen angebissen oder gar zu Tode gebissen hat, anschließend getötet wird. Der Hund wird für den Todesbiß, der ihm gewissermaßen als Mord ausgelegt wird, zum Tode verurteilt und hingerichtet, das heißt erschossen oder eingeschläfert. Das ist ein menschlich verständliches Verhalten, gerade auch im Hinblick auf die Verhinderung ähnlicher Vorkommnisse. Dem Hund selbst aber sagt das gar nichts. Sühnefähig nämlich ist das Tier nicht. Im Unterschied zur Maschine ist natürlich der Hund durchaus irritabel und ansprechbar, damit auch zugleich von der menschlichen Unberechenbarkeit. Der Hund kann vielleicht auch aggressiv sein, eine angriffslustige Maschine aber gibt es nicht, selbst das militärische Kriegsgerät ist an und für sich friedlich, mehr als friedlich, *nicht einmal* friedlich, könnte man sagen. Die Gefahr kommt vom Menschen. Im Einsatz freilich zeigt sich, daß das militärische Gerät gut geplant und zum Töten sehr praktisch ist ...

Warum wohl, fragte ich einmal meine Schüler, veröffentlichen die Zeitungen immer wieder Photographien von Unfallautos? Täglich gibt es in allen Zeitungen Bilder von total zertrümmerten Fahrzeugen, Autos, Motorrädern und

Kleinfahrzeugen, von Zeit zu Zeit auch ein Bild von entgleisten Lokomotiven und Zügen oder abgestürzten Flugzeugen. Wozu geschieht das wohl? Meine Schüler nannten alle möglichen Gründe, einer sprach von der Sensationslust, ein anderer von der Abschreckung, ein dritter von der Informationspflicht. Und ich fragte weiter, ob diese schrecklichen Bilder auf sie, meine Schüler, abschreckend wirkten, und mußte feststellen, was ich leider vermutet hatte, daß gerade sie, diese jungen Menschen, diese Bilder nicht schreckten. Gerade durch die Gewöhnung und die Regelmäßigkeit solcher Veröffentlichungen haben sie jeden perhorreszierenden Effekt eingebüßt. Sie werden gewöhnlich. Das Gefährliche an einem bewegten Fahrzeug ist nicht das Fahrzeug an sich, sondern der Fahrzeuglenker. Natürlich gibt es auch alte und schlechte Fahrzeuge, schlechte Bereifungen, defekte Bremsen, aber von diesen Gefahrenmomenten abgesehen, stellt vor allem der Fahrer den Risikofaktor dar. Er reagiert nicht schnell genug, nicht sicher und kalt genug. Man sieht die großen Unzulänglichkeiten der physischen und psychischen Verfassung des Menschen gewissermaßen schon im Ruhezustand oder bei jeder einfachen körperlichen, händischen oder anderen Tätigkeit, im Falle des Zwanges und der Notwendigkeit des schnellen Handelns in einem sich rasant fortbewegenden Vehikel führen die kleinsten Mißgriffe, wie sie uns unsere körperliche Ausrüstung ja förmlich nahelegt und aufzwingt, unmittelbar zur schlimmsten Katastrophe. Da hilft es auch nicht, wenn der Mensch jung und reaktionsschnell ist, dieser Vorteil des jungen Fahrers wird leider durch seine sogenannte Risikobereitschaft, durch eine nicht selten bis zur Tollkühnheit und zum Übermut gesteigerte Couragiertheit, durch einen Mangel also in seiner psychischen Konstitution, mehr als zunichte gemacht.

Ich habe manchmal aus dem Konferenzzimmer in den Schulhof hinuntergesehen und den Schülern beim Starten ihrer Mopeds und beim Anfahren zugeschaut. Wie sie losgefahren sind, daß das Hinterrad Sand und Erde aufgewirbelt hat, wie sie die erste Kurve bei den Lehrwerkstätten genommen und wie sie schließlich in die Rennerstraße (nomen est omen!) eingebogen sind, war weiter nichts als eine Kette von Unüberlegtheiten und Gedankenlosigkeiten. Die schnellen Motorräder aber multiplizieren und potenzieren die charakterlichen Mängel ihrer Fahrer, sie geben den moralischen Schwächen und jugendlichen Sünden den massivsten Nachdruck. Jetzt sind sozusagen die nötigen Pferdestärken hinter und unter den menschlichen Schwächen. (Das Pferd ist ein Tier.) Die groteske Sinnlosigkeit der Raserei wird nicht zuletzt am fehlenden Ziel dieser Fahrten deutlich, da es doch mit Recht heißt, daß die jungen Raser zwar nicht wüßten, wohin, aber daß sie dafür um so schneller dort seien. Wer um Himmels willen aber bringt ihnen maschinelle Vernunft bei! Ich habe oft und oft während meiner Berufsschullehrerzeit den Lehrlingen ins Gewissen zu reden versucht, aber meist das Gefühl gehabt, daß alles nichts nützt. Ich glaube nicht, daß ich einem das Leben gerettet hätte. Ich machte die Erfahrung, daß am besten noch jene jungen Leute fuhren, die möglichst bald, nachdem sie sich ein Moped kaufen konnten, einen relativ glimpflichen Unfall hatten und aus diesem Unfall die nötigen Lehren für ihr weiteres Fahrverhalten zogen. Es gab freilich welche, die auch durch Schaden nicht klug zu machen waren, entweder war der Schaden nicht groß genug – oder aber der Verstand ... Um der guten Sache willen habe ich öfter versucht, das Rasen als eine Lächerlichkeit und kindische Dummheit hinzustellen und den Raser verächtlich zu machen. Dabei habe ich freilich die Anziehungskraft der Geschwindigkeit (den Rausch der Geschwindigkeit) unterschätzt, sie war ganz offensichtlich bei den meisten meiner Schüler größer als die Angst, von einem alten Berufsschullehrer, den sie wohl für bereits ein wenig verkalkt hielten, als Narr bezeichnet und für dumm gehalten zu werden. Gott aber weiß, daß ich meine Berufsschüler nicht als dumme Jungen behandeln wollte, sondern daß ich es nur gut mit ihnen meinte, wenn ich im Gespräch über ihre unbesonnenen Fahrgewohnheiten etwas kräftigere Vokabeln benützte. Und ich wußte, wovon ich sprach! Nicht nur einmal mußte ich erleben, daß plötzlich wieder ein Platz im Klassenzimmer leerblieb, weil ein Schüler tödlich verunglückt war, oder daß ein anderer sich durch Unvorsichtigkeit selbst zum Frührentner gemacht hatte und die Lehre aufgeben mußte. Es ist weiter nicht schlimm, wenn einer nicht Müller wird, wie er es sich einmal vorgenommen hat, aber wenn er durch einen selbstverschuldeten Verkehrsunfall zum Krüppel und arbeitsunfähig wird, so ist das ein großes Elend, für ihn selbst und für seine Angehörigen, ja die ganze Gesellschaft und staatliche Gemeinschaft. Kein Mensch kann das Leid aus den Vorwürfen und Selbstvorwürfen nach einem durch Leichtsinn hervorgerufenen Unfall ermessen, es ist unendlich.

Lieber Neffe, ich habe vorhin die Reizbarkeit als die wichtigste Eigenschaft des organischen Lebens, und in gewissen Vor- und Kümmerformen auch des anorganischen Lebens bezeichnet. Und ich sagte, sie gehe den Maschinen ab. Sicherlich trifft dies für das angezogene Mitleid zu. Aber natürlich läßt sich auch dem Technischen eine gewisse eingeschränkte Reaktionsfähigkeit auf bestimmte Reize durchaus einprogrammieren. Eine Mühle ist ja ein Ensemble von sensiblen Apparaten. Die moderne automatische Mühle ist gekennzeichnet durch ein System von Rückmeldungen. Die Schälmaschine, die Walzenstühle, die Aspiratoren und Trieure, die Sichter und Mischer, alle Müllereimaschinen reagieren in gewissen Grenzen auf das Mahlgut, sie interagieren aber auch mit der Arbeitsweise der mechanischen Nachbarn, sie stellen sich ein und justieren sich nach. Um dessen gewahr zu werden, braucht es nicht unbedingt den Alarm, wenn auch natürlich gerade der Alarm das markante Schulbeispiel mechanischer Interaktionen darstellt. Tritt an irgendeiner Stelle der Alarmfall ein, so wird Verschiedenes ausgeschaltet und abgeriegelt und unterbunden, eins ergibt das andere, und am Schluß hat das gesamte Werk seinen Frieden.

Ich habe meinen Schülern an der Müllereifachschule immer am Beispiel der Mausefalle erklärt, wie man im Technischen und Mechanischen ein quasi sensitives und sensibles

Verhalten im Sinne der „Mimesis“ des Aristoteles simulieren kann. Eine Mausefalle (sei es nun ein einfacher Schnapper oder ein Automat) kann als Paradebeispiel eines irritablen Gerätes gelten. Die Mausefalle ist ein sensibles Gerät, wobei die Sensibilität selbst graduell reguliert werden kann. Ich mußte oft den Franz rügen, weil er aus Nachlässigkeit und Schlampigkeit die Schnappfallen für die Mäuse, aber auch die Fangeisen für die Iltisse, Bisame und Ratten zu hart eingestellt hatte, sodaß die unliebsamen Nager ungeniert das Mehl oder den Speck von der Zunge der Falle fressen oder schlecken konnten, ohne daß die Falle reagiert hätte und zugeschnappt wäre. Über die Fallen des Franz sah ich die Tiere nicht nur einmal hinweggehen. Die Falle mußte sich, zu hart gestellt, den Besuch des Ungeziefers gefallen lassen. Natürlich durfte man die Falle auch wieder nicht zu leicht spannen, sodaß sie bereits bei der leisesten Annäherung zumachte, wenn das Tier erst von der Seite daran getippt hatte.

Was im übrigen die Fallen betrifft, die ich gern unter dem Kapitel „Irritabilität“ und als Demonstrationsbeispiele der aristotelischen Mimesis, der Überlistung der Natur als dem Ziel jeglicher Kunst, behandelte, so rate ich dir, lieber Neffe, sehr entschieden neben einfachen Geräten zum Fangautomaten, der auf dem Schrank der Mühlenstube stehen müßte. Er ist ein wenig umständlich, der Eigenbeitrag der Maus oder des zu fangenden Tieres ist hoch, und doch machte ich damit gute Erfahrungen. Der Weg der Maus in diesem Automaten, der schön anzusehen ist und auch gut durchdacht erscheint, ist eine lange Einbahnstraße bis zur schließlichen Vernichtung durch Ertränken im wassergefüllten Behälter. Die Maus passiert also das erste Tor, um an das innenliegende, von außen schön sichtbare Futter zu gelangen. Ist sie erst drinnen, löst sie einen Mechanismus aus, der das Tor herunterfallen läßt. Nun kann es sich die Maus überlegen, ob sie etwas fressen oder gleich weiterkriechen will. Zurück kann sie nicht mehr, sie zwängt sich also durch einen schlauchartigen Gang entlang einem Brettchen hoch, sie passiert eine zweite ventilartige Schleuse, die den Rückweg gänzlich unmöglich macht. Ist sie oben angekommen, so fällt sie in den Wasserspeicher, nicht ohne vorher noch durch ihr Körpergewicht das Haupttor und die Sperre zu öffnen und den Weg für einen Nachfolger oder eine Nachfolgerin freizumachen. Ich habe mit diesem Automaten aber herausgefunden, daß die Geräusche der in der Blechbüchse gefangenen Maus, die man, ohne sentimental zu sein, als den Ausdruck eines Todeskampfes werten muß, weitere mögliche Kandidaten vom Automaten abhalten, weil sie instinktiv durch diese Geräusche aus dem Inneren verscheucht werden. Franz hat sich darum einmal etwas Besonderes ausgedacht, um die Kapazität der Fangmaschine zu steigern. Der schwache Punkt am ganzen Fangprozeß sei der lange Todeskampf der Tiere im Behälter. Wer diesen Todeskampf verkürze, verfahre damit nicht nur im Sinne des Tierschutzes, sondern er erhöhe auch die Kapazität der Falle. Ich glaube nicht, daß es dem Franz besonders um den Tierschutz ging, er war in diesem Sinne sicher nicht tierlieb, nahm jedenfalls ganz sicher das Ungeziefer aus seiner Tierliebe aus, als er das Wasser des Behälters schließlich mit einer scharfen Säure versetzte. Franz sprach davon, daß er die Stundenleistung des Fangautomaten damit um 50 Prozent habe erhöhen können. Er war mächtig stolz auf diese um die Hälfte angehobene Ausbeute. Zwar vorsichtig, um sich nicht zu verätzen, aber mit sichtlichem Vergnügen warf er die toten Mäuse zum Mühlenfenster in den Bach hinaus.

An einer solchen Falle wie einem Automaten, sagte ich zu meinen Schülern an der Müllereifachschule, könne man nicht nur den mimetischen Einfallsreichtum des Menschen im Hinblick auf die anorganische Natur beobachten, sondern auch seinen Scharfsinn in der Tierbeobachtung (auch seine Grausamkeit?). Der Automat ist angewandte Verhaltensforschung. Die Konstrukteure dieser besonderen Falle haben aus dem Wissen um die tierischen Gewohnheiten heraus etwas konstruiert, was seinerseits als speziell reizbar und in bestimmter Weise sensibel erscheint. Man könnte sagen, im

Automaten arbeitet die Maus mit, sie geht nicht nur zugrunde, sondern sie tut dem Menschen auch noch den Gefallen, an der Vernichtung ihrer weiteren Artgenossen aktiv mitzuarbeiten. Das Verhalten der Maus und die Fallgesetze ergeben eine teuflische Apparatur, ohne daß ich diesen Apparat damit diabolisieren möchte.

Als ich die Mausefalle, im besonderen den Fangautomaten, als Anschauungsbeispiel für „Irritabilität" und „Mimesis" zugleich behandelte, auch seine Perpetuum-mobile-Qualitäten hervorhob, regte sich unter meinen Zuhörern einmal Widerspruch. Ein gut mitarbeitender und mitdenkender Müller aus der Oststeiermark wollte die Mausefalle vor allem nicht unter „Irritabilität" rubriziert wissen, weil seiner Meinung nach von Reizbarkeit oder Ansprechbarkeit hier nicht die Rede sein könne. Es gebe auch keinen substantiellen Unterschied zwischen unseren Mausefallen und den Fallgruben, mit deren Hilfe die Neandertaler die Dinosaurier gefangen hätten. Er sagte, es verhalte sich seiner Meinung nach mit der Mausefalle eher wie mit der Sonnenuhr. Die Sonnenuhr sei auch nicht reizbar, wenn sie auch auf die Position der Sonne auf das genaueste „reagiere" (auch auf das Verschwinden der Sonne), die Sonnenuhr werfe bloß einen Schatten, eigentlich werfe die Sonne den Schatten, die Sonnenuhr selbst sei ein durch und durch stumpfes und stummes Stäbchen. Die Sonnenuhr „reagiere" durchaus anders, wenn man das eine Reaktion nennen wolle, als etwa die Blume, die auf das Erscheinen der Sonne durch das Öffnen des Blütenkelches und auf ihr Verschwinden mit dem Verschließen desselben antworte. Was die Sonne an der Blume bewirke, könne man, nach der Meinung des Oststeirers, als „Irritation" bezeichnen, anders aber verhalte es sich mit Sonnenuhr und Mausefalle. Ich merkte freilich an, daß es auf eine Definitionsfrage hinauslaufe, was man unter den einzelnen Begriffen verstehen wolle ...

Und so fort, lieber Neffe, ich will dir hier nicht meine gesammelten maschinentheoretischen Überlegungen, denen ich mich gern, meist bei stillem Nachdenken in der Mühle, manchmal aber auch im Unterricht in der Schule, hingab, der Länge (und Tiefe ...) nach aufschreiben, ich habe im Anschluß an die Lektüre der Maschinentheorie des verehrten Cartesius ganze Hefte mit eigenen Gedanken zu diesem Gegenstand gefüllt. In der Schule habe ich mich dann der schlagendsten Beweise und der verblüffendsten Beispiele wie des Vergleichs zwischen einer Mausefalle und einer Blume bedient, um die Hauptgedanken der Maschinentheorie herauszuarbeiten. Neben Aristoteles und Cartesius war mir in dieser philosophischen Disziplin vor allem Gottfried Wilhelm Leibniz mit seiner „Monadologie" ein wichtiger Autor. Auch habe ich selbstverständlich die alten „Artes mechanicae" der Römer studiert und gedanklich verarbeitet und verwertet. Im wesentlichen war es aber stets das 17. Kapitel der erwähnten Monadologie des Leibniz, das sogenannte „Mühlengleichnis", von dem ich im Unterricht ausging und das ich meinen Spekulationen zugrunde legte: „Übrigens muß man notwendig zugestehen, daß die Perzeption und was von ihr abhängt auf mechanische Weise, d. h. mit Hilfe von Figuren und Bewegungen, unerklärbar ist. Nehmen wir einmal an, es gäbe eine Maschine, die so eingerichtet wäre, daß sie Gedanken, Empfindungen und Perzeptionen hervorbrächte, so würde man sich dieselbe gewiß dermaßen proportional-vergrößert vorstellen können, daß man in sie hineinzutreten vermöchte wie in eine Mühle. Dies vorausgesetzt, wird man bei ihrer inneren Besichtigung nichts weiter finden als einzelne Stücke, die einander stoßen – und niemals etwas, woraus eine Perzeption zu erklären wäre. Also muß man die Perzeption doch wohl in der einfachen Substanz suchen, und nicht in dem Zusammengesetzten oder in der Maschinerie! Auch läßt sich in der einfachen Substanz nur dieses allein finden: Perzeption und ihre Veränderungen. Darin allein müssen alle inneren Tätigkeiten der Monaden bestehen."

Ich selbst behandelte die Maschinen an sich als einen Ausdruck und eine Leistung des Menschen, als instrumentalisierten Geist. Mit ihrer Zuhilfenahme erklärte ich den Unterschied zwischen Mensch und Tier; den Menschen als das Tier mit dem Werkzeug und der Maschine. Ich bediente mich einer einfachen Regionalontologie oder Schichtenmetaphysik mit den Steinen auf der untersten Ebene, den Pflanzen auf der nächsten, den Tieren auf der dritten und dem Menschen als der „Krone der Schöpfung" auf der obersten Ebene mit Anteil am Seelischen (an dem auch die Tiere partizipieren) und dem Geistigen (zu dem die Tiere keinen Zugang haben). Der Geist wieder verbindet die Menschen mit dem Absoluten, das die Religionen Gott nennen.

Das klang vielleicht alles ein wenig abstrakt, doch bilde ich mir ein, ich sei eigentlich nicht von des Gedankens Mehlblässe angekränkelt gewesen. Wenn auch freilich gilt, daß alle Theorie grau ist, wie der Dichter sagt, auch alle Maschinentheorie, des Lebens goldener Baum aber grün. Ich bemühte mich aber, den Schülern durch besondere Anschaulichkeit und Sinnfälligkeit im Wahrnehmungsbereich das darüber hinausgehende Denken und Spekulieren schmackhaft zu machen. Hatte ich es etwa mit Anfängern oder Schülern zu tun, die das Deduzieren noch nicht kannten und noch nie geübt hatten, so begann ich meinen theoretischen Unterricht nicht mit einem Kapitel aus Cartesius oder Leibniz, sondern mit einem Volkslied. Ich fragte dann gern nach der dritten Strophe des Liedes „Wahre Freundschaft soll nicht wanken". Zu meiner Zeit konnte man mit der Kenntnis dieses beliebten und überall gesungenen Liedes ohne weiteres rechnen, erst gegen Ende meiner „Lehrzeit" ließ die Vertrautheit mit dem deutschen Volksliedgut stark nach, bis die Schüler zuletzt überhaupt nur noch englische Schlagertexte auswendig kannten, sofern man diese primitiven Sätze noch als „Text" bezeichnen will (ein Lied, das nur noch aus Yeah Yeah besteht, hat eigentlich keinen „Text" mehr). Die Väter aber dieser Schülergeneration kannten die „Wahre Freundschaft", auch ihre dritte Strophe natürlich, auswendig: „Wenn der Mühlstein traget Reben und daraus fließt kühler Wein, wenn der Tod mir nimmt das Leben, hör ich auf, dir treu zu sein."

Hier handle es sich um eine Aporie, sagte ich, eine Denkunmöglichkeit, jedenfalls um eine nicht zu verifizierende, der Natur und aller Erfahrung widerstrebende und widersprechende Behauptung, eigentlich um die Annahme einer solchen Unmöglichkeit, die als die Bedingung ein menschliches Fehlverhalten, den Treuebruch konditioniert. So wie aber kein solcher Übertritt zwischen der anorganischen und der organischen Natur nach allen Erfahrungen der Regionalontologie möglich ist, so unmöglich wird Treulosigkeit behauptet. Es kann aber sein, was nicht sein dürfte, Untreue, Treulosigkeit und Treuebruch sind an der Tagesordnung, Mühlsteine haben noch niemals Most gegeben. Es handelt sich also um eine Übertreibung.

Mit den Mühlsteinen befaßte ich mich nicht nur deshalb, weil sie in Volksliedern vorkommen und man an sie mit anthropologischen und ontologischen Gedanken anschließen konnte. Ich nahm die Mühlsteine, neben dem Walzenstuhl also auch seinen Vorfahren, den Mahlgang oder Steingang, auch für sich wichtig. Auch damit habe ich wie mit so vielem beim Herrn Direktor und bei den Kollegen keine Anerkennung gefunden. Was soll den jungen Leuten heute die Steinmüllerei, man sollte sie nicht mit diesem Kapitel aus der Steinzeit unseres Gewerbes belasten und mit Mühlsteinen beschweren. Ich argumentierte dagegen, daß es sich bei der Steinmüllerei und beim Mahlgang keineswegs um das Paläolithikum der Müllerei handle, sondern um eine Technik von gestern, die noch in unser Heute hereinreicht. Und mag sie auch uralt sein und in die graue Vorzeit zurückreichen, so ist dies in meinem Sinn kein Grund, sie lehrend zu vernachlässigen, sondern im Gegenteil ein guter Grund, sie ausführlich zu bringen. Der Mahlgang ist die älteste Menschheitsmaschine, sagte ich, und wer einem von diesen Kleinen den Unterricht über den Mahlgang vorenthält, für den wäre es besser, daß ihm ein Mühlstein um den Hals gehängt und er in die Tiefe des Meeres versenkt würde. Da lachten die Kollegen, und ich benützte die Gelegenheit, während des Gelächters das Konferenzzimmer zu verlassen ...

Der Herr Onkel war, obwohl er auch einen Walzenstuhl stehen hatte, ein ausgesprochener Liebhaber der Steinmüllerei. Wie oft habe ich ihn „den Franzosen“ rühmen hören. Da die guten Mühlsteine alle aus Frankreich kamen, vor allem aus dem weltberühmten La-Ferté-sous-Jouarre im Departement Seine, nannten die Müller in ganz Europa den Mahlgang nur den „Franzosen“. Der Onkel sagte oft: Mit einem Mahlgang, dessen Steine in Ordnung sind, die die Schärfen richtig aufgesetzt haben, dessen Mahlbahn entsprechend breit und wo der Schluck richtig angeordnet ist, die vor allem aber von einem tüchtigen Müller behandelt sind, läßt sich auch heute noch ein ganz hervorragendes backfähiges Mehl von ausgezeichnetem Griff herstellen, das in seiner Backgüte von keiner anderen Maschine überboten wird ...

Unsere große Rembrandtreise, von der ich dir berichtet habe, führte uns übrigens nach Holland auf dem Umweg über La Ferté, und ich habe heute noch den lebhaften Betrieb in den dortigen Steinbrüchen und Lagerhallen, wo die vorsortierten Steine ruhten, in frischer Erinnerung. Aus ganz Europa kamen dort die Müller zusammen, um sich an Ort und Stelle einen guten Stein auszusuchen. Ein Müller, der auf sich und sein Mehl hielt, verschmähte alle anderen Steine, alle sonstigen Basalte, Trachite, Porphyre und Granite oder gar die damals aufgekommenen Kunststeine aus Schmirgel, Elektrochorund, aber auch gemahlene Süßwasserquarze, er blieb sozusagen steinhart und versteifte sich auf einen echten Süßwasserquarz aus La Ferté und tat es nicht darunter. Ich sehe noch die Müller in den Lagerhallen stehen und herumgehen und Steine durch Anfassen prüfen. Wie Bildhauer probierten und gustierten sie. Viel anders mag auch Michelangelo in den Carrara-Steinbrüchen nicht verfahren sein, als er sich den Marmor für den „Moses“ aussuchte. Einige hatten eine kleine Bille oder einen Schärfhammer in der Hand, um damit die Oberfläche des Steines zu untersuchen. Manche kamen in kleineren Gruppen, das waren die Müller von weither, man hörte alle Sprachen Europas, La Ferté war das reinste Babylon.

Der Onkel sprach manchmal einen deutschen Müller an: Nun, hat der Herr Kollege schon etwas Braves gefunden? Nein, noch nicht, sagte der Angesprochene, ich brauche etwas besonders Griffiges, wir haben viel wilden Knoblauch und Wachtelweizen bei uns in Württemberg, da verschmiert mir ein flacher Stein leicht, und ich möchte nicht ständig die Picke und den Kronhammer schwingen müssen. Dann viel Glück, sagte der Onkel.

Einen echten Franzosen zu besitzen, war für den Müller damals mehr als eine Frage des technischen Nutzens, es war auch eine Angelegenheit des Prestiges und der Müllerehre. Der „Franzose" war in der Steinmüllerei, was der „Perser" unter den Teppichen darstellt. Europa mahlte seinerzeit französisch.

Ich selbst habe die Steinmüllerei von der Pike („Picke") auf gelernt. Das bedeutete nicht nur die Kenntnis des sogenannten „Ablehrens" und Ausbalancierens der Mühlsteine, insbesondere natürlich des oberen, des Läufersteines, daß er schön waagrecht lief (schwebte ...) und weder „Unterlehre" noch „Oberlehre" aufwies, noch über den Bodenstein holperte, sondern leise und eben ging, das bedeutete vor allem auch die Fähigkeit des Steinschärfens. Ich beherrschte es völlig, sei es die „gerade Felderschärfe" (mit Nebenfurchen von gleichem Zug), die „alte Kreisschärfe" (mit Nebenfurchen von parallelem Zug), die „neue Steinkreisschärfe" (mit Nebenfurchen von parallelem oder gleichem Zug), die „Spiralschärfe nach Professor Neumann" und selbstverständlich auch die „Schärfe von Evans" (meist zum Schroten verwendet, je nach Wahl der Kreuzungswinkel auch zur Feinvermahlung brauchbar), und so fort.

Vor fünf Jahren unternahm ich die erste Reise nach Kärnten, um mir die in vielen Büchern beschriebenen alten Fludermühlen anzusehen, seither aber fahre ich jährlich zweimal dorthin, um zu bewundern und zu staunen, auch um zu arbeiten übrigens, ich habe mich nämlich bei drei Bauern im Glantal als Schärfer verdungen ...

Ich war im übrigen nie einer von den reiselustigen Müllern, eigentlich hielt ich es mehr mit der Ortsbeständigkeit, wie sie als „stabilitas loci" einen Teil der mönchischen Tugend der Benediktiner bildet. Mich haben ja auch alle die

Redensarten, daß Reisen bilde und den Horizont erweitere, gar nicht überzeugt, was müßten sonst die Menschen unseres mobilen Zeitalters Bildung besitzen! Viele aber hindert das Reisen geradezu am Lernen und an der Bildung, und sie werden durch ihre unausgesetzte Herumzieherei immer kulturloser und dümmer. Das Reisen und seine Begleiterscheinungen (etwa immer größere und breitere Straßen) zerstören vor allem viel Landschaft und Kultur. Die alten Bauten zersetzen sich in den Abgasen der Autos. Und es gibt Bildung durchaus auch ohne Reisen! Sonst müßte ja der größte deutsche Philosoph, Immanuel Kant, nicht der größte deutsche Philosoph, sondern der dümmste deutsche Michel und Muffel gewesen sein, wo er doch bekanntlich sein Lebtag nicht aus Königsberg hinausgekommen ist, obwohl er unter anderem auch Erdkunde unterrichtet hat! Und doch hat er die Menschen besser gekannt als viele Herumtreiber, was sich unter anderem an seiner „Anthropologie in pragmatischer Hinsicht" ablesen läßt. Dort findet sich in einer Fußnote auch eine Notiz über seine besondere Ortsfestigkeit, die man nicht, wie es manchmal geschieht, als eine „falsche Rationalisierung" abtun sollte, als hätte der reisefaule und unbewegliche alte Denker und Stubenhocker seine Unlust an der körperlichen Regsamkeit mit schönen, aber falschen Argumenten und Begründungen verbrämt, sondern die man vielmehr als menschlich anrührendes Dokument der Anhänglichkeit an eine Ortschaft (aber auch sachlich als plausibel und logisch) würdigen sollte. Oft habe ich mich an folgender Stelle erfreut und erbaut: „Eine große Stadt, der Mittelpunkt eines Reiches, in welchem sich die Landeskollegia der Regierung desselben befinden, die eine Universität (zur Kultur der Wissenschaften) und dabei noch die Lage zum Seehandel hat, welche durch Flüsse aus dem Inneren des Landes sowohl als auch angrenzenden und entlegenen Ländern von verschiedenen Sprachen und Sitten einen Verkehr begünstigt – eine solche Stadt, wie etwa Königsberg am Pregelflusse, kann schon für einen schicklichen Platz zu Erweiterung sowohl der Menschenkenntnis als auch der

Weltkenntnis genommen werden, wo diese, auch ohne zu reisen, erworben werden kann." Auch ohne zu reisen!, lieber Neffe. Ich selbst habe nicht in Königsberg gelebt, ich *bin* gereist (schon mit Onkel und Tante, nicht nur nach La Ferté und Holland), und ich reise auch heute noch (ungern mit dem ganzen Verein des Altersheims, aber gern allein zu den Kärntner Fludermühlen), ich glaube also, daß ein gut Teil *Erfahrung* wirklich nur durch *Fahren* zu erwerben ist, wie ja das Wort *Erfahren* ein resultatives *Fahren* bedeutet (ich bin also kein konsequenter Kantianer ...), an der jetzigen Tourismusideologie und -mode habe ich aber nicht Teil und keine Freude. Und sehe ich die Leute trotz ihrer von großen Reisebüros organisierten oder allein unternommenen Gewalttouren immer dümmer und dümmer werden, so ist mir um die viele vergeudete Energie leid. (Man sollte sie zum Mahlen oder etwas anderem Nützlicheren verwenden!)

Kärntens Fludermühlen muß man gesehen haben, lieber Neffe. Nirgends sonst auf der Welt gibt es dergleichen. Ich habe alle Spielarten von Windmühlen, Dampfmühlen und elektrisch betriebenen Mühlen, ich habe auch alle Sorten von Wasserrädern und Turbinen erlebt, ober-, mittel- und unterschlächtige Wasserräder, Felgenräder und Schwarzwälder Täferräder, Kaplan- und Francis-Turbinen, auch Peltonräder, Turbinen aus Holz aber mit liegenden Holzrädern, einem stehenden Wellbaum und einer offenen Holzrinne, aus der das Wasser auf die Schaufeln der „Turbine" spritzt, kann der Mensch nur nördlich und südlich der Karawanken bewundern. Ein ganzer Kranz von Bauernmühlen (Stock- und Fludermühlen), nach allen Regeln der Holzbaukunst gezargt und gezimmert, mit Schindeldächern versehen, kann in Apriach bei Heiligenblut besichtigt werden. Das gibt es nur hier, allenfalls noch im Wallis, wie ja auch diese Mühlenantriebsart manchmal als rätisches Erbe bezeichnet wird. Das gibt es auch nicht in Königsberg, verehrter Anthropologe Immanuel Kant!

Als ich vor fünf Jahren das erste Mal nach Kärnten kam, stieß ich auch bald auf meinen Streifzügen durch die Täler des Oberlandes auf Bauernmühlen. Ich besah sie mir von außen oder trat hinein, wenn der Bauernmüller gerade geöffnet hatte und mit Schroten oder Mahlen beschäftigt war. Ich bat dann, zusehen zu dürfen, und verhielt mich im übrigen still, gab mich als einfacher neugieriger Tourist, ohne mich als ein Mann vom Fach zu deklarieren. Die Bauern hatten manchmal eine gewisse Freude, einem unkundigen, aber bildungswilligen Fremden etwas zu zeigen, andere waren eher gleichgültig und taten ihre Arbeit, als sei niemand zugegen, der ihnen dabei zusah. Hin und wieder beeindruckten mich die Mühlen durch ihre gute Tauglichkeit und mechanisch-maschinelle Solidität, manches Werk freilich erschreckte mich auch durch seinen erbarmungswürdigen Zustand, sowohl was das Mühlenhaus betraf, als auch was die eigentliche Mühle, den Mahlgang, anging. Dann fiel es mir schwer, mich mit Ratschlägen zurückzuhalten und mich nicht als Zünftiger zu verraten.

Im Glantal sah ich einmal einem Müller zu, der, mit Schiller gesprochen, seine Arbeit mit den muntersten Reden begleitete, vieles ankündigend, was er nun und als nächstes tun werde, das Geschehene kommentierend und besprechend, mit manchen Exkursen hierhin und dahin. Dabei war gerade das Werk dieses einen nicht in bester Verfassung, ich bemerkte eine ganze Anzahl von gröberen Fehlern. Der eloquente Müller bestätigte die Regel, daß die Eloquenz manches Handwerkers im Umkehrverhältnis zur Güte seines Handwerks steht, der Müller war dementsprechend mehr als Rede- denn als Mahlkünstler zu betrachten. Vor allem eierte und schlingerte der Läufer ganz gottserbärmlich über den Bodenstein, hier konnte man nicht von einem kontinuierlichen und schonenden Mahlen sprechen, was man hier zu sehen bekam, war ein Quetschen und Pressen, Reißen und Schlagen. Ich nannte eine solche Mahlerei gern „Müllern“, auch „Malmen“ statt Mahlen. Es haperte auch am Schluck, die Steine bekamen zu viel in kurzer Zeit, darum würgte es sie, man hätte auch den Läufer mit dem gerötelten Richtscheit ablehren und ihm die Oberlehre nehmen müssen. Der

Bodenstein hätte vermutlich abgekraust werden sollen. Der Hauptfehler aber war, daß der Läufer „schlug", was auch auf einen schlechten Sitz der Balancierhaue schließen ließ. Während also das ganze Werk ächzte und stöhnte, redete und redete der Bauer von diesem und jenem und wie er hier alles so praktisch und griffbereit eingerichtet habe. Dieser Mensch überanstrengte durch sein Reden und Mahlen mein Inkognito und meine Anonymität. Ich konnte mich also nicht halten und begann nach und nach mitzureden und etwas einzuwenden. Anfangs spielte ich noch den Laien, allmählich widerstrebte es mir aber, bloß Argumente des physikalischen Hausverstandes und dies in einer unfachlichen Sprache vorzubringen, und ich wurde deutlicher und deutlicher, und es wurde sichtbar, daß ich nicht nur der Terminologie, sondern auch des damit bezeichneten Geschäftes kundig und fähig war. Der Bauernmüller wurde nach und nach stutzig, staunte öfters darüber, daß ein hereingeschneiter Nichtfachmann und Ignorant so konstruktive Einwände vorbrachte, bis er schließlich fragte: Ja, wer sind denn Sie nachher?, ich mein Inkognito gänzlich lüftete und mich enttarnte. Ich sagte, ich sei ein ruheständiger Müller aus einem oberösterreichischen Altersheim und auf Besuch in Kärnten, um mich beim Anblick der alten Mühlen und Kirchen hierzulande zu erholen. An diesen Objekten könne man nämlich seine Freude haben, sagte ich, wenn sie nicht gerade wie sein Werk hier den Müller in mir kränkten und schmerzten. Ich bot mich an, ihm bei einigen Verbesserungen behilflich zu sein. Und während er zuvor gefragt hatte: Ja, was fehlt denn meiner Mühle nachher?, sagte er jetzt: Ja, was kostet denn das nachher? Ich sagte, daß ich ihm rein zu meinem Vergnügen behilflich sei und daß ich eine ruhig laufende Mühle für genug des Lohnes erachtete. Da ging ich an die Arbeit. Ich lieh mir vom Müller alte Kleider und arbeitete den ganzen Tag, unterbrochen nur durch eine Mahlzeit, die ich mit den Bauersleuten einnahm, justierte und balancierte das Werk aus und schärfte vor allem mit dem Pickelhammer, den ich in einer Ecke, gänzlich verrostet und jahrelang unbenützt, gefunden hatte, den Stein nach allen Regeln der Steinkunst. Da der Bauer seine Mühle vor allem oder nur noch zum Schroten brauchte und benützte, verfertigte ich seinen Steinen die Spiralschärfe nach Professor Neumann, ein ziemlich scharfes Muster mit einer relativ schmalen (vom Steinauge aus gesehen), aber sozusagen offensiven Vorbrechzone und einer gleichmäßig geführten Mahlbahn als Feinschrotzone mit Luftfurchen. Ich achtete darauf, daß sich der Mahlguttransport und der eigentliche Mahlgang in einer günstigen Proportion befanden, daß also die Zufuhr von Mahlgut vom Gang leicht bewältigt und verkraftet, daß aber andererseits der Gang auch nicht zu wenig gefordert wurde.

Als ich am nächsten Tag wieder von meiner Herberge in Feldkirchen zu meinem Bauern hinausfuhr, um meine Arbeit des Richtens, Ablehrens und Schärfens in der praktischen Mahlarbeit zu erproben, waren die Ergebnisse und Werte zu meiner Zufriedenheit. Auch der Bauer staunte nicht wenig über die Schnelligkeit und Leistungsfähigkeit seines Werkes und über den guten Schrot aus seinem Kleiekotzer.

Inzwischen fahre ich jährlich einmal in den Süden, um zu schärfen. Der betreffende Bauer hat mich auch seinem Schwager empfohlen, und dann hat sich noch einer gemeldet, das reicht mir, ich möchte ja schließlich nicht nur Steine ausloten und schroten und wirken, sondern vor allem viel wandern und die Wunder der Natur und Kunst auf mich wirken lassen. Mühlen sind freilich ein wichtiger Teil meines Urlaubsglückes. Was wäre dieses gesegnete Land ohne die vielen Mühlen und Kirchen!

Oh Mühlenglück!, möchte man immer wieder mit dem deutschen Dichter Gottfried Benn ausrufen, wenn man die verwitterten, mit ihren Braun- und Grautönen den Augen unendlich wohltuenden kleinen Bauernmühlen an den reißenden Gebirgsbächen im freundlichsten Sonnenlicht in die Täler hinausgrüßen sieht: Oh Mühlenlust, oh Mühlenglück!

Natürlich bin ich schon während meines ersten Kärntenaufenthaltes nach Liesing ins Lesachtal hineingepilgert, wo am 18. Oktober 1830 Kärntens berühmtester Müllerssohn, der Sprachwissenschaftler Matthias Lexer, geboren wurde, dessen „Mittelhochdeutsches Wörterbuch“ nun über ein ganzes Jahrhundert (1878 ist der letzte Band erschienen) zum täglichen Brot (!) ungezählter Generationen von deutschen Philologen gehört. Es ist erhebend, am bescheidenen Ursprungsort eines großen und bedeutenden Mannes zu stehen. So stand ich vor einem kleinen Anwesen und dachte und gedachte: Von hier aus also, diesem friedlichen und heimatlich umhegten Platz, hat das Büble, der Müller Hiasl, der später weltberühmte, vom König Bayerns in den Adelsstand erhobene Matthias Edler von Lexer, Professor zu Freiburg im Breisgau, publicus ordinarius an den Universitäten zu Würzburg und München, consors et socius der Königlich Bayerischen Akademie der Wissenschaften, Herausgeber des Mittelhochdeutschen und des Kärntischen Wörterbuches, Mitarbeiter auch am Deutschen Wörterbuch der Brüder Jacob und Wilhelm Grimm, seinen Ausgang genommen! Und: Es ist ein langer und weiter Weg von Liesing im Lesachtal bis nach Nürnberg, wo der edle Müllerssohn und Germanist am 16. April 1892 verstarb. Ich habe mir interessehalber die Belege für das Stichwort „Mühle“ und seine Komposita und die dazugehörigen Artikel im Mittelhochdeutschen Wörterbuch angesehen und meine, man kann ihnen die Lust, die ihr Verzeichner und Archivar bei ihrer Bearbeitung empfunden hat, regelrecht anmerken. Mit welcher inneren Zustimmung und Befriedigung wird er etwa aus dem von seinem Freunde Wilhelm Wackernagel (dem er neben Wilhelm Grimm das Wörterbuch gewidmet hat) herausgegebenen „Schwabenspiegel“ diesen Satz exzerpiert haben: „diu müle hat ouch bezzer reht danne ander hiuser“ (Die Mühle hat mehr Recht als andere Häuser)! Als ich vor dem Lexerschen Mühlenanwesen stand, mußte ich also auch an den beziehungsreichen und vielsagenden Umstand denken, daß das letzte von Matthias von Lexer bearbeitete Stichwort im großen Deutschen Wörterbuch das Stichwort „Todestag“ war ...

Lieber Neffe, ich möchte den Eindruck vermeiden, als hätte ich alles das, was Seneca und Marc Aurel, von denen ich weiter oben sprach, für ein „seliges" Leben empfehlen, nicht nur gelesen, sondern auch und vor allem in meinem eigenen Leben gehalten und verwirklicht. Diese Aufgabe ist angesichts des Todes für einen schwachen Menschen wohl auch ein wenig groß. Ich habe aber doch, gerade was diesen Gegenstand betrifft, meinen Blick stets auf heroische Vorbilder und den Idealismus gerichtet. Auch habe ich mich vor „Empfindelei" gehütet, die Immanuel Kant in seiner „Anthropologie" von wahrer Empfindsamkeit unterscheidet, welch letztere der rechten „Gleichmütigkeit" „nicht entgegen" sei. Heute wird ja diese „Empfindelei", namentlich auch in den „schöngeistigen" Büchern, wie etwa schon seinerzeit in jenen Vlöhrers, großgeschrieben. Kant sagt: „Empfindelei ist jene Schwäche, durch Teilnehmung an anderer ihrem Zustande, die gleichsam auf dem Organ des Empfindelnden nach Belieben spielen können, sich auch wider Willen affizieren zu lassen." Es muß sich freilich erst erweisen und schlußendlich zeigen, ob ich dem hohen Anspruch dieser philosophischen „Sterbekunst", dieser „Ars moriendi" des Idealismus genügen werde, so wie ich vielleicht der „Mühlenarztkunst" in meinem Leben recht und schlecht entsprochen habe. Und hoch ist dieser Anspruch in der Tat, wenn es bei Kant heißt: „So kann und sollte es Frömmigkeit in guter Laune geben; so kann und soll man beschwerliche, aber notwendige Arbeit in guter Laune verrichten, ja selbst sterben in guter Laune: denn alles dieses verliert seinen Wert dadurch, daß es in übler Laune und mürrischer Stimmung begangen oder erlitten wird." Sterben in guter Laune! Mut machen kann einem hierin das mannhafte Beispiel Kants selbst, dessen Alter und Tod Ehregott Andreas Christoph Wasianski, Diakon an der Tragheimer Kirche zu Königsberg, in seinem Buch „Immanuel Kant in seinen letzten Lebensjahren" mit so großer Liebe wie Genauigkeit protokolliert und beschrieben hat. Ich habe diesen Bericht über einen Lebensabend auch schon in jüngeren Jahren und seither nicht nur einmal gelesen und als Lehrer meinen Schülern empfohlen. Sorgfalt ist das angemessene Wort für Wasianskis Verhalten gegenüber dem hinfälligen Greis, sorgfältig ist auch sein Bericht geschrieben, literarisch und moralisch eine herausragende Leistung.

Gebe Gott, daß ich so wie bei meiner Arbeit in Mühle und Schule auch dann, wenn es soweit ist, nicht „die Laune“ verliere. Ich habe freilich auch manchen Menschen gesehen, der gut gelebt hatte (ich meine im philosophischen Sinn, nicht im Sinne des Wohllebens!) und dennoch schwer genug gestorben ist. Das gilt für meinen verehrten Onkel, die Tante, es gilt auch von meiner lieben Frau, deren Bild vor mir auf dem Tisch steht. Nun bin ich schon lange allein auf dieser Welt, und obwohl ich alles übergeben habe, was ich besaß, und vieles verlor, was ich liebte, entdecke ich doch oft eine recht unphilosophische, „eudämonische“, jedenfalls unstoische Hartnäckigkeit, eine sozusagen epikureische „Zählebigkeit“. Carpe diem, pflücke den Tag, heißt es in den Liedern des Horaz ... Jetzt, wo ich weiß und mir ausrechnen kann, daß es nicht mehr lange dauert und der Sand meiner Jahre den oberen Trichter meiner Lebensuhr bald freigibt (so wie auch das letzte Getreidekorn lange aus der Reserve über meinem Mahlgang geflossen ist ...), sehe ich und muß ich sehen, daß ich mir einbilde, ich müßte noch dieses oder jenes (wie etwa diesen Bericht für dich) unbedingt erledigen und tun. Ich bemerke, daß ich in letzter Zeit öfters das Wort „vollbringen“ verwende. Oh rührende Vergeblichkeit. Ich blicke auch gar nicht mehr zum Fenster hinaus und zum Eingang hinüber, wenn sie, was hier natürlich etwas Häufiges und Alltägliches ist (ein Altersheim ist ein Sterbehaus), wieder einen hinaustragen. Es ist ein Kommen und Gehen (Hinausgetragenwerden ...). Wenn ich auch nur selten an einem Begräbnis teilnahm, so hatte ich in letzter Zeit an meiner „Schriftstellerei“ eine gute Ausrede gefunden. Was aber werde ich in Zukunft tun, wenn auch sie „vollbracht“ sein wird ...

Es will geschieden sein. Ich sage dir Ade mit dem letzten Satz aus dem 28. Brief des Lucius Annaeus Seneca an Lucilius aus dem 4. Buch der Ethik: „Sed vereri debeo, ne tam longas epistulas peius quam mortem oderis. Itaque finem faciam: tu tamen mortem ut numquam timeas, semper cogita. Vale.“ Empfange mit der Übersetzung ins Deutsche den letzten Dienst und die letzte Lehre des alten Müllers: Ich muß aber fürchten, daß du lange Briefe schlimmer als den Tod haßt. Daher will ich ein Ende machen: du dennoch, an den Tod, um ihn niemals zu fürchten, denke ständig. Leb wohl.